Y TŶ
GER Y
TRAETH

Am yr awdur

Yn enedigol o Borthmadog, mae Gareth F Williams yn awdur proffesiynol ers 1985. Yn ogystal â sgriptio nifer o gyfresi drama ar gyfer y teledu, enillodd wobr BAFTA am ei ffilm *Siôn a Siân*. Mae'n awdur dros 25 o lyfrau, ac wedi ennill gwobr Tir na n-Og bedair gwaith.

Y TŶ GER Y TRAETH

GARETH F WILLIAMS

y Lolfa

I deulu Glanrafon, Porthmadog,
am nifer o atgofion melys bore oes

Argraffiad cyntaf: 2012

Dymuna'r cyhoeddwyr gydnabod cymorth ariannol
Cyngor Llyfrau Cymru

Cynllun y clawr: Dorry Spikes

Rhif Llyfr Rhyngwladol: 978 1 84771 435 0

FSC

Cyhoeddwyd ac argraffwyd yng Nghymru
ar bapur o goedwigoedd cynaladwy gan
Y Lolfa Cyf., Talybont, Ceredigion SY24 5HE
gwefan www.ylolfa.com
e-bost ylolfa@ylolfa.com
ffôn 01970 832 304
ffacs 832 782

'Thus I; faltering forward,
Leaves around me falling,
Wind oozing thin through the thorn from norward,
And the woman calling.'

Thomas Hardy, 'The Voice'

'May your heart always be joyful
And may your song always be sung,
May you stay forever young.'

Bob Dylan, 'Forever Young'

Prolog

Dechreuodd Sara Dafydd niweidio'i hun rai misoedd yn ôl. Ar ei braich chwith, gan mai person llaw dde oedd hi. Ar ôl y tro cyntaf, edrychai ei braich fel petai cath fach wedi'i chrafu:

A'r gath wedi sgrapo Sara fach.

Ond roedd y boen yn... wel, roedd y boen yn *iawn*, rywsut. Yn boen roedd hi'n ei haeddu, teimlai.

Cyn hir edrychai ei braich fel petai cath fawr wedi'i chrafu. A'i chrafu, a'i chrafu. Cath fawr flin.

A'r llew/teigr/llewpart/panther/piwma wedi sgrapo Sara fach.

Dysgodd eisoes sut i gadw'i braich o olwg y byd a hynny mewn ffordd ddigon naturiol fel nad oedd neb yn meddwl gofyn iddi pam. Doedd ei rhieni ddim callach, roedd hynny'n sicr: roedd manteision mewn bod yn unig blentyn.

Ac mewn bod yn blentyn unig. Doedd ganddi ddim ffrindiau bellach – wel, chwarae teg, ymresymodd, pwy yn ei iawn bwyll fydde eisiau bod yn ffrindiau gyda rhywbeth fel hi?

Eliffant surbwch.

Hipo di-serch.

Blob annymunol.

Os nad oedd hi'n ei hoffi'i hun, pa obaith oedd yna i rywun arall ei hoffi?

Ac ar ben hynny, roedd hi'n dwp, gwyddai – yn rhy dwp o lawer i haeddu bod yn dilyn cyrsiau Lefel A. Unrhyw ddiwrnod nawr, byddai rhywun yn sicr o weld trwyddi, o neidio ar ei draed a phwyntio ati a bloeddio'r cwestiwn, *Beth ma HON yn ei wneud 'ma, gyda NI?*

Roedd yn wyrth nad oedd hynny wedi hen ddigwydd, a dweud y gwir. Beth oedd yn bod ar bawb? Ar ei hathrawon? Ar y disgyblion eraill? Oedden nhw i gyd yn ddall?

Wel, oedden, mewn ffordd, penderfynodd ar ôl gwylio cyfres o ffilmiau George Romero ar y teledu. *Night of the Living Dead, Dawn of the Dead, Day of the Dead, Diary of the Dead...*

Sombis.

Dyna beth oedden nhw – sombis. Am dreulio'u bywydau'n shifflo o ysgol i goleg i ysgol arall, yn heidio i'r un llefydd.

Wel, doedd hi ddim am fod yr un peth â nhw. Doedd y sombis ddim yn teimlo poen, a chyn belled â'i bod hi'n gallu teimlo'r boen yn ei braich, yna doedd hi ddim yn un ohonyn nhw.

Ond roedd ei thad a'i mam wedi hen benderfynu mai sombi fyddai hithau hefyd, ac yn meddwl ei bod hi eisoes yn baglu ar hyd y ffordd i Lansombi. Teimlai Sara'n euog am eu twyllo, ac roedd yr euogrwydd hwn, yn aml iawn, yn ei brifo. Yn ei brifo o'r tu mewn. Roedd ei rhieni'n haeddu rhywun gwell na hi. Felly, bob hyn a hyn, eisteddai'r blob, yr eliffant, yr hipo, ar sedd y toiled neu yn y bath neu'r gawod, a'r gyllell boced fach honno rhwng bysedd ei llaw dde.

Oherwydd roedd y boen allanol yn ei helpu i anghofio, am ychydig, am y boen fewnol.

Ei braich chwith.

Ac Edward Scissorhands/Freddy Krueger/Nosferatu wedi sgrapo Sara fach.

Ond doedd y sombis ddim wedi'i brathu.

Ddim eto.

Roedd hi wedi dechrau meddwl am ei thaid yn ddiweddar. Nid ei thad-cu, tad ei thad, oedd yn byw yn Ynys-y-bwl gyda'i mam-gu, ond ei thaid, tad ei mam, o'r Gogledd.

Y ddafad ddu. Mr Persona Non Grata.

Doedd hi ddim wedi meddwl amdano ers blynyddoedd – oherwydd nad oedd hi i fod i feddwl amdano, efallai. Doedd ei mam ddim yn fodlon cydnabod bodolaeth y dyn, ddim ers... deuddeng mlynedd? Pump oed oedd Sara y tro diwethaf iddi hi ei weld. Wedyn bu farw ei nain ac aeth ei mam a'i thad i fyny i'r angladd, a phan ddaethon nhw'n eu holau...

Agos i ddeuddeng mlynedd, felly, ers i RYWBETH ddigwydd.

Rhaid fod y rhywbeth hwnnw'n rhywbeth go fawr. 'Dwi'm isio sôn amdano fo, na chlywad amdano fo eto!' dywedodd ei mam a, nefoedd yr adar, roedd hi'n ei feddwl o hefyd! Dysgodd Sara'n fuan iawn i beidio â'i grybwyll ac i anghofio amdano, i bob pwrpas. Ni chafodd wybod beth oedd wedi digwydd a, chan ei bod hi mor ifanc, derbyniodd mai fel yna'r oedd pethau i fod, nad ei lle hi oedd dangos unrhyw chwilfrydedd. Roedd brith gof ganddi o hanner holi ei mam-gu yn ei gylch rywdro. Dim ond unwaith roedd ei mam-gu wedi'i gyfarfod, a hynny ym mhriodas Graham a Mared, rhieni Sara. 'Tipyn o hen hipi yw e,' cofiai ei mam-gu'n dweud.

Hipi...

Wel, roedd hynny'n cyd-fynd â'r cof plentyn oedd gan Sara ohono. Ffigwr amwys gyda gwallt hir a gitâr ar ei lin, ac anodd oedd meddwl amdano fel taid i neb. Taid oedd rhywun fel ei thad-cu, dyn solet a chrwn â thri-chwarter cylch cul o wallt gwyn yn amgylchu ei ben moel, fel mynach oedd wedi mynd dros ben llestri. Trowsus call a choler-a-thei o dan siwmper dwt o Marks, ac yn arogli o dda-da mint a *butterscotch*.

Nid rhywun a dyfodd dros y blynyddoedd yn nychymyg Sara i fod yn debycach i Geronimo na'r un taid y gwyddai hi amdano. Rhywun a edrychai fel y cerddorion a'r gynulleidfa a welodd mewn hen glip ffilm o un o'r gwyliau cyntaf yn yr Ynys Wydrin.

A da-da mint a *butterscotch*? Go brin. Mwg melys yn glynu i'w ddillad fel glaw mân, fel gwe pry cop, ac efallai ychydig o olew *patchouli*.

Rhywun... gwahanol?

Mmm, ie – ond dyw hynny ddim yn beth da bob amser, cofia, Sara.

Rhywun diddorol, falle?

Don't go there, chwedl y Sais.

Ond un diwrnod, tua deufis yn ôl, yn ystod un o'i gwersi Saesneg...

Y gerdd.

Un gerdd mewn blodeugerdd o waith beirdd yr ugeinfed ganrif. Cerdd a ddaeth â'r ffigwr amwys, hirwallt a blêr hwnnw gyda'r gitâr ar ei lin yn ôl i flaen ei chof.

Robert Graves oedd y bardd.

A'r gerdd? 'Welsh Incident'.

Doedden nhw ddim yn astudio'r gerdd hon, gwaetha'r modd. Yr un dan sylw oedd un gan Adrian Mitchell. Ond doedd Sara erbyn hynny byth bron yn agor ei cheg yn y gwersi, byth yn cyfrannu, dim siw na miw yn dod o enau Sara Dafydd. Eisteddai yno fel sbwnj yn sugno popeth i mewn a gwasgu'r rhan fwyaf ohono mas ar ddiwedd y dydd. Ac roedd cerddi fel un Mitchell yn gwneud iddi deimlo'n anghyfforddus iawn: 'Celia, Celia' – rhigwm bach hoffus a ysgrifennodd yn arbennig i'w wraig.

Sombis o'i chwmpas ac o'i blaen, a'r sbwnj yn eistedd yn y cefn, o'r golwg bron. I gyd yn brefu chwerthin.

'When I am sad and weary
When I think all hope has gone
When I walk along the High Holborn...' – ac yna'r

llinell olaf, a barodd i'r sbwnj wingo ar ei chadair ac ymgilio –

'I think of you with nothing on.'

Chwerthin! Ha-ha-blydi-ha, bloeddiai'r sombis. A disgwyliai'r sbwnj iddyn nhw i gyd droi ati hi gan bwyntio a brefu chwerthin.

Dyna sut y bu iddi droi'r tudalennau'n frysiog gan wybod bod ei hwyneb yn fflamgoch, a phetai'r sbwnj yn ei gwasgu'i hun yn awr, gwyddai mai chwys a ddeuai allan ohoni, hen chwys sur a drewllyd. Felly trodd y tudalennau, un ar ôl y llall, nes i'w llygaid syrthio ar 'Welsh Incident'. Y teitl i ddechrau, ac yna'r enwau cyfarwydd o fewn y gerdd i gyd yn ei bachu.

Chwiliodd amdani ar y we y noson honno. Cerdd od ar y naw – a beth gythrel oedd Robert Graves yn ei smoco pan sgwennodd e hon? – yn sôn am rhyw bethau a ddaeth o'r ogofâu ger Cricieth, 'Things never seen or heard or written about.'

Ac enwau Harlech, Caernarfon, Pwllheli, Porthmadog, Cricieth, Tremadog, Borth a Phenrhyndeudraeth. Pob un â chysgod ei thaid yn hofran drostyn nhw, fel cysgod brân fawr sgraglyd.

Yna darllenodd am gefndir y gerdd. Cyfweliad â'r bardd. Roedd o ar y trên, yn teithio ar Reilffordd y Cambria yn blentyn yng nghwmni ei dad, a phlismon lleol Cymraeg yn codi ar ei draed a phwyntio at y môr ac yn dweud yn hollol ddiflewyn-ar-dafod ei fod, yn ddiweddar, wedi gweld môr-forwyn yma, yn y dŵr.

Beth? Plismon?

Nid rhyw *nutter* â'i ben yn y cymylau, ond plismon. Bron y gallai Sara ei weld yn glir yn ei meddwl. Dyn llydan a thal gyda mwstásh llaes a thrwchus fel mwstásh walrws. Dyn di-lol na chymerai unrhyw grap gan neb – fydden nhw ddim, yn y dyddiau hynny, y cops: oes clustan, bonclust a chic-yn-din oedd hi, a doedd wiw i neb redeg at unrhyw wleidydd sopi dan grio a nadu chwaith.

Ac i foi fel hwn godi a chyhoeddi wrth ddieithriaid rhonc ei fod wedi gweld môr-forwyn... 'It was in perfect seriousness and made a very powerful impression on us all,' meddai Graves.

Digon o argraff ar fachgen ifanc iddo gofio'r digwyddiad ar hyd ei oes, ac ysgrifennu cerdd amdano flynyddoedd yn ddiweddarach.

Freuddwydiodd hi ddim am fôr-forynion y noson honno, nac am blismyn tebol gyda mwstashys gogoneddus. Nac am ei thaid chwaith, ond yno roedd o, yn ei meddwl fore trannoeth. Yr un a wnâi i wynebau ei rhieni galedu bob tro y byddai unrhyw awgrym o sôn amdano'n bygwth baeddu'r awyrgylch. Fel tasai rhywun wedi gollwng rhech uchel, ddrewllyd mewn gwasanaeth angladd.

'Taid...,' sibrydodd Sara. 'Taid...'

'Mae o'n ddyn ofnadwy,' cofiai ei mam yn dweud amdano.

Wel, ma hynny'n ocê, ma hynny'n cŵl, meddyliodd. Achos dw inne, hefyd, yn ofnadwy.

Aeth Sara gyda'i rhieni yn ddiweddar i ddathlu'i phen-blwydd yn ddwy ar bymtheg oed. Aethant i dafarn fawr y tu allan i Gaerdydd. Hen ysgubor, gyda bwyty ar y llawr uchaf. Cyn ffonio am fwrdd, roedd ei rhieni wedi gofyn iddi oedd arni eisiau gwahodd un o'i ffrindiau.

Ysgydwodd Sara'i phen.

'Neb? Ti'n siŵr?'

'Ydw.'

'Be am Esyllt?'

Ysgydwodd ei phen eto, yn fwy pendant. 'Neb.'

Edrychodd ei rhieni ar ei gilydd. 'Wel, os ti'n siŵr...'

Syrthiai ei phen-blwydd ar nos Iau.

'Fe awn ni nos Wener,' cyhoeddodd ei thad. 'Ma nhw'n cynnal nosweithie Cymrâg yno ar nos Wener.'

Whoopee, meddyliodd Sara. Roedd eu bwrdd yn edrych i lawr dros y prif far, oedd yn berwi o athrawon a chyfryngis. Gwelodd sawl un o'i hathrawon yno gyda'u partneriaid. Daeth rhywun oedd yn arfer bod ar y teledu ymlaen i lywyddu'r noson.

'Cês,' meddai ei mam.

'Ti'n meddwl?' meddai ei thad. Codai ei thad bob hyn a hyn er mwyn cael gair gyda rhywun neu'i gilydd oedd yn ymwneud â'r cyfryngau. Gofynnodd rhywun i Sara'n ddiweddar beth yn union oedd gwaith ei thad yn S4C. Methodd â'u hateb.

Daeth dyn canol oed ymlaen gyda gitâr. 'Yffach, odi hwn yn dal i fynd?' meddai ei thad.

'Edrych felly, Graham,' meddai ei mam.

Canolbwyntiodd Sara ar ei chig oen. Claddodd bob tamaid.

'Neis?' holodd ei mam gyda gwên.

'Oedd, diolch.' Llwyddodd i wenu'n ôl. 'A... diolch yn fawr am heno.'

Estynnodd ei mam dros y bwrdd a gwasgu'i llaw. Ei llaw dde, diolch byth.

Roedd y canwr gwerin wedi gorffen ei set. Yn ei le daeth triawd boliog, barfwyn, moel ymlaen. Ffidil, gitâr a thelyn. Roedd y rhain, yn ôl ei mam, yn arfer bod yn boblogaidd iawn yn ystod y saithdegau. Cafwyd ambell i ŵŵp! ffalseto gan y gitarydd yn y gobaith y byddai rhai'n dechrau dawnsio, ond roedd bron pawb yno'n rhy brysur yn sgwrsio.

Ac roedd y lle'n llawn dop.

Yn orlawn o sombis.

Arhosodd cwpwl wrth eu bwrdd i siarad gyda'i rhieni. Roedd eu merch yng ngholeg Aber.

'Wrth ei bodd yno,' meddai'r fam. 'Byth bron yn dod gartre.'

Cododd mam Sara'i haeliau ar ei merch.

'O, i Aber mae Sara am fynd hefyd, Mared?'

'Ie,' atebodd ei thad. 'Ma hi'n dishgwl ymla'n yn barod. On'd wyt ti, Sara?'

Esgusododd Sara'i hun a mynd i'r tŷ bach. Ar ei ffordd yno cafodd gip annisgwyl arni hi'i hun mewn drych hir ar un o'r muriau. Trodd i ffwrdd yn gyflym a brysio'i chamau.

Roedd toiledau'r bwyty'n dawelach o gryn dipyn na rhai'r bar i lawr y grisiau. Caeodd Sara ddrws y cuddygl pellaf ac eistedd ar gaead y sedd. Doedd dim graffiti ar gefn y drws, ond roedd rhywun wedi rhoi sticer melyn, crwn union gyferbyn â llygaid pwy bynnag fyddai'n eistedd ar y toiled. Wyneb yn gwenu o glust i glust (petai clustiau ganddo), fel darlun plentyn o leuad lawn.

Smiley face.

Dwi ddim yn haeddu hyn, meddyliodd. Mae'n mynd trwydda i, gwylio Dad a Mam yn gwneud eu gorau i roi pen-blwydd neis i mi. Doedd hi ddim chwaith yn haeddu'r wats a gafodd ganddyn nhw'n anrheg, ac a edrychai'n fregus a thila am ei harddwrn cnawdog, hyll.

Ro'n i'n gorfod gwneud ymdrech i ddiolch iddyn nhw'n gynharach, i ddiolch am heno.

Ac ymdrech arall i wenu, a bod yn serchus.

Ac i beidio â rhuthro o'r lle dan sgrechian, Help! Ma'r sombis ar f'ôl i!

Agorodd y botwm ar gyffsen llawes chwith ei blows. Torchodd ei llawes, dros ei phenelin. Edrychai ei braich fel petai Sara wedi'i thynnu'n ôl ac ymlaen, yn ôl ac ymlaen, drwy wrych o ddrain – yn fwy felly o dan oleuni llachar y toiledau.

O'i bag tynnodd gyllell boced fechan a'i hagor. Pallodd sŵn y ffidil, y gitâr a'r delyn o'r bar islaw ac i'w phen yn eu lle daeth un o ganeuon y Foo Fighters: doedd ond eisiau iddi agor y gyllell fechan i hyn ddigwydd. Yn ddi-ffael, a'r un gân bob tro:

Sweet and divine
Razor of mine
Sweet and divine
Razorblade shine…

Bron heb iddi sylwi, roedd ei llaw dde wedi sleifio i fyny ei braich chwith. Daeth ei bysedd o hyd i ddarn o gnawd clir yn y plyg. Pinsiodd ei bysedd ef yn giaidd. Rhuthrodd y dagrau i'w llygaid wrth iddi wingo'n sydyn mewn poen. Pinsiodd ef yn galed, galed, cyn gwthio blaenau'i hewinedd i mewn i'r croen.

Ond doedd hynny ddim yn ddigon.

Gwthiodd flaen y gyllell i mewn i'r un lle nes iddi deimlo'r gwlybaniaeth poeth, cyfarwydd – fel cusan hen ffrind – yn llifo i lawr ei braich, dros gledr ei llaw chwith, a rhwng a thros ei bysedd. Dim ond edau o boen ar y cychwyn fel hyn, ond roedd yn ddigon i greu niwl poeth yn ei llygaid. Syllodd ar y sticer melyn ar gefn y drws. Tyfodd hwnnw'n fwy ac yn fwy, chwyddodd yn anferth nes iddi fethu â gweld unrhyw beth arall ond yr wyneb melyn, mawr a'i grechwen fain.

Gwthiodd ei hewinedd yn ôl i mewn i'r archoll ac edrych

i lawr ar y diferion coch yn tasgu fesul un ar y teils gwynion o gwmpas ei thraed. Roedd ei hewinedd fel dau ddant bach miniog, ac arhosodd Sara felly nes bod yr edau o boen wedi troi'n gortyn ac yna'n rhaff oedd yn glymau i gyd.

Roedd y gath wedi sgrapo Sara fach unwaith eto. Ac roedd y boen yn gyfarwydd, roedd y boen yn *iawn*.

A doedd Sara ddim yn sombi.

Ond roedden nhw'n dod yn nes. Ac yn nes. Ac roedd mwy a mwy ohonyn nhw.

Roedd yn rhaid iddi ffoi...

Y NOSON GYNTAF

Sara

Cyrhaeddodd Sara yn hwyr ar bnawn Sadwrn yn agos at ddiwedd mis Mawrth. Roedd y dyddiau wedi dechrau ymestyn ond roedd y gwynt yn dal i frathu'n greulon.

Yn ei meddwl gallai ei glywed yn chwibanu wrth iddo chwipio drwy'r moresg miniog a dyfai ar y twyni tywod. Doedd dim cof ganddi o hynny, dalltwch: ei dychymyg oedd yn mynnu fod chwiban gan y gwynt.

Ac roedd ei dychymyg heddiw yn drên, chwedl T.H.. Pan welodd yr enw 'Harlech' ar arwydd ffordd, er enghraifft, dychmygodd seindorf y dref honno'n chwarae'r dôn 'Marchog Iesu', er nad oedd unrhyw glem ganddi sut yr oedd yn swnio. Nac ychwaith a oedd seindorf gan Harlech erbyn heddiw. Ond roedden nhw yno yn y gerdd honno gan Robert Graves, yn ei wm-pa-pa-wm-pa-pa-io hi am y gorau yng ngoleuni haul prynhawn o Basg, 'on thirty-seven shimmering instruments'.

Wrth aros am ei bws olaf, wedi llwyr ymlâdd ar ôl diwrnod blin o deithio, clywodd sawl un yn cwyno am y tywydd. Gwrandawodd ar ddwy ddynes a swniai'n hynod o debyg i'w mam.

'Pryd ma hi am ddechra c'nesu, deudwch?'

'Duw a ŵyr. Ma hi'n gyndyn ar y naw o neud hynny eto leni.'

Diwrnod oer, felly, a chymylog, a'r awyr yn feichiog ddu uwchben y dref. Ond fel sy'n digwydd yn aml ar ddyddiau fel hyn, gwnaeth yr haul un ymdrech olaf i ymddangos am ychydig o funudau cyn rhoi'r ffidil yn y to a suddo o'r golwg. Llwyddodd i greu streipen felynfrown a chul rhwng yr awyr ddu a'r môr, ac roedd hon yn ddigon cryf i ddallu Sara bob hyn a hyn wrth i'r bws ddilyn y ffordd droellog. Gyda chymorth y baw oedd wedi'i gremstio ar y ffenestri, edrychai'r tu mewn i'r bws fel hen lun sepia ar adegau, gan droi wynebau ei chyd-deithwyr yn wynebau o'r bedwaredd ganrif ar bymtheg.

Cafodd gip ar ambell enw a ganai gloch. Tyddyn Llwyn oedd un. Garreg Wen un arall. A nodyn wedi'i blycio o dant telyn efo'r enw hwn, yn hytrach na chaniad cloch.

Telyn... telyn... pam telyn?

Nodiodd yn araf iddi'i hun. Brith, brith gof am Ddafydd y Garreg Wen, y telynor dall, yn gofyn am ei delyn o'i wely angau. Ie, dyna ni − roedd yna gân werin amdano. A stori arswyd, hefyd, am blinc-plonc ysbrydol oedd i'w glywed weithiau ar nosweithiau llonydd o haf.

Rhywbeth fel yna, beth bynnag. Go brin ei bod yn wir ond hei, mae rhywun yn byw mewn gobaith, yn dydi? Mae ar rywun eisiau i straeon bach fel hyn fod yn wir − er, mae'n siŵr mai profiad digon sbwci fuasai clywed telyn Dafydd yn nofio tuag atoch chi ar yr awel, a chithau yno ar eich pen eich hun â'r nos yn cau amdanoch.

Ochneidiodd Sara Dafydd wrth iddi deimlo'r ffôn ym mhoced ei chrys yn cosi cnawd ei bron chwith.

Ei mam eto, gwyddai, yn crefu am gael gwybod lle roedd hi.

Anwybyddodd ef. Peidiodd y cosi. Ond roedd ei braich chwith yn llosgi ag euogrwydd.

Cyn bo hir, wrth i'r teithwyr eraill ddiflannu i lawr y stepiau, dim ond hi a'r bachgen oedd ar ôl ar y bws. Y bachgen a fu'n syllu arni hi'n slei ers iddo gyrraedd yr arhosfan. Gwifrau iPod yn dod o'i glustiau, copi o'r *NME* diweddaraf dan ei gesail. Roedd Sara yno'n disgwyl ymhell cyn iddo gyrraedd ac yn eistedd ar ei sach deithio, wedi ei lapio'n glyd yn ei chôt *parka*, ei dwylo wedi'u gwthio i mewn i'r pocedi ochr a'r hwd dros ei phen ac yn cuddio'r rhan fwyaf o'i hwyneb. Bu'r bachgen yn gwneud ei orau i sbecian dan ei hwd, ond cadwodd Sara'i phen i lawr ac oddi wrtho.

Dwyt ti ddim yn fy nabod i.

Felly *take the hint, Clint* – gad LONYDD i mi!

Bachgen tal o'r un oed â hi, tybiai Sara, gyda gwallt crychlyd, trwchus oedd mewn perygl o dyfu i fod yn Affro os na welai siswrn yn fuan.

Roedd o'n syllu arni hi, o'i sedd ychydig y tu ôl iddi. Gallai Sara deimlo'i lygaid arni, a phan gyrhaeddodd y bws yr arhosfan olaf, cododd y bachgen yn araf gan loetran y tu ôl iddi, yn amlwg er mwyn gadael iddi hi fynd allan yn gyntaf. Ond trodd Sara ei chefn arno gan smalio ffidlan gyda strapiau ei sach deithio, fel na phetai ganddi unrhyw syniad ei fod o'n hofran yno'n fonheddig. Pan sylweddolodd y bachgen ei fod o'n edrych yn ffŵl, symudodd at y drws.

Manteisiodd Sara ar ei gefn; cododd a throi a gwyro dros ei sach, ei hwd unwaith eto fel cwcwll mynach dros ei hwyneb.

'Diolch,' clywodd hi'r bachgen yn dweud wrth y gyrrwr.

'Iawn, boi.'

Eiliad neu ddau o dawelwch, a gallai Sara ei ddychmygu'n troi ac edrych i'w chyfeiriad cyn disgyn o'r bws, yn y gobaith o gael cip ar ei hwyneb efallai.

'Ocê?' gofynnodd y gyrrwr.

Nodiodd Sara'n swta a chamu i'r ffordd, ei gên i lawr a'i llygaid ar flaenau ei hesgidiau. Clywodd y drysau'n ratlo ynghau y tu ôl iddi wrth iddi wthio'i breichiau drwy strapiau'r sach a'i chodi i fyny ar ei chefn.

Morfa Bychan, meddyliodd.

Dwi yma.

Gyrrodd y bws ymaith ac arhosodd Sara'n ddiamynedd nes

bod ei dwrw wedi pallu. Yna caeodd ei llygaid, a gwrando.

A dyna fo – y môr, yn ochneidio yn y pellter wrth iddo anwesu'r Greigddu. A gallai arogli'i bersawr yn awr, hefyd, yn cosi ei ffroenau.

Dwi yma, meddyliodd eto. Dwi yma, go iawn.

Iwan

Yr hogyn ar y bws?

Fi oedd hwnnw, ac ro'n i'n methu'n glir â dallt pwy oedd yr hogan ryfadd yna, na lle roedd hi'n mynd, na pham ei bod hi yma.

Chwara teg – fama? Yr adag yma o'r flwyddyn?

Ma'r bỳs-stop union y tu allan i'n tŷ ni, fwy neu lai. Mi sefais ag un llaw'n gorffwys ar bostyn y giât, yn barod i droi am y tŷ'n ddiniwad i gyd cyn gyntad ag y bydda'r hogan yn cychwyn troi tuag ata i.

Wel, ro'n i wedi cymryd mai hogan oedd hi. Hogan ne' ddynas: doedd hi ddim yn ddyn, roedd hynny'n saff. Ella'n wir ei bod hi'n ddynas yn ei hoed a'i hamsar, ond do'n i ddim yn meddwl, rywsut. Pam, dwi ddim yn siŵr. Dwi'n bell o fod yn Sherlock Holmes o foi, yn gallu deud 'mond drw' edrych unwaith ar 'ych sgidia chi be ydi'ch gwaith chi, lle 'dach chi'n byw a be gafodd y ddynas drws nesa i chi i frecwast wsnos a deuddydd yn ôl.

Felly ia, hogan, a rŵan roedd hi'n sefyll wrth y bỳs-stop, yn hollol stond, ac yn syllu i fyny ar yr awyr.

Ac yn edrych i mi fel tasa hi'n synhwyro'r gwynt.

Yna mi drodd yn sydyn, cyn i mi fedru symud, a 'nal i'n rhythu arni hi.

Be w't ti isio? – dyna be oedd yr osgo'n ei ddeud a dwi'n gwbod, dwi jyst yn gwbod, tasa yna fwy o oleuni, ne' petasan ni'n sefyll yn nes at ein gilydd, y basa'r hogan wedi fy ngweld i'n cochi at fy nghlustia. Un felly dwi wedi bod erioed, yn cochi ar ddim. Mi allwn ei deimlo fo, da damia fo, yn llifo dros fy ngwynab. Troais oddi wrthi hi, wedi ffwndro'n lân am ryw reswm, ac wrth wneud hynny dyma fi'n rhoi waldan i 'mhen-glin yn erbyn postyn y giât. Yna mi ges i drafferth i godi'r gliciad, ac i goroni'r cwbwl – y cranberi ar y twrci, fel petai – anghofiais roi'r hwb fach angenrheidiol i'r giât ac mi grafodd honno'n swnllyd dros wynab y llwybr.

Ro'n i fel taswn i wedi meddwi'n dwll.

O leia mi lwyddais i agor y drws ffrynt heb dorri'r goriad ne'r clo ne' Duw a ŵyr be arall. Cyn camu i mewn i'r tŷ, troais eto. Roedd yr hogan wedi cefnu arna i ac yn llamu ar hyd y ffordd i gyfeiriad y traeth.

Wel, lle arall, yndê? Does 'na nunlla arall yma i rywun fynd.

Welis i mo'i hwynab hi o gwbwl, 'mond blaen ei gên. Dim ond argraff ohoni yn nhywyllwch ogof ei hwd.

Pwy uffarn *oedd* hi?

Harri a Jona

Tua'r un pryd, yn y fan ar eu ffordd i Ddwygyfylchi, meddai Harri wrth Jona:

'Ti'n flin fel tincar. Be sy?'

'Be? Nac 'dw i…'

'W't. Be sy?' gofynnodd Harri eto.

Jona oedd yn gyrru'r fan. Dechreuodd fwrw glaw, smotiau mawrion yn britho'r ffenestr flaen, ac ochneidiodd Jona.

'Yndw, ti'n iawn,' cytunodd. 'Sbia,' meddai am y glaw.

'Ma hi 'di bod yn hel amdani drw'r dydd,' meddai Harri.

'Roedd hi'n fendigedig peth cynta.'

Cofiai Jona sefyll y tu allan i ddrws ei gaffi, Y Morfil Bach, ym Mhencei, Porthmadog. Roedd yr enw wedi ei beintio ar ddarn mawr o bren uwchben y drws, efo llun o forfil bach tew efo gwên lydan yn chwythu ymbarél o stêm a dŵr o dwll yng nghanol ei gorun. Paent glas a gwyn, y dŵr yn las a'r morfil yn wyn fel Mobi Dic. Roedd y llanw i mewn, ben bore heddiw, yr harbwr yn llawn a'r dŵr yn wincian ar Jona yn yr heulwen, a'r cychod yn edrych fel tasan nhw'n pori ar wyneb yr heli. Deuai arogl bacwn a bara ffres a choffi o'r tu mewn i'r caffi, ac roedd pawb a gerddai i mewn ac allan o'r siop bapurau newydd drws nesa – Jona Huws, Ysw. oedd perchen honno hefyd – yn gwneud hynny gyda gwên ac yn ei gyfarch yn glên.

'Ond wedyn…,' meddai Jona rŵan.

'Wedyn – be?' gofynnodd Harri.

'Breioni Jones, dyna be.'

'Ah…,' meddai Harri.

Breioni, Breioni… lle mae rhywun yn dechrau efo hogan fel Breioni Jones?

Wn i ddim ydych chi wedi dioddef erioed o'r ddannodd waed – neu *abscess* ar eich dant. Cafodd Jona'r anffawd hon rai blynyddoedd yn ôl. Roedd y boen yn… wel, yn uffernol. Gyda phob curiad o'i galon, teimlai fel petai yna rywun yn gwthio nodwydd boeth i mewn i'w ddant, reit yng nghanol y nerf. Daeth yn agos at ddrysu efo'r boen, gan deimlo fel curo'i ben yn erbyn y wal agosaf.

Cofiai Jona'r artaith hon bob tro yr edrychai ar, a phob tro y meddyliai am, Breioni Jones.

'Wel,' meddai Harri, 'all neb ddeud nad w't ti wedi rhoi bob cyfla i'r ffurat fach annifyr.'

Ond doedd hynny ddim yn gwneud i Jona deimlo'n well. Ddim o gwbwl. Bu'r peth ar ei feddwl ers dyddiau a phrin y cysgodd o'r un winc neithiwr. Fore heddiw, pan gododd o'i wely, roedd ei du mewn yn troi fel buddai.

Jona Huws, pum deg chwech oed, yn chwe throedfedd a phum modfedd o daldra ac yn llydan fel drws capal. Erstalwm, pan oedd ei wallt yn ddu, yn hir ac yn gyrliog, ei ddannedd i gyd ganddo ac yn sgleinio'n wyn ac yn gryf o ganol ei locsyn, arferai edrych fel môr-leidr neu ymladdwr gwyllt o'r Mabinogi.

A dyma fo heddiw'n cachu brics am ei fod o'n gorfod rhoi'r sac i hogan oedd eto i weld ei phen-blwydd yn ddeunaw oed.

'Mi wnest ti'r peth iawn,' meddai Harri. 'Ma hi 'di bod yn gofyn amdani ers hydoedd. Dwi'm yn dallt pam roist ti job iddi hi'n y lle cynta.'

'Felly rw't ti wedi deud,' meddai Jona.

Ond roedd sylw Harri'n un teg. Doedd Jona ddim yn un am gyflogi pobol ifainc. Doedd ganddo fawr i'w ddweud wrthyn nhw. Tynnai Harri arno'n aml drwy ganu'r gytgan i 'Drug Store Truck Drivin' Man' gan The Byrds – 'Well, he don't like the young folks, I know…'

(Un da i ddeud, gan nad oedd Harri'n or-hoff ohonyn nhw chwaith.)

Roedd Jona eisoes yn cyflogi pedair o ferched, pob un yn hŷn na fo. Barbara a Mair yn y siop bapurau newydd, a Medwen a Gwenllian yn y caffi. Meddyliai weithiau ei fod o wedi gwneud camgymeriad, mai fel arall rownd y dylai pethau fod, gan fod Barbara a Mair yn ferched go nobl, tra edrychai Gwenllian a Medwen druain fel petaen nhw'n bwyta gwellt eu gwelyau.

Ta waeth. Roedd pethau'n gweithio'n tshampion nes i Gwenllian gyhoeddi un diwrnod ei bod hi ac Elis, ei gŵr, am symud i'r Wyddgrug er mwyn cael bod yn nes at eu hwyrion.

'Be? 'Dach chi'n gall?' oedd ymateb Jona.

Dau Tasmanian Devil – dyna beth oedd wyrion Gwenllian yn nhyb Jona.

''Dach chi rioed isio bod yn nes at y ddau ffernol yna?' meddai wedyn.

Fel y gwelwch chi, dydyn ni ddim yn sôn yma am y dyn mwyaf diplomatig dan haul. Aeth Gwenllian yn reit sniffi efo fo, gan fwmian rhywbeth am Herod Fawr. Ac i ffwrdd â hi am yr Wyddgrug, gan adael Medwen ar ei phen ei hun am y tro.

Ond pam ddewisodd Jona gyflogi Breioni Jones, o bawb? Wel...

Oherwydd ei mam, Eileen, a fanteisiodd ar Jona ar awr wan – noson dda yn y Llong, mewn geiriau eraill. Daeth ato a dweud fod ei merch ieuengaf yn desbret am job.

Ysgydwodd Jona'i ben. 'Sori, Eileen.'

Ond dydi Eileens y byd yma ddim yn rhoi'r ffidil yn y to mor hawdd â hynny. Swniodd a hefru, a hefru a swnian, ac ar ddiwedd y noson, closiodd reit i fyny ato a sibrwd yn ei glust, 'Dydi *Lust for a Vampire* ddim yn golygu dim i chdi, Jona Huws?'

Gair bychan ynglŷn â'r ffilm hon. Cafodd ei rhyddhau yn nechrau'r saithdegau, pan oedd hormonau Jona Huws dros y lle i gyd. Roedd ffilmiau arswyd Hammer yn denu cynulleidfaoedd brwd o hogiau ifainc Port. Nid oherwydd fod diddordeb mawr ganddyn nhw yn llên gwerin Transylfania, trist yw dweud, ond oherwydd y bronnau noethion a fyddai'n hwyr neu'n hwyrach yn byrlymu allan o gobanau gwynion yr actoresau.

Ac mae gan *Lust for a Vampire* – sydd yn ffilm uffernol o wael, waeth i ni fod yn onest, ddim – fwy na'i siâr o fronnau. Ychydig iawn a welodd Jona Huws ohonyn nhw, fodd bynnag, gan ei fod wedi treulio'r rhan fwyaf o'r ffilm yn snogio efo Eileen. Cusanau barus a blas gwm cnoi Juicy Fruit arnynt, cofiai, a'i wddf drannoeth yn edrych fel tasa fo wedi dod ar draws un o fampiriaid Hammer yn seddau cefn y Coliseum.

Erbyn i Eileen ei atgoffa o'r noson honno, roedd Jona'n reit chwil. Deffrodd drannoeth efo'r teimlad annifyr ei fod o wedi gwneud rhywbeth dwl ar y naw.

Aeth yn oer drosto wrth i'w gof ddychwelyd â'i gynffon rhwng ei goesau.

Dechreuodd Breioni yn y caffi yn brydlon am wyth fore Llun. Ond oes fer iawn a gafodd y prydlondeb hwn.

Ychydig dros wyth mis yn ddiweddarach, dyna lle roedd Jona'n ymbaratoi ar gyfer ei sacio.

Daeth Breioni i'r golwg o'r diwedd. Dod yn dow-dow braf dan chwythu mwg, iPod yn ei chlustiau a rwtsh yn llenwi'i phen. Jîns tynion am goesau tenau a'i thraed yn simsan mewn sodlau uchel.

'Mi welodd hi fi,' meddai Jona wrth Harri, 'mi welodd hi fi'n sefyll yno yn y drws, yn sbio reit arni hi ac yn amlwg yn disgwyl amdani hi, ond ti'n meddwl y cymrodd hi unrhyw sylw?'

Na, dim o gwbwl, dim ond parhau i ddod yn hamddenol cyn cyrraedd o'r diwedd, gollwng stwmp ei sigarét i lawr y draen a diffodd ei iPod.

'Haia.'

'Ti'n hwyr, Breioni.'

'Yndw? Sori.'

Roedd hi wedi ceisio camu heibio iddo ac i mewn i'r caffi ond doedd Jona ddim am symud, ddim heddiw. Safai yno fel arth anferth yn gwarchod ceg ei ogof.

'Dwi wedi rhoi sawl rhybudd i chdi,' meddai wrthi.

Tynnodd amlen o'i boced a'i chynnig iddi. 'Dyma faint sy arna i i chdi. Ma dy P45 di yna hefyd.'

Roedd Breioni wedi rhythu ar yr amlen. Yna ar Jona, ei hwyneb bach caled yn finiog fel rasal.

'Ti'm yn sacio fi?'

'Yndw,' meddai Jona.

Roedd arni eisiau gwybod pam.

'Aclwy!' meddai Harri. 'Lle 'sa rhywun yn cychwyn?'

'Yn hollol,' meddai Jona. Ond roedd o wedi dechrau rhestru'r myrdd resymau. Doedd Breioni ddim yn tynnu'i phwysau... ond torrodd hi ar ei draws.

'Hi,' meddai am Medwen Puw. 'Hi sy 'di deud hynna wrtha chdi. Dydi'r bitsh yna rioed wedi leicio fi.'

Gwgodd i mewn i'r caffi ar Medwen druan.

'Bitsh!'

Daeth gwich fach nerfus o'r tu ôl i'r cownter.

Dechreuodd Breioni falu awyr am ei hawliau, ond roedd Jona erbyn hynny wedi cael llond bol. Roedd ganddo yntau hawliau hefyd fel cyflogwr. A doedd o ddim yn ddall, nac yn ddwl: bob tro y deuai trwodd i'r caffi o'r siop, roedd Breioni un ai ar y ffôn neu allan rownd y cefn yn smygu...

'Ma gin i hawl i ga'l ffag-brêc.'

'Ac ma gin y cwsmeriaid hawl i gael eu syrfio gan rywun sy ddim yn sbio fel bwch arnyn nhw pan fyddan nhw'n gofyn am y peth lleia. Ma gin Medwen yr hawl i neud ei gwaith hi a dim ond ei gwaith hi, heb orfod gwrando ar dy sgyrsia ffôn diddiwedd di, heb orfod gwrando ar yr holl regi sglyfaethus...'

Roedd o wedi gwthio'r amlen i mewn i'w dwylo. Edrychodd Breioni ar yr amlen ac yna arno fo, a gwyddai Jona'n iawn ei bod hi'n ysu am fedru lluchio'r arian yn ôl i'w wyneb i gyfeiliant sawl enghraifft ogoneddus o'r 'rhegi sglyfaethus' roedd Jona newydd ei grybwyll.

Ond roedd llygaid Breioni Jones yn llawn dagrau a'i hwyneb yn wyn, heblaw am ddau smotyn bach coch yn uchel ar ei gruddiau; roedd ei gwefus isaf yn crynu, ac am eiliad ofnai Jona ei fod o mewn perygl o deimlo drosti.

Cafodd fflach sydyn o'r gorffennol, o gusanau blas Juicy Fruit ac o wefusau'n sugno croen tyner ei wddf.

Yna cofiodd am reswm arall pam roedd hyn wedi gorfod digwydd, rheswm nad oedd o wedi'i leisio oherwydd na fedrai brofi'r peth. Roedd o'n amau fod Breioni wedi bod yn cymryd arian oddi wrth y cwsmeriaid a'i roi yn ei phoced yn hytrach nag yn y til. Dim llawer, efallai – rhwng pum punt a deg punt y dydd – ond roedd hynny oddeutu hanner can punt yr wythnos. Ac mewn mis – wel, *do the sum, chum,* meddyliodd Jona. Ond doedd o ddim yn ddigon dwl i'w chyhuddo hi o hynny – Miss Hawliau 2011 – ac yntau heb brawf pendant.

Gwyliodd hi'n gwthio'r amlen i mewn i'w bag cyn troi heb edrych arno a brysio i ffwrdd, ei sodlau uchel yn clecian yn biwis ar y palmant.

Roedd hi'n bwrw'n hegar erbyn i Jona orffen adrodd yr hanes.

'A 'swn i'n gallu gneud heb heno 'ma,' meddai. 'Dwi'n difaru deud wrth y ddynas y basan ni'n mynd draw.'

Pam Pritchard o Ddwygyfylchi oedd 'y ddynas', wedi ffonio Jona ddeuddydd ynghynt. Roedd hi wedi cael ar ddallt ei fod o a Harri'n prynu hen jiwcbocsys.

'Wyddost ti fyth be sgini hi,' meddai Harri.

'Na, dyna'r peth.' Roedd weipars y fan yn mynd ffwl sbîd

ac roedd yna lympiau o eira'n blodeuo bob hyn a hyn yn erbyn y ffenestr flaen. 'Ond sglyfath o noson fel hon... a finna isio codi cyn cŵn Caer i sortio'r papura Sul...'

'Duw, paid â chwyno,' meddai Harri. 'Meddylia – fydd dim rhaid i chdi orfod sbio ar ei hen wep surbwch hi eto.'

Roedd o mewn hwyliau reit dda heno, yr hen Harri. Heno oedd noson troi'r clociau. Awr ymlaen – *spring forward, fall back*. Roedd o wastad yn teimlo'n fwy sionc, rywsut, yr adeg yma o'r flwyddyn (ac yn teimlo'i oed ar y noson gyfatebol ddiwedd mis Hydref).

Hefyd, roedd y tŷ ger y traeth fel pin mewn papur ac arogl paent ffres yn ei lenwi o'r top i'r gwaelod. Dim ots os oedd o, weithiau, wrth gael y tŷ'n barod ar gyfer ei osod am chwe mis arall, wrth beintio a phapuro a sgwrio a thrwsio, wrth olchi a smwddio a garddio, yn teimlo braidd fel ei fod o'n paratoi putain ar gyfer tymor arall o... wel, o hwrio. Yn ei golchi a steilio'i gwallt a'i chwistrellu efo sent cyn ei gwisgo mewn dillad newydd sbon a'i gwneud mor ddeniadol â phosib.

Ac roedd y tŷ wedi dechrau teimlo'n well iddo o'r diwedd, am y tro cyntaf ers deuddeng mlynedd. Fel tasa'r muriau o'r diwedd wedi rhoi'r gorau i deimlo fel tasan nhw'n tynhau drwyddynt a throi'u hwynebau i ffwrdd, fel y gwna criw o ferched capel pan fydd y rapsgaliwn meddw lleol yn siglo heibio iddynt.

Neu'n hytrach, fo oedd wedi dechrau teimlo'n well yn y tŷ. Oedd, roedd o'n dal i deimlo fel ei bod hi'n sefyll y tu ôl iddo wrth iddo beintio neu bapuro, ond doedd y tristwch a lifai drosto ddim mor llethol ag yr arferai fod.

Ar un adeg, cofiai, roedd rhai dyddiau pan na fedrai fynd i mewn i'r tŷ o gwbwl. Ac ni fedrai hyd yn oed feddwl am fynd iddo unwaith roedd hi wedi nosi.

Peth annifyr iawn yw'r dychymyg weithiau. Wedi'r

cwbwl, doedd neb arall erioed wedi crybwyll fod unrhyw beth anghyfforddus ynglŷn â'r lle – a dyn a ŵyr, roedd y tŷ wedi gweld mwy na'i siâr o ymwelwyr dros y deng mlynedd diwethaf.

Ac yna, rai dyddiau'n ôl, wrth iddo olchi'r brwshys paent yn sinc y gegin, daeth yr alwad ffôn. Yr un y bu Harri'n aros amdani drwy'r gaeaf, ac yn gweddïo na fyddai'n dod. A hithau bellach yn wanwyn, roedd o wedi dechrau ymlacio, wedi dechrau credu na fyddai un eleni. Diawl, onid oedd o ar fin datgysylltu'r ffôn a mynd ag o o'r tŷ am chwe mis arall?

'Helô?'

Saib fechan – ac roedd y saib wedi dweud wrtho pwy oedd yno. Duw a ŵyr sut – doedd dim ffasiwn beth â *caller I.D.* ar hen ffôn y tŷ; doedd dim byd i'w glywed yn y cefndir, dim bagbibau'n griddfan 'The Skye Boat Song' nac acordion Jimmy Shand yn chwarae'r 'Bluebell Polka'. Dim un cliw i ddweud mai o'r Alban roedd yr alwad yn tarddu.

Ond roedd o'n gwybod, jyst yn gwybod, a dyna ni.

'Hello, Harry.'

'Moira.' Cliriodd ei wddf. 'I was beginning to hope…'

Ond torrodd hi ar ei draws.

'That I wouldn't call? That I'd got the message, Harry, is that what you were hoping?'

'Frankly, yes.' Ochneidiodd. 'It's been long enough, Moira. Too long.'

'Aye, I know. I wasnae goin' to call, Harry. I haven't, have I? Not once, all winter. Haven't I been a good little girl?'

'Moira…'

'All winter long…' Roedd hi wedi meddwi eto, gallai ddweud yn awr. 'And it's been a loooonggg one, Harry. Looooonggg and cold. Shall I tell you how I spent it? I spent it listening to all the old songs, Harry. Here, by the fire, right by the fire, but I kept getting colder and colder. Why was that, d'ye think?'

'I don't know, Moira.'

'No. Perhaps, then, that's just as well.'

'What?'

'All the old songs, Harry. All those sweet voices and tunes. Sandy, Nick Drake, Tim Buckley…' Dechreuodd ganu cân enwocaf Sandy Denny. 'Who knows where the time goes…'

Aclwy, roedd hi'n ddrwg heddiw! Canol y pnawn, hefyd. Duw a ŵyr sut siâp fyddai arni erbyn hanner nos.

'Remember, Harry?'

'Of course…'

'No. Not the song. D'ye remember teaching it to me? On that old guitar I had?'

Ddywedodd o ddim byd, er ei fod o'n cofio i'r dim. Rhoddai'r byd am allu anghofio.

'You showed me the chords, where to place my fingers, how to strum it just like Sandy strummed it. And when I finally got it right, you kissed me, Harry.'

'Please, Moira…'

'You… kissed me, Harry. Remember?'

'Moira…'

'Just say it, Harry.'

Safodd Harri yng nghyntedd y tŷ, yn gwrando arni hi'n anadlu, gannoedd o filltiroedd i ffwrdd i'r gogledd.

'Yes. I remember.'

Distawrwydd am ychydig. Oedd hi'n crio? Roedd o ar fin dweud rhywbeth pan glywodd o'r ffôn yn cael ei roi i lawr neu ei ddiffodd i fyny yn Glasgow.

Wedyn, wrth feddwl yn ôl dros y sgwrs (os sgwrs hefyd), sylweddolodd fod y tri y cyfeiriodd Moira atynt wedi marw:

Sandy Denny, Nick Drake a Tim Buckley, y tri wedi'n gadael ni yn rhy gynnar o beth wmbredd. 'All those sweet voices and tunes…,' meddai. A chyn hynny, ei bod hi wedi teimlo'n oer ac yna'n oerach. A'i fod, efallai, yn eitha peth nad oedd o'n dallt be oedd ganddi dan sylw.

Diawl, doedd y gloman ddim yn dallt ei hun, decini, meddai wrtho'i hun: roedd hi'n chwil ulw gaib – fel arfer.

Ond bu'n reit hwyr arno'n gallu cysgu, hefyd, y noson honno.

Erbyn heno roedd o'n teimlo'n well o lawer, felly'r peth olaf roedd arno'i angen oedd Jona Huws mewn hwyliau drwg. Yr hyn roedd arno'i angen heno oedd Jona Huws y cês, Jona Huws y Papur Pawb oedd yn gythral am hel clecs. Ofnai y byddai'r Jona Huws blin yn gwneud iddo yntau hel meddyliau tywyll am sut roedd Moira Munro wedi swnio dros y ffôn.

Diawl, roedd o wedi dechrau gwneud hynny'n barod, yn doedd?

Tynnodd dun baco o boced ei grys denim. O'r tun estynnodd sigarét roedd o wedi ei rhowlio'n barod, cyn cychwyn allan. Bu'n un gwael am deithio mewn car – os nad oedd o'n gyrru – ers pan oedd o'n ddim o beth, a hyd yn oed rŵan, efo'i bensiwn ar y gorwel, daliai i deimlo'n sâl os byddai'n rhaid iddo edrych i lawr am funud neu ddau.

Polyn lein a pheg, y ddau yma, a Harri oddeutu wyth modfedd yn fyrrach na Jona. A phedair mlynedd yn hŷn.

Harri Hipi – dyna roedd pawb yn ei alw, gwyddai, ac roedd o'n eitha hoff o hynny. Onid oedd o wastad wedi hoffi'r syniad o fod yn hipi? Be ydi'r gair ffasiynol? O, ia – *wannabe*.

Ond roedd Harri wedi gweithio ar hyd ei oes, hyd yn oed pan oedd o yn yr ysgol – ar y fan fara i gychwyn, yna'n gwerthu petrol mewn garej fechan yma ym Morfa Bychan cyn ymadael â'r ysgol a gweithio fel giard ar drenau Rheilffordd y Cambria, rhwng Pwllheli ac Aberystwyth.

Dydi hipis go iawn ddim yn gweithio.

Fuodd o erioed, chwaith, yn agos i bencadlys yr hipis, sef strydoedd yr Haight-Ashbury yn San Francisco. Diawl, fuodd o erioed yn America, hyd yn oed, er ei fod o wedi breuddwydio am fynd yno rhyw ddiwrnod.

Ia, rhyw ddiwrnod…

Harri a Mai ar gefn Harley, efallai, yn ei bomio hi ar hyd un o'r ffyrdd hirion, melynfrown rheiny yn Arizona. Eu gwalltiau'n chwythu yn y gwynt…

Ond ei freuddwyd o oedd honno, nid breuddwyd Mai, felly aeth i weld *Easy Rider* yn y Coliseum. Bedair gwaith. A *Woodstock* a *Gimme Shelter*, a chyngerdd Bangla Desh Bob Dylan ac Eric Clapton a George Harrison.

Roedd yn rhaid i hynny wneud y tro i Harri Hipi.

Bellach, roedd ei wallt – er ei fod yn hir o hyd – yn wyn, a heno wedi'i glymu'n ôl mewn cynffon merlen gyda lastig-band…

… ac wrth ei ochr, meddyliodd Jona Huws: Erstalwm, os o'n i'n edrych fel rhyw Gelt cynddeiriog, yna roedd Harri'n edrych fel Ioan Fedyddiwr.

Erbyn hyn, ma Harri'n gneud i mi feddwl am Willie Nelson.

Erstalwm?

Ia, dyna be ydi o, hogia bach, dyna'r gwir amdani: pan oeddan ni'n ifanc.

Erstalwm.

Ochneidiodd Jona a throi'r fan oddi ar yr A55 ac am Ddwygyfylchi.

Sara

Doedd neb gartref.

Daeth hynny'n amlwg wrth i Sara nesáu at y tŷ ger y traeth, a'i chalon yn suddo fwyfwy gyda phob cam.

Wnes i ddim ystyried na fydde rhywun gartre, meddyliodd. Dylwn i fod wedi ffonio ymlaen llaw.

Y gwir amdani oedd ei bod hi wedi ystyried hynny, ond roedd arni ofn ffonio, dyna beth oedd. Ofn clywed sŵn y ffôn yn canu, yn canu a chanu, mewn tŷ gwag. Buasai hynny wedi bod yn ddigon i newid ei meddwl, i wneud iddi ddadbacio'r sach a chadw'i dillad yn ôl yn eu droriau a'u cypyrddau, a gwthio'r sach yn ei hôl i'r tywyllwch llychlyd yng nghefn ei wardrob.

Ac aros gartref yng Nghaerdydd.

Nes i'r sombis ddod i chwilio amdani, a'i llusgo i ffwrdd.

Cyrhaeddodd y giât. Cafodd y teimlad nid yn unig nad oedd neb yn y tŷ, ond nad oedd neb wedi bod ynddo ers misoedd. Edrychodd i gyfeiriad y traeth ac yna'n ôl tua'r pentref, o'r golwg heibio i'r tro. Yna edrychodd eto ar y tŷ, gan obeithio'n wallgof y byddai'n awr yn oleuni i gyd, a'r drws ffrynt yn agored led y pen. Ond arhosodd yr un mor dywyll – mor oer a digroeso – ag yr oedd bum eiliad ynghynt, a theimlodd Sara'i choesau'n rhoi oddi tani fel petaen nhw wedi troi'n ddau linyn tenau o glai. Ar yr un pryd, crynodd ei ffôn eto fyth yn erbyn ei bron.

'Ddim nawr!' gwaeddodd.

Rhoes gic i'r giât, yna un arall ac un arall, ac roedd y boen yn ei throed yn bleserus.

Crynodd. Roedd y gwynt yn fain iawn yma, yn chwibanu dros y traeth ac yn udo o gwmpas hwd ei chôt.

Roedd y giât isel, haearn wedi agor wrth i Sara ei chicio. Cerddodd i fyny'r llwybr at y drws. Chlywodd hi'r un smic pan wasgodd hi fotwm y gloch, a dim ond adlais pan gurodd wrth y drws. Wrth sefyll yno'n rhythu ar y pren, daeth iddi'r syniad fod ei thaid yn sefyll yr ochr arall, wedi bod yno drwy'r amser, yn dal ei wynt fodfeddi oddi wrthi. Fel un o'r ysbrydion rheiny yng ngherdd Walter de la Mare – 'a host of phantom listeners' – yn gwrando a gwrando'n astud ac yn llawn tensiwn. Ei fod o, rywsut neu'i gilydd, wedi cael ar ddeall ei bod hi ar ei ffordd yma, ei fod o wedi synhwyro ei bod hi'n dod, ac yn cymryd arno'i fod o wedi mynd allan… na, wedi mynd i ffwrdd, hyd yn oed, oherwydd doedd arno mo'i heisiau hi yma.

Felly rhoes swaden galed i bren y drws yn y gobaith y byddai'r ergyd yn un annisgwyl ac y byddai'n ei glywed yn ebychu'n uchel wrth neidio mewn braw, er gwaethaf ei holl ymdrechion i aros mor fud â phosib.

'Taid!' gwaeddodd, gan gicio'r drws.

Ond doedd o ddim yno.

'Bastard…,' meddai, ac roedd cryndod hogan fach yn llenwi'i llais.

Camodd yn ei hôl oddi wrth y drws di-hid, a dyna pryd y sylweddolodd fod car wedi'i barcio wrth ochr y tŷ, yn y cysgodion ac yn nes at y drws cefn na'r un ffrynt. Fiesta, gwelodd wrth nesáu ato, a'i liw du'n rheswm arall pam na sylwodd hi arno'n syth.

Rhoes ei chalon naid – oedd ei thaid gartref wedi'r cwbwl? Gorffwysodd ei llaw ar foned y car. Roedd o'n hollol oer, ond pan graffodd i mewn drwy ffenestr y gyrrwr, gwelodd beth myrdd o CDs ar draws ei gilydd dros y sedd arall, dros y dashbord ac ar hyd y llawr.

Gwenodd.

Doedd o ddim wedi mynd yn bell, felly. Roedd o'n dal i fod o gwmpas. Yn rhywle.

Gwingodd allan o strapiau ei sach. Sodrodd y sach ar garreg y drws ac eistedd arni gyda'r bwriad o aros nes iddo ddychwelyd adref.

Dyw e ddim wedi mynd yn bell, meddai wrthi'i hun, drosodd a throsodd. Fydd e ddim yn hir.

Ond roedd hi'n oer, yn rhy oer iddi allu eistedd yma'n llonydd.

Cododd ar ei thraed. Â'r sach yn ôl ar ei chefn, dychwelodd i'r ffordd a throi i'r dde am y traeth.

Iwan

Tra o'n i'n dal i sefyll yn llywaeth i gyd yng nghyntedd tŷ ni efo 'nghôt yn fy llaw, yn ara deg, sylweddolais fod y tŷ yn llawn cerddoriaeth – rhyw grap o'r siartia'n dŵad o stafall wely Haf a rhwbath clasurol yn dŵad o'r gegin, ynghyd ag ogla blasus a phoeth.

Ar nos Sadwrn?

Yna cofiais. Roedd Gwyndaf yn dŵad draw am fwyd.

Eto.

Roedd hynny'n egluro:

(a) Y gerddoriaeth. Stwff ddigon naff o'r wythdega oedd gan Mam fel arfar, rhyw grap fel Simply Red neu Phil Collins. Ond yn ddiweddar roedd hi wedi dechra gwrando ar Classic FM gan gymryd arni ei bod hi'n ei fwynhau. Roedd o ymlaen ganddi yn y car hefyd, ac roedd hi wedi dechra prynu CDs efo teitla fel *Essential Opera* a *The Best Choral Album in the World… Ever!*. Roedd Gwyndaf yn hoffi'r stwff clasurol 'ma, 'dach chi'n gweld.

(b) Y swpar poeth ar nosweithia Sadwrn. Fel arfar, sandwijis ham a phacad o grisps oeddan ni'n eu cael, ond ers i Gwyndaf ddechra sniffian o gwmpas Mam, roedd 'na betha go ddiarth – os nad bisâr – wedi dechra ymddangos ar fwrdd y gegin. Roedd Gwyndaf yn un am fwydydd egsotig, 'dach chi'n gweld. Sbageti a chyrris a ballu.

Ond roedd fy meddwl i, heno, ar yr hogan od honno a welais yn martsio i ffwrdd i gyfeiriad y traeth. Ar noson fel hon, ac ar yr adag yma o'r flwyddyn, pam y traeth?

Yna mi ges i syniad go annifyr.

Tynnais fy nghôt yn ôl amdanaf a mynd trwodd i'r gegin. Roedd Mam yn ei chwrcwd o flaen drws gwydr y stof ac yn craffu i mewn ar be bynnag oedd yn gyfrifol am yr ogla, gan neud i mi feddwl am David Attenborough ne' rywun tebyg yn sbecian i mewn i ffau rhyw anifail nad oedd o'n sicr iawn ohono.

'Ah, dyma chdi,' meddai. 'Grêt...'

'Ia, ond dwi ddim yn aros. Sam...'

Labrador melyn ydi Sam, ac ma'r cradur yn eitha hen erbyn hyn. Heno, roedd o'n glafoerio yn ei fasgiad ac mi gododd ar ei draed heb ei eiddgarwch arferol wrth i mi dynnu'i dennyn o'r drôr, yn amlwg wedi meddwi ar bersawr y popty.

Ymsythodd Mam. 'Be ti'n neud? Ma Sam wedi bod allan unwaith yn barod, mi a'th Haf â fo gynna.'

Haf? Argol, meddyliais.

'Chafodd o ddim llawar o amsar, felly, o nabod Haf,' medda fi. Roedd Mam, sylwais, yn gwisgo ffrog smart. Ffrog ddu. *Little black number* oedd yn rhy 'little' o beth wmbreth i ddynas o'i hoed hi. Clywais Mam yn ochneidio wrth i mi glipio'r tennyn yn sownd yng ngholar Sam.

'Rw't ti'n gneud ati eto fyth, yn dw't?' meddai.

'Be? Nac 'dw i...'

Do'n i ddim, chwaith, nid y tro yma. Ond fedrwn i ddim deud wrthi am yr hogan honno, na pham fy mod i ar dân isio brysio ar ei hôl hi i'r traeth. Wedi'r cwbwl, do'n i ddim yn siŵr iawn fy hun, yn nag o'n?

'W't, mi w't ti,' mynnodd Mam. 'Ma Sam yn tshampion lle mae o.'

Agorais y drws cefn. 'Fydda i ddim yn hir, ocê?'

'Iwan…'

Ond mi es i allan cyn iddi fedru deud dim byd yn rhagor. Trw'r ffenast mi ges gip arni hi'n sefyll yno yn ei ffrog newydd, smart, ei gwefusa'n dena a'i hewinedd wedi'u gwthio i mewn i gledra'i dwylo.

Yn amlwg yn ysu am ga'l rhoi slasan iawn i mi ar draws fy hen wep bwdlyd.

Sara

Lle WYT ti ??!!?

Yna…

Sara plis ffonia PLIS!!!

Atebodd yn ddiamynedd, ei bysedd a'i bawd yn dawnsio'n sicr a chwim dros y botymau.

Fi'n OK!!! Peidiwch haslo fi, OK???? Ffonio chi heno!

Ond roedd hi *yn* heno, fwy neu lai. Liw nos, a'r môr o'i blaen yn ddu. Roedd y llanw allan, a'r gwynt a'r tonnau'n gostwng a llonyddu yn rhyfedd o ddisymwth wrth i flaen ei throed gyffwrdd â thywod cyntaf y traeth. Bron fel petaen nhw wedi bod yn disgwyl amdani ac wedi bod yn lladd amser nes iddi hi gyrraedd.

Cerddodd yn ei blaen i gyfeiriad y môr a theimlo'r tywod golau, sych yn troi'n wlyb a chaled dan ei thraed. Roedd y môr fel ci chwilfrydig yn ei synhwyro'n ofalus, yn anadlu yn ei hwyneb, a'i wynt yn drewi o halen a gwymon wrth iddo geisio penderfynu oedd hi'n haeddu croeso.

Arhosodd Sara a chau'i llygaid gan anadlu'n ddwfn drwy'i thrwyn.

Pan agorodd ei llygaid eto roedd hi'n bwrw eira.

Plu go iawn, yn ysgafn a thew fel eira mewn ffilm ramant hen-ffasiwn o Hollywood.

Chwarddodd Sara'n uchel gan droi'n wyllt i bob cyfeiriad. Eira, ar lan y môr. Gadawodd i'w sach lithro oddi ar ei hysgwyddau i'r tywod. Dawnsiodd o gwmpas y sach, a'i cheg yn llydan agored i ddal unrhyw bluen a ddeuai'n agos at flaen ei thafod.

Iwan

Dyna lle roedd hi'n dawnsio pan gyrhaeddodd Sam a finna, y fi â'm gwynt yn fy nwrn a Sam â'i wynt yn ei bawan, y ddau ohonan ni wedi rhedag yma bob cam, fwy ne' lai...

... dim ond i aros yn stond.

A rhythu'n gegagorad.

Y peth oedd, ro'n i wedi ca'l y syniad yn 'y mhen fod yr hogan am neud amdani'i hun. Fedrwn i ddim meddwl am reswm arall dros fynd i lawr i'r traeth ar noson oer, ac ro'n i wedi disgwyl cyrra'dd yno i weld pentwr o ddillad wedi'i ada'l ar y tywod, wrth y môr. A'r sach deithio honno oedd ganddi'n gorwadd un ai drostyn nhw ne' wrth eu hochor. Fel ystrydab fach drist mewn drama deledu ne' ffilm.

Falla y cawn i gip sydyn ar fraich wen ne' ysgwydd yn suddo'n ara deg dan y tonna.

Wrth redag yma, ro'n i wedi meddwl am sut roedd hi wrth y bỳs-stop yn Port. Ffigwr bach unig a thrasig. Fel roedd hi'n ista ar ei sach deithio efo'i dwylo wedi'u stwffio i bocedi ei chôt a'i breichia'n dynn yn erbyn ei hochra.

Fel deryn yn swatio rhag yr oerni.

Fel tasa hi'n trio'i gneud ei hun mor fach â phosib, gan anwybyddu pawb arall yn y gobaith y basa hynny'n gneud i bawb ei hanwybyddu hi.

A'i hwynab o'r golwg o dan ei hwd.

Do'n i ddim, felly, wedi disgwyl ei gweld hi'n dawnsio fel hyn. Yn wir, welis i mohoni i ddechra gan fy mod i'n rhy brysur yn craffu tua thywyllwch y môr, yn chwilio am y pentwr dillad bach digalon hwnnw.

Yna mi ddechreuodd fwrw eira, a chwyrnodd Sam, a throais i weld be oedd wedi denu ei sylw. A dyna lle roedd hi, yn troi a throi yng nghanol y plu eira fel melin wynt feddw, a'i hwd wedi'i daflu'n ôl oddi ar ei phen wrth iddi ddawnsio.

Gwelais am y tro cynta fod ganddi wallt hir, tywyll. Rhaid ei bod hi'n hogan reit letchwith, oherwydd doedd ei dawnsio ddim yn osgeiddig o gwbwl, ac am eiliad creulon − ia, creulon, ond doedd gen i mo'r help, ma'n ddrwg gin i − meddyliais am yr hipos rheiny'n dawnsio bale yn ffilm gartŵn Disney, *Fantasia*.

Oedd hi'n gall?

Roedd hi'n chwerthin, yn chwerthin wrth ddawnsio. Yn chwerthin yn uchal dros y lle, ac yn gneud ei gora glas i ddal plu eira yn ei cheg.

Yna rhoes Sam gyfarthiad bach sydyn ac arhosodd yr hogan yn stond gan rythu i'm cyfeiriad wrth i'r plu eira a syrthiai'n ara o'i chwmpas droi'n lympiau o eirlaw oer.

Pam Pritchard

Noson wlyb yn Nwygyfylchi.

Tŷ *semi* oedd o, digon cyffredin ar yr olwg gyntaf, gyda gardd ffrynt gul a blêr. Ond wrth graffu arno drwy ffenestr y fan, cafodd Harri'r argraff ei fod o'n llai na thai eraill y stryd – bron fel tasa fo wedi cael ei wasgu rhyngddyn nhw oherwydd fod ychydig o ddeunydd sbâr gan yr adeiladwyr.

Teimlai'n gyndyn o fynd allan o'r fan a churo wrth ddrws y tŷ. Pam, doedd ganddo'r un clem.

Ond roedd yn deimlad cryf.

Syrthiai'r glaw'n ddi-baid, a welon nhw neb ar y strydoedd yn Nwygyfylchi. Un stryd wag ar ôl y llall, yn sgleinio'n oren yng ngoleuni'r lampau. Meddyliodd Harri am Brooke Benton yn canu 'Rainy Night in Georgia': buasai honno'n reit addas rŵan.

Erbyn meddwl, roedd yna fersiwn reit dda gan Sam Moore a Conway Twitty hefyd.

'Ty'd,' meddai Jona.

Gwisgai'r ddau gotiau llaes a gyrhaeddai bron at eu traed. Canodd Jona gloch y drws ffrynt.

'Harri, ti'n iawn?'

Nodiodd Harri, ond rhoddai'r byd am fedru troi a'i sgidadlu hi'n ôl i'r fan.

Duw a ŵyr pam.

Crynodd.

Yna agorodd Pam Pritchard ei drws. Dynes fawr. Llond llofft o ddynas, meddyliodd Harri.

'Hogia'r jiwcbocs, ia?'

'Ia,' atebodd Jona.

Cefnodd arnynt ac estyn côt law oddi ar beg y tu ôl i'r drws. Dyla hon fod yn cadw tafarn mewn coedwig yng nghanol Bafaria, barnodd Harri; golwg felly oedd arni, gyda'i bochau'n grwn fel dau afal a'i gwallt arian hir wedi'i glymu'n ôl mewn plethen drwchus. Anaconda o blethen. Hawdd oedd dychmygu Pam Pritchard yn rhowlio tuag atoch fel llong hwyliau fawr chwyslyd, tri neu bedwar tancard o gwrw ewynnog ym mhob dwrn a chân werin Almaeneg yn byrlymu dros ei gwefusau.

Pamela, Pamela, canodd Harri yn ei feddwl. Wayne Fontana, 1966. Gwisgai'r Bamela hon grys denim a jîns. Wrth iddi wisgo'r gôt law amdani, rhowliai'i bronnau anferth gyferbyn â llygaid Harri, fodfeddi oddi wrtho o dan y crys denim, gan wneud iddo feddwl am ddau hogyn bach yn cwffio dan blanced.

'Yn y sied, hogia,' meddai gan gau'r drws ffrynt ar ei hôl. ''Dach chi 'di dŵad â'r glaw efo chi'r diawliad.'

Edrychai'r sied fel petai ar gychwyn gyda bocsys a bagiau a phob mathau o geriach dros y llawr.

'Ca'l sbring-clîn 'dach chi?' gofynnodd Jona.

'Dydi 'nhad ddim wedi bod yn rhy dda'n ddiweddar.' Fel tasa hynny'n egluro popeth.

Edrychai Pam Pritchard yn ôl dros ei hysgwydd bob hyn a hyn, at y tŷ, yn annifyr ei byd am ryw reswm, a gwnâi hyn i Harri deimlo'n waeth.

Brysia, Jona, wir Dduw, i ni ga'l mynd.

Safai'r jiwcbocs mewn cornel gyda phlancedi drosto, gan edrych braidd fel rhywun yn dynwared ysbryd.

'Dyma fo'r hyrdi-gyrdi, ylwch.'

Tynnodd Pam Pritchard y plancedi oddi arno.

'Wel? Be 'dach chi'n feddwl, hogia?'

Sara

Roedd hi'n dawnsio eto, ond mewn ffordd wahanol y tro hwn, bron â marw o eisiau pi-pi a'r tŷ ger y traeth yn dal ar glo.

'Stafell Gynddylan ys tywyll heno, Heb dân, heb gannwyll...,' cofiai Sara o'i gwersi Cymraeg. Pam-pam-

pam na fuasai hyn wedi gallu digwydd pan oedd hi ar y traeth? Ond roedd hi'n iawn nes iddi gyrraedd y tu allan i'r tŷ. Yna daeth yr awydd drosti, awydd a drodd yn angen unwaith roedd hi wedi'i gydnabod.

Gwingodd, gan wthio'i sodlau yn erbyn y llwybr a meddwl am dorri un o'r ffenestri a dringo i mewn i'r tŷ, unrhyw beth er mwyn cael teimlo'r rhyddhad bendigedig wrth i'r tu ôl i'w chluniau gyffwrdd â sedd y toiled…

Meddylia am rywbeth arall, Sara fach.

Y bachgen, hwnnw oedd ar y bws, gyda'r gwallt-nad-oedd-cweit-yn-Affro. Tybed am faint y bu'n sefyll yno ar y traeth yn ei gwylio'n dawnsio? Roedd o wedi troi ar ei sawdl a brysio i ffwrdd. Wedi rhedeg i ffwrdd, fwy neu lai, gan lusgo rhyw hen gi melyn ar ei ôl a'r eira erbyn hynny wedi troi'n law oer.

Oedd y brych yn gallu gwneud unrhyw beth heblaw rhythu arni hi? Ac roedd ei ymateb, pan drodd Sara tuag ato…

Fel tasa fo wedi gweld drychiolaeth, yno ar y traeth.

Brysiodd y ddrychiolaeth yn awr am y cysgodion wrth ochr y tŷ, lle roedd y car wedi'i barcio. Sgrialodd allan o'r sach, datododd ei jîns a'u tynnu i lawr cyn cyrcydu y tu ôl i fŵt y Fiesta.

O'r rhyddhad!

Ochneidiodd yn uchel, er gwaetha'r ffaith ei bod yn hynod anghyfforddus. Pryd oedd y tro diwethaf iddi ddefnyddio'r toiled? Oriau'n ôl. Dim rhyfedd fy mod i'n pisio fel buwch, meddyliodd, ac o nabod fy lwc i, fe ddaw Taid adre a fy nal i yma fel hyn.

Ond gorffennodd o'r diwedd, ac estyn am ei phaced o Handy Andies o boced ochr ei sach er mwyn ei sychu'i hun. Ymsythodd a chodi'i jîns yn ôl dros ei chluniau a gweld fod yna fin sbwriel y tu allan i sied bren, simsan ei golwg a safai'n agos at y car, a gollyngodd y papurau gwlypion i mewn iddo. Mae'n rhyfedd sut mae gwagio'r bledren yn gallu clirio'r meddwl hefyd – felly, beth nesa? meddyliodd.

Aeth at y drws cefn a chael hwnnw, hefyd, dan glo, a'r llenni wedi'u tynnu ar draws ffenestri'r gegin a'r parlwr cefn. Heb gymorth golau fflach, anodd oedd gweld a oedd unrhyw garreg neu bot blodau o gwmpas y lle a fuasai'n gallu cuddio allweddi. Oedd pobol yn dal i wneud peth felly'r dyddiau yma? Go brin. Roedd ei thad-cu a'i mam-gu'n gallu cofio allweddi drysau ffrynt yn hongian ar linyn y tu mewn i'r blychau llythyron. Ond roedd y dyddiau hynny wedi hen fynd; roedd ei chartref yn Llandaf yn debyg i Fort Knox, gyda sawl clo ar bob drws a larwm electronig a fedrai sgrechian fel banshi pe bai angen.

Syrthiodd y glaw oer yn drymach.

Oedd y sied ar agor? Nag oedd, roedd honno hefyd ynghlo, ac yn fwy solet o lawer nag y tybiodd Sara pan darodd lygad arni gyntaf. Trodd oddi wrthi a dyna pryd y penderfynodd y gwynt ailddeffro, bron fel tasa fo wedi bod yn aros iddi droi tuag ato, oherwydd neidiodd amdani gan chwythu'i hwd yn ôl oddi ar ei phen a phoeri'r glaw yn giaidd i'w llygaid.

Ddylwn i ddim fod wedi dod yma.

A dyna nhw wedi dianc o'r diwedd, y geiriau y bu hi'n eu mygu fwy neu lai ers i'w thrên adael gorsaf Caerdydd.

A chyda nhw daeth y dagrau.

Safodd Sara yno yng nghanol y glaw yn beichio crio, ei gwallt yn hongian yn gudynnau gwlypion dros ei hwyneb a drewdod amonia'n codi o'r ddaear ac i'w ffroenau.

Pam Pritchard

Dwi'n meddwl mai 1922 oedd hi pan ddaeth Howard Carter a'r Arglwydd Carnarvon (*sic.*) o hyd i feddrod y bachgen-frenin Tutankhamun yn yr Aifft.

Gwnaeth Carter dwll bychan yn nrws y beddrod a thanio matsien er mwyn gallu sbecian i mewn. Yn ôl y sôn, roedd Carnarvon wedi gofyn iddo oedd o'n gallu gweld unrhyw beth.

Ateb enwog Carter oedd, 'Yes, wonderful things.'

Dyna'n union sut y teimlai Harri a Jona pan blyciodd Pam Pritchard y plancedi oddi ar y jiwcbocs. Am eiliadau hirion, yr unig sŵn i'w glywed oedd y glaw'n syrthio ar do'r sied.

A.M.I. Continental, wedi'i wneud ym 1961, gyda chromen wydr yn ei ganol i ddangos y record yn cael ei dewis a'i gosod yn ei lle. Roedd y dewisiadau wedi eu rhestru ar ddwy aden fawr uwchben y gromen.

Angel y Gogledd, meddyliodd Harri. Roedd y ddwy aden yn ei atgoffa o'r cerflun hyll hwnnw wrth ymyl Gateshead yng ngogledd Lloegr.

'Ia, ro'n i'n ofni,' meddai Pam Pritchard o'r diwedd, wedi camddehongli mudandod y ddau. 'O, wel – roedd yn werth trio, decini.'

Rhoes gic i focs cardbord ar y llawr wrth ymyl y jiwcbocs.

'Y recordia oedd y tu mewn iddo fo. Dydi rheiny'n dda i ddim byd i neb chwaith, mwn.'

Llwyddodd Jona i glirio'i wddf. 'Pryd... pryd gafodd o'i ddefnyddio ddweutha, 'dach chi'n gwbod?'

'Grasusa, nac 'dw! Roedd brawd 'y nhad yn arfar cadw'r Ship, ac yno roedd hwn nes iddo fo roi'r gora iddi. Ac ma Yncl Glyn yn 'i fedd ers dros ugain mlynadd, bellach. Yma ma hwn wedi bod ers hynny.' Rhoes ei llaw ar fraich Jona.

'Tasach chi ond yn mynd â'r bali peth o 'ma, mi faswn i'n ddiolchgar.'

'Mmmm...'

Doedd wiw i'r ddau ddyn sbio ar ei gilydd. Aeth Harri drwy'r recordiau yn y bocs. John Leyton, Johnny Kidd & the Pirates, Eden Kane, y Shadows, Brenda Lee, Helen Shapiro....

Craffodd Jona ar y jiwcbocs.

'Y *selector mechanism*,' meddai. 'Hwnnw 'di hen fynd bellach, 'swn i'n deud. A'r *blade contacts*. Alla i ddim deud am y sbîcyrs, bydd yn rhaid 'u hagor nhw a sbio arnyn nhw'n iawn.'

Er i Harri weld Pam Pritchard yn nodio, doedd hi ddim yn gwrando ar Jona'n malu awyr. Edrych ar y tŷ roedd hi eto. Torrodd ar draws Jona.

'Ydach chi am fynd â hwn efo chi, ta be?'

Nodiodd Jona'n araf. 'Sut ma canpunt yn swnio i chi?'

'Nefoedd, fedra i ddim fforddio hynny, siŵr!' Camodd Pam yn ei hôl oddi wrtho. ''Dach chi'n meddwl 'mod i'n graig o arian? Anghofiwch o, mi a' i â fo i'r doman fy hun, diolch. Duw a ŵyr sut, chwaith...'

'Na, na...' Estynnodd Jona'i waled o boced pen-ôl ei jîns. 'Mi dala i ganpunt i chi. Am y partia... a'r recordia, yndê.'

Rhythodd Harri arno.

Gwrthododd Jona Huws gwrdd â'i lygaid.

Sara

Daeth Sara o hyd i'r garafán ym mhen draw'r ardd gefn. Yn y pen pellaf un, yn erbyn gwrych uchel.

Doedd hi ond wedi crwydro yma oherwydd fod unrhyw

beth yn well na sefyll yn llonydd yn y gwynt a'r gwlybaniaeth didrugaredd.

Fel y tŷ, roedd y garafán hefyd mewn tywyllwch. Ymbalfalodd Sara yn y glaswellt a'r chwyn a dyfai o gwmpas y stepiau bach metel am allwedd. Rhegodd yn uchel wrth i'w bysedd oerion gael eu brathu'n giaidd gan glwstwr o ddrain. Ymsythodd a sefyll yno'n syllu ar y garafán, a'r dagrau'n powlio i lawr ei hwyneb o hyd. Yn ei meddwl fe'i gwelodd hi'i hun yn sarffu ar ei bol o dan y garafán, a chysgodi yno fel llygoden fawr. Neu hyd yn oed *gyda* llygoden fawr, hyd y gwyddai. Efallai fod nythaid ohonyn nhw yno, yn llygadu ei fferau â llygaid cochion.

Beth wnaeth iddi drio'r drws, dyn a ŵyr. Ond fe wnaeth, a rhythu arno'n hurt pan agorodd yn llydan ac yn ddidrafferth. Trodd a chydio'n ei sach a dringo i mewn dan hanner-chwerthin, hanner-crio, a'r sŵn yn gwneud iddi feddwl am seicopath.

Roedd bwrlwm y glaw ar do'r garafán yn fendigedig, ac er ei bod hi'n wlyb at ei chroen, llwyddodd i wneud iddi deimlo'n gynnes ac yn glyd.

Gollyngodd ei sach a thynnu'i chôt gan rwbio'i thu mewn dros ei hwyneb a'i gwallt i geisio sychu rhywfaint arni'i hun. Gwasgodd ei llygaid ynghau, a chyfri i ddeg cyn eu hailagor.

Oedd rhyw fath o oleuni i'w gael mewn lle fel hyn? Roedd y ffaith fod y drws heb gael ei gloi'n awgrymu mai dim ond rhyw estyniad i'r sied, ar y gorau, oedd y garafán. Roedd hi wedi cael ei gadael i bydru yng nghanol y drain a'r dail poethion a'r llygod mawr, o'r golwg ym mhen draw'r ardd gefn. Hwyrach fod ei llawr eisoes wedi dechrau pydru. Symudodd drosto'n ofalus wrth ddychwelyd at y drws a'i gau.

Craffodd ar y siapiau. Gallai weld bwrdd, a sedd hir y tu ôl iddo'n rhedeg hyd ochr y garafán. Symudodd ato'n araf, ei breichiau o'i blaen fel rhywun yn cwsg-gerdded.

Fel sombi, meddyliodd.

Eisteddodd, a gwyro i dynnu ei hesgidiau, gan wasgu bysedd ei thraed drwy ddefnydd gwlyb ei sanau. I ffwrdd â'r rheiny hefyd. Edrychai ei thraed yn hynod o wyn, fel traed corff marw, corff rhywun oedd wedi boddi. Agorodd ei sach a thyrchu drwy'r dillad nes i'w bysedd ddod o hyd i dywel. Ond roedd ei jîns hefyd yn socian, bron yn llosgi'n erbyn cnawd tyner ei chluniau. Safodd a'u tynnu i lawr dros ei choesau a'i thraed cyn mynd i'r afael â'r tywel. Rhwbiodd ei chluniau'n galed, yna'r croen meddal rhwng bysedd ei thraed, a byrlymai'r glaw'n ddi-baid ar y to uwch ei phen o hyd, fel bysedd cawr yn cadw rhythm diamynedd.

Pan rwbiodd ei hwyneb a'i gwallt â'r tywel, llanwyd ei ffroenau â phersawr cyfarwydd yr hylif golchi dillad a ddefnyddiai ei mam, ac roedd hynny'n ddigon i ddenu ychwaneg o ddagrau. Cododd ei chôt oddi ar y llawr a thynnu'i ffôn o'i phoced...

... ond na, meddyliodd, dwi ddim mewn unrhyw gyflwr i ffonio gartre; ffonio er mwyn eu sicrhau 'mod i'n ocê dwi am neud, pan fydda i'n barod i neud. Fydde fy nghlywed i'n gweryru crio i lawr y ffôn ddim yn dod yn agos at eu sicrhau nhw – achos dwi'n gwbod, y ffordd dwi'n teimlo, mai gweryru crio fyddwn i, cyn gynted ag y clywn i lais Mam neu lais Dad...

Ac felly ei wthio'n ei ôl a wnaeth ac – ia – gweryru crio'r un fath, am funudau hirion, gan ddefnyddio'i thywel fel hances i sychu'i dagrau a'i gruddiau a'i thrwyn.

Mr Pritchard

Rhaid oedd cludo'r jiwcbocs drwy'r tŷ: roedd y llwybr a redai hyd ochr y tŷ'n rhy gul o lawer.

A chae oedd y tu ôl i'r ardd gefn, cae a oedd heno, mae'n siŵr, yn debycach i gors. Felly doedd y troli a gadwai Jona yng nghefn y fan yn dda i affliw o ddim byd.

Doedd y gegin ddim yn rhy ddrwg, wedi i'r bwrdd a'r cadeiriau gael eu symud o'r fordd. Ond roedd y pasej, rhwng y grisiau a mur yr ystafell fyw, mor gul â hen Fethodist, a chan fod y jiwcbocs yn un llydan a thrwm – a doedd wiw iddo gael ei ysgwyd yn ormodol, wrth gwrs – bu cryn dipyn o duchan a chwysu. A rhegi mud.

A thrwy'r amser, roedd yr hen deimlad annifyr hwnnw a gafodd Harri pan gyrhaeddodd yma'n chwyddo'n fwy ac yn fwy. Doedd y ffaith fod y teledu ymlaen yn yr ystafell fyw, a'i sain yn fyddarol, ddim yn helpu rhyw lawer, na'r ffaith fod Pam Pritchard wedi mynd o'u blaenau i fyny'r pasej ac yn diflannu i mewn ac allan o'r ystafell fyw fel cwcw anferth yn dod yn ôl ac ymlaen o'i chloc.

Heb hyd yn oed feddwl am ddiffodd y blydi teledu.

O'r diwedd, dyma gyrraedd troed y grisiau lle roedd y cyntedd ychydig yn fwy agored. Erbyn hynny roedd Harri a Jona'n dalpiau o chwys yn eu cotiau mawrion.

'Cymrwch bum munud bach i ga'l 'ych gwynt atoch, hogia,' meddai Pam Pritchard, gan sefyll efo'r bocs recordiau dan ei chesail fel petai o'n pwyso'r nesaf peth i ddim. 'Dowch i ddeud helô wrth Dad.'

Teimlai Harri'n swp sâl.

Unwaith eto, ni fedrai ddweud pam. Gwyddai mai'r peth olaf roedd arno eisiau oedd 'deud helô wrth Dad'.

Ond doedd ganddo ddim dewis. Dilynodd Pam Pritchard a Jona i mewn i'r ystafell fyw – parlwr ffrynt a pharlwr cefn wedi eu troi'n un ystafell. Ystafell anghyfforddus o glòs oedd yn drewi o salwch. Teimlai'n fach a chlawstroffobig, diolch i'r gwely a'r comôd a'r soffa a'r gadair freichiau lle'r eisteddai tad Pam Pritchard yn syllu'n ddall ar sgrin deledu enfawr yn dangos *Doctor Who*. A deallodd Harri pam roedd y ddynes wedi rhoi'r argraff ei bod hi'n annifyr ei byd allan yn y sied, gan daflu'r holl edrychiadau nerfus rheiny i gyfeiriad y tŷ drwy'r amser.

Cydiodd Harri yng nghefn y soffa a'i gwasgu'n dynn, dynn. Fel arall buasai wedi llewygu. Roedd ei galon yn carlamu ffwl sbîd a'r chwys dros ei gorff wedi troi'n oer ac annifyr, fel petai rhywun wedi ei lapio mewn planced wlyb.

'Ylwch, Dad!' Chwifiodd Pam Pritchard yr arian a gafodd hi gan Jona o flaen llygaid ei thad. 'Canpunt, ylwch! Da, yndê?'

Dim ymateb.

Sylwodd Harri ar sut yr arhosodd y wên lydan ar wyneb Pam Pritchard am rai eiliadau cyn iddi fygwth troi'n gam. Yna edrychodd hi ar yr arian yn ei dwrn fel na phetai hi'n siŵr iawn o ble y daeth o – nac ychwaith be'n union oedd o, hyd yn oed. Pan drodd yn ei hôl at Harri a Jona, cafodd Harri gip ar rywbeth ofnadwy yn ei llygaid. Rhyw ymbil mud ac enbyd, a theimlodd Harri ei galon yn hercian eto yn ei fron.

'Mi gafodd o strôc go ddrwg, bron i flwyddyn yn ôl rŵan,' meddai Pam Pritchard. 'Blwyddyn fydd hi wsnos i ddydd Mawrth nesa. Fel hyn mae o wedi bod ers hynny, fwy ne' lai. Weithia mi fydda i'n meddwl 'i fod o'n dallt amball i beth, ne'i fod o'n trio deud rhwbath… ond dwn 'im, chwaith. Fi sy'n leicio meddwl, decini. Dydi o ddim yn saith deg eto. 'Sa chi byth yn meddwl, yn na 'sach? Weithia, mi fydda i'n meddwl, ella 'sa'n well o lawar tasa…'

Nodiodd Harri: amhosib oedd siarad. Be allai rhywun fod wedi'i ddweud, beth bynnag? Edrychai'r dyn yn y gadair yn naw deg oed, o leiaf. Crwydrai llinyn arian o boer i lawr blaen ei siwmper, fel petai o wedi gadael i falwoden ymlusgo drosti.

Ar y sgrin, rhedai Doctor Who ar draws rhyw anialwch amryliw gan gydio'n dynn yn llaw merch ifanc oedd yn goesau i gyd yn ei sgert fini, a meddyliodd Harri: Mae'r Doctoriaid yn mynd yn iau ac yn iau bob blwyddyn. Dwi'n dal yn gallu cofio'r cynta un. William Hartnell, yn hercian drwy fydysawd du-a-gwyn. Dydi Doctor Who ddim yn Ddoctor Who os nad ydi o'n ca'l ei alw'n 'Grandfather'...

Teimlodd law Jona'n cyffwrdd yn ysgafn â'i ysgwydd. Trodd. Amneidiodd Jona i gyfeiriad y cyntedd, ac wrth i Harri ei ddilyn o a Pam Pritchard o'r ystafell daeth iddo'r teimlad y dylai ddweud rhywbeth. Beth, Duw a ŵyr. Rhywbeth hurt fel 'Neis 'ych cyfarfod chi, Mr Pritchard'... a rhoes naid fechan o weld fod Mr Pritchard wedi troi'i ben ac yn rhythu reit i fyw ei lygaid. Syllodd y ddau ar ei gilydd yna trodd Mr Pritchard yn ei ôl, ac yn y goleuni llachar a ddeuai o'r sgrin deledu gwelodd Harri fod ei lygaid yn sgleinio â dagrau.

Daeth Pam Pritchard allan efo nhw a'u gwylio'n llwytho'r jiwcbocs yng nghefn y fan a'i glymu'n solet yn ei le gyda'r strapiau cryfion. Yna rhoddodd y bocs recordiau yn y fan a chamu'n ôl er mwyn i Jona fedru cau a chloi'r drysau.

Ac yna diolchodd iddyn nhw.

Roedd hi'n dal yno wrth iddyn nhw yrru i ffwrdd a chyrraedd ceg y stryd. Yn y drych ochr, wrth i Jona droi, cafodd Harri gip arni hi'n sefyll yno yn y glaw yn eu gwylio'n mynd.

Ac roedd hi wedi diolch iddyn nhw...

Sara

'Blydi hel!'

Oedd, roedd Sara wedi dod o hyd i swits y golau.

Oedd o'n byw yma? Oedd ei thaid wirioneddol yn byw *yma*? Ac os oedd o, pam? Pam, ar wyneb y ddaear, ac yntau â thŷ mawr, cyfforddus, gyda thair ystafell wely nobl?

Roedd rhywun yn byw yma. Rhywun blêr ar y naw, hefyd. Ar ganol y bwrdd roedd blwch llwch gorlawn, un o'r rhai anferth rheiny sy'n hysbysebu wisgi ac a edrychai fel petai wedi'i ddwyn o dafarn flynyddoedd yn ôl. A phaced o fisgedi Jaffa Cakes ar ei hanner wrth ei ochr.

Mae'n wyrth, meddyliodd Sara, na lwyddodd hi i daro'n erbyn rhywbeth, yn enwedig rhyw heffalymp lletchwith fel hi. Na, doedd bosib fod unrhyw berson yn byw yma: sut gallai unrhyw berson fyw fel hyn?

Penderfynodd mai dim ond dod yma i 'chwarae' roedd o. Roedd *stereo* hen-ffasiwn – un oedd yn dal i chwarae recordiau feinyl a thapiau casét – yn erbyn ochr allanol y garafán, a'r recordiau a'r tapiau a orweddai ar y llawr o'i chwmpas yn edrych fel dail amryliw a syrthiodd oddi ar goeden ryfedd. Ar y silff uchel a ddynodai lle roedd yr ystafell hon yn gorffen a'r gegin yn dechrau, roedd chwaraewr CDs, gyda phentyrrau o ddisgiau o gwmpas hwnnw hefyd – un pentwr yn dringo'n feddw bron iawn i'r nenfwd. Roedd yno set deledu hefyd, a chwaraewr DVDs, a rhagor o ddisgiau…

… ac yna sylwodd ar y gitâr. Rhedai sedd hir mewn tri-chwarter-sgwâr o gwmpas y bwrdd – ar gornel hon y bu Sara'n eistedd cyn iddi godi a dod o hyd i swits y golau – a gorweddai'r câs hir, du ar y sedd, nid nepell o'r fan lle bu hi'n eistedd.

Ie, ei thaid oedd yn dod yma, felly, i chwarae.

Cafodd Sara'i tharo gan syniad nad oedd hi'n ei hoffi

rhyw lawer. Efallai fod rhywun arall yn byw efo fo yn y tŷ erbyn hyn, a bod y 'rhywun arall' honno yn gwrthwynebu i'w chwarae, ac wedi mynnu ei fod o'n ei alltudio'i hun yma, o'i golwg ac o'i chlyw.

Ond roedd dillad o gwmpas y lle hefyd – cotiau a siacedi'n un pentwr ar gongl bellaf y sedd dri-chwarter. Wrth y drws roedd bag ysbwriel du a edrychai'n weddol lawn, a phan giciodd Sara ef yn ysgafn gallai deimlo mai dillad oedd y tu mewn i hwnnw, hefyd.

Dillad budron, mae'n siŵr.

Trodd. Gwelodd yn awr fod ystafell arall i'r garafán, yr ochr draw i'r gegin. Camodd yn ofalus dros y disgiau DVD, dros y recordiau a'r tapiau casét, a thros focs yn llawn o lyfrau clawr papur a chylchgronau megis *Uncut* a *Mojo*.

A newidiodd Sara'i meddwl.

Oedd, roedd o *yn* byw yma, penderfynodd yn awr, oherwydd ystafell wely oedd yr ystafell bellaf. Am eiliad cafodd y teimlad rhyfedd ei bod hi rywsut neu'i gilydd wedi camu i garafán arall, carafán a berthynai i berson hollol wahanol.

Oherwydd edrychai hon yn annisgwyl o lân a thwt o'i chymharu â'r ystafell fyw a'r gegin. Doedd dim un dilledyn dros y llawr – dim ond un siwmper wedi'i phlygu'n dwt ar droed y gwely; dim blwch llwch na record na thâp na CD. Roedd y gwely'n daclus ac edrychai'r dwfe a'r gobennydd yn lân. Wrth y gwely roedd cwpwrdd bychan, ac arno gloc larwm hen-ffasiwn, crwn, gyda chloch a dau forthwyl bychan ar ei gorun.

A thri llyfr wrth ei ochr.

Ac ar ben y llyfrau, sbectol ddarllen mewn câs bach caled, un hen-ffasiwn oedd yn agor a chau fel bocs, a theimlodd Sara rywbeth tebyg i gic galed yn ei stumog oherwydd roedd hi'n adnabod y câs sbectol hwn, roedd hi'n ei gofio, er nad oedd hi wedi meddwl amdano ers blynyddoedd.

Rhuthrodd rhagor o ddagrau i'w llygaid.

Agorodd hi'r câs a darllen yr enw oedd wedi'i brintio mewn beiro las y tu mewn i'r caead, yno'n glir ar ôl yr holl amser.

MAI ELERI JONES

Eisteddodd Sara ar erchwyn y gwely. Caeodd y câs sbectol a'i roi'n ofalus yn ôl ar ben y llyfrau. Gwyrodd a synhwyro'r gobennydd. Glân a ffres, bron fel petai'r gwely mewn ystafell westy. Caeodd ei llygaid.

Dim ond am funud, meddyliodd.

Gwrandawodd ar y glaw yn taro'n erbyn y to, a theimlo'r gwynt yn siglo'r garafán.

Ei siglo'n ysgafn, ysgafn.

A'r glaw... ar y to...

'Nain,' meddai. 'Nain.'

Cysgodd.

Harri a Jona

'Jona, roedd o'n gwbod. Roedd y dyn yn *gwbod.*'

'Callia, nei di?'

'Dwi'n deud wrtha chdi. Roedd o'n gwbod...'

'Yli, doedd o ddim mymryn callach 'yn bod ni yno, siŵr Dduw.'

'Oedd. Ac roedd o'n gwbod yn iawn be oedd yn digwydd, be roeddan ni'n ei neud.'

Ddywedodd Jona ddim.

Tawelwch am rai munudau, heblaw am Jim Reeves ar y chwaraewr casetiau. 'Welcome to my World'.

'Welist ti mo'r hyn welis i,' meddai Harri.

'Ocê – be welist ti?' meddai Jona.

Meddyliodd Harri am bâr o lygaid gwan, glas golau oedd bron yn llwyd, yn sgleinio efo dagrau. Roedd o wedi meddwl y buasai'n teimlo'n well unwaith iddynt adael Dwygyfylchi, ond teimlai, os rhywbeth, yn waeth.

'W't ti am droi'n ôl?' gofynnodd.

'Sori?'

'Yn ôl i Ddwygyfylchi. Plîs, Jona.'

Roedd cryndod yn ei lais, clywodd gyda braw; roedd ei lais yn swnio fel llais hen ddyn.

'Fedran ni ddim gneud hyn,' meddai. 'Fedran ni ddim...' – a gwylltiodd Jona.

'Be uffarn ydi'r matar efo chdi, Harri?' gwaeddodd. 'Yli...'

Anadlodd yn ddwfn, sawl gwaith. Sôn am ga'l rhywun yn piso ar 'ych tships chi, myn diawl. A Harri, o bawb. Roedd dŵad ar draws y jiwcbocs fel... fel ffeindio hen Rolls Royce mewn sgubor, ne' lun gan Van Gogh mewn atig.

Be oedd yn bod ar y dyn?

'Yli...,' meddai eto, yn fwy pwyllog. 'Mi glywist ti be ddeudodd hi. Roedd hi am fynd â fo i'r dymp. I'r blydi dymp, Harri. Erbyn 'radag yma nos fory, 'sa fo'n lludw ac yn gachu llygod mawr i gyd, yn rhydu'n braf mewn pwll o ddŵr sglyfaethus.'

Roedd Harri wedi datod ei wallt, neu roedd y lastig-band wedi dod yn rhydd ohono'i hun, a hongiai'n gudynnau hirion o gwmpas ei wyneb main. Yng ngoleuadau'r ceir a ddeuai i'w cyfarfod, meddyliodd Jona'i fod o'n edrych yn frawychus o hen.

'Faint gawn ni amdano fo, felly? Ar ôl i chdi weithio arno fo?'

'Does dim cymint â hynny o waith i'w neud arno fo. 'Na chdi beth arall sy'n blydi...'

'Faint, Jona?'

'O gwmpas y pum mil 'ma. Nes at chwech, falla.' Edrychodd ar Harri drwy gornel ei lygad. 'Ti'n gwbod hynny gystal â finna.'

Nodiodd Harri. Roedd o wedi'i lapio, rywsut, ynddo'i hun, fel tasa fo'n fferru, ac eisteddai'n hollol syth, bron ar flaen y sedd, efo sigarét yn mygu rhwng ei wefusau.

Oes raid iddo fo edrych mor uffernol o hen? meddyliodd Jona.

'Doedd dim rhaid i mi roi'r un buntan iddi, sti,' meddai. 'Mi fasa amryw i un hyd yn oed wedi codi tenar arni am fynd â'r peth oddi ar 'i d'ylo hi.'

'Ei di ddim yn ôl yno, felly?'

'Iesu gwyn, Harri!'

Ysgydwodd Jona'i ben: roedd y sgwrs arbennig hon wedi gorffen, meddai'r osgo. Un ai siarada am rwbath arall, Harri, ne' cau dy geg.

Gollyngodd Harri weddillion ei sigarét drwy'r ffenestr. Yna eisteddodd yn ei ôl a chau'i lygaid.

Diolch i Dduw, meddyliodd Jona.

Ond meddwl yr oedd Harri am ddynes fawr, ganol oed yn sefyll yn y glaw.

Yn sefyll yno ar ganol y stryd, ar goll yn y glaw.

Sara

Deffrodd gyda bloedd fechan, yn argyhoeddedig fod yr wyneb melyn, crwn – y sticer *smiley face* – a welodd y tu mewn i ddrws y toiled yn y bwyty yn hofran uwch ei phen, yn dod yn nes ac yn nes ac yn tyfu'n fwy ac yn fwy...

Edrychodd o'i chwmpas yn ffwndrus. Yna cofiodd. Y garafán... y tŷ ger y traeth... Morfa Bychan... y Gogledd...

Ac roedd hi'n dal i dresio bwrw, yn ôl y sŵn ar y to. Teimlai fel petai hi'n berfeddion nos. Cododd Sara gan deimlo ychydig yn oer, a hithau ond yn ei chrys-T a'i nicyrs. Cydiodd yn y siwmper a orweddai ar droed y gwely, a'i synhwyro. Arogl baco, ie, ond roedd hi'n siwmper lân, yn siwmper wlân, drwchus a chynnes. Tynnodd hi dros ei phen ac mmmm, cyfforddus hefyd, hyd yn oed os oedd yna ambell dwll ynddi.

A doedd hi ddim wedi ymddangos ger bron neb arall mewn crys-T ers... o, ers y tro cyntaf i'r gath sgrapo Sara fach.

Trwodd yn yr ystafell arall, ymosododd ar y paced o Jaffa Cakes a welodd yn gynharach ar y bwrdd. Ychydig wedi wyth, meddai ei horiawr newydd, neis wrthi. A dim golwg o'i thaid. Diolch byth, mewn ffordd: buasai'n siŵr o fod wedi sylwi ar ei braich chwith petai o wedi cyrraedd yn ei ôl a hithau'n rhochian cysgu ar ei wely.

Sylweddolodd am y tro cyntaf fod cymysgedd o arogleuon yn glynu i'r tu mewn i'r garafán fel cwmwl ystyfnig. Baco, wrth gwrs, ond hefyd arogl arall, ychydig yn fwy melys, yn gymysg ag ef. Alcohol hefyd, a rhith o arogl bwyd yn llechu dan y cyfan.

Edrychodd ar ei ffôn. Dylai hi ffonio gartref...

Aiff Mam yn bananas pan ddeallith hi ble'r ydw i, meddyliodd. Yn hollol boncyrs a byrsýrc.

Dychwelodd i'r gwely a gorwedd yno'n gwrando ar y glaw. Roedd ei phen yn llawn o frith atgofion oedd yn rhy frith i fod o unrhyw gysur iddi heno.

Am ei nain, y rhan fwyaf ohonyn nhw. Atgofion am gyrls browngoch yn byrlymu dros y lle, a gwên lydan. Chwerthiniad uchel, hefyd, a'i llais wrth iddi adrodd stori ar ôl stori ar ôl stori. Ganddi hi, sylweddolodd Sara'n awr, y clywodd am Ddafydd y telynor dall. Ffrog gyda phatrwm blodau arni ac argraff o frys mawr i wneud popeth, ei nain byth yn llonydd.

'Fel wimblad...'

Pwy ddywedodd hynny? Llais pwy a wibiodd drwy'i phen? Ei thaid? A beth uffern oedd 'wimblad', beth bynnag?

Ac yna llais ei mam, yn sôn am ei nain: 'Ma ginni hi dempar, cofia. Ma hi'n gallu bod yn wyllt fel matsian.' Ond welodd Sara mo hyn erioed, roedd hi'n rhy ifanc. Atgofion plentyn pum mlwydd oed oedd y rhain a dim rhyfedd, felly, eu bod nhw mor fregus, mor ansicr.

Ac efallai'n wir y buasai'r rhain, hefyd, wedi'u dileu gan amser petai ei nain yn dal yn fyw. Ond roedd ei marwolaeth cyn diwedd y flwyddyn honno, cyn bod Sara'n chwech, wedi llenwi'r ffrog-batrwm-blodau â bywyd, wedi helpu mewn ffordd ryfedd i'w hanfarwoli yng nghof ansicr ei hwyres.

Daeth pwl o wynt i siglo ychydig mwy ar y garafán a byrlymai'r glaw ar y to.

Dylai hi ffonio gartref...

Iwan

Do'n i ddim wedi gallu rhoi'r gora i feddwl amdani hi, pwy bynnag oedd hi.

Ond ro'n i wedi rhyw benderfynu *be* oedd hi.

Ffrîc, dyna be.

'Mond ffrîc fasa'n dawnsio fel yna, yn y tywyllwch, fwy ne' lai, ac mewn cawod o eira gwlyb.

Felly ro'n i'n meddwl amdani erbyn i mi gyrra'dd yn ôl adra o'r traeth, beth bynnag.

Soniais i'r un gair amdani dros swpar (*coq au vin*). Falla baswn i wedi deud rhwbath tasa Gwyndaf ddim yno. Ond do'n i ddim isio troi'r hogan yn destun sbort, chwaith. Achos roedd o'n sicr yn swnio'n eitha bisâr. Ac mi fasa Gwyndaf, yn saff i chi, wedi gneud môr a mynydd o'r peth gan ddeud un jôc ar ôl y llall, ac mi faswn inna wedyn wedi gorfod codi a'i lusgo fo gerfydd ei wallt (hynny sy gynno fo ar ôl) at y ffenast, gwthio'i ben o drw'r gwydr a llifio'i wddw fo'n ôl ac ymlaen, yn ôl ac ymlaen nes bod y gwaed yn chwistrellu dros y stafall ac i bob cyfeiriad.

Wel, ddim go iawn, wrth reswm, ond roedd y syniad ohono'n cymryd yr holl beth yn ysgafn yn gneud i mi ffantasïo am neud hynny iddo fo (nid am y tro cynta, chwaith). Mewn rhyw ffordd od, ro'n i wedi dechra teimlo ychydig yn amddiffynnol tuag at yr hogan ar y traeth, ac ma'n siŵr mai dyna pam y carlamais i yno ar ei hôl hi'n gynharach, gan ofni ei bod hi am neud amdani'i hun.

Ddeudis i ddim byd amdani, felly, trw' gydol y *coq au vin*. Yn wir, ddeudis i fawr o ddim byd o gwbwl, a wa'th i mi gyfadda rŵan nad ydi hynny'n beth newydd pan fo Gwyndaf o gwmpas. Wir i chi, mi fydda i'n gallu teimlo'r hen olwg bwdlyd honno'n llenwi fy ngwynab cyn gyntad ag y bydd y cradur yn camu i mewn dros y rhiniog, fel tasa ysbryd rhyw dînejyr ystrydebol o surbwch a di-serch yn dringo i mewn i 'nghorff i.

'Pam w't ti'n bod fel hyn?' gofynnodd Haf i mi, fwy nag unwaith, a'r unig beth y medrwn i 'i neud oedd codi f'ysgwydda. Achos dwi ddim yn gwbod pam. Dwi ddim yn dallt y peth o gwbwl.

Dwi'n siŵr y basa'n well gan bawb – Mam a Haf a Gwyndaf – taswn i'n mynd allan efo'r hogia ar nosweithia Sadwrn, ne' o leia'n diflannu i fyny i'm stafall i wylio DVDs, efo platiad o frechdana a phacad o Doritos. Ond ma'r hogia i gyd yn byw yn Port, sy ryw dair milltir o'n tŷ ni, ac ma'r bws ola'n dŵad yn ôl yma'n wirion o gynnar, felly basa'n rhaid i Mam ddŵad i fy nôl i adra. A no wê ydw i am aros yn fy stafall yn byta sandwijis efo ogla'r bwydydd ffansi yn llenwi'r tŷ: mi faswn i fel Sam, yn glafoerio dros y lle.

Ma darn bychan ohona i yn teimlo y dylwn i neud rhyw fath o ymdrach i fod yn glên wrth Gwyndaf – er mwyn Mam yn fwy na fo, wrth gwrs. Dyna reswm arall, felly, pam ro'n i'n ista wrth y bwrdd yn byta'r *coq au vin*, yn diodda jôcs crap Gwyndaf ac yn gwrando ar Mam yn tincian chwerthin ar bob un ac yn siarad yn or-hwyliog efo'i llais yn llawn sirioldeb annaturiol. A thrio penderfynu os oedd hynny'n waeth na gwylio Haf yn bod yn gyfoglyd, ac yn anghyffredin o gwrtais, ac yn trio rhoi'r argraff ei bod hi'n 'hogan berffaith'.

A thrw'r amsar, dyna lle roedd fy meddwl i'n mynnu crwydro'n ôl at yr hogan ar y traeth.

Bu jyst iawn i Mam ga'l hartan pan gynigiais olchi'r llestri (a'th Haf mor bell â chymryd arni ei bod hi'n ca'l un), ond fedrwn i ddim wynebu ista yn y parlwr ffrynt yn yfad coffi efo nhw. Ma 'na soffa yn y parlwr ffrynt. Soffa fawr, hir, feddal. Fedra i ddim hyd yn oed sbio ar y soffa, ddim ers i mi sylweddoli, rai wsnosa'n ôl, fod Mam a Gwyndaf yn snogio arni hi, a phob tro y byddan ni'n ca'l coffi yn y parlwr ar y nosweithia Sadwrn yma, fedra i ddim llai na theimlo eu bod nhw'n methu disgwyl i Haf a finna ddiflannu er mwyn iddyn nhw ga'l gwledda ar wyneba'i gilydd, da damia nhw.

Wrth olchi'r llestri, efo'r gwynt yn fflemio glaw yn erbyn y ffenast uwchben y sinc, newidiais fy meddwl a phenderfynu – nac ydi, dydi hi ddim yn ffrîc.

Dwi wedi gweld digonadd o'r rheiny dros y blynyddoedd. Mwy na'm siâr, 'swn i'n deud. Dwsina ohonyn nhw. Cannoedd, hyd yn oed, bob haf yn rhibidirês. Ffrîcs o bob math – ma traetha fel traeth Morfa Bychan yn eu denu nhw. Ffrîcs crefyddol ydi amryw ohonyn nhw, paganiaid rhonc ne' Gristnogion lloerig. Wedi dŵad yma i addoli'r haul gweledig ne'r goleuni anweledig.

A'r noethlymunwyr. Ar ôl blynyddoedd o sbecian wrth fynd â Sam am dro ben boreau o haf, dwi wedi dysgu un o wirionedda mawr bywyd – sef mai'r bobol na ddylan nhw fyth, BYTH, dan unrhyw amgylchiada, wthio'u cyrff noethion dan drwyn y cyhoedd ydi'r UNION rai sy'n mynnu gneud hynny. Yn ddi-ffael, bron. Yr hyll o dena a'r afiach o dew. Ro'n i'n meddwl ar un adag eu bod nhw i gyd fel Draciwla, heb yr un drych ar gyfyl eu cartrefi, oherwydd tasan nhw ond yn gallu gweld eu hunain, mewn difri calon... Mi ddeuda i gymaint â hyn: dwi'n astudio Hanes Celf ar gyfar Lefel A, a dwi eto i weld un person sy'n dŵad yn agos at edrych fel Adda ne' Efa mewn darlun gan un o'r Hen Feistri. Ma'r rhan fwya'n edrych fel tasan nhw wedi dengid o ddarlun gan Lowry ne' Beryl Cook. Ne' Picasso ar ei fwya sbeitlyd.

Hipis, 'efyd. 'Hipis gachu iâr', fel y bydd Harri'n eu galw nhw. Pobol ifainc a chanol oed sy'n chwara bod yn hipis am wsnos ne' ddwy efo'u gitârs a'u mariwana a'u tana ar y tywod, cyn mynd adra'n ôl i'w tai bach twt, digymeriad yn y maestrefi ac i'w jobsys diogel a chyfforddus.

Ond yr haf ydi'u hamsar nhw, y noethlymunwyr a'r hipis a'r byddinoedd o Sgowsars sy'n heidio yma'n bowld efo'u hepil anhydrin. Pobol tywydd braf. Pur anamal y bydda i'n taro ar un o'r ffrîcs yn ystod y gaea.

A doedd hi ddim fel un ohonyn nhw, beth bynnag, y ffigwr unig oedd yn dawnsio mewn cawod o eira. Fel tasa hi'r tu mewn i un o'r peli gwydr rheiny sy'n cynhyrchu plu gwynion, gwlyb wrth i chi eu hysgwyd nhw.

Step right up, and step right up
And step right up
Just like a ballerina...
Van Morrison.

Harri eto, wedi mynnu rhoi benthyg toman o CDs i mi'n reit ddiweddar. 'Dyla bob person ifanc o d'oed di, os oes gynnyn nhw unrhyw ddiddordab mewn miwsig, fod yn gyfarwydd â'r rhein,' meddai. 'Meddylia amdano fo fel rhan o dy addysg di, Iwan.'

Ac un ohonyn nhw oedd *Astral Weeks*, ac roedd Harri wedi gwenu o glust i glust – a dydi hynny ddim yn digwydd bob dydd – pan ddeudais i wrtho fo fy mod i wedi ca'l fy swyno gan y CD a'i bod hi bellach ar fy iPod.

Y gân yma oedd yn llenwi fy mhen wrth i mi olchi a sychu'r llestri, wrth i mi eu cadw nhw a mynd i fyny i'm stafall. Ceisiais ddeud wrtha fi fy hun nad oedd yr hogan yn debyg i unrhyw falerina, ei bod hi'n rhy letchwith a thrwsgl a thrwm.

Yna cofiais deimlo fel tasa'r hogan wedi fy nal i'n sbecian arni hi'n ca'l cawod. Roedd yr un elfen o breifatrwydd yn perthyn i'w dawnsio, rywsut. Llawar iawn mwy felly na chnawd llac a byrlymus yr un o'r noethlymunwyr.

Yn fy ngwely, gwrandewais ar y gwynt yn chwythu'r glaw fel nodwydda'n erbyn y ffenast.

Lle oedd hi rŵan, tybed? meddyliais wrth lithro i gysgu.

Step right up, just like a ballerina...

Harri a Jona

Roedd Harri'n dal i gysgu. Daeth lori fawr i'w cwfwr, ac am eiliad neu ddau llanwyd y tu mewn i'r fan â goleuni cryf. Yn y gwynder sydyn hwn edrychai Harri fel hen ddyn, yn cysgu yno a'i geg yn hongian ar agor ac yn glafoerio dros y blewiach gwyn a dyfai'n flêr ar ei fochau a'i ên…

Damia fo, meddyliodd Jona, mae o'n edrych fel tasa fo wedi marw.

'Hoi!' Rhoes bwniad i goes Harri. 'Hei, deffra!'

Agorodd Harri'i lygaid.

''Dan ni yn Port.'

Roedd gan Jona ddwy hen garej wedi eu troi'n un nid nepell o Bencei, lle roedd ei gaffi a'i siop, un ochr yn weithdy ar gyfer y jiwcbocsys a'r llall yn gartref i'r fan. Ar ôl iddyn nhw ddadlwytho'r jiwcbocs aeth Jona â Harri'n ôl i Forfa Bychan.

'Pryd gei di gyfla, ti'n meddwl, i fynd drw'r recordia 'na?'

Roedd y bocs cardbord gan Harri ar ei lin erbyn hyn, ac edrychodd i lawr arno fel tasa fo'n edrych ar gath a neidiodd yno o nunlle.

'O… ymm… heno, falla. Ne' fory.' Sychodd Harri ei ên efo'i lawas. 'Sglyfath o noson.'

Arafodd Jona wrth nesáu at y tŷ. Sylwodd fod y giât ar agor.

'Rw't ti wedi ca'l fusutors.'

Iwan, hogyn Luned Banc, tybiodd Harri. Iwan. Ni fedrai feddwl am neb arall a fyddai'n galw i edrych amdano ar nos Sadwrn.

Dringodd allan o'r fan a'r gwynt yn chwipio gwaelodion ei gôt yn erbyn ei goesau. Gwasgodd y bocs recordiau'n dynn yn ei erbyn wrth gerdded rownd y fan.

'Harri…'

Roedd Jona a'i ben allan drwy ffenestr y fan.

'Doedd o ddim callach, ysti. Wir i chdi rŵan…'

Edrychodd Harri arno. 'Oedd, Jona,' meddai.

Ac yna rhwygodd gwaelod y bocs, y blynyddoedd ar lawr

y sied yn Nwygyfylchi wedi dweud arno. Rhegodd Harri a mynd i'w gwman, a dim ond cael a chael oedd hi iddo wasgu llwyth o recordiau'n erbyn ei glun a'u cadw rhag llithro i'r ddaear. Rhegi oedd Jona hefyd wrth fustachu allan o'r fan a brysio i'w helpu, a bu cryn dipyn mwy o felltithio cyn bod Harri'n gallu ymsythu'n gyfforddus. Roedd bron i hanner y recordiau ym mreichiau Jona erbyn hynny, a chafodd dipyn o drafferth i ddiffodd injan y fan a chloi'i drysau.

'Blydi tywydd... Ty'd.'

Ymlwybrodd y ddau i fyny'r llwybr a heibio i ochr y tŷ, dau gysgod â'u cotiau'n fflapian yn wyllt. Bill Sikes a Fagin yn dod adref ar ôl noson o ddihirwch.

Yna arhosodd Jona'n stond.

'Wnest ti ada'l y gola mlaen cyn dŵad allan?'

Rhythodd Harri ar y goleuni a ddeuai drwy ffenestr y garafán.

'Mi wnest ti gloi, dwi'n cymryd?' meddai Jona.

'Do...'

Martsiodd Harri at ddrws y garafán a'i agor. Brathodd ei ben i mewn. 'Does neb yma, beth bynnag...' Dringodd i mewn a dilynodd Jona ef, gan droi'r garafán yn dun sardîns yn syth.

'Aclwy... pryd w't ti'n bwriadu llnau'r hofal 'ma?'

Rhoddodd Harri'r recordiau a gweddillion y bocs cardbord yn ofalus ar y bwrdd. 'Ma byd o wahania'th rhwng blerwch a baw.'

'Wel, ma'r blerwch yma'n cuddiad y baw.' Aeth Jona bron i'w gwrcwd er mwyn rhoi gweddill y recordiau ar y bwrdd. Cydiodd yn un ohonynt a chraffu ar y label. 'Yli, myn diawl... Telstar.'

Ond roedd sylw Harri ar focs gwag o Jaffa Cakes a orweddai ar wyneb y bwrdd. Trodd, a sylwi fod sach deithio gyda thywel pinc golau'n gorwedd arni wedi ei gosod i bwyso'n erbyn drws un o'r cypyrddau. Ar y llawr wrth ei hochr roedd côt *parka* wlyb ac, wrth ochr honno, pâr o jîns a dwy hosan binc.

'Be ddiawl?'

Aeth y ddau at ddrws yr ystafell wely. Gyda blaenau'i fysedd, gwthiodd Harri'r drws yn agored.

Ar y gwely, gorweddai merch ifanc a'i chefn atynt, yn cysgu'n sownd. Gwisgai siwmper wlân dywyll a thyllog – fy siwmper i, meddyliodd Harri – ond roedd ei choesau gwyn yn noeth. Am ei phen-ôl roedd y pâr mwyaf tila o nicyrs a welodd yr un o'r ddau ddyn erioed, yn y cnawd beth bynnag.

Cliriodd Harri ei wddf a rhoes y ferch ar y gwely naid fechan wrth iddi ddeffro. Trodd yn wyllt a rhythu arnynt – ar Jona i ddechrau, a hynny gyda pheth braw: roedd llygaid y dyn fel llygaid penogyn wrth iddo rythu ar ei chluniau.

Sgrialodd am y dwfe a'i dynnu dros ei choesau.

Yna edrychodd ar Harri.

Ymlaciodd.

Gwenodd.

'Taid,' meddai. 'Haia…'

Pam Pritchard

Yn Nwygyfylchi, diffoddodd Pam Pritchard y teledu. Deuai sŵn yr un drws nesaf drwy'r wal. Aeth i fyny i'r tŷ bach. Pan ddaeth yn ei hôl, roedd ei thad yn dal i rythu ar y sgrin dywyll.

'Awn ni am dro bach fory, ia, Dad?' meddai. 'Os bydd hi'n braf. Ma nhw'n gaddo y bydd hi'n o lew. Mi wneith les i chi ga'l chydig o awyr iach. Ma hi i fod yn wanwyn…'

Daliai ei thad i rythu ar y teledu. Byseddodd Pam Pritchard y pum papur ugain punt ym mhoced ei jîns.

'I fod…,' meddai.

Wrth wyro dros ei thad, sylweddolodd ei fod o wedi'i faeddu'i hun.

Eto.

Y DEUDDYDD NESAF

Iwan

Bora gwyntog, yn ôl y sŵn. Ond o leia doedd yna ddim glaw i'w glywad yn crafu ffenast fy llofft.

Pum munud bach arall, meddyliais, a throi drosodd yn y gwely.

A dŵad yn ymwybodol fod rhyw bresenoldeb yn hofran wrth droed y gwely.

Haf. Yn sefyll yno'n gwgu arna i.

'Be ti isio?'

Ddeudodd hi ddim byd, 'mond sefyll yno'n gwgu. Fuodd neb erioed cystal â'm chwaer fach am wgu.

Heblaw, falla, am Beethoven.

'Be ti isio?' gofynnais eto.

''Mond i chdi ga'l gwbod,' meddai Haf, 'roedd hi'n crio ddoe.'

'Pwy?'

Wel, Mam, yndê – ro'n i'n gwbod yn iawn pwy oedd ganddi dan sylw. Ond roedd hi'n haws cymryd arna fy mod i'n hollol ddiniwad.

'Mam, yndê!'

'O. Pam, be oedd?' gofynnais.

'Y chdi, yndê! A'r... crap 'ma sgin ti drw'r amsar.'

'Be wnes i? Ro'n i allan trw'r dydd, fwy ne' lai.'

'Wn i. Tasat ti yma mi faswn i wedi rhoi slap i chdi, ac mi gei di un rŵan os nei di feiddio deud "pam" eto.'

Pedair ar ddeg oed a tydi hi'n fawr o beth i gyd, ond ma ganddi ddyrna bach esgyrnog a phoenus, dwi'n gwbod hynny o brofiad. Eisteddodd rŵan ar droed y gwely, yn tecstio ffwl sbîd wrth siarad.

'Wnes ti ddim hyd 'n oed deud 'i bod hi'n edrych yn neis neithiwr.'

'O, cym on, chwara teg...'

'Be?'

'Wel… ysti. Y ffrog 'na.'

'Be amdani?'

'*Mam* ydi hi. Mewn ffrog fel'na. Braidd yn… ysti…'

'Y fi ddaru'i helpu hi i'w dewis hi.' Gwgodd arna i eto. 'Roedd hi'n edrych yn grêt ynddi.'

'Roedd *o'n* meddwl hynny, yn amlwg,' dywedais. 'Welist ti'r ffordd roedd o'n glafoerio bob tro roedd Mam yn pwyso ymlaen dros y bwrdd? Fel rhyw hen gi y tu allan i siop bwtshiar.'

Ceisiais gladdu fy mhen dan y dwfe a'r gobennydd ond ro'n i'n dal i glywad y bîpian diddiwadd wrth i fysadd Haf ddawnsio dros fotyma'r ffôn.

O'r diwadd, fe'i teimlais hi'n codi oddi ar droed y gwely. Ond doedd hi ddim wedi gorffan, sylweddolais pan fentrais sbecian drw' un llygad.

'Be'n union ma Gwyndaf wedi neud i chdi?' gofynnodd.

Ochneidiais. Faint o weithia oedd y cwestiwn hwn wedi ca'l ei ofyn i mi? Gan Haf *a* Mam.

A gen i fy hun, tasa hi'n dŵad i hynny.

'Dim byd…'

'Yn hollol.'

Arhosais o dan y dwfe nes o'r diwedd imi glywad Haf yn agor drws fy llofft.

'Ma Gwyndaf yn ocê,' meddai, a mynd allan.

Harri a Jona

Aeth Harri i weld Jona ben bore. Doedd dim golwg o Sara yn yr un o ffenestri'r tŷ wrth iddo gychwyn y Fiesta a gyrru allan i'r lôn.

'Sgin i'm clem be dwi am neud efo hi,' meddai wrth Jona.

Yn y siop roedden nhw, gan mai dim ond o'r Pasg ymlaen y byddai'r caffi ar agor ar y Sul. Doedd hi ddim yn hawdd trio sgwrsio rhwng cwsmeriaid – sgyrsiau stacato – ac roedd Jona yno ar ei ben ei hun.

Ac yn flin fel tincar oedd newydd ddallt fod ei wraig o wedi rhedag i ffwrdd efo tincar arall.

'Byth wedi ca'l rhywun yn lle Barbara, felly?' meddai Harri pan gerddodd i mewn.

'I be? Gneud yn tshampion hebddi.'

'Mmmm... Rŵan, ella,' meddai Harri. 'Pasg cyn hir, cofia.'

'Wn i, wn i.'

'Ac mi fyddi di angan rhywun yn lle'r Freioni uffernol honno.'

'Dwi'n gwbod,' chwyrnodd Jona rhwng ei ddannedd.

Roedd Barbara'n ddiweddar wedi mynnu cael ei dyddiau Sul iddi'i hun. Yn enwedig y boreau: roedd arni eisiau mynd i'r capel, meddai wrth Jona.

'Capal!' Roedd Harri yn cofio Jona'n cwyno ar y pryd. 'Ar fora dydd Sul. Be nesa?'

Ond gwyddai ei hun y byddai'n rhaid iddo gael rhywun yno'n o fuan. Roedd Mair wedi gwrthod yn lân, gan ennyn cymeradwyaeth Barbara drwy ddyfynnu'r Ysgrythur a mynnu mai 'chwe diwrnod y gweithi ac y gwnei dy holl waith'. Roedd o'n anobeithiol gyda'r cwsmeriaid, yn fyr ei sgwrs ac yn ddiamynedd. Yn enwedig heddiw, ac yntau'n ysu am gael mynd i'r afael â'r jiwcbocs.

Doedd o ddim wedi disgwyl gweld Harri'n landio yma heddiw, yn edrych fel rhyw hen Apache oedd wedi crwydro oddi ar y *reservation*. Apache nad oedd wedi cysgu rhyw lawer ers dyddiau Geronimo. Wel, dwi ddim yn synnu, meddyliodd Jona, ar ôl y sioc gafodd y cr'adur neithiwr.

'Be *fedri* di neud efo hi, yndê?'

'Ei hel hi'n ôl adra, y cyfla cynta ga i, mwn,' meddai Harri. Cofiodd yn sydyn ei fod o wedi hanner addo mynd â hi draw i Enlli, ond roedd y ffordd yr edrychodd Sara arno, fel tasa fo wedi colli arni'n llwyr, wedi dweud wrtho'n glir nad oedd hynny'n apelio rhyw lawer. 'Pump oed oedd hi pan welis i hi ddweutha. Pump oed. A rŵan… wel, mi welist ti hi dy hun, yn do.'

O, do. Gwyddai Jona fod Harri'n edrych arno'n gam wrth iddo ganolbwyntio ar sythu papurau newydd nad oedd angen eu sythu. Neithiwr yn y garafán, roedd o wedi rhythu a rhythu ar y pen-ôl nectarînaidd a welodd ar wely Harri.

Ond chwarae teg, doedd o ddim yn gwybod mai wyres Harri oedd hi, nag oedd? Ddim tan iddi ddweud 'Haia, Taid.'

'O le dda'th hi, felly?' gofynnodd.

'Caerdydd. Ddoe. Trên i Fangor, medda hi. Bysus wedyn.'

'Syrpréis,' meddai Jona.

'Syrpréis? Blydi sioc, basa hynny'n nes ati,' meddai Harri. '*Double whammy*, fel ma'n digwydd.'

Edrychodd Jona arno.

'Doedd 'i rhieni hi ddim yn gwbod,' meddai Harri.

Sara

Doedd Sara ddim wedi cysgu'n rhy dda neithiwr. Pendwmpian, nes i'r wawr ddechrau torri. Dyna pryd y syrthiodd i drwmgwsg, dim ond i gael ei deffro pan gychwynnodd ei thaid y car a gyrru i ffwrdd ben bore, doedd wybod i ble.

Ei thaid.

Mr Croeso Cynnes 2011.

Doedd hi'i hun erioed wedi cael yr un wers yrru, ond neithiwr, petai car ganddi, byddai wedi neidio i mewn iddo a gyrru'n ôl i Gaerdydd, dim ots faint o'r gloch oedd hi. A phe byddai'n teimlo ei bod mewn perygl o gysgu y tu ôl i'r olwyn, byddai hi'n tynnu i mewn i rywle wrth ochr y ffordd a chysgu yno, yn y car.

Roedd o wedi gwthio'r dyn arall allan o'r garafán ac wedi mynd allan efo fo i'r glaw, ac am eiliad neu ddau dechreuodd Sara feddwl fod ei thaid wedi mynd, wedi rhedeg i ffwrdd fel petai o wedi gweld ysbryd.

Yn y cyfamser, sylweddolodd Sara ei bod hi'n cofio'r dyn arall. Doedd hi ddim wedi meddwl amdano ers blynyddoedd, ond cofiai ef yn awr, er nad oedd ganddi unrhyw syniad beth oedd ei enw. Gwnaeth argraff arni pan oedd hi'n bum mlwydd oed a hithau erioed wedi gweld dyn mor fawr. Roedd o fel cawr mewn stori dylwyth teg. Cawr clên – fel y BFG – oherwydd doedd o ddim wedi codi unrhyw ofn arni. Byddai Sara wedi meddwl amdano'n fwy aml petai hynny wedi digwydd. Cofiai wneud hynny flynyddoedd yn ddiweddarach wrth ddarllen llyfr Roald Dahl neu wrth wylio'r ffilm gartŵn.

Yna dychwelodd ei thaid i'r garafán, ei wallt yn hongian yn wlyb a golwg wallgof, bron, arno wrth iddo rythu arni.

Rhythu a rhythu.

Roedd o wedi dechrau prowla, wedyn, yn ôl ac ymlaen o un pen o'r garafán i'r llall, yn gwthio'i fysedd drwy'i wallt ac yn mwmian wrtho'i hun fel dyn gwyllt. Bob hyn a hyn, arhosai'n stond a rhythu arni eto gyda Duw a ŵyr beth yn mynd drwy'i feddwl. Ac ar yr adegau yma doedd arni ddim llai na'i ofn o, wir, y ffordd roedd o'n edrych arni, yn ei gôt laes, dywyll a'i wallt erbyn hynny'n hongian yn flêr o gwmpas ei wyneb.

Charles Manson, yn fyw ac yn iach ac yn trigo mewn carafán ym Morfa Bychan, rhwng y môr a Moel-y-Gest.

Yna eisteddodd wrth y bwrdd, yn ei gôt wlyb, gan wneud llanast o rowlio sigarét, darnau o faco dros y lle i gyd.

Ac ar ôl tanio'r sigarét a phwffian arni am eiliad neu ddau, gofynnodd: 'Sara, be ddiawl w't ti'n dda yma?'

Wel, ie, dyna'r Cwestiwn Mawr, yndê?

Roedd hi wedi gwenu arno a dweud rhywbeth gwirion am ffoi oddi wrth y sombis ac roedd o wedi edrych arni'n siarp.

'Pa sombis?'

'Ma'n oreit,' meddai hi, 'wy ddim wedi dianc oddi cartre.'

'Pa blydi sombis?'

'Dim byd, 'sdim ots. Jocan...'

Syllodd arni drwy'r mwg. Yna edrychodd tua'r drws fel petai arno ofn gweld creaduriaid o un o ffilmiau Romero yn baglu i mewn trwyddo.

Trodd yn ei ôl, y sigarét rhwng ei wefusau yn bytheirio mwg a llwch gwyn.

'Ffoi – dyna be ddeudist ti rŵan, dy fod ti wedi ffoi.'

'Wel, ie, ond...'

'Ond be?'

Safodd yn sydyn gan wneud iddi neidio ychydig. Roedd o'n sefyll fwy neu lai uwch ei phen, yn gwyro drosti, ac yn ddigon agos i ddiferyn o law syrthio o'i wallt a gwlychu'i thalcen.

'Sara – ma nhw *yn* gwbod dy fod ti yma, yn dydyn? Dy fam a'th dad... *maen* nhw'n gwbod lle rw't ti?'

'Wy ddim wedi rhedeg bant,' meddai eto. 'Pidiwch becso, wy *yn* bwriadu mynd 'nôl...'

'Pryd?'

O, doedd hyn yn ddim byd tebyg i'r hyn roedd hi wedi'i ddychmygu – ond wedyn, beth oedd hi wedi'i ddychmygu? Fawr o ddim, erbyn meddwl, oherwydd doedd hi ddim wedi meddwl ymlaen o gwbwl, yn nag oedd? Dyna pam yr holl grio a nadu pan gyrhaeddodd yma a gweld fod y tŷ mewn tywyllwch. Ar y llaw arall, doedd hi erioed wedi meddwl y byddai ei thaid – *ei thaid* – yn arthio arni fel hyn.

Felly ceisiodd wneud jôc o'r peth – 'Ond newydd gyrredd yma ydw i, Taid' – ond doedd o ddim wedi gwenu'n ôl a gadawodd hithau i'w gwên lithro. 'Y peth lleia allwch chi'i neud yw edrych fel 'se chi'n falch o 'ngweld i.'

Roedd o wedi syllu arni eto, am rai eiliadau, bron fel petai o'n dal ei wynt, ac roedd y glaw wedi byrlymu'n drymach ar do'r garafán.

Yna ochneidiodd yn uchel a throi oddi wrthi. Diffoddodd ei sigarét yn y blwch llawn. Ynddo, daeth o hyd i stwmp oedd ychydig yn fwy na'r lleill – ffag ar ei hanner. Taniodd hi, er mai dim ond newydd orffen y ddwetha roedd o.

'Mi ydw i,' meddai gyda'i gefn ati: roedd yn rhaid iddi glustfeinio i'w glywed. 'Mi ydw i. Jyst... wel!' Trodd ati gyda chwmwl o fwg yn chwyddo rhyngddynt. 'Do'n i ddim wedi disgwyl... a... wel, rw't ti 'di dewis noson uffernol i landio yma.'

'O, sô-rîîî!'

Edrychodd arni hi'n siarp eto fyth, a gwyddai ei bod wedi dweud y gair yn yr hen dôn goeglyd, atgas honno sy'n llygru lleisiau'r ifainc y dyddiau hyn ac sy'n mynd dan groen pawb dros eu deg ar hugain.

'Wel...,' meddai. 'Doeddat ti ddim i wbod, decini.'

'Wnes i ddim meddwl edrych ar ragolygon y tywydd cyn cychwyn.'

'Y tywydd?'

Edrychodd arni fel na phetai ganddo unrhyw syniad am be roedd hi'n siarad.

'Noson uffernol, 'na be wedoch chi nawr.'

'Ia!'

Trodd ei rythu'n graffu, fel petai o'n ei hamau o wneud rhywbeth ofnadwy.

Yna, ymysgydwodd. Diolch byth, meddyliodd hithau. Roedd hi'n nerfus iawn erbyn hyn.

'Ia, yndê?' meddai ei thaid. Gwrandawodd ar y glaw. 'Rw't ti'n iawn, ma hi *yn* dywydd uffernol.'

Edrychodd arni'n ddisgwylgar, a sylweddolodd Sara ei fod o'n dal i ddisgwyl am ateb i'r cwestiwn a ofynnodd funudau ynghynt.

'Ah... ie...,' meddai Sara a meddyliodd ei fod am gael ffit yn y fan a'r lle.

'Dydyn nhw ddim yn gwbod?'

'Wy 'di'u tecstio nhw, ma nhw'n gwbod 'mod i'n oreit...'

'Ond nid lle rw't ti?'

'Wel...'

Ysgydwodd ei phen yn araf.

'O, *for fu...*'

Gwgodd arni, y dyn gwyllt o'r coed yn ei ôl. Myrddin mewn gwrthdrawiad â Morgan o Annwfn; Gandalf â Saruman.

'Ffonia nhw!' cyfarthodd arni. 'Ffonia nhw rŵan – ma nhw'n siŵr o fod jyst iawn â drysu.'

'Oreit...'

'Rŵan, Sara!'

'Oreit!'

Sgrialodd am ei ffôn a throi i'w weld o'n agor y drws fel

petai am fynd allan i ganol y glaw. Ac roedd hi'n pistyllio fel monsŵn.

'Ble chi'n mynd?'

Safodd ei thaid yno'n rhythu allan ar y glaw.

'Nunlla,' meddai. 'Ffonia nhw.'

Harri

Cymerodd oriau i Harri ddechrau dod ato'i hun. Ac roedd cryn dipyn o ffordd ganddo i fynd eto, gwyddai, cyn y gallai ddweud ei fod o'n tshampion.

Haia, Taid.

Hyd yn oed wedyn sylweddolodd o ddim pwy oedd hi, ddim yn syth. Diawl, roedd deuddeng mlynedd ers i neb ei alw fo'n 'Taid'.

'Sara?' meddai, unwaith roedd o wedi dallt. '*Sara?*'

A be welodd hi, yn syllu arni hi'n gegrwth? Mi gafodd hitha gryn dipyn o ysgytwad, ma'n siŵr, deffro i weld dau hen ddyn yn sefyll yno uwch ei phen hi. *Old men with broken teeth stranded without love*, chwedl Bob Dylan.

Daeth Harri o fewn dim i neidio i mewn i'r fan efo Jona. Roedd ganddo'r teimlad ei fod o fwy neu lai wedi gwthio Jona allan o'r garafán. Wedi ei ddal o'n sbio ar hanner noethni ei wyres, ac yn teimlo'n uffernol am ei fod yntau hefyd wedi bod yn gwneud yr un peth cyn sylweddoli pwy oedd hi.

Ac allan yn y glaw, ar ôl i Jona fynd, roedd o'n gyndyn o ddychwelyd i'r garafán. Daeth yn agos at orwedd i lawr lle roedd o, ar y glaswellt gwlyb, efo'i freichiau wedi'u lapio am ei ben.

Gweddïodd mai breuddwyd oedd y cwbwl.

Ond roedd hi'n dal yno – wrth gwrs ei bod hi – pan ddringodd yn ôl i mewn i'r garafán.

'Sori,' meddai hi wrtho, 'ond dwi wedi bwyta'ch Jaffa Cakes chi.'

'Jaffa Cakes...?'

Roedd ganddi jîns sychion amdani'n awr, gwelodd. Edrychodd arni cyn troi i ffwrdd yn gyflym, eisiau gweld oedd ynddi unrhyw adlais o'r hogan fach a gofiai. Yr hogan fach a fyddai'n serennu arno o dudalennau'r albwm lluniau a gadwai yng ngwaelod un o gypyrddau'r garafán. Honno a ddeuai allan ar nosweithiau tebyg i hon, gyda'r botel Jack Daniel's, Nick Drake a Kristofferson, a sbliff neu ddwy.

Dim un adlais, hyd y gwelai. Dynes ifanc, i bob pwrpas, yn eistedd yn droednoeth wrth ei fwrdd yn ei hen siwmper dyllog. Ychydig gormod ohoni, a dweud y gwir, ei jîns yn dynn am ei chluniau. Gwallt hir syth a thywyll yn fframio'i hwyneb, blaen un cudyn rhwng ei dannedd wrth iddi ei gnoi, ychydig yn nerfus, ei llygaid yn ei ddilyn. Cofiai fod rhyw aflonyddwch rhyfedd wedi dod drosto a'i fod wedi dyheu am gael bod allan eto, allan o'r garafán ac yn y glaw, yn cerdded o gwmpas.

Roedd y syniad o gerdded o gwmpas, mewn cylch, yn fendigedig.

Rywbryd, roedd o wedi sgrialu am ei dun baco ond, wrth gwrs, roedd o wedi hen orffen y sigaréts roedd o wedi'u rhowlio'n barod. Eisteddodd wrth y bwrdd, gyferbyn â hi, ei fysedd yn anufudd uffernol wrth iddo lwyddo o'r diwedd i rowlio un flêr ar y naw, sigarét a boerai fel tân gwyllt wrth iddo'i thanio.

Cliriodd Sara'i gwddf.

'Taid...,' cychwynnodd.

Torrodd ar ei thraws.

'Sara – be ddiawl w't ti'n dda yma?'

Sara a Mared

Cafodd y ffôn ei godi'r pen arall ar ganol y caniad cyntaf a 'Helô?' ei mam yn swnio fel petai hi'n fyr ei gwynt, fel na phetai hi'n gallu coelio'r llythrennau a ddywedai '**Sara mob.**' ar sgrin fechan y ffôn gartref ar y bwrdd bychan, uchel yng nghyntedd y tŷ, rhwng gwaelod y grisiau a'r drws ffrynt.

Y peth gwaethaf oedd y cryndod a redai drwy lais ei mam. Swniai fel petai hi'n hanner-chwerthin a hanner-crio ar yr un pryd, hyd yn oed pan ddechreuodd ddod ati'i hun ddigon i alw Sara yn bob enw.

Ei rhyddhad wedi dileu'r poeni, a'r llid yn awr yn boddi'r rhyddhad.

Ac roedd popeth a ddywedai ei mam yn gywir, gwyddai Sara. Roedd Sara'n cytuno â hi, ac allai hi wneud dim byd ond sibrwd ambell i 'Wy'n gwbod… wy'n gwbod…' gan deimlo'r lliw'n llifo o'i hwyneb wrth i'w mam ei galw'n hunanol ac yn ddifeddwl, yn anniolchgar ac yn anystyriol ac yn greulon: bitsh fach greulon, hen fadam fach greulon – er nad oedd hi wedi bwriadu bod yn greulon, doedd hi jyst ddim wedi meddwl, ddim wedi meddwl am neb ond y hi'i hun…

Ac yna, tawelwch pan ofynnodd ei mam ble roedd hi, a gyda phwy.

A chael yr ateb.

Ie, tawelwch hir.

'Mam?'

O'r diwedd, meddai ei mam: 'Dwi ddim yn dy goelio di, Sara.'

Bu'n rhaid iddi roi'r ffôn i'w thaid – 'Ma hi ishe siarad â chi, Taid…' – ac roedd Harri wedi rhythu ar y ffôn fel petai Sara'n cynnig sarff wenwynig iddo, ac wedi neidio pan gyfarthodd Sara 'Taid!' arno, a chymryd y ffôn oddi arni a'i godi'n araf i'w glust cyn troi unwaith eto i syllu allan drwy ddrws agored y garafán ar y glaw yn bowndian fel bwledi ar yr ardd a'r tŷ a'r sied.

Chlywodd hi'r un gair a ddywedodd ei thaid. Erbyn hynny, roedd hi'n crynu ac yn eistedd gyda'i thalcen yn gorffwys ar ei phengliniau a'i breichiau wedi'u lapio am ei phen, nes iddi deimlo pwniad ysgafn ar ei hysgwydd a'i thaid yn dweud ei henw'n dawel.

Edrychodd i fyny i'w weld o'n dal y ffôn iddi, a phan roes Sara ef yn erbyn ei chlust y tro hwn roedd llais ei mam yn clecian ag oerni anghyfarwydd pan ddywedodd ei bod hi a'i thad am yrru i'w nôl hi...

'Na, Mam!'

... un ai ddydd Llun neu ddydd Mawrth: roedd gan ei thad gyfarfodydd pwysig y byddai'n rhaid iddo eu haildrefnu. Ddydd Llun, fwy na thebyg.

Roedd ei mam wedi anwybyddu ei phrotest yn llwyr. Efallai nad oedd hi wedi ei chlywed, hyd yn oed: doedd Sara ddim yn sicr oedd hi wedi ei lleisio o gwbwl, ynteu ai dim ond ei meddwl a brotestiodd.

Byddai ei rhieni, meddai ei mam, yn ffonio Sara eto nos yfory ac yn disgwyl iddi ateb y ffôn yn syth bin...

'... dim o dy nonsans di nos fory, ti'n dallt?'

'Ydw...'

Tawelwch eto am rai eiliadau, ac yna meddai ei mam, 'O, Sara...'

'Beth?'

'Efo *fo*...'

'Ie.'

Saib arall.

Yna:

'Mae o'n ddyn ofnadwy.'

Ac yna sŵn ei mam yn rhoi'r ffôn i lawr.

'Siaradist ti efo Mared o gwbwl?' meddai Jona.

'Doedd gin i ddim dewis, nag oedd. Efo hon wedi jyst... landio acw, heb ddeud gair wrth neb. Blydi hel, Jona...'

'Be?'

'Y petha ifanc 'ma heddiw...'

Hyn gan ddyn oedd ar un adeg yn cael ei ystyried yn ymgnawdoliad o ddeg pla'r Aifft gan genhedlaeth hŷn y chwedegau.

Daeth rhagor o gwsmeriaid i mewn i'r siop.

'Paid â sôn wrtha i am betha ifanc,' meddai Jona wedi i'r cwsmeriaid fynd allan yn eu holau. Ac ia – dyma i chi greadur arall oedd, yn gyfleus iawn, wedi anghofio ei fod yntau hefyd yn ifanc un tro. 'Weli di'r un o'r rheiny'r tu ôl i gowntar sy'n perthyn i mi fyth eto.'

'Duw a ŵyr, ro'n i'n ddigon o lond llaw,' meddai Harri, 'ond doedd hon ddim wedi ystyriad dim ar 'i rhieni. Dim yw dim, hyd y gwelwn i. 'Mond penderfynu dŵad yma, ar fympwy, fwy ne' lai. Roeddan nhw'n mynd trw'u dillad, y ddau o'nyn nhw. Wedi galw'r cops a bob dim.'

'Ma isio cicio'u tina nhw,' meddai Jona, ar gefn ei geffyl erbyn hyn, 'y petha ifanc 'ma. Fi-fi-fi ydi hi efo nhw. Disgwyl ca'l bob uffarn o bob dim ar blât. *Instant gratification*, petha fel y blydi *internet*. Un clic, a ma bob dim ma nhw isio yno o'u blaena nhw. Fath â'r astan fach Breioni honno, yn sbio arna i a Medwen yn gegagorad os oedd un ohonan ni'n gofyn iddi hi *neud* rhwbath am 'i chyflog.'

Dechreuodd Harri deimlo'n biwis. Wedi dŵad yma i drio siarad yr oedd o, nid i wrando ar Jona'n ei dweud hi. Taswn i isio pregath mi faswn i wedi mynd efo Barbara i'r capal, meddyliodd.

Ond amhosib oedd rhoi taw ar Jona, unwaith roedd o wedi dechrau.

'... y peth ydi, ma'r bygyrs bach *yn* ca'l bob dim ar blât, yn dydyn? Cachwrs bach hunanol ydyn nhw i gyd, Harri, hunanol, fatha'r Breioni uffernol 'na – o, ro'dd *hi'n* gwbod 'i hawlia, mi alli fentro, a ma nhw i gyd 'run fath â hi... ma gin i hawl i hyn, ma gin i hawl i'r llall ac uffarn o bwys am hawlia pobol erill, o na, cyn bellad fod neb yn pechu'n erbyn 'i hawlia *hi*. Ac ma'r gymdeithas hurt 'ma'n gada'l i'r diawliad neud fel ma nhw isio, be bynnag ma nhw isio. A do's wiw i neb ddeud dim byd wrthyn nhw. Dim ots be wnawn nhw i chdi, twtshi di dy fys yn un ohonyn nhw a chdi fydd o flaen dy well, ddim y nhw – hyd yn oed os w't ti'n dal un o'nyn nhw yn helpu'i hun i be bynnag sgin ti yn dy ddroria. Dwi 'di mynd, Harri, dwi'n casáu gweld y ffernols bach yn dŵad trw'r drws 'ma, ne' ddrws y caffi...'

Tawodd. Roedd ganddo gryn gynulleidfa erbyn hyn.

'Argol, Jona achan...'

'Gwatshiwch y *blood pressure*, Jona Huws.'

'Diolch byth 'mod i ddim yn ifanc, ddeuda i...'

Aeth Harri allan am smôc tra oedd Jona'n gwasanaethu ei gwsmeriaid. Roedd y gwifrau ar fastiau'r cychod yn yr harbwr yn tincian ffwl sbîd yn y gwynt, a bryniau Meirionnydd a chopaon y Cnicht a'r ddau Foelwyn i'w gweld yn glir ac yn rhyfeddol o agos.

Mwy o law cyn nos, meddyliodd. Ymdrechodd i atal ei feddwl rhag crwydro'n ôl i Ddwygyfylchi. Roedd y llygaid llonydd, llaith rheiny wedi aflonyddu arno drwy'r nos. Wedi llenwi'n raddol â siom a chyhuddiadau mud wrth ei ddilyn o gwmpas y lle. Cerddodd droeon o gwmpas y tu allan i'r tŷ, yn y tywyllwch, yn y glaw, a meddyliodd, unwaith, wrth iddo syllu i fyny ar ffenestri'r llofftydd, iddo weld, eto neithiwr, yn syllu i lawr arno drwy un o'r ffenestri llofft…

Dim ond cip wrth iddo droi i ffwrdd, a dim byd yno pan edrychodd yn ôl i fyny at y ffenestr. Ei feddwl yn creu delweddau, dyna'r cwbwl, ond ar y pryd…

Ar y pryd roedd yn ddigon iddo fedru teimlo'i enaid yn gwneud ei orau i neidio allan o'i gorff, fel eog yn ymdrechu i neidio o lyn sydd wedi rhewi'n gorn.

Ac yn ddigon, bob tro, i ddenu'r dagrau.

Rhwbiodd ei lygaid yn ffyrnig cyn rhoi fflic i'w sigarét i'r gwter. Trodd a gwgu i mewn i'r siop ar Jona, oedd yn rhy brysur efo'i gwsmeriaid i sylwi. Pam ddois i yma? holodd ei hun. Gwyddai nad oedd ganddo unrhyw obaith o ddwyn perswâd ar Jona i ailystyried y busnes hwnnw neithiwr efo'r jiwcbocs. Diawl, gwyddai hynny cyn cychwyn yma. Roedd Jona, unwaith roedd o wedi penderfynu rhywbeth, yn hollol styfnig – doedd mul Balaam ddim ynddi. Yn enwedig ynglŷn â gwneud pres.

Cerddodd at ochr yr harbwr a syllu i mewn i'r dŵr. Roedd hi'n oerach yma, rhyw fymryn, a chwipiai'r gwynt ei wallt o gwmpas ei wyneb. Yr adeg yma ddoe, meddyliodd, roedd bob dim yn tshampion. Roedd o hyd yn oed wedi edrych ymlaen at gyda'r nos, Jona a fo allan yn hela unwaith eto, heb fawr feddwl beth fyddai'n digwydd rhwng hynny a rŵan.

Trodd ac edrych eto i gyfeiriad y siop a'r Morfil Bach. Falla, petai Jona ond wedi cael cip ar yr hyn a welodd Harri neithiwr yn yr ystafell fach glòs, uffernol honno yn Nwygyfylchi…

Falla y buasai Jona, hefyd, wedi blasu rhyw fymryn bach o'r un ofn.

A'r ofn hwnnw, yn fwy na dim byd arall, a gadwodd Harri Hipi ar ddihun neithiwr.

Ac fel nad oedd hynny'n ddigon, dyna Sara'n ymddangos

o nunlle – yn ei garafán. Yr eneth fechan oedd, tan neithiwr, ddim ond yn bodoli iddo rhwng tudalennau'r albwm lluniau a gadwai mewn cwpwrdd yn y garafán.

Ac i gyrraedd neithiwr, o bob noson. Wrth gwrs, doedd hi'n dallt dim pan ddywedodd Harri wrthi ei bod hi wedi dewis noson uffernol i landio acw. Haws o lawer oedd gadael iddi feddwl mai cyfeirio at y tywydd yr oedd o.

Mi ddylwn i fod wedi mynnu fod Mared a'r brych hwnnw ma hi wedi'i briodi yn dŵad i'w nôl hi heddiw, meddyliodd. Ond hwyrach nad oedden nhw'n eu trystio'u hunain i yrru heddiw, a hwythau wedi'u poeni'u hunain yn swp sâl ddoe, ac wedi bod ar eu traed tan berfeddion wedyn – tan ymhell ar ôl i'r jadan fach gytuno i'w ffonio nhw o'r diwedd, mae'n siŵr.

Na – mi ddylwn i fod wedi'i sodro hi yn y Fiesta ben bora heddiw a mynd â hi adra'n ei hôl. Doedd yr hogan yn blydi niwsans?

'Lle ma hi gin ti, felly?' gofynnodd Jona pan ddychwelodd Harri i'r siop.

'Yn y tŷ.'

'Y tŷ? Aclwy…'

'Fedrwn i mo'i cha'l hi efo fi yn y garafán, yn na 'drwn? Hogan o'i hoed hi.'

Edrychodd Jona i ffwrdd eto.

'Na fedri, decini.' Agorodd y til a'i gau'n ôl cyn edrych i fyny. 'Pryd eith hi'n 'i hôl, felly?'

'Ma'i thad a'i mam hi am ddŵad i'w nôl hi. Fory, meddan nhw.'

'Mared? Yn dŵad *acw*?'

'Dydyn nhw ddim yn 'i thrystio hi i fynd adra ar 'i phen 'i hun.'

'Aclwy, Harri…'

'Yndê?'

'Mared… Sut ti'n teimlo, Harri?'

Roedd ei lygaid yn llosgi fwyaf sydyn. Trodd ei ben a syllu ar y ffrij wydr lle roedd Jona'n cadw'r diodydd pop.

'Cachu brics, a deud y gwir. Digon o frics i godi stad o dai.'

Breioni

Roedd Breian, y bore Sul hwn, fel gafr ar dranau erbyn i Breioni godi a mynd trwodd i ystafell fyw'r fflat.

Gwenodd Breioni'n dawel, wedi gobeithio am hyn.

'Nei di plîs roid rhwbath amdanat?' crefodd Breian arni.

'Dyna'r peth dweutha roeddat ti isio i mi neud gynna,' meddai Breioni Jones.

'Ia, ond… wel…'

'Ond be, Brei?'

Doedd ganddi ddim byd amdani ond pâr o nicyrs. Eisteddodd ar y soffa ac edrych o'i chwmpas.

'Ma'r fflat yma,' cyhoeddodd, 'yn uffernol. Ma'n ddigon i droi stumog ll'godan fawr.'

'Ia, ia – ocê, reit. Breioni… plîs?'

'Be ydi'r panig? Dydi Mal ddim yn *due* yn ôl tan ddiwadd pnawn fory.'

'Dyna be ddeudodd o, ond mi allith o ddŵad adra'n gynharach, mae o wedi gneud hynny droeon. Ti'n gwbod hynny.'

Safai wrth y ffenestr yn barcudo dros y maes parcio oddi tano ac yn neidio trwyddo bob tro y clywai sŵn beic modur yn nesáu.

O'r fan lle roedd hi'n lybindian ar y soffa, meddai Breioni, 'Ma'n rhyfadd, yn dydi?'

'Be? Be sy'n rhyfadd?'

'Jyst yn meddwl – os ydi Mal yn un am landio'n ôl yma'n annisgwyl, fel rw't ti'n deud…'

'*Mae* o, ddim fi sy jyst yn deud. *Mae* o'n gneud hynny, yn amal. Blydi hel, Breioni, ti'n gwbod hynny dy hun!'

'… mi 'sa fo wedi gallu landio'n ôl neithiwr, felly, yn basa? Ond doedd hynny ddim yn dy boeni di o gwbwl… neithiwr.'

'Oedd, yn ddistaw bach…,' ceisiodd Breian brotestio'n llipa.

'Na, roedd gin ti betha erill ar dy feddwl neithiwr, yn doedd, Brei?' Rhedodd Breioni'i llaw dros flaenau'i bronnau bychain, ac agor rhyw fymryn ar ei chluniau. Edrychodd Breian i ffwrdd yn ffwndrus. 'Roeddat ti isio jymp neithiwr, yn doeddat, Brei? Yn lloerig isio jymp, os dwi'n cofio'n iawn, ac yn methu â meddwl am ddim byd arall. Ac roedd y ffaith dy fod ti o'r diwadd yn ca'l shagio bodan dy frawd yn dy neud di'n fwy lloerig fyth, yn doedd?' Gwenodd wrth wylio Breian yn cochi at ei glustiau. 'Ac un arall ben bora heddiw. Ond rŵan, dyma chdi'n dechra meddwl, O *shit*, tasa Mal hyd yn oed yn ama fod hyn wedi digwydd…'

'Ia, ocê – *ocê*, Breioni.'

'Panad fasa'n neis.'

'Be?'

'Panad, Brei. Coffi, llefrith a dim siwgwr. Ac ma gynnon ni rwbath i'w drafod wedyn pan ddoi di'n ôl, os ti'n cofio. Rhwbath go bwysig.'

Gwgodd Breian arni, ond ar ôl edrych allan dros y maes parcio unwaith eto, brysiodd trwodd i'r gegin.

Dwi'n eitha enjoio hyn, meddyliodd Breioni. Ma'n biti 'mod i ddim wedi meddwl am y peth cyn rŵan. Gwingodd wrth i un o sbringiau'r soffa ei phigo yn ei chlun. Dyn a ŵyr, doedd hi'i hun ddim yn un o'r bodau mwya hows-prowd a welodd yr hen fyd yma erioed, ond chwara teg, meddyliodd, ma 'na reswm ar bob dim, ac ma'r blerwch a'r budreddi yn y fflat yma tu hwnt i bob rheswm. Dau fochyn oedd Malcolm a Breian: hawdd iawn fyddai credu eu bod nhw wedi eu magu mewn twlc, gan faedd a hwch.

Wel, yn ôl fel yr oedd ei pherthynas efo Mal yn siapio, ni fyddai'n rhaid iddi weld y tu mewn i'r fflat ofnadwy yma ar ôl heddiw. Roedd o i gyd yn dibynnu ar Breian. Fel arfer, dim ond dynes hurt bost fyddai'n ei rhoi ei hun mewn sefyllfa o orfod dibynnu ar Breian Evans – neu ar ei frawd mawr, petai'n dod i hynny – ond teimlai Breioni ei bod hi fwy na hanner ffordd yno'n barod.

Bu'r cyfan yn druenus o hawdd, hyd yn hyn. Ar ôl cael y sac gan y bastard tew Jona Huws hwnnw fore ddoe – ac am be, Duw a ŵyr: falla fod lle ganddi i'w neud o am *unfair dismissal*, byddai'n rhaid iddi wneud ymholiadau ynglŷn â hynny dros y dyddiau nesaf – roedd Breioni wedi mynd adref yn flin fel tincar ac yna, wrth nesáu at ei thŷ, wedi troi'n ddagreuol. Ond chafodd hi fawr o gydymdeimlad gan Eileen, ei mam.

'A finna wedi gorfod mynd fwy ne' lai ar 'y nglinia i ga'l y job i chdi yn y lle cynta!' dwrdiodd.

Ymdrechodd Breioni i ddileu'r ddelwedd ffiaidd roedd geiriau ei mam wedi'i chreu yn ei meddwl.

'Ond wnes i'm byd!'

'O, naddo, dwi'n siŵr! Dwi'n nabod Jona Huws ers blynyddoedd lawar, cofia. 'Sa fo ddim yn rhoid y sac i chdi am ddim rheswm. Reit – allan â chdi.'

'Be?' Am eiliad, meddyliodd Breioni fod ei mam yn ei thaflu o'r tŷ.

'I chwilio am rwbath arall, yndê. Paid ti â meddwl 'mod i

am dy gadw di, madam. Dwi'n ca'l digon o job ca'l dau ben llinyn ynghyd fel ma hi, efo cefn doji dy dad a bob dim.'

'Ia, ma'n uffarn o straen ar 'i gefn o, codi un gwydryn peint ar ôl y llall drw'r dydd,' atebodd Breioni wrth fynd o'r tŷ, eto'n ddagreuol, ond â dagrau go iawn y tro hwn.

Fel ergyd dros ysgwydd doedd hi ddim yn un effeithiol iawn: roedd Eileen ei hun wedi'i defnyddio fwy nag unwaith. Y cwestiwn rŵan oedd, be i'w wneud nesaf? Crwydrodd Breioni i fyny'r Stryd Fawr efo'r teimlad annifyr fod pawb y bu hi'n ddi-serch efo nhw yn y Morfil Bach (nifer go helaeth, teg fyddai dweud) yn ei llygadu ac yn adleisio Jona Huws drwy ddweud pethau fel, 'Hen bryd 'efyd, ma'r jadan fach surbwch wedi bod yn gofyn amdani ers misoedd!'

Alla i ddim hyd yn oed mynd i chwilio am rywfaint o gysur gan Mal, meddyliodd yn hunandosturiol. Roedd pethau'n o simsan rhyngddi hi a Malcolm ers rhai wythnosau bellach, ac ofnai Breioni, petai hi'n mynd ato'n ddagrau i gyd, y byddai Mal yn fwy tebygol o gytuno efo Jona Huws nag o'i chofleidio'n dynn cyn mynd draw i'r Morfil i ddweud wrth Jona be oedd be. P'run bynnag, doedd Mal ddim adref: roedd o wedi mynd i fwrw'r Sul mewn rhyw rali foto-beics yn ne Lloegr ac ni fyddai'n ei ôl tan nos Lun.

Treuliodd y rhan fwyaf o'r dydd yn hel meddyliau drwg am ei chyn-gyflogwr. Roedd y job yn y Morfil wedi ei siwtio hi i'r dim, gyda Jona'n treulio'r rhan helaeth o'i amser un ai yn y siop bapurau drws nesa neu yn ei weithdy yn trwsio'r jiwcbocsys naff rheiny roedd o'n eu prynu am y nesa peth i ddim, y fo a'r hen hipi drewllyd hwnnw. A doedd llygoden o ddynes fel Medwen Puw ddim yn broblem i rywun fel Breioni: doedd ond eisiau i Breioni sbio arni hi'n gam a byddai Medwen yn sgrialu'n ôl i'w thwll.

Roedd Jona'n talu'n o lew, hefyd, er gwaetha'r ffaith ei fod wastad â'i lygad ar y geiniog, ac wrth gwrs roedd y 'bonws' a gymerai Breioni o'r til o bryd i'w gilydd yn handi iawn. Yr unig drafferth efo'r job, a dweud y gwir, oedd y miwsig crap y mynnai Jona ei roi yn y jiwcbocs, rhyw hen, hen betha gan bobol oedd wedi marw ers blynyddoedd.

Wrth gwrs, doedd Breioni Jones ddim yn un fyddai'n derbyn mai arni hi'i hun, a neb arall, roedd y bai am iddi gael y bŵt, nac ychwaith yn fodlon cydnabod fod y rhesymau a restrwyd gan Jona am y diswyddo i gyd yn rhai dilys. Treuliodd hanner awr bleserus mewn caffi arall yn dychmygu pob mathau o ddialau dros-ben-llestri ar Jona, pethau fel ei glymu'n noethlymun i nythaid o forgrug tân a thollti mêl drosto er mwyn i'r morgrug ei fwyta'n fyw, neu ei ollwng fesul dipyn i mewn i bydew'n llawn o nadroedd gwenwynig, fel yn un o ffilmiau Indiana Jones.

Mor braf, meddyliodd, fasa sefyll yno'n gwrando arno'n sgrechian.

Yn hytrach na chael yr holl beth allan o'i system, fodd bynnag, llwyddodd y breuddwydion tanbaid hyn i'w gwneud yn fwy penderfynol fyth o ddial ar Jona mewn rhyw ffordd neu'i gilydd. O, doedd neb am gael trin Breioni fel tasa hi'n lwmp o gachu ci, *no way*.

Ac erbyn diwedd y prynhawn roedd hi wedi dod yn agos iawn at feddwl am rywbeth. Y trafferth oedd, roedd angen help arni, a gwyddai na fedrai droi at Mal am hwnnw: nid cymorth hawdd ei gael mewn cyfyngder mohono. Bydd yn rhaid i mi weithio arno fo, meddyliodd, ond heb fawr o optimistiaeth: doedd Malcolm Evans ddim yn un am adael i rywun – yn enwedig rhywun roedd o'n amlwg wedi dechrau blino arni – ei droi o gwmpas ei fys bach.

Ond roedd Breian, ei frawd, yn stori arall. Gallai Breioni fod wedi'i chicio'i hun am beidio â meddwl am Breian yn gynharach. Roedd o'n amlwg yn ei ffansïo hi. Efallai fod Breioni yn gallu celu'r gwirionedd am ei diffyg diwydrwydd a gonestrwydd oddi wrthi'i hun i raddau helaeth, ond ni fedrai gymryd arni ei bod yn eneth hardd. Roedd hi'n rhy denau, i gychwyn, a'i hwyneb – a phopeth oedd arno – yn rhy fain a chaled. Roedd ei bronnau'n rhy fach a'i chroen yn rhy olau iddi fedru dioddef bod allan yn yr haul yn ddigon hir i gael unrhyw liw. Ond roedd Breian *yn* ei ffansïo, gwyddai, a phan ddechreuodd hi fynd efo Mal, arferai'r wybodaeth yma roddi cic fach bleserus iddi: daliodd hi Breian yn rhythu arni'n aml. Ni fu Mal yn hir cyn sylwi, chwaith, ac arferai dynnu ar ei frawd yn ddidrugaredd.

Tan yn ddiweddar.

Ond gyda lwc, meddyliodd, dydi Breian ddim wedi sylwi fod Mal wedi dechrau blino arna i. Os ydi o... wel, dwn 'im be wna i, mi fydd yn rhaid i mi feddwl am rwbath arall. Ne' anghofio bob dim am ddial ar Jona Huws.

Ond os nad ydi Breian wedi sylwi...

Doedd ond un ffordd o weld sut roedd y gwynt yn chwythu.

Roedd Breian yn gegrwth pan atebodd y drws neithiwr a gweld Breioni'n sefyll yno.

'Dydi Mal ddim yma,' meddai.

'Wn i. Ro'n i jyst...' Edrychodd Breioni i ffwrdd, cyn troi'n ôl gyda cheg gam a'i llygaid yn llaith. 'Ro'n i jyst isio... siarad efo rywun...'

Blydi hel, dwi'n haeddu Oscar, meddyliodd gan ofalu ei bod yn dangos digon o glun wrth eistedd yn grynedig ar flaen y gadair freichiau gyda hances bapur yn ei dwrn. Roedd y sglyfath Jona Huws hwnnw wedi'i sacio hi heddiw, meddai, '... am ddim byd, Brei. Ti'n gwbod mor galad dwi wedi bod yn chwsu i'r bastard tew, a hynny am y nesa peth i ddim.'

'O, dwi'n gwbod, dwi'n gwbod…'

Wrth iddi gymryd arni sychu'i dagrau, gwelodd Breioni fod llygaid Breian wedi'u hoelio ar ei chluniau, a gwenodd i mewn i'w hances. Gwingodd ychydig yn ei chadair gan achosi i'w sgert godi fymryn yn uwch. Heblaw efallai am y gadair drydan honno a ddefnyddir i ddienyddio pobol mewn rhai carchardai yn America, hon oedd y gadair fwyaf anghyfforddus yn y byd, a defnyddiodd Breioni hynny fel esgus i godi ac eistedd wrth ochr Breian ar y soffa. Ychydig mwy o igian crio, a theimlodd ei fraich yn llithro'n swil am ei hysgwyddau. Trodd ato a beichio crio'n erbyn ei grys-T Queens of the Stone Age.

'Ma'r bastard yn gofyn amdani,' meddai Breian ar ôl i Breioni beintio darlun o Jona Huws a wnaeth iddo edrych fel cyfuniad o Genghis Khan, Attila the Hun, Hitler a Hannibal Lecter.

'Wn i. Tasa Mal yma… wel…' Closiodd Breioni'n nes fyth at Breian gan ofalu fod ei bron dde'n gwasgu'n ei erbyn, a chafodd foddhad o weld Breian yn gwingo fwyfwy, a'i jîns yn amlwg wedi dechrau teimlo'n dynn iawn amdano. 'Brei…'

'Ia?'

Edrychodd Breioni arno, yna ysgydwodd ei phen. 'Na, dim byd, anghofia fo. Fi sy'n bod yn stiwpud, sgynno fo ddim byd i'w neud efo chdi, yn nag oes?'

'Be?'

Cymerodd Breioni arni chwerthin yn chwerw. 'Dyna un o'r petha ddaru Jona Huws 'y ngalw i, fel ma'n digwydd. Stiwpud. "Rw't ti'n rhy stiwpud i weithio'r tu ôl i gowntar unrhyw gaffi" – dyna be ddeudodd o wrtha i. Dwi'n gwbod, tasa Mal yn clywad am hynny…'

'Reit, 'na fo!' Ceisiodd Breian godi i'w sefyll, ond… y jîns tynion… 'Yli, mi sortia *i* o allan i chdi.'

'Be? Na, na – fedra i ddim gofyn i chdi neud rhwbath fel'na, siŵr.'

'Dw't ti ddim *yn* gofyn, yn nag w't? Y fi sy'n cynnig.'

'Na, Brei. Yn enwedig chdi…'

'Y? Be ti'n feddwl?'

'Wel… sori, ond dwi wastad wedi meddwl… wel, dy fod ti rioed wedi fy leicio fi ryw lawar,' meddai Breioni efo'i hwyneb ychydig fodfeddi'n unig oddi wrth un Breian.

'Be?' Ysgydwodd Breian ei ben yn ffyrnig. 'Na! Fel arall rownd…'

'Be, rw't ti *yn* fy leicio fi?'

'Blydi hel yndw!'

'Ac mi fasat ti'n fodlon… wel, gneud rhwbath i Jona Huws… *i mi?*'

'Baswn! Rwbath ti isio… mi wna i o. Onest tw God…' Pesychodd yn wichlyd wrth i law Breioni grwydro dros flaen ei jîns…

… Yndw, dwi'n haeddu Oscar go iawn, meddyliodd Breioni bron i ddeuddeng awr yn ddiweddarach. A BAFTA a be bynnag arall sy'n mynd.

Yn y gegin, roedd Breian yn ei alw'i hun yn bob enw. Mae yna hen gân neu rigwm sy'n dweud rhywbeth tebyg i hyn:

'The face that over cocktails
Looked so soft and sweet,
Does not seem so alluring
Over the Shredded Wheat.'

… a theimladau tebyg i rai awdur anhysbys y geiriau hyn oedd gan Breian fore heddiw. Be oedd o wedi'i neud? Dau beth hurt uffernol, dyna be: cysgu efo bodan ei frawd mawr (nid fod llawer o gysgu wedi digwydd) a chytuno i 'neud rhwbath' i Jona Huws.

Wrth ddisgwyl i'r teciall ferwi, sylweddolodd fod Breioni wedi gwneud iddo deimlo'n anghyfforddus ers y tro cyntaf i Mal ddŵad â hi i'r fflat. A hithau wastad un ai mewn jîns tynion neu sgert gwta, roedd hi wedi mwynhau tynnu arno bob gafael gan sefyll yn rhy agos ato neu gyffwrdd â'i law neu'i fraich wrth wenu arno, reit yn ei wyneb. Ac oedd, roedd o wedi ei ffansïo, doedd dim pwynt iddo drio gwadu hynny, ac wedi claddu'i ben dan ei obennydd ar sawl achlysur mewn ymdrech ofer i osgoi clywed y synau a wnâi hi yn y gwely efo Mal, yr ochr arall i'r pared. Breioni oedd seren nifer o'i ffantasïau mwyaf tanbaid a daeth llawer ohonyn nhw'n wir neithiwr.

Ond heddiw, yng ngolau'r dydd...

Roedd o wedi neidio o'i wely ar goesau o glai yn gynharach pan glywodd o sŵn beic modur yn dod o'r tu allan i'r fflatiau. Nid Mal oedd yno, diolch i'r nefoedd, ond bu'r sŵn yn gyfrwng i'w ddychryn am ei fywyd a'i ddeffro i'r ffaith ei fod o wedi gwneud dau beth a oedd, chwedl Breioni, yn hynod o 'stiwpud'.

Ac i goroni'r cyfan, doedd o ddim yn ei ffansïo hi ddim mwy. Roedd ei ffordd o lybindian bron yn noeth ar y soffa yn troi arno, a theimlai'n swp sâl wrth ddychmygu'r drws yn agor a Mal yn cerdded i mewn a'i gweld hi yno yn ei nicyrs.

O blydi hel, be ydw i wedi'i neud?

Roedd hi'n dal i fod felly pan aeth trwodd efo'i choffi. 'Plîs, rŵan, nei di wisgo amdanat?' meddai wrthi.

'Ma'r fflat yma fath â ffwrnas.' Edrychodd Breioni ar y coffi. 'Gobeithio dy fod ti wedi golchi'r mỳg cyn 'i iwsio fo?'

'Do, do...' – er nad oedd o wedi gwneud unrhyw beth o'r fath. 'Breioni...'

'Ac ma'r lle yn sglyfaethus gynnoch chi. Ma gin i ofn dal

rhwbath fel y Black Death yma.' Yfodd fymryn o'i choffi a rhoi'i mỳg ar y llawr wrth droed y soffa. 'Reit – Jona Huws.'

Teimlodd Breian ei stumog yn troi fwyfwy.

'Be amdano fo?'

'Paid â chymryd arnat dy fod ti wedi anghofio'r hyn wnest ti addo neithiwr, Breian.' Roedd ei hwyneb, sylwodd Breian, yn hyll o galed, a'i cheg yn denau fel rasal. 'Wna i ddim diodda unrhyw grap fel'na, ocê?'

'O, cym on, Breioni...'

'Be?'

Roedd ei llais fel cwmwl o rew yn llenwi'r ystafell. Ma hi'n 'i feddwl o, meddyliodd Breian, gan deimlo'i galon yn suddo.

'Ysti... be fedra i 'i neud? Meddylia am seis Jona Huws, a sbia arna i. Mi 'sa fo fel... dwn 'im... Mickey Mouse yn trio sortio King Kong.'

Ochneidiodd Breioni. 'Dwi'n gwbod hynny,' meddai gan edrych arno mewn dirmyg. 'Ond 'sdim rhaid i chdi fynd ar 'i gyfyl o.'

'O?'

Fflachiodd gobaith yn ei lygaid gleision, cyn cael ei ddiffodd fel sŵn hen wylo yn y glaw pan ddywedodd Breioni, 'Dwi wedi bod yn meddwl a meddwl, a dyma be sy isio i chdi 'i neud...'

Sara

'Grêt,' meddai. 'Blydi grêt...'

Cytunodd ei stumog drwy rwgnach yn uchel.

Roedd y garafán heddiw dan glo, a dim golwg o'i thaid. Cododd Sara'i throed efo'r bwriad o gicio'r drws ond roedd y stepen uchaf yn rhy gul a llithrig ac ofnai y byddai hi'n syrthio'n ei hôl. Bodlonodd ar roi hergwd i'r drws gyda chledr ei llaw dde.

Pan glywodd hi ei gar yn cychwyn a gyrru i ffwrdd, roedd Sara wedi brysio i godi ac ymolchi a gwisgo gan feddwl mai dim ond wedi piciad i'r siop agosaf yr oedd o, ac y byddai'n ei ôl ymhen munudau. Wedi mynd i brynu bwyd ar gyfer eu trip i Enlli, efallai? Byddai'n gyfle iddyn nhw ddod i nabod ychydig mwy ar ei gilydd. Beth yn union ddywedodd o neithiwr, hefyd? Rhywbeth am forloi... ie, morloi, yn canu.

Hmmmm....

Ond roedd sbelen reit dda ers iddi godi bellach, a doedd Harri byth wedi dychwelyd.

Ble oedd o?

Dychwelodd Sara i'r tŷ gyda'r glaswellt yn llyfu gwaelodion ei jîns â thafodau gwlypion. Doedd hi ddim hyd yn oed yn gwybod lle roedd y siop agosaf. Os oedd un yma o gwbwl.

Eisteddodd yn bwdlyd wrth fwrdd y gegin. Protestiodd ei stumog eto pan sylweddolodd nad oedd am gael ei lenwi wedi'r cwbwl.

'Bastard...,' meddai am ei thaid. Roedd yn amlwg nad oedd arno'i heisiau hi yma o gwbwl; os nad oedd ei agwedd tuag ati neithiwr wedi dweud hynny'n ddigon plaen, yna roedd y ffaith ei fod wedi diflannu fore heddiw – heb hyd yn oed gynnig darn o dost iddi, heb hyd yn oed edrych i weld oedd hi'n dal i fod ar dir y byw, a chan dorri'i addewid ynglŷn ag Ynys Enlli – yn tanlinellu'r cyfan.

A beth oedd o'n ei wneud neithiwr, yn sefyll yng nghanol yr ardd yn y glaw a hithau'n oriau mân y bore?

Weirdo.

Neithiwr, rhoes ei thaid hi yn hen ystafell wely ei mam. Roedd y muriau'n las golau a'r pren yn sgleinio'n wyn. Llanwyd ei ffroenau ag arogl paent ffres.

Gwyliodd Sara ef yn paratoi'r gwely sengl.

'Hen wely Mam yw hwn?'

Ysgydwodd Harri ei ben.

'Ma'r dodrafn i gyd yn reit newydd.' Ymsythodd gan smwddio'r dwfe efo'i law. 'Roedd gwely dy fam yn dylla pry drwyddo, mae o 'di hen fynd.'

Roedd yna wardrob a chist ddroriau pîn yn yr ystafell. Agorodd ei thaid ddrws y wardrob, yna edrychodd ar ei sach deithio hi.

'Ma mwy na digon o hangyrs yma i chdi,' meddai. 'Ma'r droria i gyd yn wag, 'efyd.' Petrusodd am ychydig, a phan siaradodd, roedd ei lygaid wedi'u hoelio ar y llawr. 'Os gawn ni gyfla,' meddai, 'os fydd y tywydd yn o lew a bob dim… ro'n i'n meddwl, ella 'sa chdi'n leicio piciad drosodd i Enlli rywbryd?'

'Enlli?'

'Ynys Enlli. Mi fydda i'n leicio mynd yno i wrando ar y morloi'n canu.'

Roedd Sara wedi rhythu arno. Morloi – yn canu? Edrychodd Harri i fyny a'i dal hi'n rhythu. Trodd i ffwrdd yn sydyn.

'Ia, wel… gawn ni weld, ia?'

Aeth cyn iddi fedru dweud wrtho y byddai hi'n hoffi mynd i Enlli'n fawr iawn. Yn o gyflym hefyd, ac erbyn meddwl roedd o wedi brysio drwy bopeth, bron fel na fedrai aros i gael mynd allan o'r tŷ ac yn ôl i ganol ei lanast yn y garafán.

Diolch byth nad oedd hi'n gorfod cysgu yno gydag o. Yn y garafán, ar ôl y sgwrs ffôn honno efo'i mam, dywedodd Harri wrthi: 'Fedri di ddim cysgu yma.'

'Taid, ma'n oreit, bydda i'n iawn…,' protestiodd yn llipa.

Ysgydwodd Harri ei ben wrth estyn llefrith o'r ffrij fechan a thynnu'i gôt amdano.

'Ty'd...'

Y tŷ? meddyliodd Sara wrth ei ddilyn drwy'r ardd wlyb.

'Taid...'

'Be?'

Roedd o'n datgloi drws y tŷ, yna'n ei wthio'n agored a chynnau'r golau.

Am ryw reswm, roedd Sara wedi cael y syniad yn ei phen fod y tŷ un ai'n wag neu'n llawn o hen ddodrefn dan gynfasau gwynion. Llwch yn dew dros bopeth. Gwe pry cop yn hongian fel llenni o'r nenfwd. Llygod yn gwibio i bob cyfeiriad wrth i ddrysau gael eu hagor yn wichlyd.

Haunted house.

Yr hen gerdd de la Mare honno eto, am ysbrydion 'thronging the faint moonbeams on the dark stair, that goes down to the empty hall'. Gweld symudiad drwy gornel llygad, ond neb yno go iawn. Cysgod lle na ddylai unrhyw gysgod fod, efallai. Sibrwd o sidan y tu ôl iddi. Fflam cannwyll yn cael ei diffodd wrth i rywbeth ochneidio'n oer drosti.

Ond, yn lle hynny...

Roedd ei thaid wedi sylwi arni hi'n edrych o'i chwmpas mewn syndod. 'Dwi'n 'i osod o bob blwyddyn,' meddai. 'Pasg tan Diolchgarwch. Teuluoedd sy'n dŵad yma. Pobol go lew ar y cyfan, heblaw am ryw shiafflach o Dagenham y llynadd.'

Yn y gegin meddai, 'Ma bocsiad o fagia te yn y cwpwrdd, iawn? A siwgwr.' Agorodd ddrws y ffrij a rhoi'r llefrith i mewn yno. 'Mi fyddi di isio panad pan godi di fory.'

''Sdim bwyd yma?'

Ysgydwodd ei ben a'i harwain i fyny'r grisiau. 'Mi fydda i'n treulio'r rhan fwya o bob gaea'n peintio a phapuro a thrwsio be bynnag sy angan. Newydd orffan ro'n i ddechra'r wsnos. Dydi ogla paent ddim yn troi arnat ti, gobeithio,' ychwanegodd mewn tôn a awgrymai nad oedd uffarn o ots ganddo a oedd o'n troi arni ai peidio.

Wedi iddo fynd roedd Sara wedi eistedd ar y gwely. Do, meddyliodd, dwi wedi cysgu yma o'r blaen, yn yr ystafell yma. Mae'n rhaid fy mod i, ddeuddeng mlynedd yn ôl. Ond does gen i ddim cof o'r ystafell fel yr oedd hi, dim ond o Mam yn dweud, 'Hon oedd fy llofft i pan o'n i'n hogan fach.'

Roedd y paent newydd a'r dodrefn pîn wedi dileu'r atgofion eraill.

Doedd dim i'w weld drwy'r ffenestr, dim ond hi'i hun yn rhythu'n ôl arni o'r tywyllwch. Ond gallai glywed y môr y tu ôl i'r gwynt a'r glaw a dychmygai ei fod yn rhuo wrth ei hyrddio'i hun yn erbyn y Greigddu.

Lle roedd yr ogofâu, yn ôl y gerdd. Gyda phethau od – od iawn – yn trigo ynddynt ar un adeg; pethau anghymreig iawn, meddai'r bardd, 'All sorts of queer things, Things never seen or heard or written about...'

Fel morloi'n canu, efallai. Dychmygodd synau trist, torcalonnus, fel petai'r morloi'n canu am draethau creigiog, pell, oer a digroeso, am wacter anferth y moroedd mawr.

Caeodd y llenni.

Aeth i'r ystafell ymolchi lle roedd popeth eto'n sgleinio'n wyn, a'i chael hi'n anodd unwaith eto i gredu mai ei thaid oedd yn gyfrifol am yr holl lendid gloyw hwn, am yr ystafelloedd pin-mewn-papur.

Ei thaid.

Y dyn budur, blêr, gwyllt a drewllyd hwnnw.

Mae o'n ddyn ofnadwy...

Roedd o wedi dweud rhywbeth am y dŵr, fod angen ei

roi ymlaen am beth bynnag awr cyn cael bath, ond nad oedd problem gyda'r gawod.

Dim heno, penderfynodd. Ni fedrai feddwl am ddinoethi, am orfod edrych ar ei bloneg gwyn, ei bronnau hyll. Am ddangos y cyfan i'r dolffiniaid ar lenni plastig y gawod gyda'u gwenau hunangyfiawn.

Ond rhoes blwc i gortyn switsh y gawod a throi'r nobyn nes bod y dŵr yn llifo'n boeth.

Tynnodd siwmper dyllog ei thaid ac eistedd ar sedd y toiled.

Sweet and divine
Razor of mine
Sweet and divine
Razorblade shine…

Arhosodd nes i'w hwyneb, ei hwyneb hyll, ddechrau diflannu'r tu ôl i'r stêm a gymylai ddrysau drych y cwpwrdd bychan uwchben y sinc.

Mae o'n ddyn ofnadwy.

Ond ma hynny'n ocê, meddyliodd. Ma hynny'n cŵl, achos dw inne hefyd yn ofnadwy. Yn hunanol, meddai ei mam, ac roedd hi'n iawn, roedd hi'n llygad ei lle, yn sbot on, deg allan o ddeg i Mared Dafydd, achos *mae* ei merch, ei hunig blentyn, yn hunanol… ac yn ddifeddwl… ac yn anniolchgar… ac yn anystyriol ac yn *greulon*, o ydi wir.

Bitsh fach greulon, hen fadam fach greulon.

Gwyliodd y diferion bach coch yn syrthio'n ddiog ar wynder y sinc. Ffrydiau bychain yn troi'n binc ac yna'n diflannu wrth i'r dŵr oer eu cipio a'u sugno i ffwrdd o'r golwg.

Hyd yn hyn, roedd hi wedi llwyddo i guddio'i braich oddi wrth ei thad a'i mam a phawb yn yr ysgol. Ond byddai'n haf cyn bo hir. Tymor y llewys byrion, y breichiau noethion.

Beth wedyn?

Doedd arni ddim eisiau meddwl am hynny – ond byddai'n rhaid iddi feddwl. A hynny'n fuan. Neu fel arall...

Beth, tybed, fyddai ymateb ei rhieni petaen nhw'n gweld ei braich? Dim ond wedyn, yn sgil y torri – fel yn awr – y byddai hi'n meddwl am hyn, wrth i'r boen lifo o'i braich drwy weddill ei chorff. Go brin fod unrhyw air yn bodoli a fyddai'n ddigon cryf i ddisgrifio'u hymateb. Yn sicr, doedd 'sioc', 'braw' a 'dychryn' ddim yn ddigonol, o bell ffordd; roedd 'anghrediniaeth', 'ofn' ac 'arswyd' – o ie, meddyliodd, 'arswyd' yn sicr – yn llawer iawn mwy addas.

Pan ddechreuodd niweidio'i hun, credai Sara mai ffieiddio tuag ati a wnâi ei rhieni a'i ffrindiau petaen nhw'n gwybod. A buasai hynny, hefyd, yn iawn, yn rhan o'r boen ac yn rhan o'i haeddiant: oni ddylai pawb ffieiddio tuag at eliffantod surbwch, hipos di-serch a blobs annymunol y byd yma?

Yna sylweddolodd nad ffieiddio tuag ati a wnâi pawb, ond ei phitïo. Teimlo drosti. *O'r beth fach – bechod, trueni. Mae'n rhaid ei bod hi mewn cyflwr go ddrwg i wneud rhywbeth fel yna...*

A buasai hynny'n waeth na dim.

Ond roedd yr haf yn dod, yn nes ac yn nes bob dydd, a byddai'n rhaid meddwl. Daeth llinell arall o gân y Foo Fighters i'w meddwl: *We need to find a better place to hide...*

... *ac mae'r gath yn dal i sgrapo Sara fach.*

Yn y gwely, wedyn, sylweddolodd nad oedd hi erioed wedi cysgu mewn ystafell lle roedd y tywyllwch mor llethol. Mor fol-buwch-aidd. Yng Nghaerdydd roedd y nos wastad yn oren, byth yn ddu, ond yma...

Tyfai'n fwy a mwy ymwybodol o'r ffaith ei bod ar ei

phen ei hun yn y tŷ. Trodd y glaw yn ewinedd yn crafu'r ffenestr, a'r gwynt yn ddwylo yn eu hysgwyd o'r tu allan. Dwylo oedd yn benderfynol o ddod i mewn.

Meddyliodd am yr olygfa honno ar gychwyn *Wuthering Heights*, llyfr roedd hi i fod i'w astudio ar gyfer Lefel A. Cathy y tu allan i'r ffenestr, yn crefu am gael dod i mewn; dwylo oer, wyneb gwyn yn erbyn y gwydr.

Oedd ei mam wedi profi nosweithiau ofnus fel hon yn yr ystafell fechan yma?

Pendwmpian wedyn.

Rywbryd yn oriau mân y bore, sylweddolodd fod y glaw wedi peidio a bod rhywfaint o oleuni yn yr ystafell. Golau'r lleuad, yn llifo i mewn drwy'r llenni agored.

Ac yn y pellter, y morloi'n canu i'r nos.

Doedd dim cof ganddi, drannoeth, o godi a chroesi at y ffenestr, ond yno roedd hi, rywsut, yn syllu allan dros y twyni a'r tywod gwastad at y môr, a'r Greigddu'n gysgod duach na du yng ngolau'r lleuad. Gorweddai stribyn o oleuni gwyn ar wyneb y dŵr oedd yn crefu, bron, am gael cwch yn rhwyfo ar ei hyd, cwch bach pren gyda dau ffigwr ynddo, un yn rhwyfo a'r llall yn eistedd a'r ddau yn mynd i doedd wybod ble. Efallai ei bod wedi dechrau hwmian canu, neu wedi breuddwydio ei bod yn gwneud hynny.

'Cw-wch bach yn no-ofio, heb ddŵr o-da-ano...

Ma-a-mi yn ca-a-nu, wrth ddal i rwy-fo...'

Cafodd gip ar rywbeth yn yr ardd oddi tani. Ei thaid, gwelodd, yn sefyll yn llonydd yn y lloergan gwan, ei ben yn ôl wrth iddo syllu i fyny at ei ffenestr hi.

Ac yn edrych fel tasa fo'n crio.

Yna chwythodd y gwynt gwmwl dros wyneb y lleuad. Pan ddychwelodd y golau, doedd dim golwg o'i thaid yn unman a doedd dim cof ganddi o ddychwelyd i'w gwely, ond yno roedd hi pan gafodd ei deffro ben bore gan sŵn y Fiesta'n gyrru oddi wrth y tŷ.

Cododd ac agor y llenni.

Yna rhewodd.

Oedd, roedd hi wedi eu cau neithiwr cyn mynd i'r gwely. Cofiai wneud hynny, yn sicr, oherwydd roedd y ffenestr wedi troi'n ddrych, diolch i'r tywyllwch llethol y tu allan, a doedd arni ddim eisiau gorfod syllu arni hi'i hun.

Ond pan ddeffrodd yn ffwndrus i edrych allan ar y lleuad dros y dŵr, roedd y llenni'n llydan agored.

Ac ynghau eto erbyn bore heddiw.

Neu felly roedd hi'n tybio, beth bynnag, pan gododd o'i gwely'n gynharach. Yn awr, wrth fwrdd y gegin, a hithau'n olau dydd, penderfynodd mai hi – a neb ond y hi – oedd wedi agor a chau'r llenni, heb sylweddoli ei bod wedi gwneud hynny.

Sara, ti'n mwydro, meddai wrthi'i hun. Dwi wedi blino a dwi ishe cysgu, dwi ishe bwyd a… a… dwi ddim ishe bod yma.

A'r eiliad nesaf roedd hi'n crio.

Plygodd ei breichiau ar wyneb y bwrdd a gorffwys ei thalcen arnyn nhw, ei gwallt seimllyd dros ei hwyneb a'i hysgwyddau'n crynu wrth iddi feichio crio.

Arhosodd felly am funudau hirion, yno yn y gegin ar ei phen ei hun bach – er iddi deimlo, ar un adeg, fod rhywun yn sefyll wrth ei hochr ac yn anwesu'i phen. Doedd neb yno, wrth gwrs, pan edrychodd i fyny.

Neb o gwbwl.

Sweet and divine

Razor of mine…

'Na!' meddai'n uchel.

Ymsythodd a chwythu'i thrwyn a sychu'i dagrau gyda

hances bapur racslyd a fu'n llechu ym mhoced ei jîns ers Duw a ŵyr pryd.

'Na, ddim heddiw, ddim eto,' meddai.

Uwchben sinc y gegin taflodd ddŵr oer dros ei hwyneb. Am dro, meddyliodd, af am dro – byddai unrhyw beth yn well nag eistedd yma, yn enwedig a'r stof yn sgleinio'n sbeitlyd o segur yn y gornel.

Wrth iddi dynnu'i chôt amdani wrth y drws ffrynt, neidiodd wrth i ffôn y tŷ ganu y tu ôl iddi. Trodd a syllu arno gan ddisgwyl i'r peiriant ateb gymryd yr alwad, ond canodd y ffôn ddeg gwaith cyn iddi sylweddoli nad oedd hynny am ddigwydd, fod y peiriant wedi'i ddiffodd.

'Helô?'

Dim gair i ddechrau, dim ond sŵn anadlu trwm fel petai'r sawl oedd yno'r pen arall newydd redeg marathon.

Neu'n byrfyrt.

'Helô?' meddai eto.

Roedd hi ar fin rhoi'r ffôn i lawr pan glywodd lais rhywun yn dweud, 'There's nae supposed to be anyone there...'

'Sori?'

'There's nae supposed to be anyone there!'

Sgrech, fwy neu lai, a'r llais yn swnio fel tasa'r ddynes ar fin beichio crio'n blentynnaidd oherwydd rhyw annhegwch mawr.

'Who is this?' meddai Sara.

'Harry?'

'What?'

'Where's Harry? Harry Jones?'

'He's not here, he's...' – ond torrodd y ddynes feddw ar ei thraws.

'There's nae supposed to *be* anyone! The house should be empty, now... empty...'

'Why the hell did you phone then?' meddai Sara, wedi dechrau gwylltio. Pwy *oedd* y ddynes uffernol 'ma, yn ffonio fel hyn? Yn ffonio tŷ gwag?

Roedd cael rhywun yn ei hateb yn ôl yn biwis yn amlwg wedi ysgwyd rhywfaint ar y ddynes. Fel bwli pan fo rhywun yn troi arni, roedd ei thôn fymryn yn dawelach wedyn, os nad yn fwy cwrtais hyd yn oed.

'I was gonna leave a message. For... for Harry Jones.'

'Well, he's not here, so you can leave one with me if you want.'

'Oh aye? And who the fuck are *you*, hen?'

'I'm his granddaughter!'

Tawelwch.

Aeth eiliadau heibio cyn i'r ddynes siarad eto, a'r tro hwn swniai fel petai hi wedi sobri'n gyfan gwbwl.

'Oh no...,' meddai, 'not... not Sara? Not wee Sara?'

Ar y pryd roedd Sara wedi gwylltio gormod â hi i sylwi rhyw lawer ar ei thôn nac ar ei geiriau.

Wedyn y daeth hynny.

Yn awr, dywedodd, 'Yes. Any message?'

A'r llais erbyn hyn yn ddistaw ac yn isel.

'Yes. Please.'

Saib arall.

'Well, what?' meddai Sara.

'Just... just tell him I'm sorry, and that I won't be calling again. Will you do that?'

'Yes...'

'It's important...'

'Yes, all right... Who's calling anyway?'

'He'll know, wee Sara. He'll know.'

Rhoes Sara'r ffôn i lawr a chodi dau fys arno. Doedd hi ddim wedi arfer cael rhywun dieithr yn ei rhegi fel yna.

Roedd hi bron iawn wedi cyrraedd y traeth pan gofiodd fod y ddynes ofnadwy yna wedi ei galw'n 'wee Sara'.

Iwan

Ro'n i wrthi'n byta fy mrecwast pan dda'th Mam i mewn i'r gegin a rhoi sws i mi ar fy nghorun.

'Diolch,' meddai.

'Y? Am be?'

'Neithiwr.'

'Neithiwr?'

'Am olchi'r llestri. A'u sychu nhw, a'u cadw nhw.'

'O. Reit, ocê...'

Edrychodd arna i am ychydig fel tasa hi am ddeud rhwbath arall, ond ailfeddyliodd a throi at y teciall. Wedyn rhoddodd y radio ymlaen. Classic FM, efo Laurence Llewelyn-Bowen yn cyflwyno'r rhaglan. Ochneidiais.

'Be?' gofynnodd Mam.

''Dach chi ddim o ddifri'n leicio'r stwff yma, ydach chi?'

'Faswn i ddim yn gwrando arno fo fel arall, yn na 'swn?'

Codais f'ysgwyddau.

'A be ma hynna i fod i feddwl?'

Wel, 'dach chi 'mond yn gwrando arno fo am fod Gwyndaf yn leicio rhyw stwff bôring fel hyn, meddyliais, ond do'n i ddim isio ffraeo efo hi beth cynta ar fora Sul, yn nag o'n?

Yn enwedig dros rhyw greadur fel Laurence Llewelyn-Bowen.

Felly, 'Dim byd,' meddais.

Dychwelodd Mam ei sylw at y teciall a dychwelais innau f'un i at fy mrecwast.

Mi ddylwn i ddeud rhwbath yma am Mam, decini. Ma hi'n ddeugain ac un oed, ond ma pawb yn deud ei bod hi'n edrych flynyddoedd yn iau na hynny. Ma'n siŵr gen i 'i bod hi, hefyd – do'n i ddim wedi meddwl am y peth tan yn ddiweddar, tan i Gwyndaf ymddangos ar y sîn. Sbeciais arni hi gynnau, a rhaid i mi gyfadda, er ei bod hi ond newydd godi o'i gwely ac yn ei gŵn nos, roedd hi *yn* edrych yn... wel, yn well, rywsut, nag y ma hi wedi edrych ers sbelan. Sylwais fod ei gwallt hi'n oleuach: gwallt brown sy ganddi wedi bod ers i mi gofio, ond roedd o rŵan bron iawn yn felyn, ac wedi'i dorri'n gwta ond nid yn rhy gwta.

Bron iawn y baswn i'n deud ei bod hi'n edrych flynyddoedd yn hŷn pan oedd hi flynyddoedd yn iau. Ma Haf yn amal yn deud rhwbath fel, 'Dydi hi'n edrych yn grêt?' a chael rhyw 'Mmmm...' yn ôl gen i. Do'n i ddim wedi meddwl am y peth, ma'n siŵr, oherwydd nad o'n i isio meddwl am y peth.

Dydi rhywun ddim, yn nac 'di? Isio meddwl am ei fam fel'na. Ma'n haws, rywsut, bod yn goeglyd a deud petha cas fel 'mutton dressed as lamb' ac ati, a gwthio'r peth o'r meddwl. Ond bu'n rhaid i mi feddwl felly am Mam rhyw dri mis yn ôl, jyst cyn y Dolig, pan ddeudodd Elgan Dentist ('i dad o ydi'r deintydd, gyda llaw, nid y fo: un o'm mêts i ydi o – wel, jyst abowt ar ôl iddo fo ddeud yr hyn ddeudodd o) ar y trên adra o'r coleg un pnawn fod Mam yn... o, wa'th i mi 'i ddeud o ddim... fod Mam, yn ei dyb o, yn un o'r MILFs.

Ia, o'r gora – dwi'n cyfadda, dw inna hefyd wedi bod yn trin a thrafod efo'r hogia pa rai o'r mama ifainc y byddwn ni'n eu llygadu'n slei mewn caffis ac o gwmpas Port sy'n ddigon deniadol i ga'l eu galw'n famau yr hoffech chi eu... wel, mi wyddoch chi be. Felly mewn ffordd dwi'r un mor euog ag Elgan Dentist. Ond dwi rioed wedi meddwl am 'i fam *o* fel MILF, na mam 'run o'r hogia erill chwaith. A hyd yn oed pe bawn i wedi gneud hynny, dwi'n leicio meddwl na faswn i fyth yn 'i ddeud o.

Wel, mi a'th hi jyst iawn yn ffeit ar y trên o Bwllheli'r diwrnod hwnnw (un ddigon chwerthinllyd fasa hi, ma'n siŵr, gan fod 'run ohonan ni wedi ca'l ffeit efo neb ers pan oeddan ni'n yr ysgol fach). Dydi rhywun ddim isio clywad fod un o'i fêts o – mwy nag un, tasa hi'n dŵad i hynny, oherwydd roedd 'na olwg ddigon anghyffordus ar wyneba'r lleill – yn lystio ar ôl 'i fam o, yn nac 'di?

Ar ôl i mi gŵlio i lawr chydig a mynd adra, dechreuais – er gwaetha fi fy hun – feddwl am yr hyn ddeudodd y pyrf Elgan. Doedd gen i ddim dewis, a bod yn onast, ond casglu fod gan y sglyfath bwynt reit ddilys. Roedd Mam wedi newid yn ddiweddar – wedi blodeuo, dyna'r unig air amdano fo – ac roedd yn rhaid i mi gyfadda fod hynny ond wedi digwydd ers iddi gyfarfod Gwyndaf.

O fewn chwe mis, mewn geiria erill.

Wyddwn i ddim cyn hynny fod y boi'n bodoli. Prynhawn Sadwrn oer yng nghanol mis Hydref oedd hi pan gyhoeddodd Mam ei bod hi '… wedi cyfarfod rhywun. Rhywun sy braidd yn… sbeshial.'

Dwi'n 'i chofio hi'n sbio ar ei dwylo wrth siarad, rheiny wedi'u plethu ar ei glin. Roedd gwên fach swil ar ei hwynab ac edrychodd ar Haf a finna heb godi'i phen, fel tasa hi'n sbio dros ei sbectol tasa sbectol ganddi, mewn ffordd a wnâi iddi edrych fel hogan ifanc yn cyffesu rhyw ddireidi dibwys.

'Be 'dach chi'n feddwl?' gofynnais, er fy mod i wedi dallt yn syth be oedd ganddi.

Rhowliodd Haf ei llygaid. Doedd *hi* ddim am gymryd arni o gwbwl.

'Pwy? Pwy? Pwy-ydi-o-Mam-ydw-i'n-nabod-o?'

Roedd hi wrth ei bodd, bron yn bownsian ar y soffa, y ffurat wirion iddi.

A dechreuodd Mam giglan.

Ia – Mam.

Cafodd ei phledu â chwestiynau gan Haf: roedd arni hi isio gwbod bob dim am y dyn roedd Mam wedi'i gyfarfod, a dechreuodd Mam eu hatab efo'r wên fach swil honno bellach wedi troi'n wên ddigon sopi – gwên oedd yn ddigon â chodi pwys ar rywun, a bod yn hollol onast. Gwyndaf oedd 'i enw fo, roedd o'n byw'r tu allan i Bwllheli ac roedd gynno fo swydd dda efo ryw adran bôring yn y Cyngor Sir. Cawsom wbod 'i fod o'n hŷn na Mam – blydi hel, roedd o'n tynnu at 'i hannar cant! – a'i fod o wedi ysgaru ers blynyddoedd. Roedd ei ddau blentyn wedi hen dyfu a chanu'n iach – un yn gweithio fel nani yn Ffrainc a'r llall yn gneud rhwbath efo cyfrifiaduron yn Silicon Valley, Califfornia.

Ac roedd o a Mam wedi... wel, wedi 'clicio', dyna be oedd gair Mam amdano fo.

'O, ma hyn yn cŵl, yn grêt!' meddai'r idiot Haf. 'Yn dydi, Iwan?'

Drwy gydol y sgwrs, ro'n i wedi dŵad yn ymwybodol o lyg'id Mam yn neidio ata i bob hyn a hyn, a bod ei gwên – gynt yn swil, wedyn yn sopi – wedi tyfu'n fwy a mwy ansicr. Y peth ydi, dwi rioed wedi bod yn un da am guddiad fy nheimlada – faswn i byth yn gneud actor – ac er fy mod i'n gwbod yn iawn y dylwn inna, hefyd, fod ar dân isio gwbod bob dim am y Gwyndaf o'r tu allan i Bwllheli 'ma, yr unig beth a lenwai fy meddwl oedd: pam gythral na allasai'r crîp fod wedi *aros* y tu allan i Bwllheli yn lle dŵad yr holl ffordd yma i Forfa Bychan i sniffian o gwmpas Mam?

Ond mi wnes i fy ngora.

'Y... yndi,' atebais. 'Yndi. Grêt...'

Ond chafodd Mam mo'i thwyllo. Na Haf, chwaith.

'Ocê, be sy?' gofynnodd Haf imi'n hwyrach y noson honno.

'Wel…'

'Be, Iwan?'

Roedd hi'n gwgu arna i, yn amlwg yn barod am ffeit. Cadwais lygad ar 'i dwylo hi, oedd o fewn dim o droi'n ddyrna.

'Dim byd. Jyst… wel, dwi ddim wedi cyfarfod y boi eto, yn naddo? Do'n i ddim wedi clywad amdano fo tan tua awr yn ôl. Doeddat titha ddim chwaith, felly dwi'm yn gwbod pam dy fod ti wedi ecseitio cymint.'

'A dwi inna'n methu dallt pam dy fod ti mor *pissed off* am y peth.'

Wel, do'n inna ddim chwaith, yn nag o'n? Dwi ddim llawar iawn callach rŵan, felly doedd gen i ddim gobaith caneri chwe mis yn ôl.

'Rhywun sbeshial, dyna be ddeudodd Mam amdano fo, yndê?' meddai Haf. 'Ma'n rhaid 'i fod o, iddi fod isio deud wrthon ni amdano fo. Iddi hi fod isio'i rannu o efo chdi a fi.'

Roedd llyg'id Haf yn sgleinio, ac ro'n i'n gallu dallt a gwerthfawrogi ei chyffro hi. Gwyndaf oedd y dyn cyntaf erioed i Mam hyd yn oed ei grybwyll wrthon ni, ac os o'n i wedi rhyw led-feddwl erioed oedd yna ddynion erill wedi mynd â'i ffansi dros y blynyddoedd, ers i Dad farw, yna ro'n i wedi gwthio'r peth i gefn fy meddwl.

Roedd Mam wastad… wel, jyst *yma*, rywsut, efo ni. Mam oedd hi, ac ro'n i'n ca'l y traffarth mwya ofnadwy i feddwl amdani mewn unrhyw ffordd arall – yn enwedig fel cariad i ryw foi nad o'n i eto wedi taro llygad arno fo.

Felly, dyma fi'n gneud yr hyn y bydda i wastad yn ei neud pan fydd rhwbath go seriws yn digwydd yn fy mywyd i, sef trio gneud jôc o'r peth.

'Ella'i fod o'n seico.'

'Be?'

Rhythodd Haf arna i am eiliad ne' ddau cyn troi i ffwrdd yn ddirmygus.

'Paid â bod mor blydi stiwpud, nei di.'

'Wel, wyddost ti fyth. Ti'n gwbod be ma nhw'n 'i ddeud am seicos, eu bod nhw'n fwy normal na phobol normal. Meddylia am Christie...'

'Pwy?'

Ro'n i newydd fod yn gwylio cyfres am *serial killers* ar un o sianelau Sky, felly ro'n i'n credu fy mod i'n dipyn o arbenigwr ar y maes.

'John Reginald Christie. Mi gafodd o'i grogi. Ond roedd o'n edrych yn hollol normal – sbectol a phen moel. Dennis Nilsen. A Ted Bundy, a'r doctor hwnnw – Shipman. Pawb yn meddwl eu bod nhw'n hen hogia iawn... fath â Fred West. Roedd pobol wrth 'u bodda efo hwnnw, hyd yn oed, yn meddwl 'i fod o'n uffarn o gês.'

'Iwan – cau hi, nei di, plîs?'

Siaradais mewn llais BBC-aidd: 'The quiet, law-abiding community was shocked to its core to discover that it had been harbouring a deranged serial killer for years. "We're astounded," said a neighbour. "He was such a respectable, easy-going sort of bloke..."'

Roedd Haf wedi codi a mynd o'r ystafell. Y hi oedd yn iawn, wrth gwrs – doedd y peth ddim yn jôc. Doedd y boi Gwyndaf yma (gobeithio, wir Dduw) ddim yn gwisgo mwgwd hoci Americanaidd am 'i wynab ac yn mynd o gwmpas y lle'n lladd pobol efo bwyall ne' jên-sô.

Ond roedd yn haws o lawar gin i, ar y pryd, feddwl amdano fel rhyw fath o lofrudd cartŵnaidd nag fel cariad i Mam.

Mared

Sgynnon ni ddim byd, bron, i'w ddeud wrth ein gilydd.

Ddim bellach.

Ac i goroni'r cyfan, alla i ddim cael gwared ar yr hen gân Cliff Richard honno o 'mhen.

It's so funny how we don't talk anymore...

Cliff Richard, o bawb.

Tua deng mlwydd oed o'n i pan oedd y gân ar frig y siartiau, dros ddeng mlynadd ar hugain yn ôl: dwi'n cofio gwrando arni ar y radio, a gwylio Cliff yn ei chanu ar *Top of the Pops*, ond alla i ddim cofio o'n i'n ei hoffi ai peidio. Mae'n siŵr fy mod i, mewn rhyw ffordd blentynnaidd – fel mae plant yn hoffi unrhyw beth sy'n boblogaidd, am ryw ychydig bach, cyn i'r peth nesaf ddod yn ei le.

Erbyn rŵan – yn enwedig rŵan – dwi'n ei chasáu â chas perffaith. Ond fedra i ddim, yn fy myw, â'i gwthio o'm meddwl. Mae'n mynnu aflonyddu arna i, fel y ddannodd.

Dwi ddim yn credu fod Graham wedi hyd yn oed sbio arna i unwaith ers i ni gychwyn o'r tŷ. Dwi wedi bod yn rhyw sbecian arno fo bob hyn a hyn drw' gornel fy llygad dde, ond mae'i lygaid o, yn ddi-ffael, wedi'u hoelio ar wyneb yr A470, oedd yn arfer bod mor gyfarwydd inni unwaith. Mae fy llaw dde wedi bod yn gorffwys ar fy nghlun dde yn y gobaith y bydd Graham ond yn ei chyffwrdd; byddwn yn setlo am hynny – na, byddwn yn ddiolchgar am hynny bach, heddiw. 'Mond un cyffyrddiad ysgafn a chynnes, dyna'r cwbwl.

Ond mae fy llaw yn gorwedd yno'n llipa ac yn wyn yn erbyn defnydd glas tywyll fy jîns.

Cwmbach Llechryd...

Sbec arall ar Graham drwy gornel fy llygad ond mae ei wyneb yn hollol ddifynegiant. Arferai Graham, bob tro yr oeddem yn gyrru drwy Gwmbach, ddweud yr un peth, sef gymaint yr hoffai glywed Saeson yn ymdrechu i ynganu'r enw. Kymbak Lekride, Come Batch Letchride...

Wel, do'n i ddim yn disgwyl iddo fo ddeud hynny heddiw, ddim go iawn. Nid ar ôl ddoe, a neithiwr.

Neithiwr, doedd gynnon ni ddim dewis *ond* siarad efo'n gilydd.

Siarad, ia.

Sgwrsio?

Na.

It's so funny how we don't talk anymore...

Wrth gwrs, nid dim ond newydd sylweddoli hyn ydw i. Mae o wedi bod efo fi ers tro mewn rhyw ffurf neu'i gilydd. Cysgod, i ddechrau, dwi'n meddwl − cysgod pryfoclyd, direidus bron iawn, fyddai ond yn ymddangos bob rhyw hyn a hyn, fel hogyn bach slei yn chwarae bî-bô. Yn ddim byd o bwys mawr, a dweud y gwir. Ond eto'n ddigon i'm hatgoffa ei fod o yno.

Amheuaeth, wedyn. Roedd yn weddol hawdd, yn y dyddiau hynny, i ddweud rhywbeth fel, 'O, paid â bod yn wirion, Mared, y chdi sy'n dychmygu petha. Rydan ni'n *gyfforddus* efo'n gilydd, dyna be ydi o.'

Ond eto...

Tyfodd yr amheuaeth. 'Wel, fel hyn ma'r rhan fwya o gypla priod,' medda fi wrthyf fy hun − gan fy nghlywad fy hun yn ei ddeud o yn fy meddwl yn fwy a mwy amal. 'Tydi o ond i'w ddisgwyl ar ôl bron i ugain mlynedd o briodas.'

Do, mi dyfodd − ac un diwrnod mi sylweddolais ei fod o bellach yn wybodaeth, yn sicrwydd, yn ffaith. Wedi tyfu bron heb i mi sylweddoli. Roedd yr hogyn bach slei a chwaraeai bî-bô bellach yn ddyn efo'i lais wedi torri.

Iwan

'Ro'n i'n gweld fod dy fam wedi ca'l cariad,' meddai Harri Hipi wrtha i chydig ar ôl y Dolig.

Wedi'u gweld nhw'n mynd am dro ar hyd y traeth roedd o, Mam a Gwyndaf, ac wedi neidio arna i wrth i mi gerddad efo Sam heibio i'w giât o'n ddiweddarach y diwrnod hwnnw.

Ac isio gwbod bob affliw o bob dim am Mam a Gwyndaf, mi allwch fentro. Un fel'na ydi Harri – isio gwbod busnas pawb, ond does wiw i neb drio'i holi *o* am unrhyw beth. Chydig iawn a wyddwn i amdano fo, 'mond 'i fod o'n ŵr gweddw, fod gynno fo ferch yn rhwla sy tua'r un oed â Mam, a'i fod o, yn ôl y sôn (hynny yw, Mam, sy'n gweithio yn y banc lle ma Harri'n cadw'i bres – nid 'i bod hi wedi manylu, cofiwch, 'sa wiw iddi), yn werth 'i filoedd.

O – a'i fod o'n fêts efo'r diawl blin Jona Huws hwnnw. Mwy am Jona yn nes ymlaen.

Ceisiodd Harri roi'r argraff mai 'jyst digwydd' bod yno'n pwyso'n erbyn ei giât yn ca'l smôc yr oedd o pan es i heibio efo Sam, ond roedd hi'n ddiwrnod rhy oer o beth cythral i ryw gradur eiddil fel y fo sefyllian yno'n hir iawn. Yn enwedig ac ynta'n sefyll yno'n ddi-gôt, efo'i grys a'i gardigan yn hongian yn gorad dros grys-T Pink Floyd. Wna'th o ddim trio arwain y sgwrs yn *subtle* at Mam a Gwyndaf, chwaith, 'mond neidio i mewn yn syth bin.

Be fedrwn i fod wedi'i ddeud, yndê, heblaw, 'Yndi…'?

Nodiodd Harri'n ddwys efo'i lyg'id wedi'u hoelio ar fy rhai i, yn amlwg yn disgwyl i mi ymhelaethu. Ac ma 'na rwbath am y dyn, does ond isio iddo fo sbio fel'na arnoch chi ac mi fyddwch chi'n ca'l 'ych hun yn deud bob dim wrtho fo. Dwn 'im sut mae o'n 'i neud o. Gofynnwch chi i unrhyw un – yr un atab gewch chi gan bawb. Mi fasa'r heddlu'n safio ffortiwn a misoedd o waith, dwi'n siŵr, tasan nhw'n cyflogi

Harri i holi sysbects: pum munud yng nghwmni Harri ac mi fasan nhw'n cyffesu bob dim.

Felly mi ges i fy hun yn deud wrtho fo am Gwyndaf – Harri'n glustia i gyd – a phan dewais i, meddai:

'Dw't ti ddim yn swnio fel tasat ti'n hapus iawn ynglŷn â'r peth.'

'Pwy – fi? Yndw! Wel – dim ots gin i. Busnas Mam ydi o, yndê?' parablais, yn ymwybodol fod gan hyn lai fyth i'w wneud â Harri Hipi.

'Ma'n hen bryd i Luned ffeindio rhywun, os ti'n gofyn i mi,' meddai. 'Ma dy fam yn ddynas neis – yn rhy neis i fod ar 'i phen 'i hun.'

Ia, wel, wnes i ddim gofyn i chdi'n naddo, meddyliais wrth gerddad yn ôl am adra. Ond roedd gan Harri bwynt: mi allwn i, hyd yn oed, weld hynny. Yn ogystal â bod yn MILF, chwedl Elgan Dentist, ma Mam yn ddarllengar, yn ddeallus, yn ddifyr ac yn ddiwylliedig. Basa unrhyw ddyn o unrhyw chwaeth yn dotio at gael bod yn 'i chwmni hi. Y fi oedd yr unig beth oedd yn ei chadw rhag bod yn berffaith.

Wrth gwrs, cafodd Mam lond bol yn diwadd.

'Be mae o wedi'i neud i chdi?' gofynnodd i mi am Gwyndaf.

'Dim byd,' oedd yr atab.

Doedd o heb, chwaith, a bod yn deg â'r dyn. Ar wahân i'r ffaith fod gynno fo locsyn, does gen i ddim byd yn erbyn Gwyndaf yn bersonol. Os rhwbath – a falla fod hyn ynddo'i hun yn fy nghorddi – mae o wedi 'byhafio' o'r cychwyn cynta (heblaw am ddeud amball i jôc wael – ond hei, rydan ni i gyd yn euog o hynny, yn tydan?). Hynny ydi, mae o wastad wedi bod yn gwrtais ac yn glên, gan ddangos diddordab yn niddordeba Haf (dydi o ddim wedi ca'l llawar o gyfla i neud hynny efo fy rhai i, gan fy mod i wedi gneud ati i roi'r argraff fy mod i'n un o'r hogia mwya bôring dan haul...) a drw' beidio â chymryd arno 'i fod o'n 'cŵl' ac yn 'hip' wrth drafod cerddoriaeth gyfoes, na chymryd arno'i fod o'n leicio nifer o raglenni teledu dim ond er mwyn gneud argraff dda ar Mam a Haf – er enghraifft, ma Mam yn dotio at ryw grap fel *Strictly Come Dancing*, *Casualty* a *Holby City*, a Haf wrth gwrs yn hoffi crap gwaeth fyth fel *Britain's Got Talent* a'r *X Factor*, ond ma Gwyndaf yn eu casáu nhw, medda fo. Ffilmia a rhaglenni dogfen ydi'i betha fo, ac amball i hen gomedi fel *C'mon Midffîld* ac *Only Fools and Horses*.

Mae o'n reit fonheddig – wel, pan fydd Haf a finna o gwmpas, o leia: falla'i fod o'n sglyfaethus fel arall, yn rhechu fel tractor Massey Ferguson ac yn ymddwyn fel secs mêniac efo Mam. 'Dach chi'n fy nghofio i'n sôn am y ffrog fach ddu honno wisgodd Mam neithiwr? Wel, er gwaetha'r hyn ddeudis i wrth Haf, mi fûm i'n gwatshiad Gwyndaf efo llygad barcud, a welis i mo'i lyg'id o'n crwydro i lawr blaen y ffrog unwaith, er fod Mam wedi pwyso ymlaen dros y bwrdd yn amal (yn rhy amal, os 'dach chi'n gofyn i mi) efo hannar 'i bronna hi i'w gweld, fel corunau dau ddyn bach moel yn cuddiad y tu ôl i glawdd isal.

'Dydi Gwyndaf ddim yn trio cymryd lle dy dad, ysti, os mai dyna be sy ar dy feddwl di,' meddai Mam. 'Mae o wedi bod trw'r felin arbennig honno. Dydi o ddim isio mwy o blant, diolch yn fawr.' Gwgodd arna i. 'Yn enwedig rhyw linyn trôns sy'n sbio ar y cradur fel bwch bob tro y bydd o yma.'

Tsharming, yndê?

'Dydi o'm byd i neud efo hynny,' dywedais. 'Efo Dad.'

'Wel, be sy, 'ta?' Ochneidiodd Mam a chodi un o'r clustoga oddi ar y soffa, sbio arno fo a'i ollwng o'n ei ôl. 'Ydw *i* wedi gneud rhwbath i chdi? Dyna be sy?'

'Naci, siŵr…'

''Chos rw't ti'n ymddwyn yn union fel na 'sa chdi *isio* i mi fod yn hapus.'

Roedd ei llyg'id hi'n sgleinio'n annaturiol.

'Ylwch…,' dywedais. 'Ylwch, ro'n i jyst yn meddwl ein bod ni'n iawn fel roeddan ni. Yn… ocê…'

Cododd Mam ei phen a sbio arna i.

'Oeddat ti, Iwan? Oeddat ti, mewn difri?'

'Wel… o'n…'

Nodiodd Mam yn araf.

'Wel,' meddai, 'roeddat *ti'n* ocê, falla. A Haf. Roedd hitha'n ocê, dwi ddim yn ama. Ond wyddost ti be? Do'n *i* ddim yn ocê, Iwan. O bell ffordd.' Chwarddodd yn ddihiwmor. 'Mae o 'di cymryd Gwyndaf i neud i mi sylweddoli 'mod i ddim wedi bod yn ocê ers Duw a ŵyr pryd.'

Gwingais yn fy nghadair. Ro'n i wedi bod yn disgwyl y sgwrs arbennig hon: roedd hi'n anochel, yn doedd? Ac yn wyrth nad oedd hi wedi digwydd yn gynharach, fod Mam wedi gallu dal cyhyd. Ar adega mi fûm yn gweddïo amdani, 'mond er mwyn gallu ymlacio rhywfaint wedyn o wybod 'i bod hi *wedi* digwydd.

Ond roedd hi'n dal yn homar o hen sgwrs annifyr. Ac roedd Mam yn benderfynol o ga'l deud 'i deud, a hitha wedi bod yn 'i hatal 'i hun ers wsnosa.

''Chos ma Gwyndaf *yn* gneud i mi deimlo'n ocê,' meddai. 'Yn fwy na 'mond ocê, Iwan, 'mond i chdi ga'l dallt. Mae o'n gneud i mi chwerthin. Chwerthin go iawn.'

Ia, ocê, Mam, dwi'm isio clywad hyn, dwi'n cofio meddwl.

'Mae o'n gwmpeini i mi, Iwan. Rhwbath sy 'di bod yn brin ar y naw ers tro, bellach. Meddylia am y peth. Be ydw i 'i fod i neud pan fyddi di a Haf i fyny yn 'ych llofftydd yn gneud

'ych gwaith ysgol ne' ar 'ych cyfrifiaduron byth a beunydd?
Ne' allan efo'ch ffrindia? Ista yma fel delw'n hel llwch, ia, yn
gwatshiad rybish ar y teledu, un noson ar ôl y llall?'

A dwi'n cofio meddwl – plîs-plîs-plîs peidiwch â mynd dim
pellach, Mam, plîs peidiwch â manylu dim rhagor ar sut ma
Gwyndaf yn gneud i chi deimlo. Roedd fy meddwl anaeddfed,
sglyfaethus eisoes yn ymdrybaeddu yn y gors gorfforol, ac
ro'n i'n gallu fy nheimlo fy hun yn troi'n goch fel bitrwtsan
o'i blaen hi. Chwara teg rŵan: un peth ydi darllan – a cha'l
blas mawr ar ddarllan, waeth i mi fod yn gwbwl onast ddim
– llythyron a straeon mewn cylchgrona *porn* ac mewn sawl
gwefan ar y we am ddiforsîs a gweddwon nwydus, merchad
efo anghenion corfforol sy'n mynnu ca'l eu bodloni.

Rhwbath hollol wahanol – ac amhosib, heb deimlo'n swp
sâl – ydi gorfod meddwl am eich mam eich hun fel un o'r
rheiny.

Ond, diolch i Dduw, a'th hi ddim pellach i'r cyfeiriad
yna – wedi synhwyro, ma'n debyg, fy mod i'n prysur droi'n
doman anghyfforddus o chwys: ma Haf, dair blynadd yn iau
na fi, yn gallach ac yn aeddfetach na fi ynglŷn â phetha fel hyn.
Synnwn i ddim os nad ydi hynny'n wir am genod a hogia yn
gyffredinol – am oedolion, hyd yn oed, ac mai glaslanc ydi
pob un dyn ar hyd ei oes, yn y bôn.

Ta waeth – a'th Mam yn 'i blaen i sôn cymaint roedd
hi'n gwerthfawrogi cwmpeini Gwyndaf, a chymaint roedd hi
wedi bod yn dyheu am yr union beth yma ers hydoedd, ond
nad oedd hi wedi sylweddoli hynny'n llawn. Rhywun i fynd
â hi allan am ddiod ne' am bryd o fwyd bob hyn a hyn, i fynd
efo hi i'r sinema ne' i'r theatr. Rhywun y gallai droi ato yn
y nos ar ôl ca'l breuddwyd gas, ne' ar y nosweithia di-gwsg
rheiny pan fo'r cysgodion yn cau amdani, pan fo'r ellyllon yn
sibrwd a chlebran o gwmpas y gwely.

Rhywun fydda yno efo hi – ac iddi hi – ar ôl i Haf a finna adael cartra, a doedd hynny ddim yn bell iawn yn y dyfodol. Y fi ymhen rhyw ddeunaw mis, gyda lwc; Haf dair blynadd wedyn, ar y mwya.

Cododd Mam o'r diwedd. 'Wel – ma gin i rywun rŵan, ocê, Iwan?' meddai. 'Ac os nad w't ti'n leicio'r syniad, yna tyff!'

Ond doedd hi – Mam – ddim *yn* tyff, yn nag oedd? Nid os oedd hi'n crio ddoe, fel y deudodd Haf.

O'm herwydd i, meddai Haf.

O'n i'n berson mor ofnadwy â hynny? Ma'n rhaid fy mod i. Trw'r dydd ddoe, tra o'n i allan yn Port efo'r hogia, mi fuodd Mam yn amlwg yn arswydo wrth feddwl am gyda'r nos, yn ofni sut baswn i'n byhafio yng nghwmni Gwyndaf. Dim rhyfadd ei bod hi wedi bod yn siarad bymthag y dwsin ac yn chwerthin yn annaturiol o uchal ar adega – roedd hi'n nerfa i gyd, ma'n siŵr.

Diolch i Dduw 'mod i wedi cynnig golchi'r llestri: ma'n rhaid fod hynny wedi dŵad fel rhyddhad mawr iddi.

Ond dw inna ddim yn tyff iawn chwaith, tasa hi'n dŵad i hynny, oherwydd roedd y ffaith fy mod i'n ypsetio Mam yn f'ypsetio *i*. Erbyn i mi fynd â Sam i'r traeth, ro'n *i'n* teimlo fel crio, sgin i ddim owns o gywilydd deud.

Oedd, roedd y syniad fy mod i wedi gneud i Mam grio wedi f'ysgwyd yn hegar. Roedd yn gas gen i feddwl 'mod i'n un o'r hogia uffernol rheiny sy'n gneud i'w mama grio, a dwi ddim yn ama mai'r pnawn hwnnw oedd y tro cynta i mi wir sylweddoli gwirionedd un o ffeithia mwya poenus bywyd, sef mai dagra mam ydi'r dagra mwya chwerw gewch chi. Cofiais ryw hanas a ddarllenais ne'i glywad rwbryd, flynyddoedd yn ôl rŵan – un o'r straeon apocryffaidd rheiny, math ar *urban legend* – am ryw hen wreigan yn nyddia Cwîn Fictoria ddaru farw, ond cyn taro'r rhech ola roedd hi wedi trefnu fod y geiria hyn yn ca'l eu naddu ar ei charrag fedd: 'Fy mab a'm hanfonodd yma.' Uffernol, yndê? Sgin i ddim clem be'n union oedd yr hogyn wedi'i neud – yn y dyddia hynny, yn ôl fel dwi'n dallt, roedd gwrthod mynd i'r capal deirgwaith ar y Sul yn ddigon i roi hartan i amball i hen begor – ond be bynnag oedd 'i bechod o, oedd o'n haeddu hyn?

Revenge from beyond the grave, myn uffarn i.

Ond wir i chi, y pnawn hwnnw ro'n i'n teimlo braidd fel, ma'n siŵr, roedd mab yr hen wreigan honno wedi teimlo: fel rêl cachwr.

Ro'n i wedi gollwng Sam oddi ar 'i dennyn wrth bendroni dros hyn, ac mi ddois ataf fy hun wrth 'i glywad o'n coethi ar rwbath.

Troais.

Yno roedd yr hen Sam yn ca'l modd i fyw yn neidio o gwmpas yr hogan wîyrd honno welais i'n dawnsio yn yr eira neithiwr.

Sara

Wee Sara, wee Sara…

Y llais, yr acen, y geiriau. I gyd, efo'i gilydd, yn canu cloch bell, bell.

Rhithiau o atgofion yn gwibio drwy'i meddwl. Yr haul yn boeth ar ei gwar, ei breichiau bach tewion yn eli gwyn. Tywod dan fysedd ei thraed. Arogl gwymon yn gymysg ag Ambre Solaire. Ei nain yn fwrlwm mewn ffrog wen a blodau cochion arni. Llaw ei thaid yn cydio'n ei llaw hi, a'r moresg yn pigo'i thraed.

A dynes, yn sefyll rhyngddi hi a'r haul. Yna'n mynd i'w chwrcwd ac yn gwenu arni.

'Wee Sara,' meddai'r ddynes. 'Wee Sara…'

O, pam na alla i gofio? meddyliodd.

Roedd y gwynt, oedd yn weddol gall pan gychwynnodd Sara allan, wedi penderfynu troi'n dipyn o hwligan erbyn iddi gyrraedd y traeth, gan gipio llond dyrnau o dywod gwyn a'u lluchio i'w hwyneb a'i llygaid. Yn nes at y môr, fodd bynnag, lle roedd y tywod yn frown ac yn wlyb ac yn rhy solet i'r gwynt fedru hambygio rhyw lawer arno, teimlai fel petai o'n dod ati o bob cyfeiriad ar yr un pryd gan chwythu'i gwallt dros y lle i gyd a throi pob cudyn hir yn chwip. Gyda sŵn y gwynt, felly, ac aflonyddwch y môr a'i ffrwydradau gwlypion wrth iddo'i hyrddio'i hun yn erbyn y Greigddu – a'r ffaith fod ei meddwl yn bell wrth iddi sgrialu am friwsionyn o'r gorffennol – sylwodd Sara ddim fod y bachgen hwnnw gyda'r gwallt-oedd-bron-yn-Affro hefyd ar y traeth, a'i labrador melyn yn rhuthro amdani fel petai o newydd daro llygad ar hen, hen gyfaill.

Rhoes sgrech uchel, felly, pan drodd ei byd yn un bwrlwm o fywyd blewog, melyn a swnllyd.

'Sori, sori… Sam! Rho'r gora iddi… Sam!'

Roedd y bachgen yn carlamu i'r adwy, ei wyneb yn fflamgoch. Llwyddodd i glipio'r tennyn ar goler y ci a'i dynnu oddi wrthi. Safai Sara yn ei gilydd i gyd, ei breichiau'n dynn yn erbyn ei hochrau a'i gên i lawr dros ei gwddf, gan deimlo braidd fel gwdihŵ'n setlo i gysgu.

'I'm very sorry…,' meddai'r bachgen.

Camodd Sara'n ôl oddi wrthynt. Doedd hi ddim yn hoff iawn o'r ffordd roedd y mwngrel melyn yn ei llygadu (gyda phenbleth, mewn gwirionedd: doedd Sam ddim wedi deall ymateb Sara oherwydd tueddu i wneud ffŷs fawr ohono a wnâi'r rhan fwyaf o bobol).

'Ma'n oreit,' meddai Sara.

Trodd i ffwrdd a chychwyn cerdded am y Greigddu, yn ymwybodol fod y bachgen (a'r ci) yn rhythu'n gegrwth ar ei hôl.

Yna clywodd ef yn galw arni dros y gwynt.

'Helô? 'Sgusoda fi – helô?'

Arhosodd Sara'n stond…

Iwan

… a gwelais ei hysgwydda hi'n codi a suddo'n ôl fel tasa hi wedi ochneidio'n uchal. Ochenaid o syrffed, yn ôl yr olwg oedd ar ei hwynab pan drodd a sbio arna i.

'Ie?' meddai.

'Sori… 'mond isio… y…'

Isio be, Iwan? Isio gwbod pwy w't ti, yn y bôn. Roedd hi'n sbio arna i efo ryw olwg oramyneddgar ar ei hwynab, fel sy gan bobol wrth iddyn nhw ddisgwyl i hen deciall ferwi.

'Isio ymddiheuro,' dywedais o'r diwadd. 'Ma Sam yn gallu bod yn rhy gyfeillgar weithia. Y *burglar's friend* fyddan ni'n 'i alw fo, 'chos tasa rhywun yn torri i mewn i'r tŷ 'cw, mi fasa hwn wedi'i lyfu fo i farwola'th…'

Gwenais.

Sbiodd yr hogan arna i fel bwch. Yna meddai, 'Dylet ti ystyried ca'l ci arall, 'te. A ti wedi ymddiheuro. Deirgwaith, o leia. Yn ddwyieithog, 'fyd.'

Rhythais arni hi eto, ond y tro hwn gan edrych yn debycach i bysgodyn nag unrhyw beth dynol, gan fod fy ngheg i'n agor a chau.

'Blydi hel, 'mond trio bod yn gyfeillgar!'

'Wy ddim yn hoffi cŵn,' meddai.

Yna trodd ei chefn arna i (a Sam) a cherddad i ffwrdd eto.

Sbiais i lawr ar Sam. Sbiodd Sam yn ôl arna i, a 'swn i'n taeru'i fod o wedi codi'i ysgwydda ac ysgwyd 'i ben yn drist.

'Iawn, ocê!' gwaeddais ar ôl yr hogan. 'Bydda fel'na! Twll dy din di. Ffrîc!'

Tynnodd yr hogan ei hwd dros ei phen a cherddad yn ei blaen am y Greigddu.

Sara

Roedd ei braich chwith yn llosgi'n awr ond roedd hynny'n iawn, roedd hynny i fod.

'Ffrîc!' galwodd y bachgen ar ei hôl.

Wel ie, meddyliodd Sara.

Ond sut oedd o'n gwybod? Sut oedd o wedi gallu dweud? Cerddodd ar hyd y tywod gwlyb gan fynd yn nes ac yn nes at y Greigddu.

Y ci, penderfynodd, yr hen gi melyn hwnnw, beth bynnag oedd o. Maen nhw'n dweud fod cŵn yn gallu synhwyro pethau am bobol sy ychydig yn... wahanol, mewn rhyw ffordd.

Hefyd, i bobol sy wedi gwirioni â chŵn, ffrîc yw unrhyw berson sy'n casáu'r blydi pethau. Ac roedd hi wedi dweud y gwir wrth y bachgen: doedd hi ddim yn hoffi cŵn o gwbwl, erioed wedi'u hoffi. Cŵn na chathod – unrhyw anifail, a dweud y gwir. (Heblaw am hipo, meddyliodd wrth fynd heibio: roedd ganddi beth empathi tuag at hipos.) Ond am ryw reswm roedd hi'n tueddu i ddenu cathod a chŵn, gyda chathod yn neidio i fyny i'w glin dan ganu grwndi'n hapus, fel petai rhyw lais bach mewnol wedi dweud wrthyn nhw mai glin Sara oedd *y lle i fod*, a chŵn – fel hwn heddiw – yn prancio o'i chwmpas dan goethi nerth eu pennau fel petaen nhw'n crefu arni i'w hoffi.

Fel y Sgoti hwnnw yn nhŷ Esyllt Daniels yn yr Eglwys Newydd. Ci a aeth â'r holl beth yn rhy bell.

Hamish.

Wel, pobol fel yna oedden nhw, teulu o sombis. Ac Esyllt, oedd ar un adeg yn ffrind gorau iddi, yn fwy sombïaidd na'r un ohonyn nhw erbyn hyn. Petaen nhw wedi prynu pŵdl, buasent wedi ei alw'n Pierre. Petai ganddyn nhw Irish Wolfhound, Paddy fuasai enw'r creadur hwnnw. (Dyn a ŵyr be fasen nhw wedi galw Shih Tzu tasai un o'r rheiny ganddyn nhw.)

Ond... Hamish. Blydi Hamish, oedd am ryw reswm wedi penderfynu mai ei uchelgais mewn bywyd oedd shagio coes Sara. Rhuthrai amdani bob tro y galwai yn nhŷ Esyllt gyda brwdfrydedd chwantus a fuasai wedi codi aeliau Casanova, gan sefyll ar ei goesau ôl a'i lapio'i hun am groth ei choes. Ar un achlysur bythgofiadwy, sgrialodd i ben y soffa er mwyn shagio'i hysgwydd ac yna'i phen.

Chwerthin, bois bach...

Y pedwar sombi'n rhowlio o gwmpas y lle, ha-blydi-ha. Ceisiodd Sara wenu'r tro cyntaf i hyn ddigwydd, ond gwyddai fod ei gwên yn debycach i grechwen penglog.

Wel, meddyliodd ar y pryd, y tro nesaf y byddai hi'n galw yn nhŷ Esyllt, bydden nhw wedi gofalu fod Hamish dan glo yn rhywle, neu o leiaf yn gaeth y tu ôl i ddrws y gegin ac yn chwyrnu rhegfeydd mewn Gaeleg.

Dim o'r ffasiwn beth. Newydd eistedd oedd hi pan deimlodd ei bwysau anghynnes ar ei throed unwaith eto.

A'i siglo ffiaidd.

Chwerthin, bois bach...

Y trydydd tro oedd y tro olaf iddi alw yn nhŷ mawr Esyllt Daniels a'i theulu, yn y stryd ddeiliog honno yn yr Eglwys Newydd. Roedden nhw wedi gwneud rhyw fath o ymdrech y tro hwnnw i gadw Hamish yn y gegin, ond agorwyd y drws gan rywun difeddwl (yn fwriadol gan rywun sbeitlyd, barnodd Sara wedyn), a rhuthrodd Hamish allan fel bwled blewog. Hwn oedd yr achlysur iddo fwncïo i ben y soffa a'i lapio'i hun am ben Sara, nes iddi edrych am ennyd fel petai hi'n gwisgo un o hetiau ffwr y Cosacs.

Chwerthin, bois bach. Roedden nhw'n dal yn brefu ymysg ei gilydd pan gododd Sara a cherdded allan.

Roedd dros flwyddyn ers hynny. Bu farw Hamish yn y cyfamser: sylwodd fod Esyllt yn crio yn yr ysgol un diwrnod, a chlywodd rywun yn dweud fod ei chi hi wedi gorfod cael ei roi i gysgu. Grêt, meddyliodd Sara. Petai hi'n gwybod lle roedd o wedi'i gladdu, yna buasai hi'n fwy na pharod i ddawnsio'r Highland Fling ar ei fedd.

Och aye, Hamish.

Roedd hi'n oerach yma yng nghysgod y Greigddu a'r gwylanod yn fwy swnllyd. Eisteddodd ar garreg oedd yn weddol sych, a mwynhau'r sŵn crensian a wnâi'r gwymon o dan ei phen-ôl. Ond pan edrychodd yn ôl ar hyd y traeth gwelodd fod yr idiot hwnnw gyda'r gwallt-oedd-bron-yn-Affro yn anelu amdani.

Y fo a'i gi iobaidd.

Mared

Rhaeadr.

'Ydan ni am aros yma am bwt o ginio?'

Ysgwyd ei ben y mae Graham. 'Wy ddim ishe bwyd. Pam – wyt ti?' mewn tôn sy'n deud yn blaen mai llenwi fy mol ydi'r peth olaf un y dylwn i fod yn meddwl amdano.

'Ddim felly, nag oes. Ond meddwl o'n i, falla y dylan ni drio byta rhwbath.'

Mae o'n sbio arna i rŵan, am y tro cyntaf ers i ni adael Caerdydd. Ond dim ond drwy gornel ei lygad.

'O, anghofia fo,' meddaf.

Nòd. A dyna ni. Ta-ta, Rhaeadr.

Ond falla fod hynny'n eitha peth, erbyn meddwl. Pan oeddan ni'n canlyn, ac wedyn yn ystod blynyddoedd cynnar ein priodas – o damia, tan yn reit ddiweddar, a bod yn hollol onast – roeddan ni'n arfar gwylio cyplau eraill mewn tafarndai a rhyfeddu cyn lleied ohonyn nhw oedd yn siarad efo'i gilydd. Siarad go iawn dwi'n ei feddwl rŵan – sgwrsio. Hynny yw, mwy na *Diod arall?/Plîs* a *Dyma ti/Diolch*. Eu gwylio nhw'n eistedd yno, awr ar ôl awr, eu llygaid ar bawb ond ar eu partneriaid. Y ddynes yn aml yn casáu bod yno a'r dyn yn amlwg yn casáu'r ffaith ei bod hi yno efo fo. Eu llygaid hefyd yn neidio at y drws bob tro y byddai'n agor, yn y gobaith y byddai rhywun yn dod i mewn a fyddai'n ymuno â nhw gan dorri ar y distawrwydd slwjlyd, anghynnas oedd yn chwyddo rhyngddyn nhw.

Roeddan ni'n arfar gwylio'r cyplau hyn, Graham a finna, a'u trafod nhw wedyn ar ôl mynd o'r dafarn gan addunedu na fydden ni fyth – BYTH!! – yn dod yn agos at fod yr un fath â nhw.

Dwi'n gwybod, tasan ni wedi aros am ginio dydd Sul yn un o dafarnau Rhaeadr, yna mi faswn i wedi gweld un o'r cyplau hynny yn y drych.

Cliff Richard, plîs wnei di gau dy geg? 'Mond am chydig?

A'r eironi creulonaf, wrth gwrs, yw y dylen ni fod yn siarad heddiw. Heddiw, o bob diwrnod, dylen ni'n dau wthio'n problemau ni i'r neilltu – oherwydd mae gynnon ni broblemau, alla i ddim gwadu hynny mwyach, a dwi ddim yn credu y basa Graham yn ei wadu chwaith, tasa rhywun yn gofyn iddo fo'n blwmp ac yn blaen – a chanolbwyntio ar siarad am Sara.

Rydan ni wrth y rowndabowt rŵan. Toc-toc-toc, medd cyfeirydd y car wrth i Graham baratoi i droi i'r dde am Lanidloes, a'r gwir amdani ydi y rhoddwn i'r byd petai'r cyfeirydd wedi aros yn fud a'r car yn croesi'n syth, heb droi, a gyrru ymlaen am Langurig. Honno yw'r ffordd a fyddai'n hwyr neu'n hwyrach yn mynd â ni i Bontarfynach. Yn ddistaw bach, mae'n well gen i'r enw Saesneg – Devil's Bridge. Mae o'n llawer iawn mwy dramatig na Phontarfynach: mae'r diafol yn fwy dramatig na mynach, wrth gwrs. Ia, ia, dwi'n gwybod mai cyfeirio at enw'r afon sy'n rhedeg dan y bont y mae'r enw – afon Mynach, felly Pont-ar-Fynach – ond yn ôl yr hen chwedl, roedd y diafol (a oedd, meddan nhw, yn gyfrifol am adeiladu'r bont) wedi'i wisgo fel mynach eglwysig pan geisiodd hawlio enaid yr hen wreigan honno a'i twyllodd drwy daflu bara ar hyd y bont er mwyn i'w chi bach redeg ar ei ôl; roedd y Gŵr Drwg am hawlio enaid y peth byw cyntaf i groesi'r bont ar ôl iddo'i chodi, a doedd ganddo ddim diddordeb mewn eneidiau cŵn bychain. Diflannodd mewn cwmwl o fwg melynddu oedd yn drewi o sylffwr...

Dwi'n sylweddoli'r hyn dwi'n ei wneud. Hel meddyliau am unrhyw beth ond Sara. Mae fy meddwl fel petai o'n gwrthod meddwl amdani. Pan fyddaf yn bygwth gwneud hynny, mae fy meddwl yn ei gwthio'n ôl, o'r golwg, fel petai hi'n gân ar ryw CD y mae'r chwaraeydd yn gwrthod â'i chwarae am ryw reswm, gan neidio drosti i'r gân nesaf bob tro.

Dwi wedi laru ar feddwl amdani – dyna be sydd, mae'n debyg. Wedi gorfeddwl amdani hi ddoe, ac wedyn neithiwr, hyd yn oed pan ges i o'r diwedd, *o'r diwedd*, fynd i'r gwely – dim ond i orweddian yno yn yr hanner gwyll yn syllu ar y nenfwd efo Graham wrth f'ochor yn cymryd arno'i fod o'n cysgu. A chodi wedyn yn llwydni'r wawr efo'n llygaid yn llosgi ac yn crafu â blinder, ond serch hynny'n penderfynu – heddiw, ia, mi awn ni i fyny heddiw, rhag ofn…

Rhag ofn be? Wel, rhag ofn i Sara ddiflannu i rywle arall cyn i ni fedru ei chyrraedd.

A does arna i ddim isio iddi dreulio eiliad yn hwy efo fo.

Llanidloes, Llandinam, Caersws…

Iwan

Ro'n i a Sam wedi cychwyn cerddad i ffwrdd, ond dyma ni'n troi'n ein hola a dilyn yr hogan surbwch honno wrth iddi fynd am y Greigddu.

Pam es i ar ei hôl hi?

Wel, a deud y gwir ro'n i – eto fyth – yn teimlo'n uffernol. Y dyddia yma rydw i bron iawn fel tasa 'na rywun yn talu i mi fynd o gwmpas y lle'n ypsetio merchad. Mam i ddechra, a Haf 'efyd oherwydd Mam, a rŵan dyma fi wedi sgrechian ar hogan hollol ddiarth gan ei galw hi'n ffrîc. Os fydda i'n parhau fel hyn, yna cyn bo hir mi fydd yn rhaid i mi newid f'enw i Bluebeard.

Felly'n ôl â fi. Sylwodd yr hogan ddim fy mod i yno nes oedd hi wedi setlo'i phen-ôl ar garrag a sbio i fyny. Braf fasa gallu deud fod yna wên hapus wedi goleuo'i hwynab hi fel haul y bora ar lethra Moel-y-Gest, ond na. Ro'n i'n meddwl fod Haf yn gallu gwgu, yndê, ond wrth ymyl hon, ma Haf fel *laughing hyena*. Meddyliwch am Draciwla'n atab cnoc ar ddrws 'i gastall ac yn gweld Van Helsing yn sefyll ar 'i riniog o, ac mi fydd gynnoch chi syniad reit dda o sut roedd yr hogan yma'n edrych pan welodd hi Sam a fi'n sefyll yno o'i blaen hi.

'Beth?' meddai.

'Ymmm…,' atebais. Mr Smŵdd. 'Gwranda…'

'Beth?' meddai eto.

'Gwranda…'

'Wy'n gwrando.'

'Dwi isio ymddiheuro…'

'Eto?'

Blydi hel, meddyliais, dydi hon ddim yn gneud petha'n hawdd.

'Ia, eto,' dywedais. 'Go iawn, y tro 'ma. Am… am yr hyn wnes i d'alw di gynna.'

'Ffrîc,' meddai'r hogan.

'Y… ia….'

'Ie. Ffrîc. Wel?'

'Wel… be?'

Ochneidiodd. 'Ti oedd yn gweud dy fod ti ishe ymddiheuro.'

'O! Ia. Y… wel, ma'n ddrwg gin i, ocê? Do'n i ddim yn 'i feddwl o, a… wel… sori…'

'Ffrîc…,' meddai'r hogan. Sôn am neud i rywun wingo ar flaen bachyn, myn uffarn i.

'Sori!' dywedais eto, yn ymwybodol iawn fod fy ngwynab i'n goch fel gola traffig. 'Fel y deudis i, do'n i ddim yn 'i feddwl o… Dwi'm yn gwbod y peth cynta amdanat ti…'

'Wyt,' meddai.

'Be?'

'Ti'n gwbod nad ydw i'n hoffi cŵn.'

'Ah… ia… yndw, decini.'

Roedd Sam wedi bod yn tynnu fel cythral ers i ni gyrra'dd, ar dân isio gneud ffrindia efo'r hogan yma. Ac ma'n siŵr fy mod inna, 'efyd, mewn ffordd; nid ffrindia, falla, ond… o, dwi'm yn gwbod. Ro'n i jyst isio ymddiheuro iddi, dyna'r cwbwl.

'Wel, ti'n gwbod be ma nhw'n 'i weud,' meddai'r hogan. 'Takes one to know one…'

'Be, ci?' dywedais, yn hurt i gyd.

'Ffrîc,' meddai.

'O… ia.' Falla fod ganddi bwynt, wedi'r cwbwl. 'Wel – ro'n i jyst isio deud sori. Ty'd, Sam…'

Cychwynnais droi.

'Aros…,' meddai'r hogan. Cododd i'w sefyll. 'Man a man i fi ddod 'da ti – cyn belled â dy fod ti'n cadw'r ci dan reoleth.'

'O… iawn, grêt.'

Gwthiodd ei dwylo i mewn i bocedi ochor ei chôt. Llyg'id brown oedd ganddi, sylwais, 'run lliw â'i gwallt hi, oedd yn gagla i gyd, diolch i'r gwynt. Dyna un peth handi am fy ngwallt i – mae o'n ormod fel brwsh sgwrio i ga'l 'i chwthu i bob cyfeiriad gin y gwynt.

Mi ddechreuon ni gerddad yn ôl ar hyd y traeth am yr allanfa. Sbiais ar y gwynt yn cribo'r tywod wrth imi drio meddwl ffwl sbîd am rwbath call i'w ddeud.

'Y… ga i ofyn,' dywedais o'r diwadd, 'pwy'n union w't ti?'

'Neb o bwys.'

Grêt. Lot fawr o help. Ochneidiais. 'Iawn, ocê. Mi feindia i fy musnas.'

''Mond ateb dy gwestiwn di o'n i.'

Edrychais arni. Roedd hi'n cerddad efo'i phen i lawr, ei hysgwydda'n grwn a'i llyg'id ar flaena'i sgidia. Yn union fel yr oedd hi bnawn ddoe, fwy ne' lai, yn ista ar ei sach wrth y bỳs-stop.

Fel tasa hi'n trio'i chuddiad 'i hun oddi wrth y byd.

'Dw't ti ddim yn lleol,' cynigiais. 'Un o le w't ti?'

Roedd ei hacen yn od, rywsut. Weithia'n ddeheuol, weithia'n fwy gogleddol.

'Ca'rdydd,' meddai. 'Llandaf.'

'O. Reit. Yma ar dy wylia?'

'Mewn ffordd…'

Roedd hyn fel tynnu dant. Mi fasa Harri Hipi, hyd yn oed, yn ca'l traffarth efo hon, dwi'n cofio meddwl yn ddiniwad i gyd. Reit – un trei arall…

'Iwan ydw i, gyda llaw.'

Saib fer, ac yna meddai: 'Sara.'

'Sara. Wel – haia, Sara.'

Dim gair wedyn nes oeddan ni wedi gada'l y traeth ac yn nesáu at dŷ Harri. Arhosodd Sara'n ddirybudd wrth y giât.

'Oreit,' meddai.

'Be?'

'Oreit. Wela i di…'

'Y?'

Yna dalltais o'r diwadd.

'O! Yma – rw't ti'n aros yma?'

'Ydw. Pam?'

'Ahhh… reit…'

Dyma lle roedd hi'n mynd neithiwr ar ôl gada'l y bws. A finna'n meddwl 'i bod hi… wel, 'dach chi'n gwbod be oedd wedi mynd drw' fy mhen i. Fy mhen stiwpud i.

'Jyst… wel, Saeson sy gynno fo'n aros yma gan amla, dyna'r cwbwl. Byth neb sy'n siarad Cymraeg, beth bynnag. A neb o gwbwl 'radag yma o'r flwyddyn, fel arfar.'

'Na, felly ro'n i'n deall. Wel…'

Dechreuodd Sara droi at y tŷ.

'W't ti yma ar dy ben dy hun?' holais, fy meddwl yn dal yn llawn o'r ddelwedd o'r ffigwr bach unig wrth y bỳs-stop.

Trodd yn ei hôl.

'Wy'n perthyn i Harri Jones, oreit?' meddai, gan arthio arna i, bron. 'Mae e'n daid i mi. Hapus nawr?'

'Yn daid i chdi? Harri?'

Dwi'm yn meddwl y baswn i wedi ca'l mwy o syndod tasa hi wedi deud fod Harri'n ŵr ne'n gariad iddi.

'Be sy'n bod ar hynny?'

'Dim byd. Jyst… wyddwn i ddim fod gynno fo… 'i fod o'n daid, dyna i gyd.'

'O, reit.'

Dywedodd Sara hyn mewn ffordd od, rywsut – fel tasa fo wedi dod fel siom iddi, ond eto siom roedd hi'n hanner ei disgwyl. Roedd hi wedi troi'i phen oddi wrtha i ac yn syllu ar lle roedd Harri'n arfar parcio'i gar.

'Lle mae o rŵan, felly? Harri?' gofynnais.

Ysgydwodd Sara'i phen a chefais gip ar 'i llyg'id brown hi. Roeddan nhw'n sgleinio'n wlyb.

'Hei…,' dywedais. Cyffyrddais yn ysgafn â'i braich chwith. 'Hei, be sy?'

Cipiodd ei braich oddi wrtha i.

'O, jyst gad fi fod, nei di!' meddai. Trodd am y tŷ. 'Jyst gad fi fod!'

Aeth i fyny'r llwybr.

'Sara…'

Tynnodd oriad o'i phocad ac agor y drws. Aeth i mewn i'r tŷ a chau'r drws ar ei hôl â chlep uchal. Heb droi a sbio'n ôl arna i unwaith. Cododd gwylan oddi ar y to gan gwyno'n swnllyd, ac i mi roedd hi'n swnio'n union 'run fath â rhywun yn chwerthin yn sbeitlyd.

Harri

Doedd ar Jona ddim eisiau clywed am Ddwygyfylchi: roedd yr holl fusnas drosodd, cyn belled â'i fod o yn y cwestiwn, y jiwcbocs dan glo yn y gweithdy yn hytrach nag yn pydru ar y domen sbwriel agosaf, a'r ddynes honno ganpunt yn gyfoethocach nag y byddai pe na bai Jona a Harri wedi galw yno ddoe.

Felly dyna ni. *Finish*. *Finito*.

Wel, meddyliodd Harri wrth ddringo i mewn i'r Fiesta, do'n i ddim wedi disgwyl fawr o ddim byd arall. Fwy na thebyg, petai o wedi mentro sôn wrth Jona am yr ofn annifyr hwnnw a deimlodd ddoe yn Nwygyfylchi – ac a deimlai heddiw, hefyd, petai'n dod i hynny – byddai Jona wedi chwerthin am ei ben a dweud wrtho am beidio â bod mor blydi hurt.

Oedd o'n bod yn hurt?

Nag oedd, credai. Nag oedd, yn bendant. Roedd yr ofn yn real: gallai Harri ei deimlo'n cau amdano fel glaw mân. Crynai bob tro y teimlai ei ddiferion oer yn crwydro i lawr ei gefn. Roedd o yma yn y car hefo fo rŵan, yn bresenoldeb byw yn y sedd gefn: bron y gallai deimlo'i anadl oer ar ei war ac arogli'r pydredd ar ei wynt.

Dihangodd, felly, i Gwm Pennant. Deuai yma'n aml pan fyddai rhywbeth yn ei boeni neu pan deimlai'n ofnadwy o isel: cwm tecaf y cymoedd oedd ei ffisig, yn bennaf oherwydd ei fod yn cysylltu'r lle â'r dyddiau da, pan oedd Mai ac yntau'n canlyn, ac wedyn am flynyddoedd pan oedd Mared yn blentyn. Yma, dim ond drwy gau'i lygaid, gallai ddychwelyd am ychydig o funudau i'r dyddiau hynny.

Harri, Mai a Mared... wel, pan ydych chi'n byw mewn tŷ sy reit ar lan y môr, mae cefn gwlad yn apelio'n fawr ar brynhawniau Sul o haf hirfelyn. A dŵr afon yn teimlo mor wahanol i ddŵr môr.

Hen hers ddu oedd ganddyn nhw fel car yn y dyddiau hynny. Chwarae teg, onid oedd y tŷ ger y traeth wedi mynd â phob puntan oedd ganddyn nhw, bron?

Be oedd rhif y car, Harri, fedri di gofio hynny?

Debyg iawn – CFF 590.

Arferai'r hers ratlo fel dwn 'im be, fel tasa 'na arch wag yn bownsio yn ei thu ôl. Harri'n gyrru a Mared yn y canol rhyngddo fo a Mai, y ffenestri'n gwichian wrth i rywun eu weindio'n agored – ac roedd yn rhaid eu cael nhw'n llydan agored oherwydd ar ôl milltir neu ddwy byddai'r tu mewn yn drewi o oglau petrol...

Parciodd y Fiesta ger y bont a dringo allan, yn ddagreuol o ddiolchgar nad oedd neb arall yma heddiw, neb ond y fo yng nghynefin y carlwm a'r cadno. Roedd cryn dipyn o ddŵr yn yr afon ar ôl yr holl law neithiwr, ac roedd rhagor o gymylau bygythiol eisoes yn dechrau hel o gwmpas y bryniau.

Eisteddodd ar garreg, ei hwyneb yn oer ac yn arw o dan ei ben-ôl. Hoffai Mai eistedd efo'i thraed yn y dŵr, gwaelod ei ffrog wedi'i chodi dros ei chluniau a'i phen yn ôl, ei llygaid ynghau, a gwên fechan ar ei hwyneb wrth iddi fwynhau cusan yr haul ac anwesiad yr awel.

A Mared, yn ddwy oed ac mewn gwisg nofio fach las, yn eistedd yn un cocyn yn nŵr bâs yr afon, wedi'i chaethiwo rhwng fferau ei mam ac wrth ei bodd.

'Lle nad oes lef – ond ambell fref,

A Duw, a sŵn y dŵr...,' clywodd lais Mai yn dyfynnu.

'Be?' meddai Harri, ei wallt a'i locsyn yn dywyll yn y dyddiau hynny ac eto i ddechrau britho.

Ysgydwodd Mai ei phen, yn dal i wenu gyda'i llygaid ynghau. 'Fi sy'n drysu fy nghymoedd. Sôn am gwm arall roedd y dyn. Cwm Pen Llafar. "Ffarwél i Gwm Pen Llafar, a'i heddwch di-ystŵr..."'

'Deud ti...'

Roedd ei gwallt trwchus, browngoch yn sgleinio yn yr haul. Lliw concar, meddyliodd Harri: lliw'r hydref ar brynhawn o haf. Cyn bo hir dwi am gladdu fy ngwynab yn y gwallt gogoneddus yna.

'Ddim yn bell o Fethesda, dwi'n meddwl. Rachub, ffordd 'no...'

'Deud ti...'

Agorodd Mai un llygad. 'Yn yr afon 'na fyddi di. Ar dy ben.'

'Deud ti...'

'*Trio* dysgu rhwbath i chdi ydw i, Harri Jôs. Y pesant...'

'Pwy oedd o, felly?'

'Pwy oedd pwy?'

'Y boi ddaru sgwennu be bynnag ddeudist ti gynna.'

'J. T. Job, os dwi'n cofio'n iawn.'

'J.T. be?'

'Job.'

'Aclwy, nabod o'n iawn.'

'Bihafia...'

'Yndw, wir yr. Dyn clên. Welis i neb efo mwy o fynadd na fo...'

'Reit, 'na ni... yr afon amdani.'

'Mi sticia i efo'r hen Eifion Wyn.' Cododd Harri i'w draed a bloeddio'n bregethwrol dros yr afon. 'Ond byddaf yn teimlo fin nos wrth fy nhân mai arglwydd y cwm ydwyf fi!'

Chwarddodd Mared a rhowliodd Mai ei llygaid. 'Ma'r bobol 'cw'n sbio'n od arnat ti eto.'

Dau deulu o Saeson, eisoes wedi sbio'n gegrwth ar yr hers ac ar Harri gan chwerthin ymysg ei gilydd nes i Mai wgu arnyn nhw.

'Mi faswn i'n leicio taswn i'n ddigon dewr,' meddai Mai, 'i sgrechian ar y tacla yma i fynd o 'ma, wir Dduw, mai lle Cymraeg ydi Cwm Pennant a gadwch i ni gael *un* gornol fechan sy'n dal yn perthyn i ni, wnewch chi? Rydach chi'n eich gwthio'ch hunain i bob cythral o bob man arall.'

'Mi ro' i rwbath iddyn nhw rythu arno fo,' meddai Harri.

Dechreuodd dynnu amdano, nid fod llawer ganddo i'w dynnu. Crys-T, jîns a phâr o drôns.

'Harri...'

'Ty'd 'laen – ti'n gêm?'

I lawr â'r jîns a'r trôns. Safodd yn noethlymun am eiliad neu ddau, cyn troi a chamu i lawr ac i mewn i'r afon. Doedd y dŵr ond yn cyrraedd at ei benigliniau, a'r cerrig yn llithrig dan ei draed.

'"Myfi yw mab y mynydd,"' bloeddiodd, '"a châr y lluwch a'r gwynt..." Ty'd 'laen, Mai! "Etifedd hen gynefin, fy nhad a'm teidiau gynt!"'

Dan chwerthin, tynnodd Mai y fechan o'r dŵr a'i rhoi i eistedd ar y lan. Yna llithrodd allan o'i ffrog, dim bra ganddi'r diwrnod hwnnw. Petrusodd am eiliad a dechreuodd Harri ddynwared iâr.

'Ocê, ocê...'

I ffwrdd â'r nicyrs hefyd. Camodd yn ofalus i mewn i'r afon cyn troi a chodi Mared a'i dal yn ei breichiau. Rhythodd Harri arni gyda gwên hurt ar ei wep.

Teimlai'n fyr ei anadl. Hurt bost, gwyddai – onid oedd o wedi gweld Mai'n noethlymun gannoedd o weithiau cyn heddiw?

Ond teimlai heddiw fel y tro cyntaf. Hwyrach, meddyliodd, nad ydi dyn wirioneddol yn gweld ei wraig yn noeth nes iddo'i gweld fel hyn, yng ngolau dydd mewn lle agored, cyhoeddus – naturiol a... ia... a chyntefig, gyda phlentyn bach yn ei breichiau.

Ei gweld hi fel dynes. Duwies, hyd yn oed, duwies yr afon. Dim rhyfedd fod yr hen Geltiaid yn rhoi mwy o bwyslais ar addoli duwiesau...

Ymysgydwodd wrth i Mai a Mared ei gyrraedd, Mared

yn gwingo'n llithrig yn erbyn eu cyrff. Gwenodd o weld, dros ysgwydd wen Mai, fod y ddau deulu arall yn brysur yn stwffio'u plancedi picnic a'u plant i mewn i'w ceir, bob un ohonynt yn sbecian bob hyn a hyn ar yr afon, ac ar ôl iddyn nhw yrru i ffwrdd, claddodd Harri ei wyneb yng ngwallt hydrefol ei wraig.

Sychodd ei lygaid a chwythu'i drwyn. Yna trodd yn sydyn, gyda'r sicrwydd ofnadwy fod rhywun yn sefyll yno ar y bont yn ei wylio, siâp amwys a thywyll rhyngddo ef a'r haul.

Ond doedd neb yno, wrth gwrs, neb yn dyst i'w hunandosturi heblaw'r afon ddideimlad yn byrlymu heibio iddo.

Aeth i eistedd yn y car efo'i goesau allan i rowlio sigarét a'i thanio. Roedd y gwynt yn ddigon main ac yn poeri ambell i ddiferyn o law, a'r haul yn chwarae mig â'r cymylau. Gwyliodd y cysgodion yn mynd a dod ar y llethrau.

Mae yna ormod o betha'n digwydd ar yr un pryd, meddyliodd. Fedra i ddim gneud efo nhw. I gyd o fewn cyn lleied o amser. Diwrnod – na, llai na diwrnod. Pam Pritchard a'i dad, a'r bali jiwcbocs felltith yna. Wedyn Sara. Ac yn sgil Sara, ac o'i herwydd – Mared.

Rywle yng nghefn ei feddwl, hefyd, roedd y sgwrs herciog, anfoddhaol honno a gafodd dros y ffôn gyda Moira.

'… right by the fire, but I kept getting colder and colder…,' meddai Moira Munro. 'Why was that, d'ye think?'

Gormod o bobol, gormod o bethau.

Teimlai fel petai rhyw dduw maleisus wedi trefnu fod yr holl bethau hyn i gyd yn dŵad at ei gilydd er mwyn datod cylymau taclus bywyd Harri Hipi. Ac yntau'n meddwl eu bod nhw'n gylymau diogel a thyn.

Gorffennodd ei smôc. Doedd ffisig y cwm ddim wedi gweithio heddiw.

Efallai ei fod o i gyd wedi'i orffen, fod Harri Hipi eisoes wedi cael ei siâr, a bod y botel rŵan yn wag.

Wrth iddo yrru i ffwrdd meddyliodd iddo gael cip, yn ei ddrych, o rywun yn sefyll ar y bont yn ei wylio'n mynd.

Dynes, mewn ffrog flodau.

Ond pan arafodd ac edrych yn iawn, doedd neb yno.

Iwan

Ymhen llai na deng munud ar ôl i Sara gau'r drws reit yn 'y ngwep i, fwy ne' lai, ro'n i'n ôl yno'n curo wrtho fo.

Dyma i chi be ddigwyddodd.

Wrth i mi gyrra'dd yn ôl adra efo Sam, y peth cynta welis i oedd car Gwyndaf wedi'i barcio'r tu allan. Hwn eto fyth, meddyliais wrth fynd rownd heibio i dalcan y tŷ am y drws cefn. Wrth basio ffenast y gegin, sbiais i mewn a dyna lle roedd Mam a Gwyndaf yn cofleidio.

Gair bach am Gwyndaf yma. Heblaw am sôn fod gynno fo locsyn, dwi ddim yn meddwl fy mod i wedi rhoi disgrifiad iawn o'r dyn, yn naddo? Cyn i mi 'i gyfarfod o am y tro cynta, ro'n i wedi creu darlun yn fy meddwl o ryw smŵddi canol oed – rhyw foi tal a lluniaidd mewn siwt ddrudfawr ac efo bob un blewyn yn ei le. Rhywun sy'n edrych fel actor Americanaidd – 'dach chi'n gwbod y math o sbesimen sy gin i mewn golwg, y teip sy wastad yn chwara rhan deintydd ne' lawfeddyg o Galiffornia mewn ffilmia teledu, rheiny sy'n ca'l eu dangos yn y pnawn yn reit amal.

Ond mi ges i ail, a cha'l fy nghyflwyno'n hytrach i ddyn go fychan, digon eiddil ei olwg, efo'i wallt tywyll yn diflannu ffwl sbîd ond â locsyn du a gwyn yn cuddio'r rhan isa o'i wynab. Roedd o a Mam ar eu ffordd allan, i wylio un o gynyrchiada Bara Caws yng nghlwb chwaraeon Port, ac ar ôl iddyn nhw ada'l, troais at Haf.

'Wel?'

Cododd Haf ei sgwydda, wedi ca'l ei siomi rywfaint, ro'n i'n gallu deud arni. Dalltais wedyn ei bod hitha hefyd wedi creu darlun go wahanol o Gwyndaf, wedi meddwl amdano fo fel rhywun a edrychai'n debycach i George Clooney nag i unrhyw beth dynol. Ond ar y pryd, roedd hi'n benderfynol o beidio â dangos hynny i mi, siŵr iawn.

'Anodd deud, yn dydi? 'Mond cip gawson ni arno fo. Ond...'

'Be?'

'Jyst... do'n i ddim wedi disgwyl iddo fo fod cweit mor... fach.'

Rydan ni'n tri yn betha go dal, Mam, Haf a finna – dwi wedi ca'l fy ngalw'n llinyn trôns wn i ddim faint o weithia – ac yn ôl Mam un tal a main oedd Dad hefyd. Wrth gwrs, i gythral sbeitlyd fel y fi, roedd diffyg taldra Gwyndaf yn gyfla am bob matha o jôcs creulon (cynnig ein bod ni'n prynu cadair uchal fel sy gin fabis a thodlars cyn iddo fo ddŵad acw am fwyd, amball i gyfeiriad at ffrindia Eira Wen a ballu...) nes i Mam ga'l llond bol a mynnu fy mod i'n rhoi'r gora iddi.

'Dw't ti ddim yn ddigri, nac yn glyfar, dallta.'

'Ond dwi *yn* dal...'

'Iwan!'

Y peth ydi, do'n i rioed wedi'u gweld nhw'n gneud dim byd mwy na chyfnewid amball i sws gyfeillgar, Mam a fo, er gwaetha'r ffaith fod soffa'r stafall fyw yn creu darlunia yn fy nychymyg anghynnas a fyddai'n cymryd eu lle yn ddigon cartrefol rhwng tudalenna'r Kama Sutra. Felly da'th 'u gweld nhw'n cofleidio fel tipyn o sioc. Roedd o'n reit ddigri, mewn ffordd; gan fod Mam yn dalach na fo o dipyn, edrychai Gwyndaf fel tasa fo'n trio symud un o'r *grandfather clocks* 'na.

Sioc arall oedd sylweddoli fod Haf yno efo nhw, yn ista wrth y bwrdd ac yn wên o glust i glust. Gan drio gwthio'r syniad o'm meddwl fod yna ryw fath o thrîsym afiach ar y gweill (do, mi wnes i fy ngora, ar fy marw), i mewn â mi i'r gegin.

Roedd Mam a Gwyndaf wedi'u datod 'u hunain oddi wrth 'i gilydd a throdd y ddau i sbio arna i – ychydig yn euog, teimlais, fel taswn i'n rhyw hen bregethwr sych-dduwiol oedd newydd ddal yr organyddes a'r pen-blaenor yn ca'l chydig o rympi-pympi yn y festri. Gadewais i Sam ruthro'n syth at Gwyndaf a neidio arno, ond y tro hwn ches i ddim row.

'Wel,' meddai Mam, 'gesia be!'

'Be?'

'Gesia lle 'dan ni'n mynd!'

'Lle?'

'Florida!' meddai Haf.

Y Dalaith Heulog. Cartra'r parcia plesar anfarth, Disney World ac Universal. Ac yna i lawr i'r Keys. Key Largo, Key West. Ymweliad â'r Everglades, ar un o'r petha sy'n edrych fel hofyrcraffts bach, i chwilio am aligêtyrs a... a ballu. A falla Cape Canaveral. Môr glaswyrdd a thraetha euraidd. Cymyla pinc-a-gwyn o fflamingos yn codi i'r awyr las.

Syniad Gwyndaf oedd o, mi allwch fentro. Mi fyddan ni'n ca'l gwylia bob blwyddyn (rhag ofn, gan fod Mam yn wraig weddw, fod gynnoch chi'r syniad mai rhyw deulu bach tlawd ydan ni, rhy dlawd i fynd i nunlla) – rhywla yn Ewrop gan amla: Sbaen, yr Eidal, ynysoedd Groeg – ond 'dan ni rioed wedi mentro dros Fôr yr Iwerydd. Dwi wastad wedi bod isio mynd i America, diolch i'r holl ffilmia dwi wedi'u gwylio dros y blynyddoedd. Roedd Mam a Haf i'w gweld wrth 'u bodda efo'r cynnig. Wel, pwy fasa ddim, yndê?

Take a guess, Les.

'Pwy fydd yn mynd yno, felly?' gofynnais.

'Pawb ohonan ni, yndê,' meddai Mam.

A Duw a ŵyr pam, ond dyma fi'n deud: 'O, neis. Yn un teulu bach dedwydd.'

Ydach chi erioed wedi ca'l un o'r eiliada rheiny pan ydach chi'n 'ych casáu'ch hun go iawn? Pan ydach chi'n teimlo fel dringo i mewn i'r toiled agosa a thynnu'r tshaen? Wel, dyna'n union sut ro'n i'n teimlo'n syth bin ar ôl fy nghlywad fy hun yn deud hynna. Sut ddaru Mam ymatal rhag rhoi slasan iawn i mi ar draws fy hen wep bwdlyd, anniolchgar, dyn a ŵyr. Dwi'n gwbod bod Gwyndaf yn ysu am gydio ynof a chicio fy nhin bob cam i Florida ac yn ôl.

Roedd y distawrwydd a lenwai'r gegin yn llethol. Rhythodd Mam arna i am ychydig yna, gan neud sŵn oedd yn hannar-ebychiad, hannar-igian-crio, trodd a mynd o'r stafall.

'Luned...'

Cychwynnodd Gwyndaf ar ei hôl. Wrth y drws, arhosodd a throi a sbio arna i.

'Cachwr bach,' meddai, cyn mynd allan ar ôl Mam.

Wrth y bwrdd, roedd wyneb Haf yn wyn wrth iddi syllu arna i. Yna, heb ddeud yr un gair, cododd hithau a diflannu allan ar ôl y ddau arall.

Sgin i ddim c'wilydd deud, roedd 'y nghoesa i'n wan fel clai wrth i mi gymryd lle Haf wrth y bwrdd, ac ro'n i'n teimlo'n swp sâl. Roedd hyd yn oed Sam yn troi'i ben oddi wrtha i. Clywais sŵn lleisia'n dŵad o'r stafall fyw, yna'r drws ffrynt yn agor a chau a char Gwyndaf yn cychwyn a gyrru i ffwrdd. Wedyn, clywais sŵn traed Haf yn 'i heliffantu hi i fyny'r grisia, a phan sbiais i fyny, dyna lle roedd Mam yn sefyll yn nrws y gegin yn syllu arna i.

Roedd 'i llyg'id hi'n goch a chwyddedig, sylwais. Edrychais i ffwrdd yn frysiog a syllu i lawr ar wynab y bwrdd.

'Iawn,' meddai Mam. 'Mi gei di aros adra, ocê?'

Ddeudis i'r un gair: roedd 'y ngwddw i fel tasa fo wedi'i lenwi efo wadin. Disgwyliais i Mam fynd yn ei hôl allan, ond yn lle hynny arhosodd yn y drws yn syllu arna i.

Gallwn deimlo'r tensiwn yn chwyddo nes ei fod o'n llenwi'r gegin, yn gwasgu'n erbyn yr walia, yn ymwthio'n galad yn erbyn y nenfwd. Unrhyw funud rŵan, meddyliais, bydd y ffenestri'n ffrwydro'n deilchion. Yna, o'r diwadd, trodd Mam a mynd i fyny'r grisia. Dyna pryd y des i o hyd i'r nerth i godi a rhuthro am fy nghôt ac allan o'r tŷ. Rhuthro allan mewn tymar efo fi fy hun – o, plentynnaidd, plentynnaidd! Mi fasa'r hogia i gyd yn eu piso'u hunain yn chwerthin am fy mhen tasan nhw wedi fy ngweld i'n rhedag allan o'r tŷ a chlepio'r drws fel yr hogyn hwnnw dwi'n cofio darllan amdano mewn hwiangerdd pan o'n i yn yr ysgol fach. Sioni rhwbath-ne'-i-gilydd? Sioni Picanoni, rhwbath fel'na, yn rhedag lawr yr allt, yn crio fel babi am fod ei gawl yn hallt.

Blydi *prima donnas*, y fi a Sioni Picanoni.

Ne' be bynnag oedd enw'r brych.

Harri

Anochel, mae'n siŵr, oedd iddo ddychwelyd i Ddwygyfylchi, bron fel petai o'n cael ei dynnu yno.

Roedd hi'n glawio eto pan gyrhaeddodd o'r tu allan i'r tŷ – nid cymaint â'r tro diwethaf iddo fod yma, o bell ffordd, ond roedd yr awyr yn wyn gyda chymylau duon yn symud drosti fel cysgodion ar glawdd gwyngalch. Glaw mân, yr hen law annifyr hwnnw sy'n gwlychu rhywun yn waeth, rywsut, na glaw trwm.

Eisteddodd Harri am yn hir yn y Fiesta, yn smocio un rôli ar ôl y llall ac yn gwrando ar Bob Dylan.

It's not dark yet, but it's gettin' there, canai'r hen Fob, gan daro deuddeg eto fyth.

Be ti'n neud, Harri Hipi? Be uffarn w't ti'n dda yma?

Rhoes ei law ar allweddi'r car pan welodd o ddrws y tŷ'n agor, ond yna sylweddolodd nad oedd ganddo'r nerth i ffoi. Cilagorodd y ffenestr wrth iddi gyrraedd y car a gwyro i lawr ato. Roedd ei gwallt yn hongian yn rhydd ganddi heddiw ac yn fframio'i hwyneb ag arian.

'Ro'n i'n meddwl mai y chi oedd yma.'

'Ia, ma'n ddrwg gin i. *Nobody here but us chickens...*'

Syllodd Pam Pritchard arno am ychydig. Yna penderfynodd.

'Gymrwch chi banad?'

Roedd hi wedi'i weld o, meddai Pam Pritchard, drwy ffenestr ei llofft, wedi clywed y Fiesta'n cyrraedd a'i weld yn eistedd yno'n smocio. Bu hi'n sefyll yno am sbelan go dda, yn ei wylio ac yn disgwyl iddo fo orffen ei smôc. Yn y diwedd, y hi aeth allan ato fo.

'Ma'n rhaid i mi ddeud, Harri, mi wna'th o fy nharo i – diawl, sgwn i os ydi hwn yn dipyn o hen rôg? Y fo a'r cawr oedd yma efo fo'r noson o'r blaen. Ydyn nhw am drio torri i mewn yma? Yn enwedig efo Dad fel ag y mae o.'

Gwenodd Harri wên fach dawel. 'Na, na...' Roedd Bob Dylan yn ei ben o hyd.

Sometimes my burden is more than I can bear...

Meddai, 'Dwi isio bod yn onast efo chi.'

Roeddynt yn eistedd wrth y bwrdd gyferbyn â'i gilydd, te mewn mygiau mawr, plaen a hen-ffasiwn, bisgedi Digestives ar blât rhyngddynt a'r gwresogydd yn anghyffordus o boeth. Er hynny, gwisgai Pam Pritchard siwmper wlân drwchus.

'Mi fasa'n dda gin i tasach chi ddim,' meddai.

'Sori?'

'Dwi 'di hen ddysgu, bob tro y bydd rhywun yn cychwyn brawddeg drw' ddeud eu bod nhw am fod yn onast, yna ma nhw ar fin deud y peth ola sy arna i isio'i glywad.'

Syllai i lawr ar y bwrdd, ar ei dwylo mawrion yn gwasgu'i mỳg. Cafodd Harri'r teimlad ei bod hi'n ysu am gael eu gwasgu nhw dros ei chlustiau. Yn dynn, dynn gan floeddio canu 'la-la-la-la-la' ar yr un pryd.

'Ma'n rhaid i mi,' meddai Harri. 'Fedra i'm byw yn 'y nghroen fel arall.'

Nodiodd Pam Pritchard heb edrych arno, ond roedd rhywbeth tebyg iawn i dristwch ar ei hwyneb. Hoffai Harri petai o'n gallu ymestyn dros y bwrdd a chydio yn un o'i dwylo. Ni ddeuai'r un smic o'r ystafell fyw; roedd ei thad, dywedodd hi wrth Harri wrth ei arwain i mewn i'r tŷ, yn cysgu. Brathodd Harri'i ben i mewn i'r ystafell fyw gan ofni y byddai Mr Pritchard yn rhythu i'w gyfeiriad, ond yno roedd o â'i ben i lawr a'i lygaid, diolch byth, ynghau.

'Y jiwcbocs,' meddai Harri'n awr. 'Mae o'n werth mwy o bres na gawsoch chi gynnon ni amdano fo.'

Edrychodd Pam Pritchard i fyny.

'Be?'

'Ne' mi fydd o, unwaith y bydd Jona wedi gorffan efo fo.'

'Faint?'

'Wel… dwi'm yn siŵr iawn eto…'

Celwydd yn barod, gan y dyn a ddywedodd ychydig eiliadau'n ôl ei fod o'n dyheu am gael bod yn onest. Ond doedd o ddim am ddweud am y chwe mil, doedd o ddim am ddweud fod Jona fwy neu lai wedi'i gwneud hi o dan ei thrwyn.

'Mwy na chanpunt?' meddai Pam Pritchard.

'Ia,' meddai Harri. 'Dipyn mwy, 'swn i'n deud.'

Ochneidiodd Pam Pritchard. Gollyngodd ei gafael ar ei mŷg a gwthio'i dwylo drwy'i gwallt gan ei godi fel petai hi am ei glymu'n ôl. Yna gollyngodd ef a gadael iddo fyrlymu i lawr dros ei hysgwyddau a'i mynwes unwaith eto.

'Wel...,' meddai. 'Wel, wir...'

Yn yr eiliad cyn iddi ollwng ei gwallt, roedd hi wedi edrych flynyddoedd yn iau.

'Chwara teg i chi,' meddai.

'I fi?'

'Doedd dim rhaid i chi ddŵad yma i ddeud. Doedd dim rhaid i chi sôn 'run gair. 'Swn i ddim fymryn callach.'

'Na, wel...'

'A finna wedi meddwl gynna mai dau hen rôg oeddach chi.'

Ni fedrai Harri gwrdd â'i llygaid. Pan fedrodd edrych i fyny o'r diwedd, roedd Pam Pritchard yn rhythu arno efo'i phen ychydig ar un ochr fel na phetai hi'n ei ddeall yn iawn. Teimlai'n rhyfedd o euog, bron fel tasa hi wedi'i ddal o â'i fryd ar gyflawni rhyw ddihirwch.

'Doedd dim rhaid i chi ddŵad yma o gwbwl,' meddai Pam Pritchard eto. 'Yn un swydd, yr holl ffordd o Borthmadog. Basa galwad ffôn wedi gneud y tro'n tshampion.'

Teimlai Harri'n fach, fach, ac yn hen, a'r unig beth y gallai'i wneud oedd nodio'n llywaeth, ei lygaid ar y plât o fisgedi oedd rŵan yn troi arno. Sara, cofiodd wrth syllu ar y

Digestives: does dim tama'd o fwyd yn y tŷ, ac ma'r garafán dan glo.

'Pam 'dach chi yma, Harri?' meddai Pam Pritchard, gyda thynerwch yn llenwi'i llais.

Ysgydwodd Harri'i ben, gan fethu â thynnu'i lygaid oddi ar y bisgedi – ac o, Dduw mawr, oedd o'n crio…?

'Dwi ddim yn gwbod, Pam,' meddai ymhen hir a hwyr. 'Dwi ddim yn gwbod.'

Sara ac Iwan

Na, doedd dim golwg o'i thaid. Er nad oedd y Fiesta o flaen y tŷ, aeth Sara at y garafán yr un fath, rhag ofn… rhag ofn be? Wel, jyst rhag ofn. Ond na, roedd hi'n dal i fod dan glo.

Roedd ei stumog yn taranu erbyn hyn. Lle oedd y dyn? Wrth iddi nesáu at y tŷ, clywodd sŵn curo. O sbecian heibio i gornel talcen y tŷ, gwelodd fod Iwan yn sefyll yno, yn y broses o wyro gyda'r bwriad, mae'n siŵr, o weiddi drwy'r blwch llythyron.

'Be ti ishe?' meddai Sara.

Rhoes Iwan floedd uchel a neidio'n ôl oddi wrth y drws fel petai yna dafod anferth, hyll wedi ymwthio o'r blwch llythyron a llyfu'i wyneb. Gwgodd ar Sara. 'Blydi hel!'

Roedd gweld rhywun yn neidio i'r fath raddau wrth gael eu dychryn yn arfer gwneud i'r Sara Dafydd fechan rowlio chwerthin. Ond roedd blynyddoedd ers hynny, a heddiw'n enwedig doedd ganddi nemor ddim amynedd, felly gofynnodd eilwaith, 'Be ti ishe?'

Edrychodd Iwan o'i gwmpas fel tasa fo ar goll yn lân. 'Isio… isio gweld os oeddat ti'n ocê,' mwmiodd, ei wyneb yn goch.

'Wrth gwrs bo fi. Unrhyw beth arall?'

Edrychodd i fyny'n siarp. 'Doeddat ti ddim y tro dweutha i mi dy weld di,' meddai.

'Ac ma hynny'n fusnes i ti, ydy e?'

'Yndi!'

'Shwt felly?'

'Wel... ysti... y fi ddaru d'alw di'n ffrîc, yndê.'

Ochneidiodd Sara. 'Ti'n cofio beth oedd y peth diwetha un i mi 'i ddweud wrthot ti? Y geirie diwetha?'

Jyst gad fi fod, cofiai Iwan. Ochneidiodd yntau hefyd, a throi i ffwrdd: doedd dim pwynt trio bod yn neis efo rhai pobol.

'Ia, ia, ocê,' meddai. 'Rhyngot ti a dy betha...'

Cychwynnodd am y giât.

'Iwan...'

'Be?' meddai heb droi.

Petrusodd Sara. Hwn oedd yr unig berson i ymddwyn yn glên tuag ati ers iddi gyrraedd y lle ofnadwy yma – gan gynnwys ei theulu hi'i hun.

'Grynda...'

'Be?' meddai eto, ond trodd y tro hwn.

'Ma'n flin 'da fi. Oreit?'

'Ia, ia, *whatever*...' Trodd yn ei ôl am y giât.

'Ti ishe dished?' meddai Sara.

Arhosodd Iwan a throi eto fyth. 'Be?'

'Dish... panad. Te...'

'Dwi'n gwbod be 'di "dished", 'dan ni'n ca'l *Pobol y Cwm* i fyny yma sti.'

'Wel, ti ishe un, ne' beth?'

Edrychodd Iwan ar ei draed, yna cododd ei ben.

'Ti 'di bod i Florida erioed?'

Teimlai'n lletchwith iawn. Doedd hi erioed wedi gwneud hyn o'r blaen, gwahodd bachgen dieithr i mewn i'w thŷ. Ond doedd hi erioed wedi cael tŷ cyfan iddi hi'i hun o'r blaen. Oedd, roedd o'n deimlad newydd. Od, hefyd, bron fel petai hi'n hogan fach yn gwisgo esgidiau oedolyn, ac yn y tŷ, wrth ei dywys trwodd i'r gegin gyda'r drws ffrynt wedi'i gau, teimlai fel ei bod hi'n clocsian yn flêr o gwmpas y lle.

'Te?'

'Ia – grêt... diolch...'

''Sdim coffi yma, ma'n flin 'da fi.'

'Na, ma te'n grêt. Diolch.'

Edrychai yntau fel ei fod yn teimlo'n lletchwith hefyd, yn sefyll yno a'i ddwylo ym mhocedi ei gôt wrth edrych o'i gwmpas, ei lygaid yn dawnsio i bob cyfeiriad ond ati hi.

'Ishte.'

'Reit... diolch.'

Eisteddodd wrth y bwrdd gyda'i ddwylo wedi'u plethu o'i flaen gan edrych fel petai o ar fin dweud ei bader. Wrth aros i'r teciall ferwi, meddai Sara, 'Florida?'

'O... ia. Ti 'di bod yno?'

'Naddo. Pam ti'n gofyn?'

Cochodd Iwan fwyfwy am ryw reswm. Edrychodd o gwmpas y gegin eto.

'Dwi rioed wedi bod i mewn yma o'r blaen. Ma'n... neis yma, yn dydi? Do'n i'm yn gwbod be i'w ddisgwyl,' paldaruodd yn ei flaen. 'Rhwbath mwy... hipïaidd...' Edrychodd ar Sara'n nerfus, rhag ofn ei fod o wedi'i phechu drwy alw'i thaid yn hipi. Edrychodd hithau arno'n ôl gyda'i hwyneb yn dangos dim. 'Ysti... carpedi lliwgar, plancedi Navajo, posteri seicadelic ar y walia, fath â hwnnw o Che Guevara.'

'Pam?' gofynnodd Sara eto.

Edrychodd Iwan arni, ond roedd ei hwyneb yn hollol syth. Faint o weithia oedd hi wedi gofyn 'Pam?' ers iddo'i chyfarfod hi? O ran Sara, gwyddai hi'n iawn pam, ond er ei fod wedi ei thrin hi fel niwsans glân (ar y gorau) ac fel darn o faw (ar y gwaethaf) ers iddi hi gyrraedd yma, roedd rhywbeth annisgwyl iawn y tu mewn iddi a wrthodai â gadael i neb gymryd ei thaid yn ysgafn.

Yn enwedig rhywun oedd â'i wallt bron-iawn-yn-Affro.

'Ma hynna'n dwp,' meddai, a gwylio'r gwrid ar wyneb Iwan yn codi eto, fel y cochni ar fariau tân trydan. 'Yn beth twp i'w weud, ti'm yn meddwl? Nage gosod y tŷ dim ond ar gyfer hipis a ffrîcs...' – gwyliodd yn foddhaus wrth i Iwan wingo ar ei gadair — 'y ma Taid, ti'n gwbod hynny dy hunan, meddet ti.'

'Na... na, wn i, ti'n iawn. Sori...'

'So Taid *yn* hipi, ta beth.'

'Wel, dyna be ma pawb yn 'i alw fo. A fo ydi'r peth agosa at hipi sy gynnon ni'r ffordd hyn. Yli, Sara – ma'n ddrwg gin i, ond dwi'n leicio Harri. Dwi wastad wedi gneud yn grêt efo fo, ocê? Mi ges i fenthyg toman o CDs gynno fo chydig o wsnosa'n ôl. A dydi o ddim yn rhoi benthyg 'i fiwsig i jyst rywun-rywun, medda fo wrtha i.'

Syllodd Sara arno am rai eiliadau, yna, wrth i'r teciall ferwi'r tu ôl iddi, trodd gyda nòd fechan, swta, fel tasai hi wedi penderfynu derbyn ei ymddiheuriad. Blydi hel, ma'n rhaid i mi watshiad be dwi'n 'i ddeud wrth hon, meddyliodd Iwan. Gwyliodd o Sara'n tywallt dŵr berwedig i mewn i ddau fŷg a sylwi nad oedd hi'n edrych mor llydan a hithau wedi tynnu'r hen gôt fawr *parka* honno. Yn ei jîns a'r siwmper dyllog yna, fodd bynnag, a chyda'i gwallt hir dros y lle i gyd, roedd hi *yn* edrych fel rhywun a berthynai i deulu o hipis, penderfynodd. Tybed sut bethau oedd ei rhieni? Os oedd o wedi dallt yn iawn, yna hogan i ferch Harri oedd Sara, ond doedd gan Iwan ddim cof o gwbwl o gyfarfod honno. Efallai mai rhywun tebyg i'r rheiny welodd o ar y newyddion un noson oedd hi, y gymuned hipïaidd honno a arferai fyw mewn wigwams rywle yn y De.

'W't ti wastad wedi byw yng Nghaerdydd?' gofynnodd gan hanner disgwyl iddi droi ato dan wgu a gofyn 'Pam?' eto fyth. 'Yn… Llandaf ddeudist ti, ia?'

Ond doedd hi ddim yn gwgu pan drodd hi. 'Ie. Ac ydw.' Gwyrodd a thynnu potel o lefrith o'r ffrij. 'Lla'th? Sori… llefrith?'

Gwenodd Iwan. 'Plîs.'

'Wyt ti wastad 'di byw 'ma?' gofynnodd wrth dywallt y llefrith.

'Ers pan o'n i'n bump oed. Cyn hynny roeddan ni yn Llanfrothan.'

'Ble?'

''Rochor bella i Port.'

Rhoddodd Sara'r siwgwr ar y bwrdd o'i flaen, yna'i de. Ychydig yn wan, ym marn Iwan, gyda'r cwdyn te wedi'i dynnu allan yn rhy fuan, ond doedd o ddim am fentro yngan gair o gŵyn, nid wrth hon.

'Diolch.'

Helpodd ei hun i dair llwyaid o siwgwr, cyn sylweddoli y dylai fod wedi cynnig y llwy i Sara'n gyntaf. 'Sori…' Ond ysgydwodd Sara'i phen. Eisteddodd gyferbyn ag ef. Er fod gwres canolog y tŷ wedi gwneud y gegin, os rhywbeth, yn rhy gynnes, roedd ei gôt yn dal wedi'i chau'n dynn amdano. Roedd ganddo ddwylo mawrion, sylwodd Sara, dwylo a edrychai'n rhy fawr i weddill ei gorff hir a main.

Dwi ddim am ddweud wrtho am dynnu'i gôt, meddyliodd, dwi ddim eisiau iddo deimlo'n rhy gyfforddus yma.

Doedd dim perygl o hynny, oherwydd roedd Iwan yn gwneud ei orau glas i feddwl am rywbeth arall i'w ddweud, rhywbeth na fyddai'n swnio'n naff neu'n blentynnaidd – ac na fyddai'n peri i'r hogan ryfedd hon ofyn 'Pam?'. Ond doedd dim byd yn dod, ac am ychydig, felly, eisteddai'r ddau yno gyda'u mygiau te, yn gwrando ar y gwynt yn ysgwyd y ffenestri. Sylweddolodd Iwan nad oedd hi wedi gofyn unrhyw beth o bwys iddo fo (heblaw am oedd o wastad wedi byw yma ym Morfa Bychan, a dim ond dros ei hysgwydd y gofynnodd hi hynny, am ei fod o wedi gofyn rhywbeth tebyg iddi hi). Oedd hynny'n golygu nad oedd ganddi unrhyw ddiddordeb ynddo fel person? Os felly, yna pam oedd hi wedi'i wahodd o am banad? Oherwydd ei bod hi'n teimlo'n euog am fod mor ddi-serch efo fi, penderfynodd, a rŵan mae hi'n difaru ei bod hi wedi fy ngwadd i o gwbwl a finna'n berson mor ddiarhebol o bôring...

'Wel,' meddai Sara, 'do'ddet ti ddim yn gwbod fod Taid yn daid i mi, meddet ti?'

'Nag o'n, cofia.'

Nodiodd Sara, ei llygaid wedi'u hoelio ar ei mŷg. 'Soniodd e'r un gair amdana i, felly.'

'Hei, cofia – dwi'm yn 'i nabod o'n dda iawn,' meddai Iwan yn frysiog.

'Yn ddigon da iddo fe roddi benthyg ei CDs i ti.'

'Wel, ia, ond dydi hynny ddim yn...'

'Rhywbeth na fydde fe'n ei neud 'da 'mond rhywun-rywun, dyna be wedest ti.'

'Ia, wn i, ond...'

'Ond beth?' Edrychodd Sara i fyny ac ofnai Iwan y byddai'n gweld fod ei llygaid hi'n wlyb unwaith eto, ond doedden nhw ddim, ddim eto beth bynnag. 'Faint yw d'oed di, 'run oed â fi, ife? Dwy ar bymtheg? Deunaw?'

'Dwy ar bymthag, ia…'

'Ti'm yn credu y bydde fe'n beth naturiol − y peth mwya naturiol yn y byd, hyd yn o'd − iddo fe fod wedi dweud, "Hei, ma gen i wyres sy tua'r un oed â chdi"?'

'Falla, ond… Yli, dwi'm yn meddwl 'yn bod ni rioed wedi siarad fel'na.'

'Be ti'n feddwl "fel'na"?'

'Ysti, am betha… personol. Fel teuluoedd a… a ballu.' Gallai Iwan ei deimlo'i hun yn cochi eto, y tro hwn wrth gofio fel roedd Harri wedi ei holi'n dwll ynglŷn â Gwyndaf a'i fam. 'Siarad am fiwsig y byddan ni, gan amla. Dwi rioed wedi bod yn 'i garafán o − wyddwn i ddim fod gynno fo un tan i rywun ddeud wrtha i; ro'n i wastad wedi cymryd mai yma roedd o'n byw, yn y tŷ. Dydan ni ddim yn fêts. 'Mond un mêt sgynno fo, hyd y gwn i.'

'Y bachan mowr 'na.'

'Ia. Blydi Jona Huws,' meddai Iwan.

'Jona! 'Na fe… y BFG…'

'Be?'

'Do'n i ddim yn gallu cofio'i enw fe. Jona − wrth gwrs. Dwi'n cofio nawr.'

'Ti 'di gweld Jona Huws cyn hyn, felly?' gofynnodd Iwan. 'Ti 'di bod yma o'r blaen?'

'Pan o'n i'n bump oed. 'Na'r tro diwetha. Pan o'dd Nain yn fyw. Cyn hynny, 'fyd, ond wy ddim yn cofio hynny. Dim ond y tro diwetha.'

Wee Sara, wee Sara…

'Be wnest ti'i alw fo gynna?' gofynnodd Iwan. 'Y BFG ddeudist ti?'

'Ie.' Sylwodd fod Iwan yn gwgu. 'Be sy'n bod? Ti'n gwbod beth yw'r BFG, on'd wyt ti? Roald Dahl, Big Friendly Giant?'

'Wel yndw, siŵr Dduw. Jyst... wel, 'swn i'm yn defnyddio'r gair "friendly" wrth ddisgrifio Jona Huws, 'na'r cwbwl.'

Iwan

Peidiwch â gofyn i mi be ydi problam Jona Huws. Ond roedd yn rhaid i mi roi Sara ar ben ffordd pan gyfeiriodd hi ato fo fel y BFG. Iawn, cof plentyn bach oedd ganddi hi ohono fo – ac ella'n wir fod Jona Huws yn glên efo hi pan oedd hi'n ddim o beth – ond roedd hynny ddeuddag mlynadd yn ôl, a hitha'n wyras i'w fêt gora fo a bob dim.

Un peth sy'n saff, dydi o ddim yn glên y dyddia yma. Os nad ydach chi dros ddeg ar hugain, yndê, ac yn rhoi pres yn 'i bocad o. A dyna i chi un peth na fydda i a'm mêts yn 'i neud eto.

Digwyddodd hyn bron i flwyddyn yn ôl, yn ystod gwylia'r Pasg. Ond nid dros y Pasg ei hun: fasan ni byth wedi gallu ca'l lle i ista yn y Morfil Bach 'radag hynny o'r flwyddyn, efo Port – diolch i'r glaw a syrthiodd yn ddi-baid dros y Pasg y llynadd – yn orlawn o gagŵls ac anoracs oren a glas.

Wn i ddim pam roeddan ni'n dal i fynychu'r Morfil, a bod yn onast, a Jona Huws fel tasa fo'n gneud 'i ora i neud i ni deimlo fel tasan ni wedi crwydro i mewn o ryw *leper colony* neu'i gilydd. Nid jyst y ni. Fel'na roedd o efo pawb ifanc: roeddach chi'n gallu gweld 'i wynab o'n caledu bob tro y bydda rhywun ifanc – yn enwedig rhywun yn eu harddega – yn camu dros riniog y lle. Hyd yn oed pobol ddiarth. Ma 'na rei llefydd ffordd hyn sy'n estyn nemor ddim croeso i bobol leol yn ystod y gwanwyn a'r ha (ma'r rheiny ar gau, yn tueddu i fod, dros yr hydref a'r gaea), ond sy'n crafu tina'r Saeson fel tasan nhw'n disgwyl ffeindio fod yna aur dan groen 'u bocha nhw. All neb ddeud hynny am Jona – lleol ne' fusutors, roedd o'n gwgu'n gas ar yr ifanc o bob cenedl, ac yn hofran fel rhyw gysgod anga uwch eich penna chi nes i chi orffan, codi a mynd.

Roedd o'n ymddwyn, yn ôl cenhedlaeth ein rhieni, fel na phetai o rioed wedi bod yn ifanc ei hun. Ond roeddan nhw'n ei gofio fo'n ddyn ifanc, y rhan fwya ohonyn nhw, beth bynnag. Ac roedd o'n rêl un, yn ôl pob sôn, efo llond pen o wallt cyrliog, du – fel sy gin Brian May, gitarydd Queen – a locsyn du a dannadd gwynion.

'Oedd, roedd o'n dipyn o hync yn 'i ddydd,' dwi'n cofio Mam yn deud. 'Er 'i fod o ryw bymthag mlynadd yn hŷn na ni'r genod.' Un o Benrhyndeudraeth ydi Mam yn wreiddiol, ond roedd criw o genod Cockletown – fel ma amryw yn dal i alw Penrhyn – yn arfar dŵad i mewn i Port ar ddyddia Sadwrn. 'Ac roedd o mor fawr!'

Ia, wel – mi allwch fentro fod y cwestiwn o ba mor fawr ydi Jona mewn gwirionadd, ym mhob ystyr, yn destun trafod efo ni'r moch yn reit amal. Yn ôl Elgan Dentist, mae o'n anfarth – ond sut ma hwnnw'n gwbod, Duw a ŵyr. 'Wedi clywad o le da,' meddai pan ofynnodd yr hogia iddo fo, gan daro ochr ei drwyn efo'i fys. 'Jyst coeliwch chi fi, hogia – ma hi'n ddigon mawr i weiddi "chi" arni. Meddyliwch am fraich babi yn dal tanjyrîn yn 'i ddwrn.'

Wrth reswm, fedrwn i ddim holi Mam ynglŷn â hynny, yn na fedrwn? Ond fel y deudodd Mam ei hun: 'Doedd gynno fo ddim diddordab ynon ni, wrth gwrs – roeddan ni'n dal yn yr ysgol – ond dwi'n cofio clywad 'i fod o'n gythral o un am ferchad.'

'Briododd o'r un ohonyn nhw, chwaith,' dywedais yn sarrug. 'Yr holl ferchad i gyd wedi ca'l *narrow escape*.'

'O, roedd digonadd ar 'i ôl o ar un adag, yn enwedig

ar ôl i'w fam o farw ac ynta wedyn yn ca'l y caffi ar 'i hôl hi. A'r siop drws nesa. Rŵan, wrth gwrs, mae o'n werth ei filoedd – ei gannoedd ar filoedd, 'swn i'n deud. Dyna sut mae o'n gallu bod yn ffysi ynglŷn â'i gwsmeriaid, ma'n rhaid gen i,' gorffennodd, gan sbio arna i'n arwyddocaol.

Ma'n siŵr 'ych bod chi wedi dyfalu erbyn hyn mai ar y diwrnod arbennig hwnnw yng ngwylia'r Pasg y llynadd y digwyddodd y sgwrs yma efo Mam.

'Be'n union nathoch chi i'r dyn?' gofynnodd ar ôl i mi gyrra'dd adra efo'r newyddion drwg o lawenydd bach fod Jona Huws wedi ein banio ni – John Llywelyn, Elgan Dentist, Marc Morris a finna – o'r Morfil Bach.

'Dim byd.'

'O, ty'd yn dy flaen, Iwan, ma'n rhaid 'ych bod chi wedi gneud rwbath.'

'Naddo. 'Mond...'

'O, 'ma ni! 'Mond be?'

'Ylwch – wnes i ddim byd, ocê? Ddeudis i 'run gair o 'mhen.'

'Tshênj,' meddai Haf, oedd wedi dŵad i mewn rywle yng nghanol y sgwrs.

'Pwy ddeudodd be, felly?' mynnodd Mam gael gwybod.

'John Llywelyn agorodd 'i geg fawr, yndê. Deud fod y miwsig sgin Jona ar y jiwcbocs yn crap. A hynny yng nghlyw Jona.'

Ma hen jiwcbocs Wurlitzer gan Jona mewn cornel o'r caffi: 'I Hear You Knockin' gin ryw foi o'r enw Dave Edmunds ydi'r record fwya diweddar sy gin Jona yn y jiwcbocs, ac yn ôl y *Guinness Book of British Hit Singles* mi dda'th honno allan ym 1970.

Record sy o'r un oed â Mam.

'Ma hynny'n ddigon gwir,' meddai Haf. 'Crap ydi bob dim sgynno fo arno fo.'

Hyn gan hogan sy'n leicio Lady Gaga, dalltwch.

'Be ddeudodd Jona Huws?' gofynnodd Mam.

'Mi a'th o'n bananas. Ac mi ddaru Marc neud petha'n waeth drw' drio rhesymu efo fo.'

'Ro'n i'n meddwl fod Marc Morris yn gallach na hynny,' meddai Mam, ac roedd ganddi bwynt oherwydd mi fasa'n haws trio rhesymu efo'r T. Rex hwnnw yn *Jurassic Park* nag efo Jona.

'Mi driodd o ddeud wrth Jona y basa fo'n denu lot mwy o bobol ifanc i'r caffi tasa gynno fo un o'r jiwcbocsys CD, efo stwff modern yn'o fo.'

'Wel, mi fasa fo,' meddai Haf.

'Ond dydi Jona ddim isio hynny, yn nac 'di?' meddai Mam.

Roedd hi'n llygad ei lle. Bloeddiodd Jona mai'r peth ola un roedd arno eisiau'i weld oedd mwy o 'ffernols bach ifanc' fath â ni'n defnyddio'i gaffi fo.

Sara ac Iwan

'... a dwi ddim wedi bod ar gyfyl y lle ers hynny,' gorffennodd Iwan. 'Felly, plîs – paid â disgwyl i mi feddwl am Jona Huws fel cefndar i'r BFG.'

Ynddi'i hun, doedd stori Iwan ddim yn golygu rhyw lawer i Sara, a hithau erioed wedi gweld y Morfil Bach a dim ond â'r brithaf o frith gofion o Jona Huws. Ond roedd ei agwedd tuag at bobol ifainc yn ddiddorol, meddyliodd: tybed ai agwedd tebyg oedd gan ei thaid? Byddai hynny'n egluro pam ei fod o mor bell tuag ati hi, ei unig wyres.

Roedd yr hyn a ddywedodd Iwan nesaf yn cryfhau'r syniad hwnnw.

'Ches i ddim lot o gŵyn gin dy daid, yndê.'

'Naddo fe?'

Roedd Harri, deallodd Sara, wedi cytuno efo Jona a meddwl fod yr holl beth yn ddigri tu hwnt, er ei fod o'r farn fod Jona wedi mynd fymryn dros ben llestri drwy daflu'r bechgyn allan o'r caffi a'u halltudio oddi yno. 'Basa gair i gall, deud wrth dy ffrind am ddangos mwy o barch tuag at gynnwys y Wurlitzer, wedi gneud y job,' meddai Harri wrth Iwan. 'Ond Jona ydi Jona.'

Golwg go feddylgar oedd ar wyneb Sara, gwelodd Iwan. Roedd hi'n amlwg wedi'i hypsetio pan ddywedodd o wrthi nad oedd Harri wedi hyd yn oed crybwyll ei bodolaeth wrtho. Oedd hynny'n od? Doedd Iwan ddim yn siŵr, o ystyried y sgyrsiau roedd o a Harri wedi'u cael efo'i gilydd. Yna penderfynodd, nag oedd, doedd o ddim mor od â hynny, erbyn meddwl, a Harri a Sara ddim wedi taro llygad ar ei gilydd ers deuddag mlynedd.

Rŵan, roedd hynny'n od. Pam nad ydyn nhw wedi gweld ei gilydd ers cyhyd, sgwn i? meddyliodd Iwan. Basa'n wahanol tasa Sara'n byw yn Seland Newydd neu rywle tebyg, ond Caerdydd? Pedair awr i ffwrdd, ar y mwya. Wel, alla i ddim meiddio â gofyn hynny iddi, meddai wrtho'i hun: ofnai y byddai'r ateb yn gryfach o lawer na'r 'Pam?' arferol.

Gan dybio ei fod o ar dir gweddol ddiogel, gofynnodd yn hytrach, 'Am faint w't ti'n pasa aros yma?'

Ymysgydwodd Sara. 'Sori – be?'

'Am faint w't ti yma?' meddai Iwan, a chafodd fraw o weld llygaid brown Sara'n llenwi efo dagrau unwaith eto. O'r arglwydd, be ydw i wedi'i ddeud rŵan? meddyliodd. Rhythodd wrth i Sara godi a mynd at y ffenestr gan sefyll yno gyda'i chefn ato, ei hysgwyddau'n ysgwyd dan y siwmper dyllog, flêr honno – siwmper Harri, sylweddolodd Iwan, wrth gofio'i gweld hi amdano. Dechreuodd Sara dorchi ei llewys cyn tynnu llawes ei braich chwith i lawr yn ôl yn sydyn; trodd at Iwan, ychydig yn wyllt, fel petai hi'n ei herio fo i ddweud rhywbeth, ond yn lle hynny, y hi a ddechreuodd siarad.

'Dwi ddim i fod yma, oreit?' meddai.

Roedd ei hwyneb hithau'n goch yn awr hefyd, gwelodd: cyn goched â'i wyneb o, synnai o ddim, y dagrau wedi chwyddo'i llygaid a chynhesu'i hwyneb.

'Dwi ddim i fod yma,' meddai eto. 'Des i yma ddo' achos… o, wy ddim yn gwbod pam, ddim yn iawn, 'runig beth dwi *yn* 'i wbod ydi 'mod i ddim ishe bod gartre, oreit? Do'n i ddim ishe bod gartre 'da nhw, yr holl sombis 'na. So ti'n deall, ma nhw ym mhobman, ble bynnag dwi'n troi, sombis ym mhobman. Codes i ben bore a dal bws i'r dre, a thrên wedyn, ac erbyn i mi sylweddoli be ro'n i'n neud, ro'n i yng ngorsaf Crewe, yn dala trên arall i Fangor. Oreit?'

Nodiodd Iwan yn llywaeth, wedi'i ddychryn braidd. Sombis? Ai dyna be ddeudodd hi? Ofnai fod yr hogan wedi drysu. Oedd hi wirioneddol yn meddwl fod yna sombis ar ei hôl hi?

'Ges i fws wedyn, i Borthmadog – wel, ti'n gwbod 'ny. Ro'n i 'di ca'l y syniad yn fy mhen 'mod i ishe gweld Taid, ro'n i wedi meddwl falle y bydde Taid yn deall. Ond wy ddim 'di gweld Taid, bron, ddim wedi'i weld e, dim ond neithiwr, ac ro'dd e'n grac, mor yffernol o grac 'da fi, ddim ishe fy nabod i, ro'n i'n gallu dweud, ro'dd e mor amlwg. 'Sdim bwyd yn y tŷ… wy ddim 'di ca'l unrhyw beth i'w fyta. A drw'r amser ddo', y ffôn, Mam a Dad ishe gwbod lle ro'n i, bob cam o'r siwrne, ac allwn i ddim dweud wrthi hi, wrthyn nhw, allwn i ddim…'

Trodd oddi wrtho eto gan wyro dros y sinc a meddyliodd Iwan ei bod hi am daflu i fyny ond crio roedd hi, crio eto, ei llygaid yn chwydu dagrau.

Cliriodd Iwan ei wddf. 'Wnest ti ddim deud wrth dy rieni dy fod ti'n dŵad yma?'

Ysgydwodd Sara'i phen. 'Ma nhw'n gwbod nawr, ma nhw'n dod lan yma fory.'

Gwrthododd droi ac edrych arno: doedd arni ddim eisiau iddo weld ei hwyneb, ei hwyneb hyll, chwyddedig, coch.

'I dy nôl di adra, ia?' clywodd hi Iwan yn dweud.

'Ie!'

'Ia, sori. Cwestiwn dwl.'

Ymdrechodd Sara i ddod ati'i hun: roedd yn amlwg nad oedd Iwan druan yn gwybod lle i'w roi'i hun. Ond roedd ei dagrau'n drech na hi, fel petaen nhw wedi dod o nunlle. Ac yn dal i ddod, hefyd. Teimlai nad oedd hi wedi gwneud unrhyw beth arall ond crio ers iddi hi gyrraedd yma, i'r tŷ ger y traeth. Gallai ei chlywed ei hun yn igian crio'n uchel, dros y lle, ac ni fedrai wneud unrhyw beth i'w rhwystro'i hun rhag swnio fel hen fuwch dew yn pesychu a chyfogi'n wag.

Rhoes naid fechan pan deimlodd law yn cyffwrdd yn ysgafn â'i hysgwydd.

'Hei...,' clywodd Iwan yn dweud. 'Hei... ty'd...'

Ond roedd ei hwyneb yn awr yn hyllach nag erioed, gwyddai, yn hyllach na hyll, a doedd hi ddim am droi a gadael iddo'i gweld hi, doedd arni ddim eisiau ei weld o'n troi oddi wrthi â'i wyneb yn llawn dirmyg a braw, felly meddai Sara Dafydd, 'Jyst cer, nei di? Plîs. Gad fi fod...'

Arhosodd ei law ar ei hysgwydd am ychydig, yna diflannodd ei chynhesrwydd bach hyfryd wrth i Iwan ei thynnu'n ôl. Symudodd oddi wrthi, a gwrandawodd Sara arno'n cerdded o'r gegin at y drws ffrynt, yna ar sŵn y drws yn agor a chau, ac yna ar y gwynt yn pwnio'n chwareus yn erbyn y ffenestri.

Harri

Roedd yr ofn yn dal efo fo wrth iddo yrru'n ôl o Ddwygyfylchi – hen gi du, drewllyd yn sedd gefn y car – ond roedd partner ganddo'r tro hwn: cywilydd.

Roedd Harri wedi gwneud ffŵl go iawn ohono'i hun yng nghegin Pam Pritchard. 'Harri bach, be sy?' meddai hi wrtho, ond wrth gwrs, roedd o wedi methu ei hateb: sut fedrai o fod wedi dweud wrthi fod yr ofn wedi'i ddilyn o gwmpas y lle ers iddo gyrraedd yma neithiwr, cyn iddo gamu i mewn i'r tŷ, hyd yn oed?

A bod ymgnawdoliad o'r ofn hwnnw'n cysgu ar ei eistedd mewn cadair freichiau yn yr ystafell fyw, yn cysgu heb fod yn gwybod beth ydi cwsg nac ychwaith beth ydi bod yn effro?

Roedd Pam Pritchard wedi codi a dod ato a rhoi llaw betrusgar ar ei ben ac roedd yntau wedi troi a gwasgu'i wyneb hurt yn erbyn ei bol, gan lapio'i freichiau am ei chanol. A hitha'r greadures yn ddynes hollol ddiarth iddo, i bob pwrpas. Yn fwy na hynny, roedd hi'n ddynes â mwy na digon ar ei phlât, rhwng gorfod gofalu am ei thad a phopeth, a'r peth olaf roedd arni'i angen oedd rhyw nytar hirwallt, hunandosturiol yn gwlychu'i siwmper wlân efo'i ddagrau gwirion.

Llwyddodd o'r diwedd i ddatod ei freichiau oddi am ei chanol ac i ddod ato'i hun i ryw raddau. 'Ma'n ddrwg gin i… dwn 'im be dda'th drosta i.' Bustachodd i'w draed a chamodd Pam oddi wrtho, ei llaw yn yr awyr o hyd fel petai hi'n barod i'w dychwelyd i'w gorun. 'Well i mi fynd…'

Teimlai glaw mân Dwygyfylchi'n fendigedig ar ei wyneb. Wrth y drws ffrynt, meddai Pam Pritchard, 'Harri, ddowch chi'n ôl r'wbryd?' – a deallodd yntau nad gofyn oedd o am ddychwelyd yno roedd hi, ond yn hytrach gofyn iddo ddod yn ôl. Roedd llygaid Harri wedi neidio i ffenestr yr ystafell fyw a meddyliodd iddo weld, drwy'r llenni rhwyd, siâp llonydd pen ac ysgwyddau Mr Pritchard yn erbyn y goleuni a ddeuai i mewn drwy'r ffenestr gefn.

'Os ga i,' meddai, a gwenodd Pam Pritchard. Cododd Harri'i law pan gyrhaeddodd ben pella'r stryd: roedd hi'n sefyll o flaen y tŷ yn ei wylio'n mynd.

Gyrrodd adref gan deimlo'n rhyfeddol o wag, rywsut, yn wag ei gorff a'i feddwl, ac roedd o'n teithio i lawr yr allt o Benmorfa i Dremadog bron heb sylweddoli ei fod o wedi cyrraedd cyn belled. Yn sicr, doedd nemor ddim cof ganddo o'r siwrnai. Brith gof am Gaernarfon, dyna'r cwbwl, ac roedd o yn Nhremadog pan gofiodd eto am Sara. Galwodd yn y siop gyntaf a welodd. Prynodd gyw iâr a llysiau efo'r bwriad o wneud swper iawn iddyn nhw ill dau heno, a llond bag o nwyddau mwy sylfaenol – gan gynnwys paced o Jaffa Cakes, a gwenodd yn sarrug wrth roi'r rhain yn ei fasged.

Dwi'n gwbod, dwi'n gwbod, meddai wrtho'i hun wrth yrru yn ei flaen i Forfa Bychan, dwi wedi esgeuluso'r hogan yn y modd mwyaf ofnadwy. Chafodd hi fawr o groeso gen i neithiwr, a falla'n wir nad ydi'r ffaith ei bod hi wedi fy nhaflu'n llwyr yn f'esgusodi o gwbwl. Basa Mai wedi fy leinio fi'n iawn am fod mor ddi-serch, ac mi faswn i wedi haeddu bob un slasan.

'Sara…,' meddai'n uchel, ac ia, yr un ddelwedd ohoni a ddeuai i'w feddwl o hyd – sef yr un o'r hogan fach bum mlwydd oed, nid yr un o'r eneth ifanc, nobl oedd fwy na thebyg yn eistedd yn y tŷ ac yn ei felltithio am iddo'i gadael ben bore heb unrhyw beth i'w fwyta.

Roedd o wedi gwenu o glust i glust pan welodd o hi gyntaf erioed, Mai a fo wedi teithio i Gaerdydd (nid yn yr hers: go brin y buasai'r hen hers druan wedi mynd â nhw ymhellach na Dolgellau, ac roedd hi wedi hen fynd erbyn hynny, beth bynnag, pob hedd i'w llwch) a chael hunllef o job yn ceisio dod o hyd i'r ysbyty lle roedd Mared yn gorwedd yn un swp gwantan a gwyn yn ei gwely. Bu'r enedigaeth yn un anodd a chymhleth – roedd y taid a'r nain newydd wedi deall hynny eisoes dros y ffôn, oddi wrth Graham – a go brin y câi'r babi bach frawd neu chwaer yn y dyfodol. Gorweddai yn ei chot, a'i thad uwch ei phen fel garan gwyliadwrus, bwndal bach pinc gyda thwnshiad o wallt tywyll yn ymwthio o'i chorun.

Gwenodd Harri'n lletach fyth pan ddeallodd beth oedd ei henw, cofiai. Sara Lownds oedd enw gwraig gyntaf Bob Dylan, a hi a ysbrydolodd nifer o'i ganeuon. Am ddyddiau wedyn ni fedrai Harri gael gwared ar y gân 'Sara' o'i ben. Canodd hi iddo'i hun rŵan wrth nesáu at y tŷ ger y traeth:

'Now the beach is deserted except for some kelp
And a piece of an old ship that lies on the shore
You always responded when I needed your help
You gimme a map and a key to your door...
Sara, Sara
You must forgive me my unworthiness...'

Parciodd y Fiesta yn y lle arferol. Roedd y drws ffrynt dan glo. Mae'n rhaid ei bod hi wedi piciad allan am dro, meddyliodd. Tynnodd ei allwedd sbâr o'i boced a mynd i mewn i'r tŷ.

'Sara?'

Yna clywodd sŵn y gawod yn dod o'r ystafell ymolchi. Wel, meddyliodd wrth fynd â'r bwyd trwodd i'r gegin, syrpréis fach neis iddi pan ddaw hi i lawr. Rhoes y cyw iâr a'r menyn yn y ffrij a'r gweddill yn y cypyrddau, heblaw am y bara: gadawodd hwnnw'n amlwg wrth ochr y tostiwr. Petrusodd dros y paced o Jaffa Cakes, cyn penderfynu sleifio i fyny'r grisiau a gadael y bisgedi ar ei gwely. Oherwydd ei fod o'n rhy brysur yn meddwl am hen, hen hysbyseb deledu, gyda rhyw ddyn James Bond-aidd wedi'i wisgo mewn trowsus duon a siwmper ddu yn sgïo i lawr clogwyni ac yn nofio drwy fôr yn llawn siarcod dim ond er mwyn gallu rhoi bocs o siocledi ar wely rhyw ddynes (... *and all because the lady loves Milk Tray*), sylwodd o ddim fod sŵn y gawod wedi peidio. Neidiodd, felly, pan ddaeth Sara allan o'r ystafell ymolchi'n annisgwyl, gyda thywel mawr wedi'i lapio amdani ac un arall, un llai, yn ei llaw dde.

Welodd hi mohono fo'n sefyll yno, wedi'i rewi, hanner ffordd i fyny'r grisiau efo'r Jaffa Cakes yn ei law. Ofnai Harri y byddai ei llygaid yn crwydro tuag ato ac y byddai hi'n neidio a sgrechian, ond roedd hi'n rhy brysur yn dabio'i braich chwith gyda'r tywel bychan.

Rhythodd Harri yn gegrwth. Roedd y fraich yn grafiadau cochion drosti. Tybiodd am eiliad fod Sara wedi baglu, wedi llithro ar y creigiau llithrig o gwmpas y Greigddu, efallai, ac wedi crafu'i braich felly. Ond na, nid osgo rhywun oedd wedi cael damwain fechan oedd gan Sara. Edrychai i Harri fel petai hi'n archwilio'r fraich wrth ei sychu, gan ei throi bob ffordd er mwyn ei hastudio o bob ongl.

Bron fel petai hi'n falch ohoni.

Be uffarn oedd yr hogan wedi'i neud iddi...?

Heb edrych unwaith i'w gyfeiriad, diflannodd Sara i'w hystafell wely.

Iwan

Doedd dim golwg o Mam pan gyrhaeddis i adra ar ôl bod efo Sara.

'Ma hi yn 'i llofft,' meddai Haf. 'Paid ti â mynd ar 'i chyfyl hi.'

Roedd hi'n ista ar y soffa yn y stafall fyw – ia, *y* soffa – yn gwylio rhyw hen ffilm ddigon sopi ei golwg, efo'i choesa wedi'u plygu oddi tani. 'Mond genod a merchad sy'n gallu ista fel'na, yndê? Fel cathod, rywsut. Dwi'm yn meddwl ein bod ni'r dynion yn gallu'i neud o. Dwi wedi trio, ond dwi'n edrych bob tro fel 'swn i'n gweddïo, ac ma'n bell o fod yn gyfforddus (a taswn i *yn* gorfod gweddïo, yna mi faswn i'n gneud hynny mewn llais soprano).

Steddais i yn y gadair freichia gyferbyn â hi. Rhythodd Haf arna i, yn amlwg wedi'i synnu fod gen i'r wynab i fod isio bod yn yr un stafall â hi – ne' i feddwl y basa *hi* isio bod yn yr un stafall â rhyw jyrm fel fi. Ond wir i chi, roedd hi'n braf ca'l bod yng nghwmni un ddynas/hogan nad oedd yn crio: ro'n i wedi dechra ofni mai rhyw gosb arna i oedd hi, fod bob dynas/hogan a fydda'n siarad efo fi'n siŵr Dduw o feichio crio'n hwyr ne'n hwyrach. Ro'n i fel taswn i'n creu afonydd o ddagra lle bynnag ro'n i'n mynd. Cosb am sbio ar yr holl MILFs rheiny ar y we, falla – ond os felly, mi fasa'n rhaid i byrfyrt fel Elgan Dentist brynu canŵ, yn basa?

'Gwranda…,' cychwynnais, ond torrodd Haf ar fy nhraws.

'Dwi'm isio gwbod.'

'Be, dw't ti'm isio fy nghlywad i'n deud sori?'

'Blydi hel, Iwan – lle fasa rhywun fath â chdi'n dechra?'

'Wel – efo chdi, ro'n i'n meddwl.'

Edrychodd arna i rŵan am y tro cynta. 'Efo fi?'

'Ia. Sori am… wel, am fygro petha i chdi ynglŷn â mynd i Florida.'

'Nest ti ddim,' meddai, gan droi'n ôl at y sgrin deledu.

'Be?'

'Nest ti'm bygro dim byd,' meddai Haf. 'Dwi'n mynd eniwê. Yr wsnos ar ôl i'r ysgol gau am yr ha. Fi a Mam. A Gwyndaf. Ocê, mi fydd hi'n boeth ofnadwy yno'r adag yna o'r flwyddyn, ond…'

'Y?'

'Doeddat ti rioed yn meddwl 'yn bod ni i gyd am aros adra, jyst am dy fod ti'n bod yn dwat?'

'Wel...'

Yr atab gonast fasa, Wel – wnes i ddim meddwl, a deud y gwir: do'n i ddim wedi ista i lawr a cheisio rhag-weld be fasa'n digwydd. Ond roedd yr isymwybod wedi bod yn brysur tra o'n i wrthi'n ypsetio Sara, ac roedd o'n deud wrtha i rŵan 'i fod o wedi cymryd yn ganiataol – Duw a ŵyr pam – mai dyna'n union be fasa'n digwydd.

Stiwpid, a deud y lleia. Hurt bost, pan es i ati i feddwl am y peth. Ac wrth gwrs, roedd fy chwaer fach fwyn, garedig yn fwy na pharod i danlinellu'r cwbwl i mi.

'Mi oeddat ti'n doeddat?' Ysgydwodd ei phen mewn syndod. 'Iwan – 'dan ni ddim isio i chdi ddŵad efo ni. Ocê, dwi'n gwbod basa'n well gin Mam tasat ti isio dŵad 'efyd, ond ma'n amlwg nad w't ti – rw't ti wedi gneud hynny'n ddigon clir. Dwi'n gwbod basa'n well gin Gwyndaf tasat ti'n aros adra – a dwi ddim yn gweld unrhyw fai ar y boi, w't ti? Dw't ti ddim wedi deud un gair sifil wrth y cradur ers y tro cynta i chdi 'i gyfarfod o, 'mond sbio arno fo fel bwch, fel tasa fo'n byrfyrt ne'n un o'r seicos 'ma rw't ti mor hoff o siarad amdanyn nhw. Felly synnwn i ddim tasa fo wedi mynd adra'r bora 'ma a mynd... *yessss*!!...' – rhoes Haf bwnsh buddugoliaethus i'r awyr efo'i dwrn – '... dydi'r diawl bach surbwch – na, be wna'th o d'alw di? O, ia, y cachwr bach – *yesss*, dydi'r cachwr bach surbwch ddim yn dŵad efo ni...'

'Ia, ocê, Haf...'

Ond doedd hi ddim cweit wedi gorffan.

'... a chyn bellad ag ydw i yn y cwestiwn – wel! Dwi inna'n falch 'efyd, Iwan. Wrth 'y modd. *Over the bloody moon*, ocê? 'Chos dwi 'di bod yn hollol *pissed off* efo chdi ers misoedd rŵan. Dyma'r tro cynta i Mam fynd allan efo rhywun ers i Dad farw – dydi hi ddim 'di bod efo neb ers blynyddoedd, Iwan. Efo neb. Ni oedd wastad yn dŵad gynta ginni hi, chdi a fi. A rŵan, pan mae ginni hi gyfla am chydig o hapusrwydd, dyma chdi'n gneud dim byd ond trio dy ora i'w sabotajo fo iddi hi. Felly, yndw, dwi'n hapus iawn dy fod ti'n aros adra, 'chos mi fedra i edrych ymlaen at ga'l pythefnos gyfa, yn yr haul, o bidio gorfod edrych ar dy hen wep sylci di.'

Harri

Lazy Sunday afternoon, I've got no mind to worry, I close my eyes and drift away...

Felly y canodd y Small Faces yn ôl ym 1968, a byddai'r gân hon, fel arfer, yn chwarae ym mhen Harri wrth iddo dreulio'i brynhawniau Sul yn ymlacio – darllen y papurau newydd, gwylio ffilm, gwrando ar Sandy Denny neu Fleetwood Mac (y grŵp gwreiddiol) a mwynhau sbliff neu ddwy...

Fel arfer.

Ond nid heddiw.

Heddiw, diffoddodd ei laptop, ei ddatgysylltu a'i gadw. Ar y bwrdd o'i flaen roedd y Jaffa Cakes, a syllodd arnyn nhw'n hurt am ychydig cyn sylweddoli ei fod o, wedi'r cwbwl, wedi dŵad â nhw'n ôl efo fo o'r tŷ. Tynnodd ei sbectol a rhwbio'i lygaid. Syllodd ar yr enw wedi'i sgwennu'r tu mewn i gâs y sbectol. Ochneidiodd, 'O, Mai, Mai... Be uffarn wna i rŵan?'

Harri Hipi, ia, yng ngolwg pawb. Adlais ar ddwy goes o ryw hen oes a fu. Creadur digon unig, gyda'r cingron blin Jona Huws hwnnw'n unig ffrind iddo. Byw drwy gydol y flwyddyn y dyddiau hyn mewn hen garafán goman yng ngwaelod yr ardd. Nid y creadur glanaf a greodd Duw erioed, na'r un mwyaf cymdeithasol: yn sicr, nid yr un cleniaf. Tipyn o hen ffŵl, a dweud y gwir – dyn o'i oed o'n mynd o gwmpas y lle efo'i wallt fel yna, mewn dillad fel yna.

Dyn oedd erioed wedi tyfu i fyny, rhywun oedd yn amlwg yn credu fod Bob Dylan wedi sgwennu 'Forever Young' ar ei gyfer o yn unig.

Ond roedd Harri yno i gyd. Doedd ganddo affliw o ots am farn pobol eraill: tasa fo'n poeni am bethau felly, yna buasai wedi gwneud amdano'i hun ers blynyddoedd lawer. Ac a bod yn hollol onest, roedd o'n mwynhau gadael i bobol feddwl amdano fel rhyw hen hipi hurt efo'i ben ar goll mewn cwmwl o fwg mariwana; roedd y rhan fwyaf ohonyn nhw wedi anghofio'i fod o wedi gweithio fwy neu lai ar hyd ei oes ers iddo ymadael â'r ysgol – yn siop y Cob, yn y lle gwlân, ar y lein rhwng Machynlleth a Phwllheli am flynyddoedd wedyn. A'r dyddiau yma, wrth gwrs, roedd o'n gwneud pres bach digon del, diolch yn fawr iawn, drwy osod y tŷ ger y traeth i bobol ddiarth.

Roedd y jiwcbocsys, hefyd, efo Jona, yn dod â phres poced i mewn bob hyn a hyn. Ac roedd o'n gwneud ei acownts ei hun, yn hytrach na thalu trwy'i drwyn i ryw sglyfath mewn siwt eu gwneud nhw.

Felly, na. Roedd o'n bell o fod yn ffŵl, 'mond i chi gael dallt. Ar ben hynny, roedd o'n ddarllenwr brwd, un o selogion y llyfrgell ym Mhorthmadog. Llyfrau ffeithiol, gan amlaf, mewn Saesneg a Chymraeg. Darllenai hefyd y papurau Sul – y tri swmpus, y *Times*, y *Telegraph* a'r *Observer* – o glawr i glawr.

Pan gafodd o'r cip sydyn hwnnw ar fraich chwith Sara, felly, gwyddai fwy neu lai'n syth be oedd – unwaith roedd o wedi dŵad dros ei fraw. Ar y we daeth o hyd i sawl gwefan oedd yn ymdrin yn fanwl â hunan-niweidio – gyda lluniau erchyll o freichiau a choesau a edrychai'n ddychrynllyd o debyg i fraich chwith ei wyres.

'O, damia. Damia, damia, damia…,' meddai, yn difaru'i enaid rŵan ei fod o wedi sleifio i fyny'r grisiau efo'r bisgedi yn ei law. Mor braf, mor aml, ydi byw'n ddiogel yng nghesail anwybodaeth.

Be i'w wneud nesaf?

Yn enwedig efo Mared yn landio yma yfory.

Oedd hi'n gwybod? Y hi a Graham?

Yn ôl yr hyn roedd Harri newydd ei ddarllen, roedd yna siawns ardderchog nad oedd ganddyn nhw glem o gwbwl. Roedd y rhan fwyaf o'r bobol ifainc yn y cyfweliadau a'r *case studies* ar y gwahanol wefannau yn giamstars ar guddio'r peth oddi wrth eu rhieni a'u hathrawon.

Ond y cwestiwn mwyaf oedd – wel, be uffarn sy gan hyn i'w neud efo *chdi*, Harri Jôs? Go brin mai dy le di ydi dweud yr un gair am hyn wrth Mared a Graham. Chei di ddim gair o ddiolch ganddyn nhw, o'u nabod nhw. Meddylia sut fasan nhw'n teimlo – cael gwybod gen ti, chdi o bawb, fod hyn wedi bod yn digwydd reit o dan eu trwyna nhw ers Duw a ŵyr pryd, a nhwtha ddim mymryn callach. Ond ar ôl i Sara dreulio dim ond diwrnod efo chdi, dyma chdi i bob pwrpas yn awgrymu'n gryf eu bod nhw'n rhieni gachu iâr, yn ddall i'r ffaith fod gan eu merch nhw – eu hunig blentyn nhw – broblemau ofnadwy.

A Sara, wedyn…

Os ydi hi wedi gneud joban mor wych o guddio hyn oddi wrth ei thad a'i mam, yna neith hi ddim diolch i chdi am achwyn, yn na neith? Wel, na neith, siŵr Dduw. Yn ei llygaid hi, mi fyddi di wedi'i bradychu hi.

Yna neidiodd wrth glywed sŵn drysau car yn cael eu clepio. Sŵn a ddeuai o gyfeiriad y tŷ.

Iwan

Eisteddais am sbelan reit dda, wrth fwrdd y gegin unwaith eto, efo Sam yn fy llygadu'n ddirmygus. Meddwl yr o'n i, wrth gwrs, am yr hyn a ddeudodd Haf. Oeddan nhw wirioneddol yn pasa mynd i Florida hebdda i?

Wel, oeddan. Ac yn waeth na hynny, roeddan nhw'n edrych ymlaen at fynd yno hebdda i.

Mam, a Haf, a Gwyndaf.

Yn un teulu bach dedwydd.

A wyddoch chi be? Ro'n i jyst â marw isio bod yn aelod o'r teulu bach dedwydd hwnnw.

Ia, ia – 'mond er mwyn ca'l mynd ar dy wylia i Florida. Be wedyn, ar ôl i'r teulu bach dedwydd gyrra'dd yn ôl adra? *Back to square one*, ia Iwan, efo chdi'n gwgu ar Gwyndaf unwaith eto ac yn gneud bywyd dy fam yn uffarn ar y ddaear?

Fy mab a'm hanfonodd yma…

O blydi hel!

Teimlais ddagrau'n dechra llosgi fy llyg'id – a dyna fi, wedi llwyddo rŵan i neud i mi fy hun grio, yn ogystal â phawb arall ro'n i'n eu nabod. Pawb ond Haf. Sychais fy llyg'id yn ffyrnig wrth i Haf ddŵad trwodd, ond sbiodd hi ddim arna i; a'th ar 'i hunion i'r ffrij a chraffu i mewn iddi. Gyda'r nos fyddan ni'n ca'l ein cinio Sul gan amla, a gallwn weld y cig – ysgwydd o gig oen, y byddan ni'n ei ga'l o fel arfar efo moron a thatws a phys a brocoli a mint sôs – ar blât ar y silff ucha.

Heddiw roedd o'n troi arna i, ma'n rhaid i mi gyfadda.

Anwybyddodd Haf fi'n gyfan gwbwl wrth chwilio am rwbath i'w fyta. Fy hun, basa pacad o grisps ne' ryw hannar dwsin o fisgedi siocled wedi gneud yn tshampion, ond ma Haf yn 'edrych ar ôl 'i ffigyr' byth a beunydd. Pam, do's wbod, a hitha'n ddigon tena i fedru cuddiad y tu ôl i wialan bysgota, ond dyna ni, wa'th i mi heb â deud gair, mwn.

Penderfynodd o'r diwadd ar iogwrt – un mefus, *low fat* – a phan drodd oddi wrth y ffrij tuag ataf, dywedais, 'Gwranda…'

'Na, dim diolch.'

'Be?'

'Dwi'm isio gwrando ar unrhyw beth sgin ti i'w ddeud, Iwan, dwi 'di deud hynny wrthat ti unwaith yn barod.'

'Dwi'n mynd i ymddiheuro, ocê? I Mam, ac i Gwyndaf, pan wela i fo. Yn enwedig i Gwyndaf. Dwi 'di bod yn…'

Tewais. Safodd Haf yno'n syllu arna i, nes iddi flino disgwyl a gofyn, 'Yn be?'

'Yn bob uffarn o bob dim uffernol y galli di feddwl amdano fo.'

Sniff gan Haf.

'Ti jyst yn deud hynna am dy fod ti isio dŵad i Florida.'

Wel, dyna fwy ne' lai'n union be ro'n i wedi disgwyl iddi hi 'i ddeud, yndê? Onid o'n i newydd feddwl hynny fy hun? Ysgydwais fy mhen yn bendant.

'Dwi'n gwbod mai felly ma'n swnio. Ond… ma'n fwy na jyst isio mynd i Florida. 'Swn i'n ymddiheuro iddyn nhw tasa'r un gair wedi ca'l 'i ddeud am blydi Florida. 'Chos dwi'n 'i feddwl o.'

'Gawn ni weld.'

'Cei. Mi gei di.'

Codais oddi wrth y bwrdd. Roedd gweld Haf yn chwilio am fyrbryd wedi f'atgoffa o rwbath ddeudodd Sara, sef fod Harri wedi mynd i rwla ben bora heddiw heb feddwl gofalu fod yna fwyd yn y tŷ. Agorais un o'r cypyrdda a thynnu tri phacad o grisps allan ohono fo – un plaen, un caws-a-nionyn ac un halan-a-finag. Siawns na fasa hi'n leicio un o'r rheiny – os nad oedd hi fel Haf, yndê, a ddim yn byta crisps dros 'i chrogi. Ond go brin, a hitha'n llond ei chroen. O'r un cwpwrdd estynnais un KitKat ac un Mars, cyn mynd i nôl fy nghôt.

'Be ti'n neud?' holodd Haf.

'Oeddat ti'n gwbod fod gin Harri wyras?' gofynnais.

Roedd Haf wrthi'n byta'i iogwrt a rhythodd arna i dros ei llwy. Tynnodd hi o'i cheg gyda sŵn tebyg i sŵn welington yn ca'l ei thynnu allan o fwd...

'Be?' meddai. 'Harri Hipi?'

'Ma hi'r un oed â fi, hogan o Gaerdydd. Ma hi'n aros efo fo.'

I Haf, rhyw greadur o blaned arall, od a drewllyd, oedd Harri. 'Blydi hel...'

'Y peth ydi, mae o wedi diflannu i rwla,' dywedais. 'Ti'n gwbod fel ma Harri...'

'Nac 'dw.'

'... a sginni hi ddim tama'd o fwyd yn y tŷ. Ti'n meddwl fasa ots gin Mam taswn i'n mynd â'r rhein draw yno iddi hi?'

'Ma Spar jyst i fyny'r ffordd.'

'Yndi, wn i, ond...'

'Be?'

'Dwi'm yn meddwl 'i bod hi'n gwbod fod y siop yn bodoli.' Rhoddais y cwbwl mewn bag a chychwyn am y drws.

Harri a Sara

Dau ddrws yn cael eu cau, gyda dau thync a swniai'n swyddogol, rywsut, i Harri Hipi.

Dim byd tebyg i'r jerian ansicr a wnâi drysau ei gar ef a fan Jona.

Yna daeth y curo a'r gweiddi a'r clatran wrth i'r blwch

llythyron gael ei ysgwyd, a hyd yn oed o ben draw'r ardd gefn gallai glywed hefyd sŵn cloch y drws ffrynt yn canu'n hir a phenderfynol a meddyliodd, Ma'n rhaid ei bod hi'n fyddarol y tu mewn i'r tŷ.

Sara druan…

Cododd yn gyndyn i'w sefyll ac roedd ei stumog yn troi, yn troi yn y modd mwyaf ofnadwy. Daeth rhagor o weiddi a churo o gyfeiriad y drws ffrynt a meddyliodd, Ma hyn yn swnio mor uffernol o swyddogol, ella fod Mared wedi anfon rhywun arall yma i'w nôl hi, rhyw fastards mewn siwtia a llond brîffces o fygythion yn ei herbyn hi ac yn f'erbyn i…

Trodd i gau drws y garafán, gan geisio anwybyddu'r demtasiwn i neidio'n ei ôl i mewn a chloi'r drws.

Y tu mewn i'r tŷ ger y traeth, roedd Sara bron iawn â gorffen gwisgo ar ôl ei chawod pan glywodd gloch y drws ffrynt yn canu. Neidiodd. Dyma'r tro cyntaf iddi glywed y gloch – cloch hen-ffasiwn a swniai fel larwm tân. Doedd hi ddim wedi canu neithiwr pan driodd hi'i chanu – yna cofiodd fod Harri wedi rhoi'r trydan ymlaen ar ôl datgloi ac agor y drws. Rhuthrodd ar hyd y landin trwodd i'r ystafell wely fawr a sbecian allan drwy'r ffenestr ac i lawr gyda hanner gwên ar ei hwyneb, yn meddwl yn siŵr mai Iwan oedd wedi dod yn ei ôl.

Yn hytrach, gwelodd gar cyfarwydd wedi'i barcio yn y dreif.

'Shit! Shit!'

Neidiodd yn ei hôl wrth i'w mam gymryd cam wysg ei chefn ac edrych i fyny ar ffenestri'r lloffydd. Ni chredai iddi ei gweld, ond er hynny seiniai'r larwm tân drwy'r tŷ unwaith eto, yn fwy penderfynol y tro hwn ac yn uwch, rywsut: parhaodd am yn hir, y botwm yn amlwg wedi cael ei wasgu a'i gadw i lawr yn ei le gan fys ystyfnig.

Dychwelodd Sara i'r ystafell ymolchi a gorffen gwisgo amdani. Tewodd y gloch o'r diwedd, ond yn ei lle daeth curo ffyrnig, bam-bam-bam! ar bren y drws a chlecian rat-a-tat-a-tat y blwch llythyron. Yna llais ei mam…

'Sara! Agor y drws yma. Sara! 'Dan ni'n gwbod yn iawn dy fod ti yna.'

… a rhagor o weiddi, mwy o guro wrth y drws ac ychwaneg o ganu'r larwm tân…

… nes o'r diwedd, lleisiau. Llais ei thaid, a'i thad, a'i mam, yn trin a thrafod. Yn ei thrin a'i thrafod hi, gwyddai, ac aeth i lawr y grisiau ac eistedd ar y ris isaf ond un yn wynebu'r drws ffrynt nes i'w thaid ei agor.

Iwan

Mi basion nhw fi ar y ffordd, mewn Audi go smart, 'run o'r ddau'n sbio arna i, 'mond syllu'n syth o'u blaena a'u hwyneba'n hollol ddifynegiant, hyd y gwelwn i. Wrth gwrs, do'n i ddim callach pwy oeddan nhw, a 'mond wedyn y sylweddolais i fy mod i wedi sylwi arnyn nhw gymaint ag y gwnes i.

Ond yna mi welis i'r car yn arafu wrth nesáu at dŷ Harri, ac yna'n troi i mewn drw'r giatia agorad.

Brysiais yno, a chyrra'dd mewn pryd i'w gweld nhw'n dŵad allan o'r car fel dau aelod o'r heddlu mewn drama deledu a martsio'n syth am y drws ffrynt.

Roedd y dyn yn dal ac yn fain efo locsyn bwch gafr digon truenus, ei ben o'n hollol foel ac yn sgleinio yn haul ysbeidiol y pnawn, bron yn ddigon â dallu rhywun. Ond roedd y ddynas oedd efo fo – wel, mi fasa Elgan Dentist wedi bod wrth 'i fodd. MILF os buo un erioed. Gwallt brown gola wedi'i dorri nes ei fod o'n edrych yn flêr, fel tasa hi ond newydd godi o'r gwely ar ôl noson go danbaid efo rhyw styd ifanc: ma steil fel'na yn costio ffortiwn, yn ôl fel dwi'n dallt. Roedd hi'n gwisgo siaced wlân las tywyll a jîns duon, tyn.

Sefais yno'n eu gwatshiad nhw'n canu'r gloch ac yna'n waldio'r drws ac ysgwyd y blwch llythyron yn bowld, eto'n union fel copars ar y teledu, a dechreuais feddwl o ddifri mai CID oeddan nhw – y Drug Squad, hyd yn oed – yn chwilio am Harri druan a pha bynnag stash oedd ganddo wedi'i guddiad yn y tŷ.

Ond yna edrychais i fyny ar ffenestri'r llofftydd mewn pryd i ga'l cip ar Sara'n sbecian allan ac yna'n camu'n frysiog yn 'i hôl ac o'r golwg. Gwyrodd y ddynas er mwyn gweiddi i mewn drw'r blwch llythyron – 'Sara! Agor y drws yma. Sara! 'Dan ni'n gwbod yn iawn dy fod ti yna.'

Harri

Gwyddai pwy oedd yno cyn iddo'u cyrraedd – roedd rhyw lais wedi sibrwd yn faleisus yn ei glust. Ond pan frysiodd Harri heibio i dalcen y tŷ a'u gweld nhw'n sefyll yno'r tu allan i'r drws ffrynt, gadawodd iddo'i hun gredu – am un ennyd fechan, fendigedig – nad nhw oedd yno wedi'r cwbwl, mai rhyw gwpwl arall oedd yno'n curo wrth ei ddrws: pobol ddieithr oedd wedi colli'u ffordd, neu'n chwilio am gyfeiriad rhywun arall.

Yna trodd y ddau i'w wynebu.

Prin yr edrychodd Harri ar ei fab yng nghyfraith, ar wahân i ryw led-sylwi'i fod o wedi colli neu shafio bob un blewyn oddi ar ei ben a bod ei gorun yn sgleinio'n afiach fel cromen hen eglwys ar ynys Roegaidd.

Roedd ei lygaid, yn hytrach, wedi'u hoelio ar Mared.

Mar, Mars, Marsipan, Marsi-pŵ...

Roedd Harri wedi'i galw hi â phob un o'r enwau hyn

wrth iddi dyfu i fyny, er mwyn ei gweld yn chwerthin pan oedd hi'n iau, er mwyn tynnu arni a'i chynddeiriogi pan oedd hi'n hŷn. Rhuthron nhw i gyd i'w geg yn awr, dim ond i fownsio oddi ar ei dafod fesul un. Ma hi wedi troi'n ddynas, meddyliodd gyda braw. Fy hogan fach i yn ddynas ganol oed ac, ar f'enaid i, taswn i'n digwydd ei phasio hi ar y stryd, go brin y baswn i'n ei hadnabod.

Felly'r cwbwl a ddywedodd oedd, 'Mared?'

Ceisiodd wenu – ofnadwy, pan feddyliodd amdano wedyn, fod tad nad oedd wedi gweld ei unig blentyn ers dros ddeuddeng mlynedd yn gorfod ceisio gwenu wrth daro llygad arni o'r diwedd – ond methodd pan welodd nad oedd hyd yn oed awgrym o wên yn agos i wyneb Mared. Os rhywbeth, edrychai'n siomedig ei fod o yma, fel petai hi wedi rhyw led-obeithio y byddai Harri wedi diflannu'n gyfleus i rywle am y dydd.

Er hynny, ymdrechodd Harri i dorri'r ias. 'Sut w't ti?' meddai wrthi. 'Sut 'dach chi?'

'Dwi'n cymryd fod gynnoch chi ryw fath o oriad ar gyfar y drws 'ma?' meddai Mared.

'Oes, oes...' Tynnodd Harri ei allweddi o boced ei jîns. 'Ydi Sara wedi piciad allan ne' rwbath?'

Ysgydwodd Mared ei phen yn swta ond meddai Graham, 'Ro'dd hi yn y ffenest lan stâr gynne fach.'

'O... reit...'

Damia, meddyliodd Harri. Pam nad agorodd y jadan fach y drws 'ta? Dydi hyn ddim am helpu petha.

Aeth i'r afael â'r drws, a throi'r allwedd yn y clo. Doedd y drws ddim wedi'i gloi o'r tu mewn, diolch i Dduw. Agorodd y drws a gwthiodd Mared i mewn heibio iddo fel na phetai'i thad yn fwy na rhyw ofalwr oedd o gwmpas y lle, gan adael cwmwl o bersawr dieithr a drud yn ei sgil. Dilynodd Graham hi a daeth Harri'n agos iawn at droi a'i sgidadlu hi'n ôl i ddiogelwch cymharol ei garafán. Roedd Sara'n eistedd ar y grisiau yn wynebu'r drws gyda hanner gwên ar ei hwyneb a'i phen wedi'i ddal ychydig ar un ochr, yn union fel petai hi'n cael ei gorfodi i wylio criw o blant yn cynnal rhyw berfformiad lled-ddifyr.

Graham, Mared, Harri a Sara

Roedd yn rhaid i Graham droi i ffwrdd pan welodd o Sara'n eistedd yno ar y grisiau: doedd o ddim wedi disgwyl teimlo'r chwydd yn tyfu yn ei wddf na'r dagrau poethion yn rhuthro i'w lygaid.

Canolbwyntiodd ar y pentyrrau taclus o bamffledi gwyliau oedd ar ben y bwrdd bach uchel, pren yn erbyn y mur.

10 Top ATTRACTIONS for YOU to VISIT! bloeddiodd un ohonyn nhw ac am ryw reswm anaddas roedd yn hynod o bwysig ei fod o'n cael gwybod, rŵan hyn, beth yn union oedd y deg. Byseddodd drwy dudalennau lliwgar am Borthmeirion, Pili Palas, Castell Caernarfon a thrên bach yr Wyddfa cyn iddo fedru rhoi'r pamffled i lawr yn ei ôl ac edrych eto ar ei ferch.

A Mared, y fam? Yr ysfa a deimlai hi, cyn i'w thad agor y drws, oedd cydio yn ei merch gerfydd ei hysgwyddau a'i hysgwyd yn galed. Ond rhuthro ati a'i chofleidio a wnaeth, ei gwasgu'n dynn a chusanu'i chorun, a meddwl ymhen eiliad neu ddau fod hyn fel cofleidio darn o bren neu un o'r dymis rheiny sydd mewn ffenestri siopau dillad, ac wrth gwrs roedd hynny'n ddigon o wahoddiad i'w hysfa gynharach ddychwelyd ar garlam a gorfu iddi ollwng ei gafael ar Sara a chamu'n ei hôl oddi wrthi neu, wir Dduw i chi, buasai hi *wedi* ei hysgwyd.

'Pam na 'sa chdi wedi atab y drws i ni?' gofynnodd. 'A finna'n gweiddi trw'r *letter-box*, a chanu'r gloch…'

'Ro'n i yn y gawod,' atebodd Sara. 'Chlywes i mo'noch chi.'

Roedd hyn yn gelwydd mor noeth, fe adawodd o Mared yn gegrwth a throdd at Graham.

A beth w't ti'n disgwyl i mi ei wneud? meddyliodd Graham Dafydd. Rhoi slasen iddi ar draws ei hwyneb a sgrechian arni, 'Zat ees a steenkeeng LIE, you peeg!'? Cawsant ill dau gip sydyn ar Sara'n sbecian arnyn nhw drwy ffenestr y llofft ac yna'n neidio'n ôl; roedd hi'n amlwg wedi credu ei bod yn ddiogel, ei bod hi wedi mynd o'u golwg, a ddim wedi sylweddoli fod y tywel gwyn a wisgai am ei phen i'w weld yn glir.

'Panad,' meddai Harri ar draws y tawelwch trwm.

Ymwthiodd rhwng Mared a Sara ac anelu am y gegin. Roedd Sara'n syllu arno, bron yn gyhuddgar, fel petai o wedi ei bradychu, ond doedd o ddim am ddioddef unrhyw nonsens fel yna felly mygodd y teimlad a rhowlio'i lygaid i gyfeiriad y nenfwd wrth fynd heibio iddi.

'Ma'n siŵr 'ych bod chi'n tagu o fod isio panad. Faint o siwrna ydi hi'r dyddia yma? Teirawr? Pedair?'

Arhosodd o ddim am ateb: doedd o ddim wedi disgwyl un, a bod yn onest.

Aeth yn ei flaen trwodd i'r gegin, am wneud paned iddyn nhw i gyd *yma*, yn y tŷ: roedd y garafán yn rhy fach, yn rhy glòs a blydi hel, ei le *fo* oedd y garafán wedi'r cwbwl, a doedd arno ddim eisiau cael ei ferch a'i fab yng nghyfraith yno'n troi'u trwynau.

Llanwodd y teciall a pharatoi'r mygiau, y siwgwr a'r llefrith wrth i'r tri arall ddod i mewn ar ei ôl, un ar ôl y llall, ac eistedd o gwmpas y bwrdd crwn heb ddweud yr un gair wrtho fo nac wrth ei gilydd.

Sylwodd fel yr edrychai Mared o'i chwmpas gyda pheth syndod: roedd yn amlwg nad oedd hi wedi disgwyl gweld y tŷ cyn laned na mor daclus â hyn. Gwyliodd Harri ei llygaid yn neidio fel dau bryf o un peth i'r llall, a rhai pethau – y bwrdd, y cwpwrdd cornel, y ddresal – yn hen gyfarwydd iddi, hen gelfi oedd yn rhan o'i phlentyndod.

Ac fel roedd hi'n sylwi hefyd ar y pethau eraill rheiny, y pethau coll oedd wedi mynd am byth.

Dydi hyn ddim yn hawdd iddi, meddyliodd Harri. Dydi o ddim yn hawdd i'r un ohonan ni. Ond roedd yn rhaid iddyn nhw ddŵad yma, debyg iawn.

Roedd yn rhaid i Mared ddŵad adra.

Ond pam heddiw? Pam na fasan nhw wedi aros tan fory? Dyna be ddeudon nhw neithiwr ar y ffôn. Basa hynny wedi rhoi cyfla iddo fo ddŵad i nabod ychydig mwy ar Sara, i wneud rhyw ymdrech lipa i fod yn daid. Trio eto efo'r busnas mynd drosodd i Ynys Enlli. Daeth yn agos iawn at droi atyn nhw'n sydyn, fel plentyn bach a deimlai fod rhywun yn bod yn annheg, a chwyno ar dop ei lais. Ofnai mai'r unig beth a'i rhwystrai oedd y ffaith fod Mared yno, yn eistedd yno wrth y bwrdd – ia, *Mared*, ar ôl yr holl amser. Roedd Harri bron â marw eisiau troi a syllu arni, syllu syllu syllu am hydoedd, ond ofnai y byddai'n gwneud ffŵl ohono'i hun am yr eildro heddiw, eto fyth mewn cegin.

Ceisiodd ddweud wrtho'i hun: Ma hyn yn gyfla i chdi, Harri, yn gyfla gwych i chdi o leia gymryd cam ne' ddau tuag at drio trwsio petha rhyngot ti a'th unig blentyn. Rw't ti wedi bod yn breuddwydio am hyn ers dros ddeuddag mlynadd bellach, am gael Mared yma, adra'n ei hôl.

Do, ond nid fel hyn. Nid fel hyn yr edrychai Mared yn ei freuddwydion, efo'i hwyneb yn galed ac mor gaeëdig, ond yn hytrach yn gwenu ac yn chwerthin ac yn ei alw fo'n 'Dad' unwaith eto wrth dynnu'i goes am ei ddillad neu'i wallt neu'i chwaeth cerddorol.

Gallai ei deimlo'i hun yn troi'n flin, yn afresymol o flin, fel petai ar fin colli'i dymer, a gwyddai fod nerfusrwydd yn cyfrannu at hyn. Fe'i clywodd ei hun yn dechrau mwydro. Am doiledau, o bob dim.

'Dwi'm 'di bod ar hyd yr A470 ers sbelan. Ro'n i'n arfar mesur y siwrna efo lle roedd y llefydd chwech. Ganllwyd, ia? Y cynta, heb gyfri Penrhyn, yndê, sy'n rhy agos i adra. Ydi un Ganllwyd yn dal yno? Llanbrynmair, wedyn, a Chaersws ar ôl hynny – roedd Llanidloes yn ormod o stop, rywsut – a Rhaeadr, yndê, jyst iawn pawb yn stopio'n fan'no, hyd 'noed os 'dan nhw'm isio mynd rhyw lawar, stopio jyst rhag ofn. A'r rhei dweutha wedyn ydi'r hen bentra bach hwnnw, Erwood, ia…?'

Torrodd Sara ar ei draws. 'Taid?'

'Mmmm?'

''Sdim pwynt, dy'n nhw ddim yn gwrando arnoch chi.'

Roedd hi'n iawn, gwyddai Harri, doedden nhw ddim yn gwrando arno fo'n paldaruo, Mared na Graham. Syllai'r ddau ar wyneb y bwrdd, eu hwynebau'n dweud yn blaen eu bod nhw'n dyheu am iddo gau'i geg. Ond yna gofynnodd Mared, heb edrych arno, 'Sgynnoch chi goffi?'

'Be? Ond dwi newydd neud te…'

'Coffi ma Graham yn 'i yfad.'

'Wel, pam ddiawl na fasa Graham wedi deud, 'ta?' – a brathodd ei dafod, yn rhy hwyr wrth gwrs, hyd yn oed i ymddiheuro am siarad mor uchel, mor siarp, oherwydd roedd Graham wedi gwingo ar ei gadair ac roedd wyneb Mared wedi troi'n galed yn ei ôl, yn galetach nag erioed.

'Ma'n oreit, Harri. Fe wnaiff te'r tro,' meddai Graham

'Na, na. Mi wna i goffi os ydi'n well…'

'Gadwch o, newch chi, ddyn,' gorchmynnodd Mared.

Ond roedd Harri'n benderfynol, a phrin y clywodd o gyfarthiad Mared.

'Ma 'na jariad o rwbath yma'n rhwla, dwi'm yn ama.' Aeth i'w gwrcwd a chwilota drwy un o'r cypyrddau. 'Mi fydda i wastad yn gofalu... Sara, w't ti wedi dŵad ar 'i draws o?' Ymsythodd ac agor cwpwrdd arall, un uchel y tro hwn. 'Mi oedd gin i fashîn gneud coffi. Coffi go iawn rŵan, efo ffilters. Ond mi roddodd rhyw ddiawl 'i bump arno fo'r llynadd, rhyw betha o ochra Dagenham. Ddown nhw ddim ar gyfyl y lle 'ma eto, mi ddeuda i hynny...'

'Taid...'

Heb iddo sylwi roedd Sara wedi codi a dod ato gan roi ei llaw yn ysgafn ar ei fraich.

'Ma'n oreit. Dyw e ddim yn bwysig, iawn?'

Hi ddyla fod yn nerfus, meddyliodd Harri, hi ydi'r un ddyla fod yn crynu fel deilan. Ond dyma hi, yn deud wrtha *i* fod bob dim yn 'oreit'.

A fi ydi'r un sy'n crynu.

Arglwydd mawr, be sy'n digwydd i mi?

Heb edrych ar y ddau wrth y bwrdd, aeth allan i'r ardd gefn am smôc.

Prin yr oedd Mared wedi edrych arno...

Na, fe'i cywirodd ei hun, doedd hynny ddim yn gywir, *roedd* hi wedi edrych arno, ond dim ond pan oedd o â'i gefn tuag ati; roedd o wedi gallu teimlo'i llygaid yn rhythu arno'n llawn dirmyg, yn llawn atgasedd, ac roedd hynny wedi gwneud iddo grynu fel deilen.

Diolch byth, meddyliodd, diolch *byth* 'mod i wedi rhowlio digonadd o smôcs neithiwr, ne' fel arall fasa gin i ddim gobaith deryn du o drio rhowlio un rŵan. Fel roedd hi, daeth o fewn dim i ollwng y tun wrth ei agor, ei fysedd wedi troi'n anufudd ac yn anhydrin. Llwyddodd, o'r diwedd, i fedru gwthio ffag rhwng ei ddannedd a'i thanio.

A thrwy'r amser gallai deimlo llygaid Mared arno drwy'r ffenest, yn ei feirniadu.

Yn ei gasáu.

Ei hogan fach o.

Mared

Mae o'n dal i smocio, felly. Dyn sy'n dysgu dim. Dyn penderfynol, styfnig. Dyn gwirion.

Dyn sy rioed wedi gwybod sut i dyfu i fyny.

Mae o'n edrych fel tramp, a dydi hynny'n ddim byd newydd chwaith.

Ond 'i fod o rŵan yn edrych fel *hen* dramp. Mi allaf ei weld o'n glir drwy'r ffenestr yn chwythu mwg i'r awyr ac yn sugno ffwl sbîd ar ei sigarét fach denau, dila. Roedd o wedi cynhyrfu'n lân, wedi chwilio drwy'r cypyrddau am y blydi coffi fel petai hynny y peth pwysicaf un dan haul. Ac mae o wedi teneuo. Fuodd o erioed yn ddyn tew, naddo, ond do'n i ddim wedi disgwyl y basa fo'n edrych mor denau, mor fregus, rywsut.

Mor eiddil... ac mor hen.

Dwi'n clywed fy hun yn siarad yn dawel, bron fel petawn i'n siarad â mi fy hun. 'Mi fasa Mam druan yn ei leinio fo am wisgo'r fath betha.'

Mae Graham yn troi ac edrych allan. 'Fydde hi?'

Edrychaf arno, wedi fy synnu gan y ffaith ei fod o wedi siarad â mi.

'Fel yna wy'n 'i gofio fe'n gwishgo erio'd. Jîns, sgidie cowboi, wasgod, denims, cryse-T...,' medd Graham.

'Ia, ond yli golwg sy arnyn nhw. Y jîns ofnadwy 'na, yn

hongian yn llac oddi arno fo. Sgynno fo ddim pen-ôl. A'r gwallt…'

'Ma'n f'atgoffa i o Vomiting Vincent,' medd Graham. 'Y blydi cardotyn 'na ti'n ei leicio, Sara – yr hen fachan? Ti'n 'bod – fe 'da'r tatŵs?'

O'r arglwydd – Graham! Cau dy geg, nei di? Dim rhyfedd fod Sara'n sbio arnat ti'n ddi-wên. Rw't ti'n gwbod i'r dim mai Seasick Steve ydi enw'r canwr. Ymdrech i dorri rhywfaint ar yr ias ydi hyn, camgymeriad bwriadol. Roedd dy duedd i ddrysu enwau pobol yn arfar bod yn jôc deuluol ar un adeg, ac rw't ti'n amlwg yn disgwyl i Sara dy gywiro, a hynny gyda gwên, er ei gwaethaf hi'i hun.

Ond nid heddiw. Ma Sara'n troi i ffwrdd mewn dirmyg. A waeth i ti heb â theneuo dy wefusau ac edrych arna i, Graham, oherwydd dw inna'n troi i ffwrdd hefyd, gan sbio allan drwy'r ffenestr unwaith eto.

'Y gwallt yna,' dywedaf. 'Mewn difri calon…'

Ac fel tasa fo wedi fy nghlywed, gwyliaf ef yn clymu'i wallt yn ôl mewn cynffon ferlen gyda thamaid o lastig o boced ei grys. Y canlyniad yw fod ei wyneb yn edrych hyd yn oed yn fwy main ac esgyrnog. Ochneidiaf a throi a gweld fod Sara – sy wedi etifeddu'r dasg o wneud paneidia – yn sefyll wrth y teciall ac yn syllu arna i.

'Be?'

Ond ysgydwa'i phen a throi'n ôl at y mygiau.

'Dim byd.'

Do'n i ddim yn leicio'r ffordd y cododd Sara gynna, a mynd ato fo, a rhoi'i llaw ar ei fraich, a siarad efo fo'n ddistaw efo'r hanner gwên yna ar 'i hwyneb.

Fel tasa hi a fo'n dallt ei gilydd i'r dim – yn barod, ar ôl dim ond diwrnod. A hwytha ddim wedi gweld ei gilydd ers dros ddeuddag mlynedd, ers pan oedd Sara ond yn bump oed.

Ma hyd yn oed ei hacen wedi newid, wedi troi'n llawer mwy gogleddol, a hynny o fewn cyn lleied o amser – yn fwy felly na phan fydd hi'n siarad efo fi, hyd yn oed.

A do'n i ddim yn leicio'r ffordd roedd hi'n sbio arna i rŵan, chwaith: fel tasa hi'n f'ystyried i'n berson truenus am feirniadu'r ffordd y mae o'n gwisgo... ac erbyn meddwl, ma hi'i hun yn bell o fod yn drwsiadus, mewn jîns a hen siwmper wlân, ddi-siâp sy filltiroedd yn rhy fawr iddi, gyda'r benelin chwith wedi breuo'n dwll, bron, a'r gwddf yn llac. Gallaf weld fod crys-T ganddi o dan y siwmper, ond does dim byd am ei thraed. O'r gorau, efallai mai dim ond newydd ddod o'r gawod y ma hi, ond y peth lleia allasai hi fod wedi'i wneud fyddai tynnu brws drwy'i gwallt: mae o'n gaglau i gyd, ac os ydi'i thaid hi'n edrych fel tramp, yna ma Sara'n edrych fel rhywbeth ddylai fod yn sefyll mewn cae, yn codi ofn ar frain.

Yn waeth na hynny, ma hi'n edrych fel hipi.

Be sy wedi digwydd iddi hi?

'Ti sy 'di bod yn glanhau'r tŷ iddo fe?'

Graham eto, wrth i Sara ddod â'r offer te at y bwrdd, a dwi'n teimlo fel ei gicio dan y bwrdd a'i gofleidio'r un pryd. Trio ysgafnhau rhywfaint ar yr awyrgylch mae'r creadur druan, dyna'r cwbwl: dwi'n gwybod hynny. On'd ydi o'n gallu gweld fod ei ymdrechion yn druenus ac yn gwneud i mi wingo?

Chwara teg, Sara'n gneud gwaith tŷ?

Ond ma Sara'n ysgwyd ei phen, gan helpu dim ar y sefyllfa drwy ddewis ei gymryd o ddifrif.

'Wy ddim 'di gneud unrhyw beth. Fel yma ro'dd e.' Eistedda a gwyro ychydig i'w hochor er mwyn curo'r ffenestr arno fo. Mae ynta'n codi'i law ond dydi o ddim am ddŵad i mewn: dim ond newydd danio sigarét arall yr oedd o pan gurodd Sara ar y ffenestr. 'Ma Taid yn ffysi iawn, yn trio cadw'r tŷ fel pin mewn papur.'

'Argol, dwi'n 'i cha'l hi'n anodd i gredu hynna,' meddwn i.

Sylla Sara arna i am ychydig dros wefus ei mŷg. Yna mae'n codi'i hysgwyddau. Does ganddi fawr o ots ydw i'n credu hynny ai peidio, medd yr ystum.

'Ie, wel – dy'ch chi'n ei chael hi'n anodd i gredu unrhyw beth da am Taid,' medd.

Edrycha drwy'r ffenestr eto ond mae o wedi crwydro o'r golwg. A dwi'n gallu deud ei bod hi'n dyheu am ei weld o'n dŵad yn ôl i mewn, neu o leiaf yn ailymddangos yn yr ardd, petai ond er mwyn iddi hi gael rhywun arall i edrych arno heblaw ei rhieni. Rydan ni'n tri yn ca'l traffarth sbio ar ein gilydd, dyna'r gwir amdani. Mae bod yma, ar ôl yr holl amser, yn teimlo bron yn swrrealaidd i mi, fel na phetawn i i fod yma. A'r lle wedi newid cymaint, ma'n anodd iawn cofio mai yn y gegin hon – yn y tŷ hwn – y cefais i fy magu.

Ma'n rhaid, fodd bynnag, i ni drio siarad.

'Sut mae o 'di bod efo chdi?' gofynnaf i Sara.

'Oreit.'

''Mond oreit, ia?'

'Dy'n ni ddim 'di gweld lot ar 'yn gilydd.'

'Nag y'ch chi?' medd Graham, yn reit goeglyd.

'Be chi'n feddwl?'

Gwna Graham sioe o edrych ar ddillad Sara cyn ysgwyd ei ben a throi i syllu allan drwy'r ffenestr. Edrycha fel petai o wedi llyncu mul ar ôl i'w ymdrechion i dorri'r ias fethu mor drychinebus.

Mae gwg Sara i'w gyfeiriad yn un ffyrnig. Nefoedd yr adar, ma hi mor amddiffynnol ohono fo! Bron ei fod yn codi ofn arna i. Gwnaf ymdrech i wenu arni. Codaf fy llaw i frwsio ffrinj gwallt Sara i'r ochor ond mae'n symud ei phen oddi wrtha i, heb dynnu'i llygaid oddi ar ei thad. Rhythaf arni, fy llaw i fyny yn yr awyr rhyngddyn nhw, wedi rhewi.

'Sara?' dywedaf. Yna, 'Sara!'

O'r diwedd, dyma hi'n troi ac yn edrych arna i.

'Gwranda, pwt. Ma dy dad a finna... wel, mi fedri di ddychmygu nad ydan ni isio gorfod byw trw' noson arall fel neithiwr eto. Byth, yn 'yn bywyda.'

'Wedes i 'mod i'n oreit. Sawl gwaith.'

'Naddo, wnest ti ddim.' Mae Graham yn siarad fel petai o'n siarad efo'r ffenestr, yn dynn trwyddo fel tant telyn ac yn amlwg yn ymdrechu'n galed i gadw'i lais heb grynu. 'Wnest ti ddim *dweud*, Sara. Dim ond anfon negeseuon tecst. 'Da phethe felly, 'sdim sicrwydd mai'r person sy piau'r ffôn sy'n eu hanfon nhw.' Mae'n troi o'r diwedd a syllu arni. 'O's unrhyw syniad 'da ti faint o boen meddwl wnest ti achosi i dy fam a minne? O's unrhyw *ots* 'da ti?'

Rhytha'r ddau ar ei gilydd dros y bwrdd. Yna mae Sara'n codi'n sydyn ac estyn pâr o sanau sy ganddi'n sychu ar y gwresogydd.

Syllaf innau i lawr ar ei phen wrth iddi wyro ymlaen a thynnu'r sanau dros ei thraed.

'Sara, wy'n siarad 'da ti...,' cychwynna Graham, ond gwnaf ystum diamynedd arno i dewi.

Lle w't ti, Sara? Lle w't ti wedi mynd, mor sydyn? Teimlaf y blinder mwyaf ofnadwy yn llifo drostaf, fel petai rhywun yn sefyll y tu ôl imi ac yn arllwys llond pwced o driog trwm dros fy mhen a'm hysgwyddau. A phan drof at fy ngŵr, gwelaf ei fod yntau'n edrych yr un mor lluddedig â mi, yr un mor ddiymadferth.

Ymsytha Sara a chodi eilwaith, y tro hwn i estyn pâr o dreinyrs o gysgod y gwresogydd. Unwaith eto'r gwyro wrth iddi lithro'i thraed i mewn iddyn nhw a'u clymu ynghau. Mae'r hen siwmper goman yna mor fawr amdani fel bod y llewys yn llithro dros ei dwylo, ac am ryw reswm mae'r peth bychan hwn yn mynd ar fy nerfau yn y modd mwyaf ofnadwy. Gwyraf ymlaen ac i lawr. 'Pam na wnei di dorchi'r llewys 'ma, neno'r tad...?' cychwynnaf ddweud, dim ond i Sara saethu oddi wrtha i fel petawn i wedi bygwth ei llosgi â phrocer poeth.

'Peidiwch!'

'Argol fawr, Sara, 'mond...' Rhythaf arni, wedi'm dychryn gan ei hymateb ffyrnig. 'Be sy?'

'Dim byd, ocê? Jyst – gadwch lonydd i mi, Mam.' Eistedda gyda'i breichiau wedi'u plethu dros ei bronnau. 'Doedd dim ishe i chi ddod yma yn y lle cynta, oreit?'

Graham a Mared

Credai Graham ei fod o wedi gwneud yn dda i beidio â ffrwydro cyn rŵan, a bod yn hollol onest.

Ers diwedd prynhawn ddoe – ers iddo fo a Mared ddeall nad wedi mynd allan am y dydd yr oedd Sara wedi'r cwbwl ond wedi diflannu i Duw a ŵyr ble – bu ei emosiynau dros y lle i gyd.

Poeni i gychwyn, wrth gwrs, Mared ac yntau, poen oedd yn cael ei fwydo gan ofn a'r ofn hwnnw yn ei dro yn gwledda ar y poen: *lle oedd hi*? A'r holl ffonio – ffonio ffrindiau Sara, ffonio'i rieni ef yn Ynys-y-bwl, ffonio'i frawd yng Nghastellnewydd Emlyn a'i chwaer ym Manceinion, cyn ildio i'r ofn eithaf a ffonio'r heddlu gyda'r syniad hunllefus yng nghefnau eu meddyliau y gallai rhywun-rywun fod wedi anfon y negeseuon tecst rheiny.

A'r ddau ohonyn nhw wedyn bob yn ail uwchben y toiled yn chwydu cyfog gwag nes bod eu gyddfau'n llosgi.

Yna'r rhyddhad meddw pan ffoniodd y bitsh fach o'r diwedd – o'r diwedd – a dweud ei bod hi'n iawn, ei bod hi yma yn y twll-din-byd o le yma efo'r blydi *ageing hippy* hwn, y blydi *loser* sgraglyd hwn, y ffrîc, y jôc oedd, rywsut neu'i gilydd, wedi llwyddo i genhedlu Mared.

Hwn!

Ac ar ôl hynny, y llid yn ei gorddi fwy a mwy wrth iddo orfod ymddiheuro wrth yr heddlu, wrth yr holl ffrindiau a pherthnasau, a dweud yr un peth drosodd a throsodd: 'Ma'n oreit, ma Sara'n oreit, diolch byth, wedi mynd i edrych am ei thad-cu lan yn y Gogledd ma hi…'

Y bitsh fach ddifeddwl, hunanol, anniolchgar, dwp!

'… na, na, 'sdim ishe becso, ddim o gwbwl, fe fydd hi'n ôl gartre fory, ni am fynd lan ben bore fory i'w moyn hi…'

Y bitsh fach anystyriol, greulon, wyneb-galed, dwp! Pam yffach 'n i wedi dod yn agos at lefen pan weles i hi'n ishte ar y grishe 'na'n gynharach heddi? Dylen i fod wedi cydio ynddi a'i llusgo hi mas o'r tŷ yma ac i miwn i'r car a'i gyrru hi'n ôl gartre, yn lle ishte yma'n yfed y te yffernol 'ma ac yn gryndo arni hi'n siarad i lawr 'da Mared a fi fel taen ni'n… fel taen ni'n…

Fel taen ni'n neb.

Felly gwylltiodd Graham, a churo wyneb y bwrdd gyda'i law agored nes bod ei gledr yn tincian, a dweud: ''Na ddigon, ti'n clywed? 'Na ddigon ar y crap yma, Sara!'

Roedd o wedi codi'i lais, wedi gweiddi hyd yn oed, yn ddigon uchel i ddenu sylw'r ffrîc, y jôc, y *loser* allan yn yr ardd.

'Wy 'di ca'l llond bola o'no fe – ac ohonot ti'n meddwl am neb ond ti dy hunan.' Cododd i'w sefyll. 'Ble ma dy ddillad di?'

Roedd Sara'n syllu arno, ei hwyneb yn wyn.

'Beth?' gofynnodd yn hurt.

'Dy ddillad di. Dy bethe di i gyd – ble ma nhw?'

'Lan… lan stâr…'

'Cer i moyn nhw.'

'Beth? *No way…*'

'Nawr, Sara!'

'Na!'

Neidiodd llygaid Sara at ei mam, ond doedd dim help, dim cefnogaeth, ganddi hi. Yn hytrach, meddai Mared, 'Wa'th i ti'u nôl nhw ddim, pwt. Gora po gynta y cychwynnwn ni'n 'yn hola.'

Roedd y ddau'n syllu arni, yn disgwyl iddi nodio a chodi'n ufudd a mynd i fyny'r grisiau i nôl ei sach deithio.

Yn disgwyl iddi ufuddhau, fel arfer.

Fel sombi.

Felly ysgydwodd Sara'i phen, yn araf ond yn bendant, a dywedodd, 'Na. Wy ddim yn dod yn ôl 'da chi.'

'O, paid â siarad mor blydi…!' Camodd Graham yn ei ôl oddi wrth y bwrdd, fel petai arno ofn y byddai, fel arall, yn ei godi a'i droi drosodd. 'Rw't ti *yn* dod 'nôl 'da ni, hyd 'no'd os o's raid i ni dy lusgo di gartre bob cam…'

'Dad, fi ddim.'

'Os y't ti'n meddwl ein bod ni 'di gyrru'r holl ffordd 'ma am ddim rheswm…'

'Wnes i ddim gofyn i chi ddod yma, naddo? Do'n i ddim ishe i chi ddod yma, ond ches i ddim dewis, naddo? Fel arfer…'

'Sara…'

'Wy ddim yn dod!'

'Cer lan y stâr nawr, Sara, ne' myn yffarn i…'

'Beth, Dad? Myn yffarn i – beth?'

Rhythodd arno, a gwelodd Graham ei fod o wedi colli'r frwydr. Roedd y braw cyntaf, annisgwyl hwnnw'n barod wedi dechrau pallu, ei lais wedi gwanhau. Rhefru'r oedd o bellach. Brygowthan. Dyna'r cwbwl. Beth oedd y dyfyniad hwnnw o *Macbeth*? 'Full of sound and fury, signifying nothing.' Gwyddai hynny'i hun, a gwyddai Sara hynny hefyd – roedd i'w weld ar ei hwyneb yn hollol glir.

Roedd ei hwyneb yn dal yn wyn ond roedd golwg benderfynol arno, ac am ennyd gwelodd Graham rith o'r plentyn bach ystyfnig a arferai wrthod yn lân â mynd i'w gwely nes ei bod hi'n barod i fynd, ac a eisteddai yno'n brwydro'n galed yn erbyn cwsg, ei llygaid yn agor a chau a'i hwyneb yn llac ac yn swrth, nes o'r diwedd iddi bendwmpian ac yna cysgu'n sownd a gorfod cael ei chario i'w gwely.

Ond wrth gwrs, roedd hi'n rhy hen erbyn hyn i Graham allu ei chario i unman, dim ots faint yr oedd o'n ysu am gael ei chludo allan o'r tŷ a'i sodro ar sedd gefn y car, ei sodro yn y bŵt os buasai'n rhaid. Trodd oddi wrthi ag ebychiad oedd i fod i gyfleu rhywbeth-neu'i-gilydd, popeth efallai, popeth a deimlai, ond a oedd mewn gwirionedd yn cyfleu dim byd o gwbwl. Trodd at y ffenestr y safai Harri'r ochr arall iddi, wedi hanner troi i gyfeiriad y tŷ wrth godi gweddillion un o'i sigaréts afiach i'w geg. Cwrddodd llygaid y ddau am eiliad, rhai brown Graham yn dawnsio gyda rhwystredigaeth a rhai gleision Harri'n llonydd.

Graham oedd y cyntaf i edrych i ffwrdd.

'Mared,' meddai. Eisteddodd yn ei ôl wrth y bwrdd, ei goesau'n wan fel petai o newydd gerdded i fyny'r Wyddfa, a chur poenus yn cychwyn rhwng ei aeliau. 'Mared, gwed rywbeth, nei di?'

'Pam?' meddai Sara, mewn tipyn o hwyl yn awr. ''Sdim pwynt iddi ddweud dim byd, 'sdim pwynt i'r un o'noch chi. 'Se chi ond wedi gofyn i mi, dros y ffôn, 'sen i 'di dweud wrthoch chi fod 'na ddim pwynt i chi ddod yma heddi, 'chos dwi ddim yn dod 'da chi. Man a man i chi dderbyn hynny nawr…'

'Sara,' meddai Mared, ar ei thraws. 'Sara. D'wt ti ddim yn deg iawn efo ni. Dw't ti ddim yn meddwl?'

'Beth?'

'Roedd yn rhaid i ni ddŵad yma heddiw, siŵr,' meddai Mared.

Edrychodd allan at ei thad.

'Doeddan ni ddim isio gorfod dŵad yma, mi ddeuda i gymint â hynny wrthot ti.' Trodd yn ôl at Sara. 'Roeddan ni isio dy weld ti, yn doeddan. Chwara teg. Hyd yn oed os nad w't ti isio'n gweld ni.' Petrusodd am eiliad. 'Am ryw reswm…'

Ochneidiodd Sara gan edrych fel ei bod ar fin codi o'r bwrdd a mynd i rywle. Rhewodd wrth i Mared osod ei llaw'n ysgafn ar ei llaw hi.

'Fedri di o leia fod yn ddigon cwrtais rŵan i ddeud wrthan ni *pam*, Sara?'

Ysgydwodd Sara'i phen.

'Ydan ni wedi gneud rhwbath i dy frifo di? Ne' ydan ni wedi pechu'n dy erbyn di mewn rhyw ffordd?'

Roedd llygaid Sara wedi'u hoelio ar lawes ei siwmper. Tybiodd Mared mai rhythu ar ei llaw hi yr oedd Sara, yn rhythu arni fel petai Mared wedi gosod rhyw bry copyn mawr blewog a gwenwynig ar ei harddwrn.

'Ma'n rhaid ein bod ni wedi gneud *rhwbath*.' Gwasgodd Mared ei llaw a chael dim ymateb. 'Ma'n rhaid i mi ddeud, pwt — yr argraff gawson ni, dy dad a fi… wel, mae o fath â 'sa chdi'n trio gneud ati 'n cosbi ni am rwbath ne'i gilydd. I'n brifo ni. Bron fel tasat ti'n ein casáu ni. Dydw i ddim yn iawn, gobeithio?'

Ysgydwodd Sara'i phen eto. Ochneidiodd Mared yn

uchel a gollwng ei llaw, ac yn syth bin symudodd Sara'i dwylo oddi ar y bwrdd a'u gosod o'r golwg ar ei glin.

'Wel, pam gythral ddoist ti yma, 'ta? Yma, dwi'n 'i feddwl. Yma, o bob man. At... ato *fo*.'

'Wy ddim yn gwbod, Mam...'

'Dw't ti ddim hyd yn oed yn 'i nabod o, dw't ti ddim wedi taro llygad arno fo ers pan oeddat ti'n ddim o beth.'

Sylweddolodd Mared ei bod hi, er ei gwaethaf hi'i hun, yn dechrau colli arni. Roedd hi'n iawn – neu felly y credai, o leiaf – pan geisiai resymu efo Sara, ond cyn gynted ag y dechreuodd hi sôn am ei thad...

'Naddo, wy'n gwbod hynny...,' meddai Sara.

'Pam, 'ta? Dŵad yma'r holl ffordd, at hwn o bawb. Fasat ti ddim wedi gallu meddwl am waeth ffordd o fy mrifo i...' Edrychodd Sara arni'n siarp, fel petai hi'n gwybod beth oedd am ddod nesaf ac yn ei herio hi i ddweud y geiriau. 'Mae o'n ddyn ofnadwy, tasat ti 'mond yn gwbod...'

Roedd Sara ar ei thraed yn awr, wedi codi oddi ar ei chadair fel petai hi'n gadair drydan.

'Dyw e ddim!'

'Sara...'

'Dyw e ddim yn ddyn ofnadwy, 'sdim ots 'da fi *be* chi'n weud!'

Trodd Sara'n sydyn a mynd o'r gegin. Roedd ei chôt yn hongian ar beg wrth y drws ffrynt. Tynnodd hi amdani, cydio'n ei bag a mynd allan gan gau'r drws ffrynt ar ei hôl.

Yn y gegin, meddai Mared: 'Graham...'

Rhoes ei llaw agored ar y bwrdd. Roedd hi'n crynu. Cydiodd Graham ynddi'n dynn.

Harri

Heddiw, meddyliodd Harri, ydi'r tro cynta i mi weld wynab f'unig blentyn ers dwi ddim yn cofio pryd.

Ydw, dwi *yn* cofio pryd.

Ers diwrnod cynhebrwng Mai.

Ond dwi ddim isio cofio amdano.

Dyna pam dwi'n ca'l traffarth edrych ar wynab Mared. Ei hwynab diarth hi, erbyn hyn. Ac ma hitha'n ca'l yr un draffarth i sbio arna inna. Y ddau ohonan ni'n methu â sbio ar ein gilydd.

Ond am resyma gwahanol.

Diffoddodd ei ail sigarét, wedi ei smocio nes bod fawr mwy na sneipan o faco a phapur ar ôl. Cofiai fel yr oedd o neithiwr – dim ond ychydig oriau'n ôl, Dduw mawr! – ar ôl setlo Sara yn y llofft fach yn y tŷ, llofft Mared, wedi dychwelyd i'r garafán a rhowlio sbliff er mwyn ceisio ymlacio, er mwyn ceisio ymdopi â'r syniad o'r niwsans a gysgai yn y llofft fach uwchben y gegin, llofft Mared pan oedd hi'n blentyn, ond fel yr oedd o wedi'i chael hi'n amhosib i setlo, gan estyn ei gitâr a'i gadw'n ôl, droeon, ar ôl dim ond ychydig o gordiau.

Fel roedd o wedi sefyll yn yr ardd yn syllu ar ffenestri llofftydd y tŷ efo'r dagrau'n powlio i lawr ei wyneb.

'Lle ma Sara?'

Arhosodd yn stond yn nrws y gegin. Roedd y ddau ohonyn nhw'n eistedd yn llonydd, llaw chwith Mared ynghlwm yn llaw dde Graham, ac roedd Harri'n brwydro'n galed yn erbyn y teimlad o banig a ruthrai drwy'i gorff pan welodd fod Sara wedi mynd o'r ystafell a'i fod o yno ar ei ben ei hun efo'i ferch a'i fab yng nghyfraith.

Ddywedodd Mared ddim byd, ac ymhen hir a hwyr meddai Graham, 'Sai'n gwbod, Harri. Mas... a'th hi mas, trw'r ffrynt.'

'O...'

Edrychodd i gyfeiriad y drws ffrynt, i fyny'r pasej drwy ddrws agored y gegin, fel petai'n gobeithio y byddai'n agor led y pen ohono'i hun ac y byddai corwynt cryf yn ei rwygo fo allan o'r tŷ fel rhywun yn cael ei sugno allan o awyren.

Cododd Mared ei phen yn araf gan syllu arno'n llawn am y tro cyntaf ers iddi gyrraedd yma heddiw.

'Be ddiawl 'dach chi wedi'i neud iddi?' meddai.

Rywsut, llwyddodd Harri i gael y nerth i gau'r drws cefn ar ei ôl yn hytrach na chamu allan drwyddo wysg ei gefn.

'Dyna'n union be ro'n i am 'i ofyn i chi'ch dau,' meddai.

'Be ti'n feddwl, Harri?' Graham oedd hwn, yn gwgu'n gas – neu cyn gased ag y mae'n bosib i ddyn pen ŵy a locsyn bwch gafr ei wneud, meddyliodd Harri.

'Wel, yma ma'r hogan, yndê? Ddim adra, yng Nghaerdydd.'

Eisteddodd ar gadair Sara a sylwodd ar Mared yn tynhau drwyddi: roedd hi'n rhythu unwaith eto ar wyneb y bwrdd.

'Wna'thon ni ddim byd iddi, siŵr.'

Roedd Graham yn dal i guchio dros y bwrdd ar Harri. Be fasa'n digwydd taswn i'n ymestyn dros y bwrdd yma a rhoi plwc chwareus i'w blydi locsyn bach ponsi fo, sgwn i? meddyliodd Harri.

''Mond diwrnod...,' meddai Mared, ychydig yn feddylgar, fel tasa hi'n siarad efo'r bwrdd. ''Mond diwrnod – na, llai na hynny, a bod yn fanwl gywir. Chydig o oria, efo chi – ac ylwch golwg sy arni hi.'

'Sori?'

'Golwg y diawl. Ma hi'n edrych fel... fel jipsan.' Ysgydwodd Mared ei phen yn araf. 'A phetha erill, 'efyd. 'I chymeriad hi... y ffordd roedd hi'n siarad efo ni – yn sbio arnon ni. Fel tasan ni'n ddau berson diarth... Dwi'n teimlo fath â 'mod i wedi colli nabod arni hi.'

Gwasgodd Graham ei llaw. 'A finne.' Edrychodd eto ar Harri. 'Odi hi 'di gweud unrhyw beth wrthot ti? Unrhyw eglurhad pam ei bod hi yma?'

'Dim gair.'

'Wy'n ffeindio hynna'n anodd iawn i'w gredu,' meddai Graham, 'a chithe'n amlwg yn shwt ffrindie.'

'Dim gair ddeudis i, Graham.' Edrychodd i fyw llygaid ei fab yng nghyfraith. *Paid ag edrych i ffwrdd, Harri...* Ond gallai deimlo'i lygaid yn ysu am gael symud, felly dywedodd: 'Ro'n i'n cymryd fod 'na ffrae wedi bod rhyngthoch chi'ch dau a Sara. Hymdingar o ffrae.'

O'r diwedd, edrychodd Graham i ffwrdd gan dynnu'i law dros ei gorun llithrig.

'Dim shwt beth,' meddai. 'Ro'dd e'n shwt sioc i ni, neithiwr... yn do'dd e, Mar?'

Mar... Marsi-pŵ... Marsipan...

Caeodd Harri'i lygaid am eiliad: roeddynt yn llosgi.

'Ddaru hi mo'ch ffonio chi ymlaen llaw, gobeithio?'

Sylweddolodd mai hefo fo roedd Mared yn siarad. Agorodd ei lygaid. 'Naddo, siŵr Dduw. Mi ges inna sioc 'efyd, pan gyrhaeddis i adra'n hwyr neithiwr a'i gweld hi yma'n disgwyl amdana i. Sioc ar 'y nhin. Be ddigwyddodd, 'ta?' meddai. 'Tra o'n i allan gynna?'

Yr ysgydwad pen diamynedd hwnnw gan Mared eto fyth. Roedd y persawr drud a wisgai'n dechrau troi arno.

'Y peth ydi...,' cychwynnodd.

Oedden nhw'n gwrando arno fo, hyd yn oed? Ta waeth.

'Y peth ydi, rydan ni'n reit agos at ddiwadd Mawrth yn barod. Fwy ne' lai. Gofioch chi droi'r clocia neithiwr, gyda llaw?'

Cododd Graham ei ben ac edrych arno'n hurt.

'Unwaith y bydd hi'n Basg... wel, mi fydd gin i bobol

yma wedyn. Yn aros. Tan ddiwadd yr ha – reit at ddiwadd mis Medi.'

Dechreuodd y ffrij ganu grwndi gan swnio'n anghyffredin o uchel. Yna meddai Mared, heb edrych arno, 'Pa bobol?'

'Be?'

'Pa bobol?' meddai eto, gan droi'i phen yn araf ac edrych arno. 'Pwy 'dach chi'n eu hel yma?'

Edrychodd Graham arno'n awr hefyd, ill dau yn ei lygadu â chryn nerfusrwydd, a gwyddai Harri eu bod nhw'n dychmygu ei fod o am droi'r lle yn rhyw fath o Woodstock neu Ynys Wydrin.

'O... ysti – fusutors.'

'Pobol ddiarth?'

'Ia.'

''Dach chi'n cadw pobol ddiarth yma? Yn y tŷ 'ma?'

'Yndw.'

Syllodd Mared arno, ei hwyneb yn dangos dim.

'Bob ha rŵan ers... o, ers blynyddoedd bellach,' meddai Harri. 'Dyna be dwi'n neud, i ga'l pres. I fyw. Mi fydda i'n gosod y tŷ cyfan, i deuluoedd gan amlaf... Dwi'n llawn leni... a'r llynadd, yn llawn dop. Ma dipyn go lew ohonyn nhw'n dŵad yn ôl yma flwyddyn ar ôl blwyddyn.'

Roedd hi'n dal i syllu arno, ac er ei fod o'n eistedd wrth y bwrdd teimlai Harri bron fel ei fod o'n symud o un droed i'r llall, fel hogyn bach euog yn gorfod egluro'i hun wrth rywun mewn awdurdod.

'Dwi'm yn cysgu yma,' meddai. 'Dwi mewn carafán, rownd y cefn.'

'Mewn carafán.'

'Ia. Trw'r flwyddyn, bellach. Yma ma Sara 'di bod. Ond, unwaith y bydd hi'n Basg...'

'Wy'n clywed be ti'n ei weud, Harri.' Graham oedd hwn,

yn adfywio trwyddo. 'Paid becso, ma hi'n dod gartre 'da ni heddi, oreit?'

'Ddaw hi ddim, Graham,' ochneidiodd Mared. 'Mi glywist ti be ddeudodd hi. Ma hi'n benderfynol 'i bod hi am aros yma.'

'Ond allith hi ddim!'

Cododd Graham a cherdded at y ffenestr. Un ai hynny neu daflu'r gadair drwy'r ffenestr, meddyliodd. Sylwodd o ddim ar y tristwch chwim a wibiai drwy lygaid Mared wrth iddi syllu ar ei llaw, yn wag yn awr.

'Beth am ei gwaith ysgol hi?' meddai Graham wrth yr ardd gefn. 'Ma hi'n sefyll ei Lefel A ymhen ychydig dros flwyddyn…'

Y tu allan, nodiodd y cennin Pedr yn goeglyd yn y gwynt. Trodd.

'Dim rhybudd,' meddai eto. 'Dim rhybudd o gwbwl…'

'Naddo?' meddai Harri.

Un gair bychan.

Trodd Graham. 'Beth?'

Roedd Mared hefyd yn rhythu arno ag anghredinedd. 'Chi… 'dach chi – o bawb – yn meiddio'n cyhuddo ni o beidio sylwi fod 'na rwbath yn bod ar 'yn plentyn ni?'

Ochneidiodd Harri. 'Wnes i mo'ch cyhuddo chi o gythgam o ddim byd. 'Mond awgrymu… wel, ella basa gynnoch chi fwy o glem na sgin i.' Edrychodd o un i'r llall ond roeddynt ill dau wedi dychwelyd at syllu ar y bwrdd. 'Be oedd gan 'i ffrindia hi i'w ddeud?'

Yn hytrach na'i ateb, cododd Mared oddi wrth y bwrdd. Wrth y drws, trodd ac edrych ar ei thad.

'Arglwydd mawr…,' meddai.

Gwrandawodd y ddau ddyn arni hi'n mynd i fyny'r grisiau a chau drws yr ystafell ymolchi. Doedd Harri ddim wedi bod ar gyfyl yr ystafell ers iddo setlo Sara neithiwr, ond gallai ddychmygu fod ei phethau hi i'w gweld dros y lle i gyd. Ei dillad, ei geriach ymolchi, ei… ei stwff.

Roedd Mared yn siŵr o edrych ar bopeth, amryw ohonyn nhw'n boenus o gyfarwydd iddi. Dychmygodd Harri hi'n dal crys-T i'w thrwyn, arogl Sara'n llenwi'i ffroenau wrth i ddagrau ei mam wlychu'r defnydd.

Mared a Graham

Daeth Mared o'r ystafell ymolchi i glywed synau'n dod o'i hen ystafell wely hi.

'Sara?'

Edrychodd Graham i fyny, ychydig yn euog: roedd sach deithio Sara'n swatian yn gegagored ar y gwely o'i flaen ac yn foliog gyda dillad Sara.

'Be ti'n neud?'

'Wy'n cymryd fod ei phethe ymolchi hi yn y bathrwm?'

Ochneidiodd Mared.

'Graham, ella y dylan ni…'

'Na,' meddai Graham ar ei thraws. Edrychodd o gwmpas yr ystafell, ar y droriau agored a'r cwpwrdd dillad lle roedd yr hangyrs yn dal i sibrwd tincian wrth grynu'n erbyn ei gilydd. 'Yr unig beth y dylen ni'i wneud yw ei sodro hi yn y car a mynd â hi'n ôl gartre.'

'Ia, ond…'

'Dyna pam y da'thon ni 'ma, ontefe?' Diflannodd Graham i gyfeiriad yr ystafell ymolchi.

Arglwydd mawr, dwi 'di blino, meddyliodd Mared. Eisteddodd ar erchwyn y gwely. Sylweddolodd na fedrai gofio sut bapur oedd ar y muriau'r tro diwethaf iddi gysgu yma, pan oedd yma'n dal yn adra iddi. Ond roedd ganddi bosteri o bob mathau dros bob modfedd o'r waliau, erbyn meddwl: grwpiau a chantorion pop o'r wythdegau oedd y rhan fwyaf ohonyn nhw. Duran Duran, ABC, Blondie, Madness, Paul Young, Gary Numan, Howard Jones, Boy George a Frankie Goes to Hollywood.

A'i thad, wrth gwrs, yn ffieiddio at bob un ohonyn nhw. *Sbia ar y rhein, myn diawl. A hwn – mewn siwt... siwt!*

Llais ei mam, wedyn: *Gad lonydd i'r hogan. Ti'n gwbod dy fod ti'n swnio'n union fel roedd ein rhieni ni'n swnio pan oeddan ni'n dînejyrs, yn dw't?*

Ac wedi elwch, tawelwch fu. Roedd Mam wastad yn gwbod sut i gau'i geg o, meddyliodd Mared. Cododd a chroesi at y ffenestr. Yr un hen olygfa gyfarwydd honno y bu'n hiraethu cymaint ar ei hôl yn ystod ei mis cyntaf yn y coleg. Y môr, y Greigddu, y twyni a'r moresg ar eu pennau fel gwalltiau pync-rocyrs. Yr awyr anferth...

'Reit – 'na'r cyfan, wy'n credu.'

Trodd Mared, ychydig yn flin â'i gŵr am dorri ar draws ei hatgofion. Gwyliodd ef yn gollwng bag ymolchi Sara i mewn rhwng safnau'r sach a chau'r sip gyda sŵn fel rhechan bowld. Edrychodd Graham i fyny a'i gweld yn syllu arno.

'Wy ddim am gymryd dim rhagor o'r crap yma, Mared, oreit? Ma hi'n dod gartre, a 'na ddiwedd ar y peth. Cyn gynted ag y daw hi'n ei hôl.'

Cydiodd yn y sach deithio a'i dal yn erbyn ei fol fel petai arno ofn i Mared ddeifio dros y gwely a'i rhwygo oddi arno.

Yn hytrach, cerddodd Mared heibio iddo heb ddweud gair ac allan o'r ystafell. Aeth i lawr y grisiau ac allan drwy'r drws ffrynt.

'Mared?'

Aeth Graham draw at y ffenestr ac edrych allan i weld Mared yn cerdded oddi wrth y tŷ. Roedd ei thad yn hofran wrth y giât. Edrychodd i fyny'n nerfus wrth i Mared gerdded am y giât. Disgwyliai Graham iddi aros a dweud rhywbeth wrtho: roedd Harri'n amlwg yn disgwyl hynny hefyd.

Ond cerddodd Mared heibio iddo yntau hefyd – heb ddweud yr un gair hyd y gwelodd Graham – allan i'r ffordd a throi i gyfeiriad y traeth. Trodd Harri'i ben a'i gwylio'n mynd. Yna trodd a chrwydro i gyfeiriad y tŷ. Amhosib oedd dweud, wrth geisio darllen ei wyneb, beth a wibiai drwy'i feddwl.

Teimlodd Graham weillen o boen yn saethu drwy'i dalcen. Caeodd ei lygaid a gwasgu top ei drwyn, rhwng ei aeliau. Cododd pwys sydyn yn ei stumog ac ofnai am ennyd ei fod am chwydu yn y fan a'r lle. Yna setlodd ei stumog yn ôl a diflannodd y boen.

Ymsythodd, gan deimlo'n well ac yn fwy o gwmpas ei bethau.

Gyda'r sach deithio yn ei ddwylo, aeth o'r ystafell ac i lawr y grisiau, allan drwy ddrws agored y tŷ ac at y car. Agorodd y bŵt a gollwng y sach i mewn iddo, yna'i gau.

'Paid â gneud hyn, Graham.'

Safai Harri'n awr yn gorffwys ei ben-ôl ar fŵt ei Fiesta, sigarét denau arall yn mygu rhwng ei fysedd. Siarad roedd o â'r tu ôl i ben moel Graham, a bwysai'n erbyn ochr ei Audi efo'i freichiau wedi'u plethu'n benderfynol. Yn ystrydebol felly, yn nhyb Harri, fel petai rhyw gyfarwyddwr ffilm gwael wedi dweud wrtho fo am edrych yn benderfynol.

Ac roedd hanner ôl yr Audi rhwng y Fiesta a'r giât, felly ni fedrai Harri fod wedi neidio i'w gar a mynd i chwilio am Sara, a'i rybuddio.

'Rhwng Mared, fi a Sara ma hyn nawr, Harri, diolch yn fawr.' Atebodd Graham ef heb droi'i ben, ei lygaid wedi'u hoelio ar y giât a'r ffordd.

'Ti'n meddwl?'

'Ni'n ddiolchgar i ti am ddishgwl ar 'i hôl hi neithiwr. Ond cyn gynted ag y daw Sara'n ei hôl...'

'Yli, dwi ddim isio unrhyw giamocs, pobol yn ypsetio a ballu.'

Trodd Graham ac edrych arno dros ei ysgwydd. 'Ie, wel – do'dden ninne ddim ishe 'ny chwaith, Harri. Ond g'athon ni ddiwrnod a nosweth hir o fod yn ypsét, oreit?'

'O leia tynna'r sach allan o'r bŵt.'

'Dyw hi ddim am roi'r un dro'd dros riniog y tŷ 'ma eto, Harri.'

Trodd yn ei ôl gan gefnu ar Harri.

''Sdim rhaid i ti aros yma, ta beth. Cer di'n ôl i'r garafán os ti moyn, aros yno nes ein bod ni 'di mynd.'

'Diawl o beryg.'

'Jyst paid â busnesa 'te, oreit? Fel y gwedes i, rhyngon ni'n tri ma hyn. Mared, Sara a finne.'

Ddywedodd Harri ddim byd. Ond roedd o'n dal yno pan edrychodd Graham dros ei ysgwydd ar ôl munud neu ddau.

Sara a Mared

Yn ôl ar y traeth eto fyth, eisteddai Sara yng nghanol y twyni a'i chefn at y gwynt.

Felly, meddai wrthi hi'i hun, dwyt ti ddim am fynd gartre. Mmm-hmm. Iawn, o'r gore.

Beth, felly, wyt ti am ei wneud?

Aros yma?

Gyda Mr Croeso Cynnes 2011?

Ond doedd y ffugenw hwnnw ddim mor finiog erbyn hyn. Roedd ymddygiad ei thaid yn y gegin wedi ei synnu. Wedi ei dychryn, hefyd: roedd o fel petai ofn ei mam a'i thad arno.

Ac roedd hynny wedi ei chyffwrdd mewn ffordd ryfedd ac annisgwyl. Dyna pam y bu iddi godi oddi wrth y bwrdd a mynd ato wrth iddo chwilota'n ofer drwy'r cypyrddau am jar o goffi nad oedd yn bodoli. A phan gyffyrddodd hi â'i fraich roedd Harri'n crynu cymaint, teimlai fel petai hi wedi cyffwrdd â pheiriant golchi. Roedd o wedi troi ati hi'n wyllt, a dyna'r tro cyntaf, sylweddolodd Sara, i'w llygaid nhw gwrdd go iawn, ac roedd Sara wedi dod o fewn dim i gamu'n ôl oddi wrtho oherwydd yr hyn a welodd yn llenwi llygaid ei thaid.

Roedd o mor gyfarwydd iddi. Onid oedd hi wedi'i weld o droeon, yn ei llygaid hi'i hun? Ac yna, wedi iddo fynd allan i'r ardd gefn – wedi iddo ffoi yno – gan adael drws y cwpwrdd yn agored, gwelodd Sara'r bwydydd roedd Harri wedi'u prynu iddi'n gynharach: rhaid ei fod o wedi bod yma'n eu cadw tra oedd hi yn y gawod.

A phan agorodd ddrws yr oergell wrth wneud paned i'w rhieni, gwelodd y cyw iâr a brynodd Harri, wedi'i roi ar blât yn barod i'w goginio.

Tan hynny, doedd hi ddim wedi bwriadu dweud wrth ei rhieni nad oedd hi am fynd adref gyda nhw. Ond pan glywodd hi'i hun yn dweud y geiriau, roedden nhw wedi swnio mor naturiol, mor *iawn*.

Fel petaen nhw wedi bod yn aros am gael eu dweud.

A'r sioc, wedyn, ar wynebau ei mam a'i thad.

Gwelodd symudiad drwy gornel ei llygad a throdd ei phen i weld ei mam yn cyrraedd y traeth. Arhosodd Mared ac edrych o'i chwmpas, i fyny ac i lawr y traeth, yn amlwg yn chwilio amdani hi, Sara.

Gallwn guddio, meddyliodd. Mater bach fyddai gorwedd ar fy mol yng nghanol y twyni yma. Ond yn lle hynny, safodd, gan aros yno'n llonydd nes i ben ei mam droi i'w chyfeiriad.

Meddyliodd i ddechrau fod ei mam yn crio.

'Nac 'dw i, tad.' Sychodd Mared ei llygaid gyda hances bapur o'i bag. 'Y gwynt sy'n gneud iddyn nhw ddyfrio. Wastad wedi gneud.'

Eisteddai'r ddwy ochr yn ochr ar un o'r twyni. Roedd y môr, weithiau, yn eu dallu nes i gwmwl arall gael ei chwythu dros yr haul.

''Sdim pwynt, Mam,' meddai Sara, gan feddwl, waeth i ni gael hyn mas o'r ffordd nawr. 'Wy ddim am ddod 'nôl.'

Roedd Mared fel na phetai hi wedi clywed wrth iddi edrych o'i chwmpas. Gwyliodd Sara lygaid ei mam yn crwydro dros y tywod draw at y Greigddu, a theimlai'n eiddigus o'r holl atgofion oedd yn siŵr o fod yn gwibio trwy feddwl Mared.

'Jona Huws,' meddai Mared o'r diwedd. 'Ydi hwnnw'n dal i fod o gwmpas y lle?'

Roedd Sara wedi disgwyl cwestiynau, wrth gwrs. Ond nid hwn.

'Ma Taid a fe'n ffrindie, ydyn,' atebodd.

Nodiodd Mared.

'Ro'n i'n ama. Roeddan nhw'n ormod o ffrindia i beidio â dŵad yn ffrindia'n ôl.'

'Beth?'

Tynnodd Mared diwb bychan o eli gwefusau o'i bag. Cynigiodd ef i Sara. Ysgydwodd Sara'i phen a defnyddiodd Mared ef fel minlliw.

'Ma Jona, rŵan, yn werth 'i filoedd, 'swn i'n deud. Ma gynno fo gaffi a siop bapura newydd ym Mhencei, drws nesa i'w gilydd. Ydi o wedi bod â chdi yno?'

'Ddim 'to,' atebodd Sara. I ble ma'r sgwrs yma'n mynd, sgwn i? meddyliodd.

'Y Morfil Bach – dyna be ydi enw'r caffi.' Os oedd Mared wedi sylwi ar y pwyslais a roddodd Sara ar y 'Ddim 'to...'

yna ddangosodd hi mo hynny. 'Dw't ti ddim wedi'i weld o, felly? Jona?'

'Neithiwr,' meddai Sara. 'Dim ond am dipyn. Ro'n i'n ei gofio fe.'

Cododd Mared ei haeliau.

'Oeddat ti wir? Wel – ma'n un reit anodd ei *anghofio*, decini. Roedd 'i fam o'n anfarth pan oedd hi'n 'i ddisgwyl o. A Jac Huws, tad Jona, yn tynnu arni drw' ddeud 'i bod hi'n debycach i forfil nag i ddynas. Dyna sut y da'th yr enw Jona – be well i alw rhywun dda'th allan o fol morfil, yndê? Doedd Mrs Huws ddim yn hapus, mi alli fentro, ond roedd Jac yn benderfynol. Fel Jonathan y cafodd o'i fedyddio, ond Jona oedd o i bawb, er gwaetha holl ymdrechion 'i fam druan.' Gollyngodd Mared yr eli'n ôl i'w bag.

'Roedd o wastad o gwmpas pan o'n i'n tyfu,' meddai. 'Fo a dy daid yn fêts mawr, er fod yna bedair mlynadd rhyngddyn nhw. Acw roedd o'n byw ac yn bod, ne' felly roedd hi'n teimlo ar adega. Yn cysgu acw 'efyd – llofft Jona oeddan ni'n galw'r stafall wely ganol am gyfnod – er fod gynno fo fflat uwchben y caffi, a'i dad a'i fam yn byw drws nesa, uwchben y siop.

'Wnes i ddim meddwl holi *pam* 'i fod o acw gymint. Roedd ffrindia erill gan dy nain a'th daid, ond cypla oeddan nhw, gan amla, llawar ohonyn nhw efo plant o'r un oed â fi...'

Tewodd Mared am ychydig, yn amlwg yn hel meddyliau ac atgofion.

'Ma'n od, yn dydi? Ond wna'th o rioed groesi fy meddwl i holi. Roedd Jona jyst acw, wedi bod rioed, ers cyn i mi ga'l fy ngeni.' Edrychodd Mared ar Sara. 'A nag oedd, cyn i chdi ddechra meddwl – doedd o ddim yn hoyw. Roedd o'n rêl un am ferchad – roedd o'n foi smart, efo'i wallt du cyrliog a'i wên wen, fel rhyw beirat ne' sipsi ne' rwbath – ac mi gafodd o fwy na'i siâr, yn ôl pob sôn. Ond dda'th o â'r un ohonyn nhw acw, a ddalltis i ddim pam tan o'n i'n hŷn o dipyn. Tan ar ôl i chdi ga'l dy eni.'

Oedodd Mared am eiliad neu ddau.

Ydi, meddyliodd Sara, mae'r siwrne fach yma i lawr *memory lane* yn mynd â ni i rywle, ac rwy'n dechrau ofni na fydda i'n rhy hoff o *ble*.

'Ddim tan i mi sylweddoli,' meddai Mared, 'fod Jona Huws mewn cariad. Dros 'i ben a'i glustia. Efo dy nain.'

Gwingodd Sara. Symudodd ychydig oddi wrth Mared. Dyma hi, Miss Cŵl, yn teimlo'n annifyr am fod ei mam yn sôn am bobol yn syrthio mewn cariad. Ond doedd Mared erioed wedi siarad â hi fel hyn o'r blaen – ac roedd hi'n sôn am bobol roedd Sara'n eu hadnabod. Wel, eu lled-adnabod, o leiaf.

Am ei nain.

Gallai deimlo llygaid Mared arni. Yn astudio'i hymateb, yn disgwyl iddi ddweud rhywbeth.

Heb edrych ar ei mam, meddai Sara, 'Pam dy'ch chi'n dweud hyn wrtha i?'

'Ma'n hen bryd, ti'm yn meddwl?'

Cododd Sara'i hysgwyddau. 'Dim felly...'

'Rw't ti'n mynd i glywad, ma arna i ofn. Ella, wedyn...'

Trodd Sara'i phen yn awr, ac edrych arni.

'Beth?'

'Ella, wedyn... gei di weld sut fyddi di'n teimlo, ia?'

Mared

Yr haf hwnnw rw't ti'n ei gofio yma, dyna pryd oedd hi. Pan oeddat ti'n bump oed, a'r tro dweutha i chdi fod yma, fel y digwyddodd hi.

Hwnnw oedd haf ola dy nain, ond, wrth gwrs, doedd yr un ohonan ni'n gwbod hynny ar y pryd – mai dim ond wyth mis arall oedd ganddi ar ôl.

Wn i ddim faint o'r gwylia rheiny rw't ti'n ei gofio, Sara. Fel rw't ti'n gwbod, dydan ni ddim wedi siarad rhyw lawar amdanyn nhw ac oherwydd hynny falla fy mod i'n euog o neud i chdi wthio rhai petha o'th feddwl.

Ta waeth...

Roedd dy dad yn ddigon piwis – sgin ti ddim cof o hynny, ma'n siŵr. Roeddan ni wedi meddwl ca'l treulio'r haf cyfan i lawr ym Mhrofens efo rhyw bobol roedd dy dad yn gweithio efo nhw ar y pryd, rhyw deulu o Ffrainc, rwbath i neud efo rhyw gyd-gynhyrchiad ar gyfar y teledu. Roedd Graham wedi bod yn edrych ymlaen ers misoedd – dipyn mwy nag o'n i, ma'n rhaid cyfadda, ond... wel, *show willing*, yndê? Ond a'th petha'n ffliwt – dda'th 'na ddim byd o'r cyd-gynhyrchiad, nac o'r gwylia.

Fel halan ar y briw, roedd o'n gorfod gweithio yn y Steddfod yr wsnos wedyn, felly doedd o ddim mewn hwylia rhy dda pan gyrhaeddon ni yma, ac yn manteisio ar bob cyfla i f'atgoffa i 'i fod o 'mond yma er mwyn fy mhlesio i. Doedd o rioed wedi mwynhau dŵad i fyny yma – rioed wedi gallu gneud efo dy daid, yn un peth, ac roedd hwnnw'n gneud ati i dynnu arno fo bob gafa'l, mi alli fentro.

Doedd o ddim yn siŵr iawn sut i neud efo Mam, chwaith – wyddost ti 'i fod o wedi cyfadda wrtha i, jyst cyn i ni briodi, fod Mam yn codi ofn arno fo? Doedd o rioed wedi cyfarfod dynas fel Mam o'r blaen, rhywun llawn bywyd fel hi. Dwn 'im faint w't ti'n 'i gofio amdani ond roedd hi'n rhoi'r argraff i bawb ei bod hi'n byrlymu efo bywyd, fel rhyw afon brysur. Roedd hi'n dipyn o *earth mother*, er mai dim ond un plentyn gafodd hi. Yn hollol ddiflewyn-ar-dafod, yn gallu deud y petha mwya ofnadwy wrth ac am bobol a rhowlio chwerthin wedyn ar ôl 'u deud nhw.

Doedd hi ddim yn poeni am betha, ti'n gweld, Sara. Ne' o leia ddim yn poeni am yr un petha â phawb arall. Yn amal iawn, byddwn i'n dal dy dad yn sbio arni hi efo'i geg yn hongian yn gorad, fel tasa fo ddim yn coelio'i lyg'id ne'i glustia. Yn hynny o beth, yn 'i hagwedd hi tuag at fywyd yn gyffredinol, roedd hi'n fwy o hipi o lawar nag y buodd dy daid erioed. Y fo oedd yn gofalu fod y bilia'n ca'l 'u talu, y fo oedd yn gneud y poeni, yn enwedig am bres a ballu – dylanwad Jona Huws arno fo, synnwn i ddim; mi fasa rhywun yn galw hwnnw'n rêl siarc tasa'r syniad o forfil ddim yn 'u penna nhw'n barod!

Ond roedd Mam… wel, os oedd yr awydd i neud rhwbath yn cydiad ynddi, ne'r awydd i drop twls a jyst mynd i ffwrdd i rwla am y diwrnod, yna i ffwrdd â hi, dim ots be. 'Do'n i ddim am wastraffu diwrnod fel heddiw'n ista o gwmpas y lle yma'n hel llwch' – dwn 'im faint o weithia y clywis i hi'n deud hynny, hyd yn oed os oedd hi'n stido bwrw glaw. Fel tasa rhywun oedd mor aflonydd byth yn gallu hel 'run mymryn o lwch. Hyd yn oed pan o'n i'n fabi. Rhyw hen, hen hers oedd ganddyn nhw'n gar, roedd hi ganddyn nhw am flynyddoedd, dwi'm yn ama mai selotêp a llinyn oedd yn 'i dal hi efo'i gilydd erbyn y diwadd. I mewn â fi i'r cari-cot, ac i mewn â'r cari-cot i'r hers, ac i ffwrdd â ni wedyn i Duw a ŵyr lle. Ac os oedd yr hers wedi torri, yna doedd o'n ddim gan Mam fodio i le bynnag roeddan ni am fynd y diwrnod hwnnw, efo fi wedi fy sodro'r tu mewn i un o'r slings-cludo-babis 'ma oedd gan bobol am 'u gyddfa. Mi aethon ni i ben yr Wyddfa un tro, medda hi wrtha i, efo fi yn y *papoose* – yr hers i Lanberis a'r trên wedyn i fyny i'r top.

Cododd Mared a brwsio'r tywod oddi ar ben-ôl ei jîns. Gwyddai fod hynny'n amhosib, ond am ennyd roedd hi fel petai hi'n cofio'r daith honno i ben yr Wyddfa.

Yn enwedig y teimlad o ddiogelwch pur o fod wedi'i lapio'n glyd y tu mewn i'r rhwymyn hwnnw ac yn bownsio'n ysgafn yn erbyn bronnau ei mam.

Sgrialodd yn ei bag am yr hances bapur honno a sychu'i llygaid. Doedd dim ots ganddi'n awr os oedd Sara'n gweld ei dagrau. Ond doedd Sara ddim yn sbio arni pan sbeciodd Mared i lawr arni drwy gornel ei llygad. Eisteddai yno ar y tywod oer yn troi a throsi darn o welltyn moresg rhwng ei bysedd, ei llygaid ar flaenau'i hesgidiau.

Chwythodd Mared ei thrwyn a dychwelyd i'w heistedd.

Diwrnod arall oedd hi, ddeuddag mlynadd yn ôl. Mam yn cael un arall o'i mympwyon. Diwrnod cynnas, braf, a dwi'n cofio dy dad yn pendwmpian dros ryw lyfr ne'i gilydd mewn dec-tshêr yn yr ardd gefn. Rhyw bendwmpian o'n inna 'efyd, efo syna glan-y-môr i'w clywad o gyfeiriad y traeth.

Lle oeddat ti? Allan yn rhwla efo dy daid. Roeddat ti wedi swnian a hefru am ga'l mynd i chwara yn y pylla bach rheini wrth y creigia a dwi'n cofio dy daid yn cynnig mynd â chdi yno. Ro'n i'n reit falch o ga'l brêc bach oddi wrthat ti am chydig, a deud y gwir , o ga'l rhywfaint o lonydd. Roedd dy dad yn mynd yn fwy a mwy blin bob diwrnod, felly fi oedd yn ca'l y swnian i gyd gin ti.

Ond ddaru'r llonydd ddim para am yn hir iawn. Da'th dy nain allan o'r gegin a rhoi pwniad i mi.

'Ty'd. Paid â gwastraffu diwrnod fel heddiw'n cysgu, wir Dduw.'

'Be?'

'Ty'd. Mi awn ni i rwla, 'mond chdi a fi.'

'Mam...'

'Na, dwi 'di penderfynu. Siapia hi…'

'Lle 'dan ni'n mynd, felly?'

'Cwm Pennant.'

'Pam?'

'Pryd oedd y tro dweutha i chdi fynd yno?'

'Argol, dwi'm yn cofio. Flynyddoedd yn ôl…'

''Na chdi, felly, yndê? Dyna pam.'

Yno'r aethon ni, felly, ac ista ar lan yr afon yn golchi'n traed yn y dŵr, Mam yn gorffwys yn ôl ar ei phenelinia ac yn dal ei hwynab i fyny i wres yr haul. Yndw, Sara, dwi'n gallu'i gweld hi felly rŵan, yn union fel 'swn i'n edrych ar lun ohoni. Ffrog ha oedd ganddi amdani, honno'n floda i gyd, a bodia'i thraed hi'n edrych yn annaturiol o wyn o dan y dŵr er fod 'i thraed hi'n frown ar ôl bod mewn sandala ers misoedd lawar.

Mi arhoson ni yno am sbelan yn sgwrsio am hyn a'r llall. Am be'n union, sgin i ddim clem. Sgin i ddim cof, chwaith, i mi ga'l unrhyw argraff, ddim hyd yn oed *awgrym* o argraff, fod unrhyw beth yn 'i phoeni hi, rhag ofn i chdi feddwl 'i bod hi wedi fy llusgo i yno er mwyn gneud rhyw ddatganiad mawr.

Wedyn dda'th hynny.

Mi ddaliais i hi'n gwenu iddi hi'i hun ar un adag, a gofyn be oedd.

'Dim byd,' meddai. ''Mond meddwl fel roeddan ni'n arfar dŵad yma pan oeddan ni'n ifanc. Pan oeddat ti'n ddim o beth.'

'Be, felly?'

Ysgydwodd ei phen, yn dal i wenu. 'Dyddia da, dyna'r cwbwl. 'Dach chi bobol ifanc y dyddia yma ddim yn gwbod sut ma mwynhau'ch hunain.'

'O, nac 'dan ni wir?'

Dwi'n 'i chofio hi'n agor un llygad a sbio arna i. 'Nac

'dach, Marsipan. Ddim fel roeddan *ni*. 'Dach chi'n cymryd bywyd yn ormod o ddifri, o beth uffarn. Doeddan ni ddim, yli, 'mond 'i gymryd o fel roedd o'n dŵad. Ond y chi... wel, sbia arnat ti a Graham.'

'Be?'

''Dach chi 'di gneud dim byd ond harthio ar 'ych gilydd ers i chi gyrra'dd yma. Mi fydda i'n poeni am y genhedla'th nesa weithia, cenhedla'th Sara. Os 'dach chi'n mynd trw' fywyd yn edrych fel 'sa chi'n diodda o'r felan, yna Duw a helpo'ch plant chi. Ty'd rŵan, ma gin i ffansi panad a brechdan bêcyn. Mi awn ni draw i'r Morfil. Roedd Jona'n gofyn ddoe pryd oeddan ni am fynd â chdi draw yno.'

Arhosodd Mared i gael ei gwynt ati. Tro Sara oedd hi i sefyll yn awr: doedd ganddi nemor ddim teimlad yn ei phen-ôl. Cododd ei mam hefyd a sefyll wrth ei hochr, ill dwy'n syllu allan dros y môr.

Er fod Mared prin wedi sôn amdano, roedd gan Sara'r teimlad sicr fod hyn i gyd yn mynd i arwain, yn hwyr neu'n hwyrach, at ei thaid. Er fod ei mam wedi codi gyda hi fel petai arni ofn fod Sara am gymryd y goes, gwyddai Sara na fedrai ddychwelyd i'r tŷ ger y traeth cyn i Mared orffen dweud ei dweud. Edrychodd i lawr ar y tywod lle roeddynt wedi bod yn eistedd. Roedd ei phen-ôl hi wedi creu sedd go fawr yn y tywod, siâp dwy foch fawr, dew, tra oedd ôl ei mam gryn dipyn yn llai. Dechreuodd ei stumog rwgnach chwyrnu eto, ac wrth iddi feddwl am y cyw iâr unig hwnnw ar blât yn yr oergell, daeth dagrau sydyn i'w llygaid am ryw reswm.

'Pam dy'ch chi'n dweud hyn i gyd wrtha i heddiw?' gofynnodd.

'Ti'n meddwl fy mod i isio?' meddai Mared. 'Dw't ti ddim wedi rhoi llawer o ddewis i mi, Sara.'

Eisteddodd yn ei hôl gan edrych i fyny'n ddisgwylgar.

Ar ôl ychydig, eisteddodd Sara hefyd.

Mi dda'th Jona i ista efo ni, gan neud i'r bwrdd edrych fel un o'r desgia mewn dosbarth babanod. Mi wna'th o gryn ffýs ohona i ar y cychwyn – rwdlan a ballu, fy ngalw i'n Marsi-pŵ a Marsipan fel roedd dy daid yn neud hyd syrffad. Fel 'sa fo 'di anghofio 'mod i'n ddynas yn f'oed a'n amsar. Holi amdanat ti, hefyd.

Ond ar ôl ychydig roedd o fel tasa fo wedi anghofio 'mod i yno. Mam gafodd 'i holl sylw fo, a chyn bo hir ro'n i'n teimlo'n reit anghyffordus, a bod yn hollol onast. Fel gwsberan, bron… ti'n gwbod be dwi'n feddwl?

Mi a'thon ni, o'r diwadd. Yn y car ar y ffordd yn ôl, mi gawson ni sgwrs go debyg i hyn.

'Ocê,' medda fi. 'Be sy'n digwydd?'

'Be ti'n feddwl?'

'Chi a Jona, yndê. Mam, dwi ddim yn ddwl. A deud y gwir, mi fasa angan rhywun dwl iawn i beidio â…'

Torrodd Mam ar fy nhraws drw' chwerthin.

'Ocê, ocê – mi wn i be sy'n mynd trw' dy feddwl di.' Syllodd arna i am rai eiliada, cyn troi i ffwrdd dan wenu. Ond gwên fach dawel oedd hi, Sara. Gwên oedd bron iawn yn drist.

'Jona druan,' meddai.

'Mae o mewn cariad efo chi, yn dydi?' medda fi.

Ochneidiodd Mam. 'Yndi.'

'A chitha…?'

Meddyliodd Mam am hyn. 'Dwi *yn* 'i garu fo, yndw, ma'n siŵr gin i fy mod i,' meddai. 'Yn yr ystyr fod gin i feddwl y byd ohono fo. Ond dwi ddim *mewn cariad* efo fo, Mared. Ma 'na wahania'th, sti. Byd o wahania'th.' Trodd yn ei sedd a sbio arna i. 'Un dda w't titha.'

'Fi? Pam?'

'Sherlock Holmes, o ddiawl. Ma hi 'di cymryd tan rŵan i chdi sylwi.'

Fedrwn i neud dim byd ond cytuno efo hi, Sara. Roedd Jona, deallais, wedi bod mewn cariad efo Mam… wel, erioed. Ers iddyn nhw gyfarfod, flynyddoedd cyn i mi ga'l fy ngeni.

Ond wyddost ti be? Doedd o rioed wedi deud hynny, rioed wedi hyd yn oed crybwyll y peth, wrth Mam na choblyn o neb arall chwaith, hyd y gwn i.

'Ond dydach *chi* ddim wedi deud dim byd wrtho *fo*?' dwi'n cofio gofyn iddi. Erbyn hynny roeddan ni jyst iawn wedi cyrra'dd yn ôl adra, yma felly, ac wedi tynnu i mewn wrth y safla bysus ar y gornol.

'Fel be, felly?'

'Wel, chwara teg… Dydi o ddim yn mynd ar 'ych nerfa chi, ca'l Jona'n sbio arnoch chi fel rhyw gi bach drw'r amsar?'

'O, be fedrwn i 'i ddeud wrtho fo, Mared? Fedri di ddim deud wrth rywun am beidio dy garu di, na fedri?'

'Sori, Mam, ond roedd o'n edrych i mi heddiw fel 'sa fo'n dal i fyw mewn gobaith.'

Ysgydwodd Mam ei phen.

'Dydi o ddim, Mared. Mae o'n gwbod hynny, wastad wedi gwbod hynny. Ma Jona'n dallt y dalltings.'

''Dach chi'n siŵr?'

'O, yndw. Mae o'n gwbod yn iawn, er mor ffond dwi ohono fo, fod hynny'n ddim, jyst, o'i gymharu efo'r hyn dwi'n 'i deimlo tuag at dy dad.' Chwarddodd eto a rhoi pwniad i mi. 'Paid â sbio arna i fel'na, Marsipan, fel 'swn i'n ryw *femme fatale*.'

'Ond ar ôl yr holl flynyddoedd…,' medda fi. 'A dim byd wedi ca'l 'i ddeud… Ond… Be am…?'

'Dy dad?' meddai Mam, yn amlwg wedi bod yn disgwyl i mi ofyn hyn.

'Ia.'

'Mae ynta'n gwbod, wrth gwrs 'i fod o. Dydi'i ben hurt o

ddim gymaint yn y cymyla â hynny, sti. Ma dy dad yn gwbod ers y cychwyn cynta. A naddo, cyn i chdi ofyn, dydi ynta ddim wedi deud 'run gair am y peth wrth Jona, chwaith. Go brin y g'neith o. Mi gymrith hi rwbath go fawr i Harri hyd yn oed hintio am y peth wrth 'i fêt gora.'

Adra â ni wedyn, a chyn bo hir roedd hi'n amsar i ni fynd yn ôl i Gaerdydd.

A'r tro nesa i mi weld Jona Huws, a'r tro dweutha, roedd dy daid a fo'n cwffio wrth fedd agorad dy nain.

Rhythodd Sara arni.

'*Yn cwffio?*'

Dyfarnwyd ar y pryd fod Sara'n rhy ifanc i fynd i angladd ei nain: arhosodd yn Ynys-y-bwl gyda'i mam-gu a'i thad-cu. Dychwelodd Mared o'r Gogledd gyda'i hwyneb yn wyn a'i llygaid yn goch. Yn o fuan wedyn, daeth Sara i ddeall yn raddol nad oedd hi i grybwyll ei thaid.

'*Yn cwffio?*' *meddai eto.* '*Taid?*'

Dim ond y nhw ill dau oedd ar ôl wrth y bedd erbyn y diwadd, dy daid a Jona Huws.

A'r ddau ohonyn nhw ar goll yn lân.

Mi fedra i eu gweld nhw rŵan yn sefyll yno, ochor yn ochor, dau ddyn oedd 'mond wedi gwisgo siwtia rhyw ddwywaith neu dair drwy'u bywyda ac yn edrych mor anghyfforddus ynddyn nhw â phetasan nhw'n gwisgo twtws. Roedd y dagra'n powlio i lawr wynab Jona, 'i wynab o'n toddi fel cannwyll, y cradur yn torri'i galon wrth iddo fo fethu'n lân â thynnu'i lyg'id oddi wrth y twll uffernol hwnnw yn y ddaear.

Ro'n i wedi disgwyl y basa dy daid yn crio a nadu, wedi gneud sioe fawr ohono'i hun a ballu – unrhyw beth i dynnu sylw ato'i hun ar ôl be ddigwyddodd, i drio fy ngha'l i i deimlo drosto fo, ond am unwaith mi ddangosodd o rywfaint o urddas. Wel – am ryw hyd, beth bynnag. Mi wna'th o drio dal fy llygad i fwy nag unwaith yn ystod y gwasana'th, do, ac wedyn yn y fynwant, ac ar ddiwadd y claddu mi gyffyrddodd o â chefn fy llaw fel 'sa fo'n disgwyl i mi droi tuag ato fo.

Ond wnes i ddim.

'Runig beth wnes i oedd cipio fy llaw oddi wrtho fo, troi fy nghefn arno fo, a cherddad i ffwrdd.

Do'n i ddim yn gallu diodda bod yn agos iddo fo, heb feddwl am 'i ga'l o'n cyffwrdd yn'a i.

Y peth nesa wyddwn i, roedd o a Jona'n cwffio. Pwy ddeudodd be wrth bwy, ches i'm gwbod, na phwy a'th i'r afael efo pwy yn gynta. Clywad un o'r bobol erill yn ebychu wnes i, dyna be wna'th i mi droi, a dyna lle roeddan nhw, yn rhowlio ar y ddaear yng ngyddfa'i gilydd efo'r ddau weithiwr oedd yno'n disgwyl i ga'l llenwi'r bedd ar ôl i bawb fynd yn sefyll yno fel dau lo, eu cega'n llydan gorad, rioed wedi gweld y fath beth, nid ym mynwant Treflys, beth bynnag.

Mi ruthrodd llond dwrn o'r dynion erill yno i'w gwahanu nhw, ond roedd y ffeit drosodd erbyn hynny, wedi hen chw'thu'i phlwc. Roedd y ddau glown bellach yn beichio crio ym mreichiau'i gilydd, wedi llwyddo i droi'r diwrnod yn ffars, i godi c'wilydd arnyn nhw'u hunain ac yn sicr arna i a phawb arall.

Heb sôn am fod yn un sarhad arall i Mam druan.

Felly mi drois fy nghefn arnyn nhw, Sara, a cherddad o'r fynwant, i mewn i'r car ac yna gyrru'n ôl i Gaerdydd. A naddo, dwi ddim wedi torri gair efo dy daid ers hynny.

Tan neithiwr, pan ffonist ti a deud lle roeddat ti.

Harri a Graham

Fu gan Harri erioed fawr o ddim byd i'w ddweud wrth ei fab yng nghyfraith. Nac yntau wrth Harri, petai'n dod i hynny. 'Dydi o'n ddim byd tebyg i ni, yn nac 'di?' cofiai Mai'n ochneidio'r tro cyntaf i Mared ddŵad â fo adra i'w cyfarfod. 'Dim byd tebyg o gwbwl.' Ei ddiffyg chwaeth gerddorol oedd un o'r pethau mwyaf anhygoel amdano, yn nhyb Harri – nid fod chwaeth wahanol gan Graham, ond yn hytrach doedd ganddo ddim chwaeth: hynny yw, doedd ganddo ddim byd i'w ddeud wrth gerddoriaeth o unrhyw fath. Dim yw dim. Ffwl stop. Sut gall unrhyw berson fynd trwy fywyd heb gerddoriaeth o gwbwl...? O ganlyniad, bob tro y deuai Graham i fyny efo Mared, rhythai Harri arno gyda'r un anghrediedd a braw ag y teimlai Graham o edrych ar Harri a Mai.

Anodd uffernol i Harri, felly, oedd trio siarad efo fo rŵan.

Yn enwedig efo Graham yn sefyll â'i gefn ato a'i freichiau wedi'u plethu. Sôn am droi clust fyddar, myn diawl, meddyliodd Harri.

Ond rhaid oedd trio.

Cliriodd Harri'i wddf. 'Graham. Gwranda, dwi ddim isio busnesu, yndê, ond...'

'Paid, felly, Harri,' torrodd Graham ar ei draws, heb droi.

'Dw't ti ddim yn meddwl y dylat ti ista efo'r hogan fach 'na'n gynta, a thrio siarad efo hi? Chdi a Mared? Siarad go iawn, dwi'n 'i feddwl.'

Ochneidiodd Graham. 'Harri...'

'Ma'n amlwg fod yna *rwbath* yn bod, dw't ti'm yn meddwl? Fod petha'n bell o fod yn iawn. Dydi hi ddim yn hogan hapus, yn nac 'di, Graham? Ysti, i ddŵad yr holl ffordd yma ar 'i phen 'i hun, gan ddeud dim wrth neb...'

Reit yn nhu blaen ei feddwl roedd yr atgof o'r fraich goch, erchyll honno. A thu ôl i'r atgof hwnnw roedd yr wybodaeth y dylai rhieni Sara gael gwybod am y fraich. Teimlai Harri fod yr atgof yn ei bwnio yn ei gefn, fel rhywun diamynedd mewn ciw ar gyfer cownter y swyddfa bost.

'Mae rhwbath yn 'i phoeni hi, 'swn i'n deud. Tasa'r tri ohonoch chi 'mond yn ista a cha'l sgwrs gall efo'ch gilydd...'

Trodd Graham o'r diwedd.

'Ydi hi wedi gweud unrhyw beth wrthot ti, Harri?'

'Nac 'di, 'run gair...'

'O's unrhyw syniad 'da ti be sy'n ei phoeni hi?'

Ysgydwodd Harri ei ben.

''Sdim byd o gwbwl 'da ti i'w gyfrannu i'r mater yma felly, nag o's, felly, os nad o's ots 'da ti...'

Tarodd Graham flaen ei drwyn gyda'i fys cyn troi i ffwrdd eto.

'Aclwy,' meddai Harri, 'dwi'n gobeithio fod 'na rywun yn talu i chdi, myn uffarn i. Yn talu'n reit dda 'efyd.'

Trodd Graham yn ei ôl. 'Be ti'n feddwl – talu?'

'Am fod yn gymint o goc oen. 'Chos ti'n gneud joban dda ar y diawl ohoni.'

Cochodd Graham Dafydd at ei glustiau.

'So dy ferch dy hunan wedi bod ishe torri gair 'da ti ers dros ddeuddeng mlynedd,' meddai. 'So hi 'di bod ishe dy *weld* di – ddim ishe gorfod meddwl amdanat ti, hyd yn o'd. Ac rw't ti – ti! – yn trial gweud wrtha i shwt i drin fy mhlentyn? Ffyc mi, wy 'di clywed popeth nawr!'

Ymwthiodd oddi ar yr Audi a llamu i gyfeiriad y giât. 'Ble yffarn ma'r merched?'

Mared

Roedden nhw'n dal ar y traeth, y fam a'r ferch, ond wedi gwahanu am ychydig, Sara wedi codi heb ddweud gair a rhedeg, bron, o'r twyni, i lawr dros y tywod a reit at y môr.

Roedd ei mam wedi ei cholbio â geiriau, wedi ei phledu ag atgofion. A'r coup de grâce *oedd y rheswm pam roedd ei thaid yn 'ddyn ofnadwy'.*

Safai ger y môr yn syllu'n ddall ar y tonnau bychain yn deintio blaenau ei hesgidiau. Roedd llonyddwch rhyfedd i'r aer, fel petai'r byd yn aros am ei hymateb, yn ysu am gael gwybod beth roedd Sara am ei wneud nesaf...

Mi ddaru hi lwyddo i'w llusgo'i hun at y ffôn a galw Jona Huws. Ia, ia – dwi'n gwbod mai'r peth calla iddi fod wedi'i neud fasa galw 999, ond wna'th o ddim croesi'i meddwl hi i neud hynny, ma'n siŵr, ac o nabod Mam doedd arni hi ddim isio cydnabod fod angan rhyw betha fel ambiwlans a doctoriaid a nyrsys arni.

'Jona,' medda hi. 'Jona. Dwi'n sâl...'

Dyna'r unig beth glywodd Jona, medda fo wrtha i wedyn, er iddo fo ddeud 'Helô? Helô?' drosodd a throsodd fel rhyw boli parot, nes iddo sylweddoli o'r diwadd, Aclwy, ro'n i'n nabod y llais yna.

Dim ond pan oedd o'n cyrra'dd yma y cofiodd o, Hei, ma'n fora Sul, ma Harri adra i fod. Lle uffarn ma Harri?

Roedd Mam yn gorwadd ar y soffa honno oedd ganddyn nhw yn y gegin, o dan y ffenast – na, go brin y basat ti'n 'i chofio hi, rhyw hen, hen beth, ond y soffa fwya gyfforddus y steddais i arni erioed. Rhuthrodd Jona i mewn fel rhyw eliffant yn stampîdio, ac roedd o'n meddwl i ddechra ei bod hi wedi mynd, roedd hi mor llonydd.

Ond yna mi agorodd ei llyg'id a sbio o'i chwmpas yn

ddigon hurt, fel 'sa hi wedi mynd i gysgu mewn un stafall a deffro mewn stafall arall. Roedd hi'n doman o chwys ac yn wyn fel blawd ac yn trio ista i fyny.

'Dwi'n iawn, dwi'n iawn. Dipyn o ddŵr poeth, dyna'r cwbwl...' – rhwbath fel'na ddeudodd hi wrth Jona, ond roedd hyd yn oed hwnnw'n gallu gweld, na, roedd hyn yn fwy na 'mond diffyg traul. Mi ffoniodd o am ambiwlans a thrio'i gneud hi'n gyfforddus nes i honno gyrra'dd, a phan dda'th hi o'r diwadd, roedd un edrychiad yn ddigon i'r dynion ambiwlans. Ei byndlo hi i mewn a'i rhuthro hi'n syth bin i Fangor.

A doedd dim golwg o dy daid yn nunlla. Roedd y car yno'r tu allan i'r tŷ, ond Duw a ŵyr lle roedd o.

Jona ffoniodd fi yn y gwaith – roedd rhestr o rifa ffôn gin Mam wedi ei blŵ-tacio i'r wal uwchben y ffôn. Mi ddois i ar f'union. Erbyn i mi gyrra'dd, ro'dd Mam wedi mynd. Roedd hi wedi ca'l un trawiad ar 'i chalon adra, medda'r doctor, ac mi gafodd hi un arall yn yr ambiwlans.

A doedd dy daid byth wedi ymddangos. 'Lle mae o, Jona?' dwi'n cofio gofyn sawl gwaith, nes dwi'n siŵr fod y cradur wedi hen laru arna i'n gofyn 'run peth.

Doedd 'na ddim byd arall i Jona a fi neud ond dŵad yn ôl yma. Dwi'n cofio Jona'n gofyn i mi os o'n i'n iawn i ddreifio – ond roedd o mewn gwaeth stad na fi, dwi ddim yn ama, yn crynu trwyddo. Mi a'thon ni'n ara deg, confoi bach o ddau.

Mi wnes i fynnu fod Jona'n mynd adra. Roedd o mewn cyflwr go ddrwg erbyn hynny, a'r ffaith fod Mam wedi mynd go iawn yn dechra'i daro fo. Cynigiodd aros efo fi nes bod dy daid yn dŵad yn ôl, ond roedd yn amlwg fod bod yma'n 'i ypsetio fo fwy a mwy. Lle bynnag roedd y cradur yn sbio, roedd yna rwbath yno'n 'i atgoffa fo o dy nain, ac roedd 'i lyg'id o'n gorlenwi a llifo drw'r amsar.

'Mi fydda i'n well ar ben 'yn hun, Jona,' dwi'n cofio deud wrtho fo. 'Wir yr, rŵan.'

Ar ben hynny, roedd arna i ofn be fasa fo'n neud i dy daid. O'r diwadd, mi a'th o, a dwi'n cofio gweld 'i sgwydda anfarth o'n ysgwyd i gyd wrth iddo fo ddreifio i ffwrdd.

Ac yma ro'n i, yn y tŷ, pan gyrhaeddodd dy daid yn ôl o'r diwadd. Erbyn hynny roedd hi'n ddiwadd y pnawn, wedi dechra nosi hyd yn oed. 'Marsipan,' medda fo, 'ro'n i'n gweld y car y tu allan…'

A dyna pryd ddaru o ddechra sylweddoli, 'cos mi ddiflannodd y lliw o'i wep o fel tasa rhywun wedi troi tap yn 'i wddw fo a gada'l i'r gwaed redag allan i gyd.

'Be sy?' medda fo. 'Lle ma Mai?'

'Lle 'dach chi wedi bod?'

'Be? Fi? Nunlla. Nunlla sbeshial…'

Ond ro'n i'n gwbod yn syth. Ro'n i'n gallu deud, o'r ffordd roedd o'n sbio i bob cyfeiriad wrth atab. Ro'n i'n 'i nabod o'n hen ddigon da i wbod pan oedd o'n deud clwydda. A fuodd o rioed yn giamstar ar hynny.

Roedd o wedi bod efo dynas arall, Sara. Trw'r dydd. Tra oedd dy nain yn marw, roedd dy daid efo rhyw ddynas arall.

A'r peth gwaetha oedd, pan dda'th o i gyd allan a finna'n gofyn iddo fo pwy – pwy oedd hi? – yr unig atab ges i oedd, 'Neb, Mars. Dydi hi'n neb.'

Ac roedd hynny'n waeth, rywsut, na phetai'r ddynas, pwy bynnag oedd hi, wedi golygu rhwbath iddo fo. Ond y ffaith ei bod hi'n *neb*…

Roedd ei mam yn aros amdani wrth y twyni. Cerddodd Sara'n ôl ati. Gyda phob cam gallai glywed y tonnau bychain y tu ôl iddi, y tonnau mwy yn erbyn y Greigddu, a'r gwynt yn y moresg yn sibrwd 'Wee Sara… wee Sara… wee Sara…'

Sara, Harri, Mared a Graham

Y peth cyntaf i Sara sylwi arno oedd fod ei thaid yn gwrthod edrych arni; eisteddai ar fŵt ei gar yn craffu ar flaen ei sigarét fel botanegydd yn astudio rhyw blanhigyn newydd, rhyfedd.

Mae e'n gwbod, meddyliodd. Mae e'n gwbod fy mod i'n gwbod, fod Mam wedi dweud y cyfan wrtha i.

Yna cerddodd ei mam heibio iddi ac at y car wrth i'w thad ymsythu ac agor y drws ôl ac, am ennyd fechan, fendigedig, meddyliodd Sara, Maen nhw'n mynd.

Ond roedd ei thad wedi agor un o ddrysau ôl y car. Ac os nad oedd ei mam am deithio'n ôl i Gaerdydd fel Lady Muck efo'i thad yn *chauffeur* iddi...

Arhosodd Sara'n stond.

'Na,' meddai.

Ysgydwodd ei phen.

'Sara...'

'Na – *no way.*'

Wedyn, wrth feddwl yn ôl, daeth iddi fod yr olygfa fechan hon fel yr un olaf, glasurol mewn ffilm gowboi: ei thaid yn eistedd ar y bŵt efo rôli rhwng ei fysedd ac yn edrych fel rhyw *old-timer* oedd ar fin llenwi'i *long-johns*, ei mam yn sefyll yn nrws y tŷ fel depiwti yn nrws y salŵn, a'i thad fel y marshal oedd yn disgwyl i Calamity Jane sgrialu am ei gwn cyn iddo dynnu ei Golt 45 o'i holster a gweiddi 'Stick 'em up' cyn mynd â hi i'r ddalfa. Yr unig bethau ar goll oedd ambell i gord sinistr ar dant gitâr, cloch eglwys yn taro nodyn lleddf bob hyn a hyn a rhywun yn chwibanu yn y cefndir.

'Dere nawr, 'na ddigon o'r nonsens 'ma, Sara.'

Safai Graham gan ddal y drws ar agor fel tasa hi'n gi defaid a fyddai'n neidio'n ufudd i mewn i gefn y car.

'Ma dy bethe di yn y bŵt yn barod. 'Sdim rheswm i fynd 'nôl i'r tŷ...'

'Beth?! Do'dd dim hawl 'da chi…'

'Dere!'

Roedd Mared yn sefyll yr ochr arall i'r car, wrth ddrws y pasinjar. Fel Graham, roedd hithau'n syllu'n ddisgwylgar ar Sara, ond tra oedd Graham yn disgwyl i Sara ufuddhau, edrychai Mared fel petai hi'n disgwyl i weld beth fyddai Sara'n ei wneud nesaf.

I Harri, edrychai Sara fel anifail bach gwyllt wedi'i chornelu a sylweddolodd, gyda chryn syndod, na, doedd arno ddim eisiau iddi fynd, nid fel hyn, yn groes i'w hewyllys. Er ei fod yn wir y basa bywyd yn haws o beth coblyn tasa hi *yn* mynd – nefoedd fawr, basa, amhosib fyddai trio gwadu hynny – doedd arno ddim eisiau ei gweld hi'n dringo'n ufudd i sedd gefn y car, y blydi Audi anfarth efo'i du mewn fel pin mewn papur ac yn ogleuo'n gyfoglyd o newydd, yn chwydlyd o lân; mi fasa arna i ofn gollwng rhech y tu mewn i hwn, meddyliodd Harri, heb sôn am danio ffag. Doedd arno ddim eisiau gorfod gwrando ar y drws agored yna'n cau ar Sara gyda'r hen thync swyddogol hwnnw, na gweld Graham yn ymsythu a throi â chrechwen hunanfodlon ar ei wep cyn llithro'r tu ôl i'r olwyn a chynnau'r injan, na gorfod gwylio Mared yn dringo i mewn wrth ei ochr, yn ddi-wên.

Ac yna'r tri ohonyn nhw'n gyrru i ffwrdd a diflannu heibio i'r tro heb edrych arno fo o gwbwl.

Na, doedd arno ddim eisiau iddi fynd.

Aeth Sara at fŵt yr Audi efo'r bwriad o dynnu'i sach ohono, ond roedd Graham yn rhy gyflym iddi. Safodd rhyngddi hi a'r clo.

'Ni wedi gweud wrthot ti be sy'n digwydd heddi, Sara. Rw't ti'n dod gartre, a fory rw't ti'n mynd 'nôl i'r ysgol. Gwed wrthi, Mared, nei di?'

Syllodd Mared ar Sara am ychydig.

Yna meddai, 'Dwi wedi deud bob dim sy i'w ddeud, Graham.'

Roedd ei llygaid wedi'u hoelio ar ei merch. Nefoedd, meddyliodd, ma'i hwynab hi'n wyn. Mor wyn – fel tasa hi am lewygu unrhyw funud.

Ceisiodd Sara symud ei thad o'r ffordd, ond roedd Graham fel petai o wedi'i blannu yno yn y ddaear.

'Ewch o'r ffordd, newch chi!'

'Graham,' meddai Harri. 'Gad iddi ga'l 'i phetha'n ôl...' – a rhoddodd ei law yn ysgafn ar fraich Graham.

Roedd geiriau tawel Harri'n ddigon i Graham Dafydd. Daeth y geiriau hynny ar ben yr wybodaeth ei fod o wedi cam-drin y sefyllfa gyfan o'r foment y cyrhaeddodd o, ac wedi bwnglera o un camgymeriad i'r llall fel tasa fo'n chwil ulw gaib. Nid dyna'i fwriad, wrth gwrs. Yn ei feddwl ar ei ffordd i fyny yma, fe'i gwelodd ei hun yn siarad yn bwyllog â Sara, yn llawn cydymdeimlad; efallai, hyd yn oed, yn mynd gyda hi am dro bach, dim ond nhw ill dau – onid oedden nhw'n arfer bod yn ffrindiau mawr pan oedd Sara'n fach? Ac erbyn iddyn nhw gyrraedd yn eu holau, buasai popeth wedi'i ddatrys, popeth wedi'i faddau – oherwydd roedd beiau, mae'n siŵr, ar y ddwy ochor, roedd o'n ddigon parod i gydnabod hynny.

Beth uffern aeth o'i le, felly?

Edrychodd ar fysedd Harri ar ei fraich, eu blaenau'n felyn-frown gyda nicotîn, a phan edrychodd ar ei wyneb gwelodd Graham fod y diawl budur, blêr yn gwenu arno, hen wên slei a sbeitlyd, tybiai, a ddywedai'n glir, O'r gora, rw't ti wedi gneud idiot go iawn ohonot ti dy hun, gad i betha fod, cyn iddyn nhw fynd dim gwaeth.

Wrth gwrs, doedd o ddim wedi bwriadu taro'i dad yng nghyfraith. Doedd o ddim hyd yn oed yn ymwybodol ei fod o wedi gwneud hynny nes iddo deimlo cledr ei law'n llosgi a chlywed Sara'n sgrechian 'Taid!'. Yna sylweddolodd fod Harri'n baglu oddi wrtho, wysg ei gefn, ac yn baglu wedyn dros ei draed ei hun ac yn syrthio'n erbyn y Fiesta, a bod ei drwyn yn gwaedu, yn pistyllio gwaed, a'i wyneb yn wyn.

Doedd o ddim ychwaith wedi bwriadu cydio mor galed ym mraich Sara, ond wir, roedd ei gweld yn rhuthro fel yna i fwytho'r blydi ffrîc dan weiddi fel petai'r byd ar ben – dim ond slap gafodd e, whare teg, ddim hyd yn oed dwrn – wel, roedd hynny, ar ben popeth, yn ormod i Graham Dafydd, dyn oedd wedi gorfod dioddef mwy na gormod yr wythnos yma'n barod, diolch yn fawr.

Felly gafaelodd yn Sara gerfydd ei braich chwith a'i thynnu oddi wrth ei thaid, ond mae'n rhaid ei fod o wedi pinsio'i chnawd neu wedi'i gwasgu'n galetach nag y bwriadai, oherwydd rhoes Sara floedd uchel arall, bloedd o boen y tro hwn, a gollyngodd Graham ei afael ynddi a chamu'n ôl, wedi'i ddychryn oherwydd doedd o erioed yn ei fywyd wedi codi'i fys yn erbyn Sara ond roedd y floedd a roes ei ferch fel llond pwced o ddŵr oer.

'Sara…,' meddai. 'Sara…'

Trodd yn wyllt gan chwilio am ei wraig. Doedd Mared ddim wedi symud o ddrws y car. Safai yno'n gwylio'r cwbwl, bron yn ddigyffro, fel petai hi'n gwylio golygfa mewn drama deledu nad oedd yn ei difyrru rhyw lawer.

Ond roedd ei hwyneb yn wyn, gwelodd Harri, yn wyn fel blawd, a phan welodd o hefyd fel roedd Graham yn crynu trwyddo ac yn edrych fel tasa fo ar fin colli arno'n gyfan gwbwl, gwyddai beth i'w wneud. Felly pan ddaeth Sara ato'r eilwaith, llwyddodd i ymsythu, edrych i fyw ei llygaid ac ysgwyd ei ben.

'Paid, Sara,' meddai.

Arhosodd Sara'n stond. 'Taid?'

'Well i chdi fynd efo nhw.'

'Beth?'

Roedd Sara'n ysgwyd ei phen fel na phetai hi'n gallu coelio'r hyn a glywai.

'Fedra i ddim gneud efo chdi yma, Sara,' meddai Harri.

Rhythodd arni gan geisio cyfleu efo'i lygaid nad oedd arno eisiau hyn o gwbwl, ddim go iawn, ei fod o'n teimlo'r tristwch mwyaf ers colli Mai ac yna Mared, ond trodd Sara oddi wrtho. Cerddodd at y car a dringo i'r cefn gan eistedd yno'n syllu'n syth o'i blaen. Edrychodd Graham arno fel tasa fo am ddweud rhywbeth, ond yn y diwedd trodd yntau ac eistedd y tu ôl i'r olwyn. Roedd Mared eisoes yn eistedd yn y car, ei llygaid hithau hefyd wedi'u hoelio ar y ffenestr flaen.

Thync!

Thync!

Thync!

Llithrodd yr Audi allan yn dawel drwy'r giât gan grensian dros y cerrig mân. Trodd i'r chwith ac i fyny'r lôn, ac yna o'r golwg.

Arhosodd y tri thync fel rhith o adleisiau yn yr aer, ymhell ar ôl i'r car ddiflannu.

Dyna pryd y dechreuodd Harri grynu.

Iwan

Y fi gafodd hyd iddo fo.

Ma'n siŵr eich bod chitha wedi ca'l y teimlad rywdro fod rhyw foda sbeitlyd yn chwara gêma efo'ch bywyd chi. Un o'u hoff dricia ydi'ch arwain chi i feddwl fod petha'n mynd i fod yn ocê wedi'r cwbwl – fod haul ar fryn unwaith eto, fel petai.

Ond yna ma nhw'n trefnu rhwbath arall cas ar eich cyfar

chi ac yn 'i sbringio fo arnoch chi pan 'dach chi ddim yn 'i ddisgwyl o – braidd fel mynd i ysgwyd llaw efo gweinidog dim ond i hwnnw'ch cicio chi yn eich cwd.

Wrthi'n rhoi'r crisps a ballu'n ôl yn y cwpwrdd o'n i – rheiny ro'n i wedi bwriadu eu rhoi i Sara – pan dda'th Mam i'r gegin. Safodd yn y drws unwaith eto'n syllu arna i, ond er nad oedd hi'n gwenu o glust i glust, ma'n rhaid fod yna rwbath gwahanol ynglŷn â'i hosgo hi 'chos do'n i ddim yn teimlo hannar mor annifyr â'r tro dweutha iddi hi sefyll yno fel'na.

'Dwi newydd fod yn siarad efo Haf,' cychwynnodd, cyn sylweddoli fy mod i – am unwaith – yn cadw'r bwydydd yn hytrach na'u tynnu nhw allan. 'Be sy? Doedd hi mo'u hisio nhw ne' rwbath?'

'Wel… chafodd hi mo'r cyfla i'w gweld nhw, hyd yn oed.' Dechreuais stwffio'r bag i mewn i ddrôr ond cymerodd Mam o oddi arna i a'i blygu'n daclus. Roedd Haf wedi deud wrthi am Sara, roedd yn amlwg, a dywedais inna fel roedd ei rhieni hi wedi achub y blaen arna i. ''Dach chi'n 'u nabod nhw?' gofynnais.

'Nac 'dw. Roedd merch Harri wedi hen symud o 'ma cyn i mi ddŵad yma.'

Ac wrth gwrs, fasa Mam ddim wedi nabod mam Sara yn yr ysgol, chwaith, erbyn meddwl: i ysgol Harlach yr aeth Mam, nid i ysgol Port.

Nid yn nheulu Harri Hipi roedd ei diddordeb ar y foment, beth bynnag, ond yn ei theulu hi'i hun, a chefais yr argraff fod Haf wedi ailadrodd y sgwrs ges i efo hi'n gynharach air-am-air: ma gin honna gof fel eliffant pan fo'n ei siwtio hi.

'Ma gin ti rwbath rw't ti isio'i ddeud wrtha i, ne' felly dwi'n dallt,' meddai Mam. 'Wrtha i a Gwyndaf.'

Nodiais. 'Oes.'

'Wel?'

'Sori...'

'Sori? Am yr hyn ddeudist ti gynna?'

'Naci. Wel – ia. Am hynny, a hefyd am...' Lle oedd rhywun yn dechra? 'Wel... am bob dim. Am y ffordd dwi wedi bod efo chi a... a Gwyndaf.'

Os 'dach chi'n disgwyl i mi ddeud fod Mam wedi beichio crio a lapio'i breichia amdana i'n dynn gan ddeud rhwbath fel, 'O, fy mab, fy mab annwyl!' drosodd a throsodd, yna ma'n rhaid i mi'ch siomi chi. Do'n i ddim yn siŵr iawn be i'w ddisgwyl fy hun, a deud y gwir. Ond yr hyn wna'th Mam oedd sefyll yno efo golwg go feddylgar ar 'i hwynab.

'Sgwn i,' meddai ymhen hir a hwyr, 'faint sy gin hyn i neud efo'r busnas mynd i Florida?'

Sinigiaid – dyna be ydi merchad tŷ ni. Roedd Haf wedi deud rhwbath tebyg, yn doedd? Er, alla i ddim deud fy mod i'n gweld llawar o fai arnyn nhw.

'Dim byd...,' cychwynnais ddeud, cyn sylweddoli nad oedd hynny'n hollol gywir. 'Wel – oes. Ocê, oes – ma gynno fo lot i neud efo fo. Ond... ddim i gyd fel 'dach chi a Haf yn feddwl.'

'A be ydw i a Haf yn feddwl, Iwan?'

'Fy mod i ond yn ymddiheuro am fod arna i isio dŵad efo chi i Florida. Ddim dyna be ydi o.' Ro'n i'n dal i sefyll wrth y cwpwrdd bwyd tra fod Mam wedi ista wrth y bwrdd erbyn hyn ac yn sbio i fyny arna i, yn gwrando'n astud. Ond ar be? Arna i'n mwydro. 'Ma mynd i Florida – yr holl syniad, felly – wedi... dwn 'im... wedi gneud i mi sylweddoli 'mod i wedi bod yn... wel, yn stiwpud, amdanoch chi a Gwyndaf...'

Blydi hel, roedd hyn yn anodd! Nid yr ymddiheuro, ond yr holl fusnas o siarad fel hyn efo Mam. Siarad am betha fel teimlada ac emosiyna a ballu – dydi o ddim yn hawdd. Mi faswn i wrth fy modd cael gwbod ydi *pob* hogyn dwy ar bymthag oed yn ei chael hi'r un mor anodd siarad fel hyn efo'u rhieni (ma rhwbath yn deud wrtha i fod merchad yn 'i cha'l hi'n haws i neud hynny, rywsut: yn sicr, dydi Haf ddim yn ca'l unrhyw draffarth – ca'l honno i gau'i cheg ydi'r joban fwya). Dydan ni'r hogia ddim yn tueddu i drafod petha. Ac wrth i mi baldaruo, sylweddolais nad o'n i'n gallu cofio'r tro dweutha i Mam a fi ga'l sgwrs iawn efo'n gilydd – sgwrs go iawn, ddim jyst y sesiyna cwestiwn-ac-atab yna sy'n ca'l 'u galw'n sgyrsia yn y rhan fwya o gartrefi – ac mai dyna pam fy mod i allan o bractus i'r fath radda.

Wedi i mi orffan, ne' sychu, os leiciwch chi, meddai Mam, 'W't ti'n 'i feddwl o, Iwan? O ddifri, rŵan?'

Nodiais yn eitha ffyrnig. 'Yndw. Wir yr.'

'A ti'n barod i fynd trw' hyn i gyd eto efo Gwyndaf?'

'Yndw.'

'Mi fydd o yma toc.'

'O... y... reit. Grêt. Na, dim ots gin i. 'I fod o'n dŵad yma heno.'

'Ma'n dda gin i glywad,' meddai hi'n ddigon sarrug. 'Rydan ni isio trefnu'r gwylia 'ma yn Florida, ma 'na lot o waith trefnu.'

'Dwi'n siŵr.'

'Ond o leia fydd dim rhaid i ni boeni am Sam,' meddai.

'Ymm... lle fydd Sam, felly?' gofynnais yn hurt.

'Yma, yndê? Mi fyddi di yma i edrych ar 'i ôl o, yn byddi?'

'Fi? Ond...'

'Ond, be? Iwan – mi wnest ti hi'n ddigon clir fod gin ti ddim diddordab mewn dŵad efo ni i Florida.'

'Wnes i ddim deud hynny...'

'Do, mi nest ti. I bob pwrpas. Dwi'n cofio deud, "Iawn,

mi gei di aros adra felly," a ddeudist ti ddim byd yn ôl. Felly roeddan ni'n cymryd... Gwranda, dw't ti ddim yn trio deud rŵan dy fod ti wedi newid dy feddwl, gobeithio?'

'Wel... yndw. Ro'n i'n meddwl... ro'n i'n meddwl 'ych bod chi wedi dallt hynny... gynna...'

'O... Iwan!'

Rhythais arni. Oedd hi o ddifri? Neu oedd hi'n tynnu 'nghoes i, yn fy nghosbi'n bryfoclyd am fod, chwedl Gwyndaf, yn gymaint o gachwr? Roedd yn anodd iawn deud, gan ei bod hi, wrth ebychu f'enw, wedi rhoi ei llaw dros ei llyg'id, fel y bydd rhywun yn gneud pan fydd problam wedi ymddangos o nunlla. Pan symudodd hi'i llaw o'r diwadd, ro'n i'n gobeithio y baswn i'n gweld gwên ar 'i hwynab hi, ond na...

Shit, dwi'n cofio meddwl, *shit shit SHIT*!

'Ma'n rhy hwyr, Iwan,' meddai Mam.

O, blydi hel!

'Be 'dach chi'n feddwl, rhy hwyr? Heddiw nathoch chi feddwl am y peth!'

'Wn i, wn i – mae o i gyd wedi bod ar dipyn o ras, braidd, yn dydi? Ond dim ond bora 'ma welodd Gwyndaf y *deal* ar y we, ti'n gweld. Dyna lle a'th o wedyn, ar ôl dallt nad oeddat ti am ddŵad efo ni – adra i bwcio'r peth. Mae o wedi gneud hynny – mi ffoniodd o tra oeddat ti allan.'

Cododd ac estyn y cig oen o'r ffrij a dechrau paratoi swpar. Steddais inna wrth y bwrdd gan deimlo fel waldio fy mhen gwirion, dwl yn erbyn y pren. Dwi'n gwbod nad o'n i wedi ca'l llawar o amsar i edrych ymlaen at fynd i ffwrdd, ond ro'n i wedi rhyw led-ddechra gneud yn barod. Roedd petha fel fflamingos a thonna gwyrddlas a merchad mewn bicinis bach tila wedi dechra dŵad rhyw fymryn yn fwy real.

Ond edrychai rŵan fel y byddwn i'n gorfod bodloni ar

wylanod a thraeth Morfa Bychan a chwmpeini Labrador melyn.

A hynny am bythefnos.

'O...,' dywedais o'r diwedd. 'Reit...'

'Mmmm?' Trodd Mam oddi wrth y sinc, lle roedd hi wrthi'n plicio tatws efo'i meddwl, ma'n siŵr, yn Florida. 'Iwan, dw't ti ddim yn rhy siomedig, gobeithio?'

Blydi hel, yndw!

'Na, na... wel, chydig. Ond 'na fo, 'y mai i oedd o, yndê?'

Trodd Mam yn ôl at ei thatws ac es inna i fyny i'm stafall. Yno, efo'r drws wedi'i gau'n dynn, chwyrnais bob gair sglyfaethus y gallwn feddwl amdanyn nhw. Tasa blydi Gwyndaf ond wedi gallu aros tan fory! Ond na, roedd o wedi rhuthro adra ac wedi mynd yn syth ar y we, decini, a faswn i ddim wedi fy synnu tasa fo wedi gneud hynny rhag ofn i mi newid fy meddwl. Doedd o ddim am dreulio pythefnos yn Florida yng nghwmni rhyw 'gachwr bach', *no way, José.*

Ma'n rhaid i mi gyfadda, ddaru Sara ddim croesi fy meddwl i drw'r amsar y bûm i'n llyncu un mul ar ôl y llall i fyny yn fy stafall. Ro'n i'n rhy brysur yn sblasio yn fy siom, fel un o ddolffins neu forfilod danheddog Florida yn sblasio mewn pwll yn SeaWorld, Orlando, Florida...

Roedd hi'n tynnu at ddiwadd y pnawn erbyn i mi fedru dychwelyd i lawr y grisia, efo ogla cig oen yn rhostio yn llenwi'r tŷ.

'Iawn. Ocê... wel, wa'th i mi fynd â Sam am dro rŵan.'

'Dyna chdi.'

Roedd Haf yn y gegin efo Mam erbyn hynny a disgwyliais iddi hi ddeud rwbath bachog am Florida (Florida, Florida – ro'n i wedi ca'l hen lond bol ar yr enw), ond ddeudodd hi'r un gair wrth iddi osod y bwrdd.

'Ma Gwyndaf ar 'i ffordd,' meddai Mam, 'felly paid â bod yn rhy hir.'

''Mond yn ddigon hir i bractisio dy *speech*,' meddai Haf.

'Y?'

'Ma Gwyndaf yn edrych ymlaen at dy glywad di'n ymddiheuro,' meddai. 'Dwi inna 'efyd.'

'Dwi ddim yn gneud o flaen hon!' protestiais wrth Mam.

'Ac wedyn,' meddai Mam, 'ar ôl i ni fyta, dwi isio i chdi fynd yn ôl i fyny i dy stafall.'

'I be?'

'I chwilio drw' dy ddillad ha, i weld be sy'n dal yn dy ffitio di a be sy ddim.'

'Y?' dywedais eto. 'Pam?'

''Chos mi fyddi di'n edrych rêl idiot yn cerddad o gwmpas Florida mewn dillad sy'n rhy fach i chdi.'

Ro'n i mewn hwylia mor dda wrth gychwyn allan efo Sam, felly, fel na wnes i ddim llawar iawn mwy na thaflu golwg dros y giât ar dŷ Harri wrth gerddad heibio iddo ar y ffordd i'r traeth. Dim ond digon i sylwi fod yr Audi wedi mynd, ond fod drws ffrynt y tŷ'n gorad.

Roedd fy meddwl, wrth gwrs, ar Florida (doedd yr enw ddim yn troi arna i bellach) wrth i Sam ga'l modd i fyw yn rhedag i mewn ac allan o'r tonna bach dan gega'n goman ar y gwylanod. Doedd hyd yn oed yr wybodaeth fy mod i'n gorfod ymddiheuro i Gwyndaf – a hynny o flaen cynulleidfa o ddwy – ddim yn llwyddo i fygu'r cosi bach neis hwnnw rydach chi'n ei ga'l yng ngwaelod 'ych bol pan fydd gynnoch chi rwbath i edrych ymlaen ato fo.

Roedd hi wedi dechra tywyllu pan gychwynnon ni'n ein hola am adra. Doedd dim goleuni'n dod o'r tu mewn i dŷ

Harri, chwaith, a doedd yr Audi ddim wedi dod yn ôl yn y cyfamsar.

Ma rhwbath yn deud wrtha i mai dyna pryd y meddyliais am Sara go iawn am y tro cynta ers i mi sôn wrth Mam amdani hi a'i rhieni. Tybad oedd hi'n dal yma? Neu, falla, wedi mynd yn ôl i Gaerdydd efo'i thad a'i mam? Wedi ca'l 'i llusgo'n ôl, falla, os oedd hi'n deud y gwir am ddŵad yr holl ffordd yma ddoe heb iddyn nhw wbod. A cha'l uffarn o row bob cam o'r ffordd, ma'n siŵr − ne'n gorfod diodda'r hen ddistawrwydd oeraidd hwnnw ma rhieni'n gallu'i greu mor dda (mi fydda i'n meddwl weithia eu bod nhw'n ca'l gwersi gan rywun, cyn gyntad ag y bydd y fam yn ffeindio'i bod hi'n disgwyl).

Hogan ryfadd ydi hi, meddyliais, yn amlwg â rhyw fagej ne'i gilydd. Do'n i erioed wedi cyfarfod rhywun fel hi o'r blaen; genod digon normal ydi'r rheiny dwi'n 'u nabod. Hyd y gwn i, does yr un ohonyn nhw erioed wedi cymryd i'w penna i deithio i ben arall y wlad ar fympwy, heb ddeud gair wrth eu rhieni; does yr un ohonyn nhw'n beichio crio ar ddim, chwaith.

Ia, hogan ryfadd. Hogan *mixed up*.

Ond eto, roedd 'na rwbath amdani. Be'n union, doedd gen i'r un clem. Fel arfar, taswn i'n dŵad ar draws hogan fel Sara, mi faswn i'n cadw'n ddigon clir oddi wrthi, ond roedd rhwbath amdani a wnâi i mi fod isio gwbod be'n hollol oedd y bagej 'ma roedd hi'n ei lusgo efo hi trw' fywyd.

A be oedd hi'n feddwl pan ddeudodd hi rwbath am ryw sombis ar 'i hôl hi?

Ond roedd y tŷ mewn tywyllwch. Ella wela i mohoni fyth eto, dwi'n cofio meddwl, a cha i fyth wbod rŵan am y sombis. Roedd y drws ffrynt yn dal i fod yn gorad.

'Sam! Sam, gwitshia am funud…'

Petrusais wrth y giât. Roedd car Harri yno, wedi'i barcio

yn ei le arferol, ond doedd dim golwg o'r dyn 'i hun. Roedd o yn 'i garafán, siŵr o fod.

Ond roedd rhwbath cythryblus ynglŷn â'r drws ffrynt agorad hwnnw. Tasa rhywfaint o oleuni wedi bod yn dŵad o'r tu mewn i'r tŷ, go brin y baswn i wedi meddwl ddwywaith am y peth. Ond gan fod y lle mewn tywyllwch...

Harri sy wedi anghofio'i gau o ar ôl i'r lleill fynd, penderfynais: gwell i mi fynd draw i'r garafán i ddeud wrtho fo. Ond pan gerddodd Sam a finna heibio i ochor y tŷ am yr ardd gefn, gallwn weld fod y garafán hefyd mewn tywyllwch. Rhag ofn ei fod o'n cysgu ynddi, rhoddais sawl waldan i'r drws a cha'l dim ymatab, ac o drio'r drws, dyma ffeindio nad oedd o wedi ca'l 'i gloi.

'Harri? Harri!' gwaeddais. Cyfarthodd Sam, ac mi fasa hynny'n siŵr o fod wedi deffro Harri tasa fo yno.

Yn ôl â ni at y tŷ, efo mwy o weiddi ac o gyfarth.

Dim ymatab.

Gwthiais y drws yn agorad led y pen efo blaena fy mysadd a faswn i ddim wedi ca'l fy synnu tasa fo wedi agor efo gwich uchal, fel y sŵn y bydd arch Draciwla'n ei neud pan fydd hwnnw'n penderfynu codi am y noson.

'Harri?' galwais eto. 'Sara?'

Dechreuodd Sam neud sŵn crio a thynnu'n ôl, yn amlwg yn casáu'r syniad o fynd i mewn i'r tŷ.

'Sam! Be haru ti? Callia, nei di?'

Trodd y sŵn crio'n chwyrnu ac yna'n sgyrnygu. Ond roedd o'n benderfynol nad oedd o am roi'r un o'i bawenna dros y rhiniog, dim ots faint ro'n i'n tynnu ar ei dennyn o. Roedd o'n f'atgoffa i o'r mul hwnnw yn y Beibl, yn perthyn i ryw foi o'r enw Balaam, rhyw ful styfnig oedd yn gwrthod yn lân â symud 'run fodfadd dim ots be oedd yr hen Falaam yn 'i neud efo fo.

'Aros yma 'ta'r blydi babi ddiawl!'

Taflais dennyn Sam ar y llawr mewn ffit o dempar. Trodd Sam a throtian at y giât ac ista'n un cocyn gan neud yr hen sŵn crio yna unwaith eto. Wel, sgin i ddim c'wilydd deud, mi ddois i'n ymwybodol iawn o'r ffaith 'i bod hi wedi tywyllu go iawn erbyn hyn a bod y gwynt yn chw'thu'n oer. Yr unig beth oedd ar goll oedd rhyw blydi tylluan yn 'i thwit-tŵ-hŵio hi uwch 'y mhen i, a phetai yna rywun wedi sleifio'r tu ôl i mi a chydiad yn'a i, mi faswn i wedi gneud lond fy nhrowsus.

Troais yn ôl at y tŷ, y drws agorad a'r tywyllwch a arhosai amdanaf y tu mewn.

'Harri?'

Dim sŵn na smic na siw na blydi miw.

Shit...

Roedd y teimlad fod petha'n bell o fod yn iawn yn gryfach nag erioed. Chwaraeais efo'r syniad o fynd adra a dŵad yn ôl wedyn efo Gwyndaf a Mam – ia, a Haf, 'efyd, gora po fwya – ond 'swn i byth yn ca'l anghofio'r peth tasan ni i gyd yn cyrra'dd yma dim ond i Harri bopio i fyny o rwla.

Doedd gin i ddim dewis felly, nag oedd? Gan weiddi 'Harri!' eto, camais i mewn i'r tŷ.

'Helô?'

Lle uffarn oedd y blydi switsh? Wir i chi, mi wibiodd pob golygfa erchyll o bob ffilm arswyd dwi wedi'i gweld (a dwi wedi gweld cannoedd ohonyn nhw) drw' fy meddwl wrth i'm llaw sgrialu ar hyd y mur am switsh y gola. Be taswn i'n teimlo rhwbath gwlyb, cynnas a stici ar fy mysadd, ac yn gweld, ar ôl ca'l hyd i'r switsh, fod y walia'n waed i gyd? Be tasa 'na law fach oer yn cau am fy llaw i wrth i mi chwilio? Be taswn i'n teimlo rhywun yn anadlu yn fy nghlust i, ne' – yn waeth fyth – yn clywad chwerthin yn dŵad o'r tywyllwch? Be tasa…?

O'r diwadd, y switsh.

A goleuni.

Diolch-diolch-diolch i Dduw!

'Harri?' galwais eto. 'Sara?'

Brathais fy mhen i mewn i'r stafall fyw. Roedd y switsh wrth ymyl y drws, ond doedd neb yno. Sylwais, ar fy ffordd allan o'r stafall, fod côt Sara wedi mynd oddi ar y pegia wrth y drws ffrynt. Er hynny, rhoddais ola'r landin ymlaen a gweiddi enwa Harri a Sara i fyny'r grisia.

Wel, roedd y tŷ'n amlwg yn wag. Y peth callaf i mi neud, penderfynais, oedd mynd allan a chau'r drws yn dynn ar f'ôl, ond gada'l gola'r pasej ymlaen rhag ofn i ryw ladron ddigwydd dŵad heibio.

Cychwynnais am y drws ffrynt agorad.

'Gegin,' meddai llais o rwla'r tu ôl i mi.

Coeliwch ne' beidio, wnes i ddim neidio na bloeddio na rhedag allan trw'r drws ffrynt dan sgrechian fel rhywun o'i go. Pam, sgin i ddim clem. Ella y bydd hyn yn swnio'n od, ond er ei fod o wedi dŵad o nunlla – doedd neb yno'r tu ôl i mi, wrth gwrs – doedd yna ddim byd sbŵci ynglŷn â'r llais. Llais dynas, digon cyffredin; yr unig beth nodweddol amdano oedd y ffordd y deudodd hi'r gair 'gegin', fel tasa hi'n f'atgoffa o rwbath pwysig ro'n i wedi'i anghofio. Ac yn syth bin, jyst iawn yn yr un eiliad a heb feddwl o gwbwl (ma'n siŵr, taswn i wedi meddwl am y peth, mi faswn i *wedi* bloeddio a neidio a rhedag i ffwrdd dan sgrechian), troais a mynd i lawr y pasej am y gegin…

… ac yno roedd Harri, yn gorwadd ar 'i ochor ar y llawr o flaen y ffrij.

Breian

Fel cysgod, llithrodd Breian i lawr grisiau'r fflatiau ac allan drwy'r drysau cefn ychydig wedi hanner nos.

Wedi'i wisgo mewn du o'i gorun i'w sawdl, ceisiodd ei berswadio'i hun ei fod o fel ninja (petai Harri wedi cael cip arno, buasai Breian wedi ei atgoffa o'r dyn yn yr hysbysebion Milk Tray). Mae'r ninjas yn enwog am wibio'n dawel dan gysgod y nos, ac am ladd a dianc a bod yn ôl adref yn eu gwelyau cyn fod neb arall fymryn callach eu bod nhw wedi bod o gwmpas y lle o gwbwl.

Dydyn nhw ddim, ochneidiodd Breian wrth orfod cyfaddef hyn, yn enwog am gachu brics. Nac am neidio allan o'u crwyn dan floeddio'n uchel pan fo cath yn digwydd brwsio'n erbyn eu coesau wrth frysio drwy'r strydoedd cefn.

Pam-pam-pam wnes i gytuno i neud hyn? holodd ei hun am y canfed tro. Ond wrth gwrs, gwyddai pam.

Roedd o wedi trio gwrthod. 'No way!' meddai wrth Breioni.

'O? Ti'n gwrthod, felly?'

'Be uffarn ti'n meddwl ma "no way" yn 'i feddwl?'

Cododd Breioni oddi ar y soffa a dechrau gwisgo amdani, ac er mor falch oedd Breian o weld hyn yn digwydd o'r diwedd, roedd yn ofni fod rhywbeth gwaeth i ddod. Go brin fod popeth am fod mor hawdd â hyn?

'Y... rw't ti *yn* dallt pam dwi'n gwrthod, yn dw't?' gofynnodd iddi'n nerfus.

'Mmmm? O, yndw,' meddai Breioni. '*Death wish* sy gin ti, yndê?'

'Be?'

'Isio marw w't ti.'

'Dwi'n gwbod be ydi *death wish*, dwi ddim yn thic. Pam w't ti'n deud hynna?'

'Wel, meddylia am y peth.' Tynnodd Breioni ei sgert i lawr dros ei chluniau a chodi'i thop oddi ar y llawr a'i ysgwyd. 'Sgin i ddim dewis rŵan ond gofyn i Mal neud rwbath, gan dy fod ti wedi gwrthod. A phan ddeuda i dy fod ti wedi addo gneud ar yr amod dy fod yn ca'l shag, ac ar ôl ca'l tair...' – edrychodd arno – 'wel... dwy a hannar, ddeudan ni. Ar ôl ca'l be roeddat ti isio, dy fod ti wedi newid dy feddwl a deud, na, dwi ddim am neud be wnes i addo...'

Trodd Breian yn wyn. 'Wnei di ddim deud hynny wrtho fo!'

'Na wna? Gei di weld.'

'Ond... mi fydd o'n *pissed off* efo chditha 'efyd.'

'I ddechra. Ond erbyn i mi dorri 'nghalon, a deud 'mod i mor ypsét ar ôl ca'l y sac, a dy fod ti i bob pwrpas wedi cymryd mantais ar hynny... 'swn i ddim yn leicio bod yn dy sgidia di, Brei, dyna'r cwbwl fedra i 'i ddeud. Ond 'na fo, os ti'n gwrthod gneud un peth bach i mi...'

'Peth bach? Dydi rhoid y lle ar dân ddim yn beth bach!'

'Dydi o ddim yn *big deal* chwaith, Breian. 'Mond gweithdy ydi o, dydi o ddim fel 'sa chdi'n debygol o ladd rhywun, yn nac 'di?'

'Cha i ddim jyst taflu bricsan drw' ffenast y siop ne'r caffi?'

''Dan ni 'di *bod* trw' hynny, Breian. "Na chei" oedd yr atab, a tydi o ddim wedi newid.'

Roedd Breian wedi cerdded yn ôl ac ymlaen ar hyd llawr y stafall fyw fel teigr mewn caets, ond chymerodd Breioni ddim sylw ohono wrth iddi orffen gwisgo.

'Reit 'ta, dwi'n mynd,' meddai hi wrtho. 'Pryd ddeudist ti fydd Mal yn ôl?'

'Ocê, ocê!'

Gwgodd Breian arni, gan ddychmygu cydiad ynddi

a'i lluchio allan drwy'r ffenest – rhywbeth a fyddai'n sicr o ddigwydd iddo fo petai Breioni'n achwyn amdano wrth Malcolm.

'Be?'

'Ocê... mi wna i o... ond ma'n rhaid i chdi ddŵad efo fi.'

Ysgydwodd Breioni'i phen. 'Faint o weithia sy isio deud? Ma'n rhaid i mi ga'l *alibi*. Tria feddwl – Jona Huws yn rhoid y sac i mi ddoe, a heno ma gweithdy Jona Huws yn ca'l 'i losgi. Fi fasa'r *prime suspect*, yndê? Ac os ydw i adra efo Mam a Dad drw'r nos, yn gwatshiad *shit* ar y teli cyn mynd i 'ngwely'n hogan dda... a wnawn nhw ddim ama Mal, chwaith, 'cos mae o yn Sussex ne' rwla efo cannoedd o feicars erill. Ocê?'

Felly dyna pam ei fod o'n sleifio drwy strydoedd cefn Port am hanner nos gan adael bricsan ar ôl bricsan yn ei sgil, teimlai. Ac roedd Breioni, damia hi, wedi meddwl am bopeth. Roedd nifer o gamerâu yma ac acw, a doedd gan yr un ohonyn nhw syniad ynglŷn â lle roedden nhw i gyd, felly, meddai Breioni gan lygadu ei gorff tenau, basa'n syniad iddo'i wneud ei hun yn dew – jyst rhag ofn i'r camerâu, neu hyd yn oed berson arall, weld rhywun tenau yng nghyffiniau gweithdy Jona Huws.

'Ma'n lot haws gneud rhywun tena'n dew na gneud rhywun tew yn dena,' meddai. Fel tasa ganddi beth myrdd o brofiad yn y maes. Ac ar ôl heddiw, ni fasa Breian yn synnu petai hi'n un o'r Queens of Crime rheiny. Dyna pam roedd ganddo ddau glustog wedi'u clymu i'w gorff o dan ei hwdi – fel tasa fo ddim yn chwysu chwartia'n barod.

Ac i goroni'r cyfan, roedd hi'n bwrw glaw.

Ond erbyn meddwl, penderfynodd fod hynny'n beth da: ychydig iawn o bobol eraill oedd o gwmpas y lle, a chyrhaeddodd y tu allan i weithdy Jona Huws heb weld yr un enaid byw heblaw am y gath gythreulig honno a ddaeth o fewn dim i roi hartan iddo.

Dwy hen garej fawr wedi'u troi yn un oedd y gweithdy, gyda muriau carreg ond â drysau pren wedi eu clymu ynghyd â chadwyn a chlo go fawr. Yn union fel yr oedd Breioni wedi'i ddisgrifio. Ma'n rhaid ei bod wedi gneud reci, meddyliodd Breian, a'i bod hi felly wedi cynllunio hyn yn ofalus, reit o'r cychwyn. Cyn dŵad draw i'r fflat neithiwr.

Cyn dŵad i'r fflat i chwara efo fi fel ma cath yn chwara efo llygodan.

Wrth gwrs, roedd o wedi amau hyn yn barod: onid oedd cymeriad Breioni wedi newid yn llwyr dros nos, bron? Un funud yn crio a nadu, yna'n fwndel aflonydd o ryw chwilboeth, a heddiw yn...

Yn bitsh, meddyliodd. Dyna'r unig air.

A dw inna'n blydi ffŵl.

Ac yn awr, ac yntau wyneb yn wyneb â'r gweithdy, â'r drysau a'r clo, ac efo'r nos yn wlyb o'i gwmpas, teimlai Breian yn ofnadwy o unig, gymaint felly nes ei fod o'n barod i orwedd mewn pelen ar y llawr gan feichio crio. Dwi ddim isio gneud hyn! meddyliodd. Dwi ddim isio gneud hyn!

Ond gwyddai nad oedd ganddo fawr o ddewis. Roedd arno ormod o ofn ei frawd mawr i wrando ar y llais oedd yn sgrechian yn ei ben: Cer adra-cer adra-cer adra! Ac fel y dywedodd y bitsh wrtho'n gynharach, 'Fydd neb yn gwbod, Brei. 'Mond chdi a fi – a dwi ddim yn ddigon stiwpud i agor 'y ngheg, mi ddeuda i gymint â hynny wrthat ti.'

Y gair hwnnw eto. Stiwpud. Yn ei feddwl yn awr roedd Breioni fel neidr wenwynig, yn hisian y gair yn ei wyneb – *sssstiwpud*.

Doedd y clo ddim yn broblem. Un fantais o gael brawd mawr sy'n feiciwr yw ei fod o wastad yn gweithio ar y beic, yn ei diwnio a'i wella a ffidlan efo'i berfedd. Golygai hyn fod digonedd o dŵls o gwmpas y lle, a thorrodd un ohonyn nhw'n awr drwy'r clo fel siswrn drwy gardbord.

Cilagorodd Breian y drysau a llithrodd y ninja i mewn i'r gweithdy gan gau'r drysau'n ôl at ei gilydd.

Ym mhen pella'r dref, tua hanner awr yn ddiweddarach, trodd Breioni yn ei gwely wrth i seirenau'r gwasanaethau brys, tair ohonyn nhw, sgrechian dros y dref, ond ddeffrodd hi ddim.

A thua'r un adeg, draw yn Nwygyfylchi, gwenodd Tomos Pritchard yn ei gwsg.

Mared a Sara

'Dydyn nhw ddim yn meddwl 'i bod hi'n un ddrwg,' meddai Mared.

'Beth – o's shwt beth â strôc dda, felly?'

Bore Llun, a'r fam a'r ferch ar eu ffordd yn ôl i fyny i'r Gogledd. Niwl ar y Bannau ond heulwen dros bentrefi'r dyffrynnoedd. Libanus, Llyswen, Erwood...

'O, Sara...' Roedd llygaid Mared yn goch, gwelai yn y drych, a chroen ei hwyneb yn hongian yn llac ac yn ddi-liw. 'Strôc gymharol fechan oedd hi, dyna'r cwbwl dwi'n ei ddeud.'

Roedd ei hemosiynau dros y lle i gyd, gwyddai. Blinder, ar ben popeth arall, blinder corff ac ysbryd. Erbyn i'r tri ohonyn nhw gyrraedd yn ôl i Landaf neithiwr, yr unig beth roedd arni hi eisiau'i weld oedd ei gwely.

Ond yna canodd y ffôn, y blydi ffôn...

'Sut w't ti'n nabod o, felly?' gofynnodd Mared. 'Yr hogyn 'ma dda'th o hyd i dy daid.'

'Iwan?' Edrychodd Sara arni fel petai ei mam wedi gofyn y cwestiwn mwyaf hurt dan haul. 'Wy ddim yn 'i nabod e. Dim ond siarad â fe gwpwl o weithie.'

Wir Dduw, dwi'n mynd i sgrechian unrhyw funud rŵan, meddyliodd Mared. Ydi hon yn gneud ati i gymryd bob dim dwi'n 'i ddeud yn llythrennol?

Ar ôl ychydig, meddai Sara, 'Strôc fach…'

'Ia.'

'Ond ma strôc fach yn aml yn arwain at strôc fawr.'

'Ddim bob tro.'

'Ond yn aml.'

Cododd Mared ei hysgwyddau. 'Does dim dal,' meddai. 'Yli, paid â meddwl fel'na. Fwy na thebyg y daw o ato'i hun yn tshampion. 'Mond iddo fo gymryd gofal.'

Daethant at Gwmbach Llechryd ac, wrth gwrs, amhosib oedd iddi beidio â meddwl am Graham. Neithiwr, pan ddeallodd o pam roedd y ffôn wedi canu, llifodd y lliw o'i wyneb i'r fath raddau fel yr ofnai Mared ei fod *o* ar fin cael strôc. Eisteddodd ar y grisiau gan ysgwyd ei ben, a gwyddai Mared fod ei lygaid wedi'u hoelio ar ei hwyneb hi, er ei bod hi wedi methu ag edrych arno, ddim yn syth: roedd hi wedi sefyll yno efo'r ffôn yn hwmian yn uchel yn ei llaw a'i llygaid hi ar gau.

'Dad,' oedd ei geiriau. 'Ma Dad wedi ca'l strôc.' Ac, ar ei marw, doedd hi ddim wedi hyd yn oed meddwl am weld unrhyw fai ar Graham, ddim ar y pryd; dim ond rhoi'r wybodaeth, dweud y newyddion, ond wrth iddi siarad roedd hi wedi teimlo a chlywed y cyhuddiad yn gwingo drwy'i thôn.

Ac wrth gwrs, roedd Graham wedi'i glywed hefyd. Iddo fo, roedd o yno'n blaen a chlir ac yn gan mil amlycach nag yr oedd mewn gwirionedd. Bron cyn waethed â phetai Mared wedi sgrechian arno, 'Dy fai di ydi o! Y chdi wna'th 'i daro fo!'

Ar adegau fel hyn, meddyliodd Mared, ma pob dim yn cael ei chwyddo, ei orliwio; mae'r cof yn troi'n sbeitlyd a thwyllodrus. Roedd ei chof hi'n awr yn gwneud ei orau i fynnu fod slap ddamweiniol Graham yn ddwrn bwriadol a chiaidd.

Ia – Graham, o bawb. Hyd y gwyddai Mared, doedd Graham erioed wedi codi'r un o'i fysedd yn erbyn neb. Erioed wedi bod mewn unrhyw ffeit wrth dyfu i fyny, rhywbeth a synnodd Mared yn aruthrol pan ddywedodd o hynny wrthi gyntaf, yn ystod eu canlyn. Felly roedd y syniad fod Graham wedi rhoi waldan fwriadol i Harri'n un hurt bost.

Eto, roedd rhywbeth wedi digwydd ddoe. Roedd Graham mewn cryn stad erbyn y diwedd: cyn iddyn nhw gyrraedd pen pella'r pentref, ar eu ffordd adref, bu'n rhaid iddo dynnu i mewn at ochr y ffordd a mynd allan i chwydu. Gwyrodd yn ei flaen dros y ffos efo'i ddwylo ar ei bengliniau, yn crynu trwyddo wrth boeri cyfog gwag. Mared a yrrodd yn ôl i Gaerdydd.

Es i ddim allan ato fo, meddyliodd; es i ddim allan o'r car o gwbwl, dim ond llithro dros y canol i sedd y gyrrwr. A phan ddaeth o'n ôl i'r car efo'i wyneb yn wyn ac yn sgleinio â chwys oer, a drewdod surni ar ei wynt, yr unig beth ddeudis i wrtho fo oedd, 'Mi wna i yrru, Graham.'

Dim gwên, dim gwasgiad llaw, dim un gair bach o gysur.

A Sara?

Ddeudodd Sara'r un gair drwy gydol y siwrna, 'mond cysgu bob cam adra. Neu gymryd arni'i bod hi'n cysgu. Ar wahân i pan arhoson ni yn Nolgella am rwbath i'w fwyta ac i ddefnyddio'r tai bach. Doedd gan Graham ddim stumog o gwbwl ar gyfer dim byd ond coffi; ymdrechais i fwyta rhywfaint o gawl, ond claddodd Sara blatiad mawr o ginio, a phwdin wedyn. Syllais arni hi'n gwledda, a does arna i ddim isio meddwl rŵan am yr holl betha a wibiai drw' fy meddwl wrth i mi'i gwylio hi'n codi un fforchiad ar ôl y llall, un llwyaid ar ôl y llall, o'r plât a'r ddysgl i'w cheg.

Yn fuan wedyn, rywle yn y Canolbarth – Cwm Llinau? Cemmaes? Commins Coch? – dywedodd Graham yn ddirybudd, 'Wnes i mo'i daro fe'n fwriadol, chi'n gwbod hynny, on'd 'ych chi? Damwain o'dd hi. Damwain.'

Edrychodd arna i, ond ddeudis i ddim byd yn ôl. Rhoes Graham un ochenaid drom, gorffwys ei ben ar gefn ei sedd a chau'i lygaid wrth i Cliff Richard ddechrau canu yn fy mhen i unwaith eto.

'Does dim bai ar neb, ysti,' mentrais ddweud yn awr.

Roedd Sara'n syllu allan drwy'r ffenestr ochr a gwelais ei chorff yn tynhau.

'Strôc gafodd o, Sara. Basa hynny wedi digwydd dim ots be.'

Ond o'n i wirioneddol yn coelio hynny fy hun? Efallai fod yr ansicrwydd a'r amheuaeth yno yn fy llais wrth i mi siarad, oherwydd ddeudodd Sara ddim byd yn ôl.

Caersws, Clatter, Carno…

Iwan

Am noson.

Neithiwr dwi'n feddwl, nos Sul. A darn reit dda o fora heddiw, erbyn meddwl.

Lle ma rhywun yn dechra? Efo lle orffennais i, decini, dyna'r lle calla, pan es i i'r gegin honno a gweld Harri Hipi'n gelain ar y llawr.

Ne' felly ro'n i'n meddwl i ddechra – ac mi ddeuda i

gymint â hyn, os mai fel'na ma rhywun sy ddim wedi marw'n edrych, yna dwi byth isio gweld rhywun sy *wedi* marw. Roedd 'i lyg'id o wedi cau, diolch i Dduw. Ma'n od, ond dwi'n gallu gwatshiad ffilmia fel *Saw* a *The Texas Chainsaw Massacre* lle ma pobol yn ca'l 'u torri'n ddarna mân, efo gwaed a gyts yn saethu i bob cyfeiriad, ond fedra i ddim diodda gwatshiad rhyw *thriller* ar y bocs – ia, hyd yn oed rhwbath llipa fel *Midsomer Murders* – os ydyn nhw'n ca'l hyd i gorff rhywun sy wedi ca'l 'i dagu, 'chos ma'u llyg'id nhw'n llydan agorad, yn dydyn? Ac yn syllu arnoch chi'n ddall, fel tasa gynnyn nhw lyg'id gwydr. Beth bynnag, roedd llyg'id Harri ynghau ond roedd ei geg o'n llydan agorad ac mi agorodd f'un inna wrth i mi weiddi dros y tŷ. Be waeddais i, sgin i ddim clem: bloedd uchal oedd hi, sgrech i bob pwrpas.

Rywsut ne'i gilydd ro'n i'n ôl yn y pasej, wedi cerddad yno wysg 'y nghefn. Roedd wynab Harri wedi mynd o'r golwg rŵan ond ro'n i'n dal i allu gweld 'i draed o, dwy esgid gowboi yn hollol lonydd, ac ma'n rhyfadd fel ma'r ymennydd yn gweithio weithia, yn dydi, ond dwi'n cofio meddwl: mae o angan sodla newydd ar y rheina, ma nhw 'di gwisgo i lawr i ddim gynno fo, jyst iawn.

Yna rhoddais floedd arall wrth i rwbath neud sŵn clatran uchal y tu ôl i mi, a sylweddolais 'mod i wedi cerddad i mewn i fwrdd bach uchal, pren, efo ffôn arno fo. Do'n i ddim yn meddwl yn glir iawn (wel, 'dach chi'n synnu?) ac mi godais i'r bwrdd yn 'i ôl i'w sefyll a gosod y ffôn arno fo'n daclus a throi am y drws efo'r bwriad o redag adra a deud wrth Mam... cyn sylweddoli mai ffôn ro'n i newydd 'i roid yn ôl ar y bwrdd. Ac oedd, roedd o'n dal i weithio.

'Helô?' meddai llais rhyw ddyn.

Gan fy mod i wedi fy ffwndro'n lân ro'n i wedi ffonio'r rhif anghywir, yn amlwg.

'Shit!'

'Sori?'

'O!… sori, *wrong number…*' – ac ro'n i ar fin rhoid y ffôn i lawr a thrio eto pan glywais y llais yn deud:

'Iwan? Iwan, chdi sy 'na?'

Wrth gwrs – Gwyndaf. Blydi Gwyndaf oedd o, do'n i ddim wedi deialu'n anghywir wedi'r cwbwl, a hyd yn oed yn fy mhanig, coeliwch ne' beidio, mi ddaru'r hen lais bach sbeitlyd hwnnw sibrwd yn hollol sarci yn 'y nghlust i, *O? Ydi o'n atab y ffôn yn ein tŷ ni rŵan, 'efyd?*

Llwyddais i grawcian, 'Lle ma Mam?'

'Ma dy fam newydd biciad i fyny i'r lle chwech… be sy, boi?'

Roedd o wedi clywad rhwbath yn fy llais, ma'n rhaid gin i.

'Harri… ma Harri… dwi'n meddwl fod o 'di marw!'

'Be? Pwy ddeudist ti?'

'Harri! Harri Hipi…'

'Aros, ma dy fam yma rŵan…'

'Iwan…?'

'Dwi'n ffonio o dŷ Harri, Mam. Dwi'n meddwl fod o 'di marw…'

'O'r arglwydd… Iwan, w't ti'n iawn?'

Blydi hel, nag o'n, ond dywedais, 'Yndw, dwi'n ocê.'

'Mi fyddan ni yna efo chdi rŵan.'

Rhoddais y ffôn yn ôl i lawr yn ddiolchgar, ac wrth i mi neud, mi ges i'r hen deimlad uffernol hwnnw fod rhywun yn 'y ngwatshiad i. Edrychais i fyny'n ofnus gan hannar disgwyl gweld Harri yn llusgo'i hun amdana i ar hyd y pasej, ond doedd 'na neb yno. Roedd y sgidia cowboi mor llonydd ag erioed.

Yna clywais sŵn car yn troi i mewn drw'r giât a llanwyd y pasej â goleuni cry am eiliad ne' ddau.

Brysiodd Gwyndaf a Mam i mewn i'r tŷ.

'Lle mae o, 'ngwas i?' gofynnodd Gwyndaf.

Nodiais i gyfeiriad y gegin ac a'th Gwyndaf yno ar 'i union. Cododd fy mharch tuag ato fo gryn dipyn: tasach chi'n deud wrtha i fod yna gorff marw yn rhwla, fasach chi ond yn gweld lliw 'y nhin i'n mynd i'r cyfeiriad arall.

Roedd Mam yn cydiad yn dynn yn fy mraich. 'Ti'n wyn fel y galchan, Iwan bach. Ty'd... stedda ar y grisia 'ma.'

Gadewais iddi fy nhynnu at y grisia a'm helpu i ista ar un o'r grisia isa fel taswn i'n hen gojar.

'Gest ti sioc?'

Nodiais. Dyna'r unig beth y medrwn i neud, 'chos roedd Mam mor neis efo fi, roedd homar o lwmp yn 'y ngwddw i a sbiais i lawr ar flaena fy sgidia rhag ofn iddi hi weld y dagra yn fy llyg'id.

'Be wna'th i chdi ddŵad i mewn yma yn y lle cynta?' gofynnodd.

'Gwe...' Cliriais fy ngwddw a theimlo'r hen lwmpyn hwnnw'n shrincio rhyw fymryn. 'Gweld y drws ffrynt yn gorad, a neb o gwmpas. Pasio efo Sam ro'n i... *shit*... Sam...'

'Ma Sam yn tshampion, ma Haf wedi mynd â fo adra. Mi fynnodd hi ga'l dŵad efo ni, ond mi fynnis inna 'i bod hi'n mynd yn ôl. Do'n i ddim isio iddi hi weld... ysti...'

Da'th Gwyndaf trwodd o'r gegin a mynd yn syth at y ffôn. 'Dydi o ddim 'di marw. Dwi'n rhyw feddwl 'i fod o wedi ca'l strôc.'

A doedd gin i mo'r help, ond mi ddechreuis i grio, yno wrth draed y grisia.

Ar ôl cychwyn drw' ddeud 'Am noson', ma'n rhaid i mi gyfadda rŵan mai 'mond pytia ohoni dwi'n eu cofio.

Dwi'n cofio bod Mam wedi mynd i fyny i'r llofftydd i chwilio am rwbath i'w roi dros Harri er mwyn ei gadw o'n gynnas, a bod defnydd ei jîns wedi brwsio'n arw yn erbyn ochor fy mhen wrth iddi fy mhasio ar y grisia, a'i bod hi wedi dŵad yn ôl i lawr efo dwfe a gobennydd a diflannu efo nhw i'r gegin. A dwi'n cofio meddwl tybad os mai dwfe a gobennydd Sara oeddan nhw.

Pam feddyliais i hynny, Duw a ŵyr. Hefyd, dwi'n cofio fel roedd awel y nos yn dŵad i mewn trw'r drws ffrynt agorad ac yn teimlo'n fendigedig ar fy ngwynab, ac fel ro'n i'n meddwl: 'swn i'n ddigon bodlon aros yma ar y grisia am oria, drw'r nos, am byth...

Dwi'n cofio 'efyd fel y bu i Gwyndaf a minna siarad efo'n gilydd go iawn am y tro cynta. Ro'n i wedi dechra dŵad at fy hun erbyn hynny ac yn teimlo'n o lew erbyn i Gwyndaf orffan ffonio am ambiwlans.

'Sgin y tŷ enw, dywad?' meddai wrtha i ar ôl rhoi'r ffôn i lawr.

Meddyliais am y peth. 'Dwi ddim yn meddwl fod gynno fo un,' atebais, rioed wedi sylweddoli hynny o'r blaen, credwch ne' beidio. 'Tŷ Harri Hipi' fuodd o rioed.

'Y tŷ ger y traeth – dyna be ddeudis i wrth y bobol ambiwlans,' meddai Gwyndaf. 'Od ar y naw, 'efyd, fod gynno fo ddim enw, a'r dyn yma'n 'i osod o bob ha'.' Edrychodd arna i: ro'n i'n dal i ista ar waelod y grisia. 'Da iawn chdi am 'i ffeindio fo.'

'Sut... sut 'dach chi'n meddwl y bydd o?' gofynnais.

Ysgydwodd ei ben. 'Dwn 'im. *Os* mai strôc gafodd o... wel, ma'n amhosib deud. A do's wbod *pryd* y cafodd o'i daro. Ond gora po gynta y daw'r ambiwlans. Ma'n siŵr y bydd gynnyn nhw well syniad pan ddechreuith o ddeffro, dŵad ato'i hun.' Craffodd arna i. 'Sut w't *ti'n* teimlo, boi?'

'Yn well,' atebais. 'Yn well rŵan. Diolch.'

Ac ro'n i. Roedd y ffaith fod Harri'n dal yn fyw – ac nad corff wedi marw oedd yr hyn welis i yn y gegin – wedi gneud i mi deimlo'n fwy fel fi fy hun. A dwi'n gwbod nad dyna'r amsar na'r lle, ond edrychais ar Gwyndaf a deud, 'Ma'n ddrwg gin i, Gwyndaf.'

'Be?' Edrychodd yn hurt arna i, falla'n meddwl 'mod i'n ymddiheuro am 'i lusgo fo allan, ne' am ddŵad o hyd i Harri yn y lle cynta.

'Sori. Am… am fod yn gymint o gachwr, efo Mam a chi.'

'Ahhh – reit. Wela i. Wel…' Cododd ei sgwydda, ddim wedi disgwyl hyn a ddim yn siŵr iawn lle i roid 'i hun. 'Wel, diolch i chdi am hynna,' meddai. Edrychodd i ffwrdd yn falch wrth i Mam ddychwelyd o'r gegin ac mi es inna allan i'r ardd ffrynt i weld oedd yna unrhyw olwg o'r ambiwlans.

Be arall ydw i'n ei gofio?

Teimlad cyffredinol fod yr ambiwlans yn cymryd oes i ddŵad, ond doedd hynny ond i'w ddisgwyl, ma'n siŵr – hir yw pob ymaros, a ballu, yndê? Ond mi dda'th y gola glas o'r diwadd, a dwi'n cofio teimlo braidd yn biwis efo'r bobol ambiwlans, dyn a dynas nad oeddan nhw'n edrych fawr hŷn na fi, am fod mor… be ydi'r gair?… *Matter of fact* ma'r Saeson yn deud, ond roedd o'n fwy na hynny: roeddan nhw'n siriol, jyst iawn, fel tasa Harri druan wedi gneud dim byd gwaeth na throi'i droed. Doeddan nhw ddim yn trin y peth efo'r difrifoldeb ro'n i wedi'i ddisgwyl, rywsut – ond wedyn, be o'n i wedi'i ddisgwyl? Y basan nhw'n ymddwyn fel dau *undertaker* ne' rwbath?

A dwi'n cofio'r cip dweutha ges i'r noson honno ar wynab

Harri wrth iddyn nhw'i lwytho fo i gefn yr ambiwlans. Roedd o'n wyn, mor wyn – a dyna sut y gwnes i sylwi ar 'i drwyn o, fod y croen o gwmpas 'i ffroena fo'n dywyllach, ac mai wedi cremstio efo gwaed roeddan nhw. Ma'n rhaid 'i fod o wedi taro'i drwyn ar y llawr wrth syrthio, dwi'n cofio meddwl.

Y cradur.

Jona

'Deng munud,' meddai'r nyrs wrtho. 'Dim mwy.'

Ond roedd deng munud yn ddigon. Roedd Harri'n cysgu, ac roedd gormod o ofn ar Jona i holi ai cwsg naturiol oedd o. 'Gawn ni weld sut fydd o pan ddeffrith o,' meddai rhywun-neu'i-gilydd. Gorweddai ar ei gefn yn y gwely, ac roedd rhywun-neu'i-gilydd arall wedi datod ei wallt a'i frwsio nes ei fod yn edrych i Jona fel petai'n sgleinio yng ngolau gwan yr ystafell.

'Aclwy, ma isio gras efo rhei pobol,' meddai Jona wrtho. 'Gorwadd yna fel rhyw blydi Indian hannar-ffordd i'r *happy hunting-grounds*, myn uffarn i. Sgin ti unrhyw syniad faint o draffarth rw't ti wedi'i achosi i bobol heddiw efo dy giamocs? Mi fasa 'di bod yn help tasa gin ti ryw fath o drefn ar y garafán sglyfaethus 'na: mi gymerodd hi hydoedd i'r bobol druan 'na ddŵad o hyd i rif ffôn Mared. Mi fydd hi yma fory, 'mond i chdi ga'l dallt, felly y peth lleia fedri di neud erbyn hynny fydd deffro a dŵad… atat dy hun…'

Tagodd dros y geiriau olaf: roedd ei wddf yn teimlo'n llawn a'i geg yn mynnu troi i lawr, yn gam i gyd.

'Blydi hel, Harri… lle w't ti'r hen foi? Y? Ty'd yn ôl, wir Dduw, ne'… o'r aclwy, dwn 'im be wna i…'

Oedd, roedd deng munud yn fwy na digon. Doedd Jona Huws ddim yn gapelwr, ond ar ei ffordd allan o'r ysbyty galwodd i mewn i'r capel bychan hwnnw sy ganddyn nhw yno. Cafodd y lle iddo'i hun, ac ar ôl eistedd, sylweddolodd nad oedd ganddo unrhyw glem sut oedd gweddïo. Aclwy, oes 'na unrhyw beth mwy digalon na dyn sy ddim yn gwbod sut i weddïo? meddyliodd.

Ceisiodd gofio'r weddi roedd o wedi gorfod ei chydadrodd efo'r plant eraill pan oedd o yn yr ysgol, bob bore yn y gwasanaeth, bum diwrnod yr wythnos.

'Ein Tad, yr hwn wyt yn y nefoedd, sancteiddier dy enw, deled dy deyrnas, gwneler dy ewyllys, megis yn y nef, felly ar y ddaear hefyd. Ia, pe rhodiwn ar hyd glyn cysgod angau...'

Na, doedd hynna ddim yn iawn. Roedd o wedi cymysgu efo rhwbath arall, teimlai, ond doedd o ddim yn gallu meddwl, roedd ei lygaid yn llifo fel tasa fo wedi bod yn plicio nionod. Basa Barbara yn gwbod, hi a'i chapal ar fora dydd Sul...

Yn y diwedd, setlodd am siarad efo'r Bod Mawr fel tasa fo'n ei nabod O erioed.

'Ylwch,' meddai, rhywbeth yn dweud wrtho fod angen defnyddio'r 'chi' parchus yn hytrach na'r 'ti' arferol, 'go brin 'ych bod chi'n gwbod pwy ydw i. Dwi rioed wedi t'wllu 'run o gapeli'r Port 'cw, ma'n ddrwg gin i ddeud. Dwi ddim 'di dilyn bywyd rhy sanctaidd, chwaith, a bod yn gwbwl onast – wedi treulio'r rhan fwya ohono fo'n hel merchad a gneud pres. Ond dwi wedi ca'l f'enwi ar ôl rhywun sy'n y Beibl, os ydi hynny'n rhywfaint o help.' Jona, ti'n mwydro, meddai wrtho'i hun. Cliriodd ei wddf. 'Ond y peth ydi, dwi angan 'ych help chi heno 'ma, plîs. Be dwi'n gofyn ydi – 'dach chi'm isio Harri go iawn, yn nag oes? Ddim eto, beth bynnag. I be fasach chi'i isio fo, beth bynnag, rhyw hen rwdlyn gwirion fath â fo? Hen hipi, dyna'r cwbwl ydi o. Felly, os ga i o'n ôl, plîs... am ryw chydig eto... mi fydda i'n ddiolchgar iawn i chi... plîs,' meddai eto, ac ar ôl ychydig, 'Diolch yn fawr.'

Cododd a mynd allan. Roedd hi ymhell wedi hanner nos erbyn hyn, a dechreuodd fwrw glaw mân wrth iddo wau'i ffordd drwy'r maes parcio. Chwiliodd am y fan am hydoedd nes iddo gofio mai yn y car roedd o wedi dŵad heno. Aclwy, dwi 'di blino! meddyliodd; weithia does dim byd mwy blinedig nag ista o gwmpas y lle, a dyna be fu'is i'n neud ers oria, yn disgwyl ca'l gweld Harri.

Luned oedd wedi ei ffonio. Yn y gweithdy roedd Jona ar y pryd, yn brysur efo'r jiwcbocs (oedd yn dŵad yn ei flaen yn ardderchog, diolch yn fawr), pan ganodd ei fobeil, Luned wedi cael y rhif oddi wrth Medwen Puw. Roedd o'n gorfod meddwl am funud pwy oedd 'Luned Williams' nes iddi ddweud,

'Luned Banc? Dwi'n byw wrth ymyl Harri. Morfa Bychan?'

Credai ei fod o'n gwybod pwy oedd hi: roedd Harri wedi sôn amdani gwpwl o weithia... yna dywedodd Luned wrtho fod Harri yn yr ysbyty.

'Strôc ma nhw'n meddwl.'

'Harri?'

'Iwan – y mab – dda'th o hyd iddo fo, yn gorwadd ar lawr y gegin.'

'Aclwy mawr!'

'Sgin ti ddim rhif i'w ferch o yn digwydd bod?'

Erbyn hynny roedd pen Jona'n troi fel tasa fo'n chwil ulw gaib: doedd y tarth a godai o'r hylif glanhau a ddefnyddiai ar y tu mewn i'r jiwcbocs ddim yn helpu. Aeth at y drysau a'u cilagor.

'Strôc ddeudist ti? Harri?'

Gofynnodd Luned eto am rif ffôn Mared.

'Y... nag oes.' Yna cofiodd am rywbeth a ddywedodd Harri wrtho fore heddiw yn y siop. 'Ma hi'n dŵad i fyny yma fory, dwi ddim yn ama. Ma'i hogan hi yma, wedi landio ar Harri o nunlla...'

Roedd Luned wedi torri ar ei draws yn ddiamynedd, a deallodd Jona fod Mared wedi penderfynu dod i fyny heddiw yn hytrach, hi a'i gŵr, ac wedi mynd yn eu holau gan fynd â'r hogan efo nhw.

'Ella'i fod o gin Harri, wedi'i sgwennu yn rhwla, yn y garafán. Luned – lle mae o? Lle a'thon nhw â fo? Bangor?'

Roedd o am fynd yno ar ei union, meddai wrth Luned. Ar ôl cyfnewid rhifau ffôn – os oedd Harri mewn unrhyw gyflwr i siarad, addawodd Jona y buasai'n cael gwybod ganddo lle'n union i chwilio am rif ffôn Mared – gadawodd Jona bopeth fel ag yr oedd: dim ond cau a chloi drysau'r gweithdy a brysio am ei gar.

Ychydig iawn a gofiai Jona am y daith i Fangor, o ysmygu un sigarét ar ôl y llall ac o felltithio bob un o'r sglyfaethod am achosi strôcs i bobol. Ffoniodd Luned o pan oedd o'r tu allan i Gaernarfon i ddweud eu bod nhw o'r diwedd wedi darganfod rhif ffôn cartref Mared, ond wedi methu â chael ateb. Galwad arall wrth iddo ddringo o'i gar ym maes parcio'r ysbyty: Mared gartref erbyn hynny, newydd gyrraedd, ac am ddychwelyd i fyny i'r Gogledd beth cynta fory.

'A' i ddim o 'ma nes dwi wedi ca'l 'i weld o,' dywedodd wrth un o bobol yr ysbyty.

'Falla y bydd hi'n sbelan, cofiwch...'

'Yma fydda i.'

Yfodd sawl coffi, gan ymweld droeon â'r tŷ bach o ganlyniad.

'Mi fydd 'i ferch o yma fory,' meddai wrth un o'r nyrsys. 'Yn y cyfamsar, 'mond y fi sy yma iddo fo.'

'Ond 'dach chi ddim yn berthynas gwaed?'

'Dwi'n nes ato fo o beth uffarn. Fi ydi'i ffrind gora fo.'

Ei unig ffrind, meddyliodd wedyn. Aclwy, pan ddigwyddith rhwbath fel hyn i mi, pwy fydd yma'n gwrthod â mynd o 'ma nes eu bod nhw wedi ca'l fy ngweld i?

'Blydi hel, Harri,' ochneidiodd yn uchel.

Cofiodd nad oedd o wedi diolch i'r Luned honno. Be ddeudodd hi, mai ei hogyn hi gafodd hyd i Harri? Diolch i Dduw, meddyliodd Jona: falla 'sa'r cradur wedi gorwadd yno am ddyddia lawar cyn i rywun 'i ffeindio fo fel arall. Roedd ganddo'r teimlad annifyr – brith gof o Harri'n ei ddwrdio am y peth, dipyn yn ôl rŵan – ei fod o wedi hel hogyn rhyw Luned Banc o'r Morfil, un o griw o'r ffernols ifanc rheiny oedd yn troi'u trwynau ar y jiwcbocs.

Ymddiheuro i'w wneud, felly, a mwy o ddiolch.

Wrth yrru adref, amhosib oedd peidio â chofio am y tro diwethaf iddo yrru'n ôl o'r ysbyty, efo'r wybodaeth fod Mai wedi mynd yn ei bwnio a'i brocio a'i bigo gyda phob milltir, gyda phob enw cyfarwydd a welai ar yr arwyddion ffordd. Un o hoff bethau Mai oedd darllen pob un enw yn uchel, eu rhowlio rhwng ei dannedd a thros ei thafod fel petaen nhw'n dda-da blasus.

'Pantglas... Llanllyfni... Penygroes...'

'Ia, ocê, Mai, 'dan ni'n gwbod lle 'dan ni.'

'Wn i. Ond ma eu sŵn nhw'n neis, yn dydi? Dw't ti'm yn meddwl?'

'Mond pan fyddi di'n eu deud nhw, meddyliodd Jona Huws ar y pryd.

Ac yn awr, dyma fo'n meddwl: Alla i ddim hyd yn oed cyfadda hynny wrth Harri, a Harri'n gwbod drw'r amsar 'mod i wedi gwirioni 'mhen a 'nghalon efo'i wraig o. Aeth hynny â fo'n ôl at ddiwrnod cynhebrwng Mai, y diwrnod sbeitlyd o braf hwnnw ym mynwent Treflys, a Harri ac yntau'n sefyll uwchben y bedd a'r bocs, y blydi bocs hwnnw efo Mai'r tu mewn iddo fo, yn disgwyl i gael ei guddio am byth.

Ac meddai Harri wrtho, 'Roeddat ti wedi gobeithio mai y fi fasa'r cynta i fynd, yn doeddat?'

Rhythodd Jona arno drwy lygaid cochion.

'Mi fasa Mai'n rhydd i chdi wedyn,' meddai Harri.

'Harri, Harri…'

Trodd Jona oddi wrtho. *Ddim rŵan, Harri…* Ond roedd Harri'n benderfynol. Roedd o'n ddyn mewn poen ofnadwy'r diwrnod hwnnw.

'Roedd Mai yn gwbod yn iawn sti. Hi ddeudodd wrtha i. "Jona druan," medda hi. "Jona druan…"'

'Cau hi rŵan, Harri, reit?'

'Taswn i'n gorwadd yn y twll yma heddiw, falla mai "Jona druan" fasat ti 'di bod iddi wedyn…'

'O leia mi faswn *i* wedi bod yno iddi!' meddai Jona, a dyna pryd y dechreuon nhw gwffio, dau glown digalon wrth fedd agored, rhyw hen gwffio blêr, diegni nes i'r ddau sylweddoli eu bod nhw ill dau'n beichio crio erbyn hynny, yn torri'u calonnau. Roedd y rhai a ddechreuodd frysio tuag atynt, efo'r bwriad o'u dwrdio a'u gwahanu, wedi troi oddi wrthynt mewn cywilydd ac mewn dirmyg.

'O, Harri!' bloeddiodd Jona'n awr yn y car ar ei ben ei hun. 'Paid ti â meiddio mynd, ti'n clywad? Paid ti â blydi meiddio!' Waldiodd yr olwyn lywio'n galed, a sylweddoli fod ei ffôn yn canu. Luned eto, meddyliodd wrth dynnu i mewn i gilfan barcio: dydi'r ddynas yma byth yn cysgu, deudwch?

'Mr Huws?'

'Ia?'

'Mr Jonathan Huws?'

O'r aclwy, be rŵan eto fyth?

Breioni

Braf fuasai gallu cofnodi fod Breioni wedi deffro efo Breian ar ei meddwl, ond y gwir amdani yw na feddyliodd amdano nes roedd hi yn y gegin yn disgwyl i'r teciall ferwi. Roedd ei mam wedi hen adael am ei gwaith – ysgrifenyddes i ddau frawd a gadwai garej fawr ar un o'r stadau diwydiannol – a thrwy ffenest y gegin gallai Breioni weld ei thad yn sgwrsio dros y clawdd efo'r dyn drws nesa.

Synnwn i ddim os na fasa fo wedi gneud *cock-up* iawn o betha, meddyliodd wedyn wrth dywallt dŵr berwedig dros gwdyn te. Un ai hynny neu 'i fod o wedi dewis gneud bygyrôl.

Wimp.

Babi.

Babi swci.

Eisteddodd wrth y bwrdd efo'i phanad, yn ei gŵn nos, a thanio sigarét gyntaf y dydd. Profiad go ddieithr, hwn. Ar fore Llun, arferai frysio allan o'r tŷ efo darn o dost yn ei llaw a thanio'i ffag gyntaf ar ôl cyrraedd pen pella'r stryd.

Blydi Jona Huws.

Dwn 'im be wna i rŵan, ochneidiodd. Ro'n i'n meddwl yn siŵr nad oedd gin Breian unrhyw syniad fod petha mor simsan rhwng Mal a fi – ond ella'i fod o'n gwbod drw'r amsar a'i fod o jyst wedi cymryd arno bod yn ddiniwad...

Yna penderfynodd, na: dydi Breian ddim yn actor digon da. Dydi o ddim yn gwbod sut ma actio a, saff i chi, dydi o ddim yn yr un lîg â fi. Dwi'n haeddu Oscar am echnos a ddoe, gwenodd.

Ond roedd yr actor, yn ddiarwybod iddi, ar fin gorfod gwneud *encore*. Daeth ei thad i mewn drwy'r drws cefn.

'O, ma'r wrach wedi codi,' meddai.

''Dach chi ddim yn *oil painting* 'ych hun.'

Ysgydwodd Kevin Jones ei ben. 'Naci, naci... gwrach,' meddai eto. 'Gwrach go iawn. Witsh.'

'Dwi'm yn thic, dwi'n gwbod be 'di gwrach.'

'Dylat ti wbod, gan dy fod ti'n un, ma'n amlwg.'

Craffodd Breioni ar ei thad wrth ddiffodd gweddillion ei sigarét. Roedd o'n ysgwyd ei ben yn ôl ac ymlaen, drosodd a throsodd, efo hanner gwên ar ei wep: ma gin hwn rwbath ar 'i feddwl, meddyliodd, hynny o feddwl sy gynno fo.

'Be 'dach chi'n feddwl?'

'Be wnest ti – rhoid melltith ar y boi, ia? Roeddat ti'n 'i regi fo i'r cymyla echdoe.'

'Pwy? Jona Huws?'

Dechreuodd glöyn byw agor ei adenydd yn ddiog yng ngwaelodion stumog Breioni.

'Rhywun wedi rhoi'i weithdy fo ar dân neithiwr,' meddai ei thad. 'A'th y lle i fyny fel tas wair mewn *heatwave*, meddan nhw.'

Yesssss! meddyliodd Breioni. Breian, boi – ma'n ddrwg gin i, dwi'n 'i gymryd o i gyd yn ôl.

'Pwy ydi'r "nhw" 'ma, felly?' gofynnodd.

'Ma'r hanas yn dew o gwmpas y dre,' atebodd Kevin, gan eistedd wrth y bwrdd gyferbyn â hi a'i helpu'i hun i un o'i sigaréts. 'Erbyn meddwl, mi glywis i'r seirans neithiwr, ar ôl i ni fynd i'n gwlâu. Glywist ti rwbath?'

Ysgydwodd Breioni'i phen. 'Mi es i allan fel cannwyll. Lot o ddamej, felly?'

'Lot fawr. Roedd y lle'n wenfflam, yn ôl y sôn. Roedd o'n cadw'r fan 'na sgynno fo yn y gweithdy, a phob matha o ryw baent a ballu ar gyfer y jiwcbocsys mae o'n 'u trwsio. Mi a'th y fan i fyny fel bom, 'swn i'n deud.' Taniodd ei sigarét. 'Ond 'swn i'n tynnu'r wên oddi ar dy wep, 'swn i'n chdi.'

'Pam? *Couldn't happen to a nicer guy*, fel ma nhw'n deud. Pwy wna'th, felly?'

'Gawn ni wbod, decini – os na fydd hi'n ormod o job 'i eidentiffeio fo, yndê.'

'Be?'

'Mi ffeindion nhw rywun yno. Ne' be bynnag oedd ar ôl ohono fo.'

'Be 'dach chi'n feddwl? Pwy? Pwy oedd o?'

Roedd y glöyn byw yn ei stumog wedi troi i fod yn aderyn corff ffiaidd, gyda phig a chrafangau miniog fel rasal.

'Sut uffarn ti'n disgwyl i mi wbod? Pwy bynnag oedd o, roedd o'n golsyn,' meddai ei thad.

'Jona?' meddai Breioni. 'Ella mai Jona Huws 'i hun oedd o.'

Ond roedd ei thad yn ysgwyd ei ben. 'Naci, yn ôl hacw drws nesa. Roedd Jona yno yn nes ymlaen, efo'r plismyn a'r hogia tân.' Craffodd arni. 'Ti'n iawn?'

'Be? Yndw, siŵr.'

'Ti 'di mynd yn wyn iawn, mwya sydyn.'

Sgrialodd Breioni am sigarét arall. 'Dipyn bach o sioc, yndê, dim byd arall. Blydi hel, sgwn i pwy oedd o?'

Aeth i fyny am gawod yn fuan wedyn. Gobeithiai fod sŵn y dŵr yn rhwystro'i thad rhag ei chlywed hi'n chwydu.

Iwan

Es i ddim i'r coleg y diwrnod hwnnw. Ro'n i'n rhy nacyrd ar ôl bod i fyny tan berfeddion ar y nos Sul, a phan es i fy ngwely o'r diwadd, mi ges i draffarth ofnadwy i gysgu: bob tro ro'n i'n cau fy llyg'id, ro'n i'n gweld Harri Hipi'n gorwadd ar lawr y gegin.

Mi rois i'r ffidil yn y to o gwmpas chwech, codi a mynd i

lawr grisia. Ro'n i'n ca'l panad ac yn meddwl tybad sut oedd yr hen foi erbyn hynny, pan dda'th Mam i lawr, a Haf yn o fuan ar 'i hôl hi.

'Ti'n edrych fatha sombi,' oedd cyfarchiad fy chwaer annwyl.

Sombi... sombi... Meddyliais am Sara, a'i blydi sombis. Tybad oedd hi am ddŵad efo'i rhieni heddiw?

'Ma'n rhaid i mi fynd i mewn,' meddai Mam, 'ne' mi faswn i'n aros adra i edrych ar d'ôl di.'

'Be? Na – dwi'n ocê. Wedi blino, dyna'r cwbwl.'

'Dim byd mwy?' Craffodd Mam arna i fel tasa hi'n disgwyl i mi ga'l sterics unrhyw funud.

'Na, wir. Dwi'n tshampion.'

Ond do'n i ddim. Ro'n i'n teimlo'n reit ddagreuol ac yn gweddïo'n ddistaw bach y basa Mam a Haf yn rhoi'r gora i fod mor uffernol o neis efo fi.

Wedi iddyn nhw fynd, o'r diwadd, wyddoch chi be wnes i? Mynd at Sam a rhwbio fy mhen yn erbyn 'i ben o, rhoid fy nhalcan reit yn erbyn 'i dalcan o a gada'l iddo fo lyfu 'ngwynab i'n sych: roedd rhwbath am ogla ci – rhwbath cyfarwydd a chyfforddus – a wna'th i mi deimlo ganwaith yn well. Ma'n siŵr fod y cradur yn meddwl 'mod i wedi drysu.

Es i â fo am dro wedyn, a mynd rownd tŷ a charafán Harri ar y ffordd i'r traeth ac eto ar y ffordd yn ôl. Mi gawson ni hymdingar o draffarth ca'l hyd i rif ffôn cartra Sara neithiwr, ac wedyn i ffeindio'r goriada sbâr: roedd y lleill wedi mynd i'r ysbyty ym mhocad Harri. Do'n i rioed wedi bod yn y garafán cyn hynny, ac mi ddaliais i Mam a Gwyndaf yn sbio ar ei gilydd wrth i'r holl ogla dôp gosi'u ffroena nhw. A gesiwch be: mi faswn i'n taeru fod y ddau wedi troi i ffwrdd i guddio gwên fach slei. Dyna lle ro'n i, yn gneud fy ngora glas i gymryd arna nad o'n i'r un mymryn callach be oedd yr ogla

melys hwnnw a lenwai'r garafán – 'y gwyllt atgofus bersawr'
fel basa R. Williams Parry wedi'i ddeud – a dyna lle roeddan
nhw, yn sbio a gwenu'n slei ar ei gilydd fel y bydd Haf a
finna'n gneud pan fydd golygfa ryw mewn drama ne' ffilm ar
y teledu, a Mam yn y stafall efo ni.

Mi ddaethon ni o hyd i'r goriada sbâr o'r diwadd, mewn
tun bisgedi yn y cwpwrdd o dan y sinc. Penderfynwyd wedyn
mai fi fydda ceidwad y goriada, gan mai dim ond y fi fasa adra
tasa rhieni Sara'n cyrra'dd cyn mynd i'r ysbyty ac isio mynd i
mewn i'r garafán ne'r tŷ. Roeddan nhw gin i yn fy mhocad,
felly, pan es i â Sam am dro. Ar y ffordd yn ôl o'r traeth, wrth
i mi gau'r giât, mi faswn i wedi taeru i mi ga'l cip ar ddynas
yn sbecian i lawr arna i drw' ffenast un o'r llofftydd: ond na,
cysgod cwmwl ar wydr y ffenast wrth i'r gwynt 'i chwthu o
dros wynab yr haul oedd yno, dim byd arall.

Eto i gyd, roedd yn dda gin i gefnu ar y tŷ, am ryw reswm
– wedi meddwl, ma'n siŵr, am y llais hwnnw a glywais i'n
deud 'gegin' neithiwr, jyst cyn i mi ga'l hyd i Harri yno'n
gorwadd. Erbyn heddiw ro'n i wedi fy mherswadio fy hun
mai dychmygu'r holl beth wnes i, mai rhyw lais mewnol
wnaeth fy atgoffa nad o'n i wedi edrych yn y gegin.

Ond wrth frysio o'r tŷ ac yn ôl am adra, do'n i ddim cweit
mor coci.

Soniais i'r un gair am hyn wrth Mared, mam Sara, pan
alwodd hi acw am y goriada ganol pnawn (roedd Mam a
Gwyndaf wedi gada'l nodyn dan garrag o flaen y drws yn
deud lle roeddan ni'n byw). Ro'n i wedi codi un o ffilmia
wham-bam Jason Statham oddi ar y teledu ac yn pendwmpian
o'i blaen hi pan ganodd cloch y drws ffrynt.

'Haia – chdi ydi Iwan, dwi'n cymryd?'

Nodiais yn llywa'th, yn swrth o hyd, bob chwara teg i
mi.

'Ia… sori, dowch i mewn.'

Am ryw reswm do'n i ddim wedi disgwyl i'w hacan hi fod mor ogleddol – ro'n i wedi disgwyl iddi swnio fel fersiwn hŷn o Sara, ma'n debyg. Ond erbyn meddwl, be arall fasa hi, yndê, a hitha wedi ca'l 'i geni a'i magu'r ffordd hyn? Estynnodd Sam groeso iddi, ac aeth hi i'w chwrcwd a gneud ffŷs fawr ohono fo.

'Sam, gad lonydd i… y… Mrs… sori…?'

'Dafydd… ond plîs – Mared, ocê? A paid â phoeni am Sam, dwi'n leicio cŵn.'

'Yn wahanol iawn i Sara, felly.'

Edrychodd i fyny arna i, ac am eiliad mi ges i'r argraff fod hyn yn newyddion iddi hi.

'Y… ia…,' meddai hi'n reit ansicr. Ymsythodd. 'Gwranda, dwi isio diolch i chdi, am ddŵad o hyd i 'nhad. Y chdi a dy fam a dy dad.'

'O… wel, croeso.' Falla nad rŵan oedd yr amsar i ddeud wrthi am Dad, efo'i thad hi ar 'i gefn mewn gwely sbyty. 'Sut ma Harri erbyn hyn?'

'Mae o wedi deffro. Dydyn nhw ddim yn siŵr iawn eto faint o ddifrod wna'th y strôc.' Gwthiodd ei llaw drwy'i gwallt. Argol, meddyliais, ma hon yn fwy nacyrd nag ydw i!

'Sori… gymrwch chi banad?' byrlymais ar ei thraws: roedd hi ar ganol dweud rhywbeth am Harri, dwi'n meddwl.

Edrychodd ychydig yn ddryslyd am funud: o'n, ro'n i wedi'i thaflu oddi ar ei hechal efo'm cynnig blêr. Yna gwenodd wên fach flinedig.

'Wyddost ti be? Mi faswn i'n lladd am banad iawn.'

Wrth fwrdd y gegin yn y goleuni didrugaredd a ddeuai drwy'r ffenestri, edrychai mam Sara yn fwy blinedig fyth. Roedd hi'n gwisgo'r un siaced wlân ag oedd ganddi amdani ddoe, pan welis i hi a'i gŵr yn curo wrth ddrws tŷ Harri, ond efo jîns glas heddiw yn hytrach na'r rhei duon. Er fod y gwres ymlaen gynnon ni drw'r tŷ, eisteddodd yno efo'i siaced wedi'i chau reit i'r top. Edrychodd o'i chwmpas ond ychydig iawn, teimlais, roedd hi'n ei weld go iawn.

'Ma Mam yn deud,' cofiais, 'fod croeso i chi ddŵad draw yma am swpar heno, chi a'ch gŵr. Os fyddwch chi o gwmpas, felly.'

'O...' Unwaith eto edrychodd ychydig yn ffwndrus. Ai fel hyn roedd hi'n ymatab bob tro roedd rhywun yn cynnig rhwbath iddi? Bron fel na wyddai hi sut i ymatab, fel na phetai hi wedi arfar efo caredigrwydd. 'Ma dy fam yn swnio'n lyfli,' meddai. 'Dydi Graham ddim i fyny efo fi, fel ma'n digwydd. 'Mond Sara a fi.'

'O... reit...'

Dychmygais fod Sara'n dal i witshiad am ei mam y tu allan yn y car, fel ci ffyddlon. Yna cofiais nad o'n i wedi sylwi ar unrhyw gar pan atebais i'r drws.

'Ma hi wedi aros ym Mangor,' eglurodd Mared.

'O... reit...,' dywedais eto.

'Fi sy ond wedi piciad yma i nôl chydig o betha – petha molchi, pyjamas, os oes gynno fo ffasiwn betha, ma'n ddowt gin i: ches i ddim llwyddiant wrth chwilio am rei yn y garafán. Sgin i ddim co' ohono fo'n gwisgo pyjamas erioed, yndê. Go brin 'i fod o wedi altro rhyw lawar...'

Tewodd, wedi sylweddoli'n sydyn ei bod hi'n paldaruo – ac oedd ei llyg'id hi'n sgleinio'n annaturiol? Roedd y teciall yn berwi'n hapus braf y tu ôl i mi, a phan droais yn ôl ati hi, roedd y sglein wedi diflannu o'i llyg'id.

Steddais gyferbyn â hi, ein dau efo mygiad o de. Yna codais yn frysiog. 'Sori... ma 'na fisgits yma'n rhwla...'

Ysgydwodd mam Sara'i phen. 'Ddim i mi, diolch, Iwan.'

Eto'r wên fach flinedig honno. 'Sgin i fawr o stumog, a deud y gwir.'

'O... reit...'

Blydi hel, fedrwn i ddim deud unrhyw beth arall? Medrwn, fel roedd hi'n digwydd. A dyma be ddeudis i:

'Croeso i chi dynnu'ch dillad...'

Ar fy marw! Ma gin Mam ddywediad y bydd hi'n 'i ddefnyddio bob tro y bydd hi wedi'i cha'l 'i hun i mewn i ryw hen dwll annifyr, brawddeg roeddan nhw'n arfar ei deud yn *Star Trek* pan oeddan nhw isio dychwelyd i'r *Starship Enterprise* ar dipyn o frys. 'Beam me up, Scotty' oedd hi, ac roedd y boi Scotty hwnnw'n danfon rhyw belydran o'r llong a fyddai'n eu sugno nhw'n ôl i fyny. Wel, mi faswn i rŵan wedi talu ffortiwn tasa Scotty wedi fy mîmio i i fyny oddi wrth y bwrdd, drw'r nenfwd, drw'r to ac i fyny i'r cymyla, o'r golwg. Gallwn deimlo fy ngwynab yn llosgi a'm corff yn troi'n doman o chwys, a llwyddais i ddeud yn frysiog, ''Ych côt... 'ych côt ro'n i'n feddwl... sori...'

Roedd llyg'id Mared wedi agor yn llydan am eiliad. Yna gwenodd. 'Ma'n iawn,' meddai. 'Ma hi *yn* gynnas braf yma, yn dydi?' Tyfodd ei gwên fel tasa hi wedi colli rhywfaint o'r blinder oedd yn ei difetha ychydig ynghynt. Dechreuodd chwerthin wrth dynnu'i chôt.

Sbiodd arna i a dechra chwerthin eto, braidd yn afreolus y tro hwn, ac roedd yna dinc desbret iddo fo, rywsut, nad o'n i'n ei leicio rhyw lawar.

Cymerais y siaced oddi arni a dianc am y pasej gan ei gadael yno'n chwerthin. Ma Mam wastad yn cadw hangyrs ar y pegia wrth y drws ffrynt a hongiais y siaced yn ofalus ar un o'r rheiny, gan gochi fwyfwy wrth i'r persawr a wisgai mam Sara gyrraedd y tu mewn i'm ffroenau.

'Ma'n ddrwg gin i, Iwan,' meddai pan ddychwelais i'r

gegin. 'Ma'r ddau ddiwrnod dweutha 'ma jyst wedi bod
mor… uffernol, rhwng bob dim. Ro'n i angan ca'l chwerthin,
dwi'n meddwl. Diolch i chdi.'

'Y… iawn, croeso…,' mwmblais, fy ngwynab fel tomato
o hyd. Ond rhaid i mi ddeud, roedd o fel chwa o awyr iach i
mi neud i ddynas chwerthin, a minna'n ddiweddar wedi peri
i bob un ro'n i'n 'i hadnabod feichio crio. A dwi ddim yn
ama fod fy nghamgymeriad (ai dyna be ma nhw'n 'i alw yn
Freudian slip?) wedi torri'r ias rhyngthon ni'n reit effeithiol,
oherwydd wedyn mi ddechreuon ni sgwrsio'n hollol naturiol.
Trodd yr un banad yn ddwy. Siarad am Harri wna'thon ni'n
gynta, a minna wedi torri ar 'i thraws hi'n gynharach wrth
gynnig panad iddi: roedd o'n ca'l pob matha o brofion,
meddai Mared – pelydr-x a sgan.

'Ond mae o wedi deffro?' gofynnais.

'Yndi… o ryw fath. Dydi o ddim cweit efo ni,' atebodd
Mared. 'Ne' doedd o ddim pan adewais i, yndê. Roeddan
nhw i'w gweld yn reit ffyddiog…'

Gwenodd arnaf gan godi'i hysgwyddau'r un pryd, cystal
â deud: pa mor ffyddiog ydyn nhw go iawn, does wbod.
Deallais fod Sara wedi dewis aros yno efo Harri (neu o leia
o gwmpas y lle, gan na fasa hi'n ca'l mynd efo fo am yr holl
brofion, tybiais). Wrth iddi ddeud hyn daeth cysgod i wyneb
Mared a brathodd ei gwefus isaf, cyn ymysgwyd a dechra fy
holi am fy ngwaith coleg a'r hyn ro'n i'n gobeithio'i neud efo
gweddill fy mywyd (dim clem oedd yr atab: roedd Mam yn
swnian arna i byth a beunydd ynglŷn â hyn, ac ro'n i wedi trio
meddwl rhyw gymaint, ond doedd fawr o ddim byd oedd yn
apelio'n arbennig).

Roedd Sara wedi bod yn hofran ar yr ymylon drw' gydol
y sgwrs, fath â ryw actoras ddiamynedd oedd yn ysu am ga'l
camu ymlaen i'r llwyfan. O, roedd hi wedi brathu'i phen allan

rhwng y llenni o bryd i'w gilydd – ma'n siŵr 'i bod hi'n amhosib i unrhyw fam holi hogyn sy o'r un oed â'i merch hi heb sôn am yr hogan. 'Dwi ddim yn meddwl fod gin Sara unrhyw syniad be ma hi isio neud, chwaith,' meddai pan oeddan ni'n trafod y dyfodol, ac mi ges i wbod mai Susnag, Cymraeg a Hanas oedd 'i phyncia Lefal A hi.

'Chest ti'm gwbod hynny ginni hi ddoe?'

'Y… naddo, dwi'm yn meddwl.'

'Roedd hi'n sôn 'ych bod chi wedi cyfarfod unwaith ne' ddwy.'

'Do…'

Roedd hi'n craffu arna i rŵan, yn fwy na jyst sbio arna i. Y peth oedd, ro'n i wedi dechra cochi eto oherwydd yr hyn a ddigwyddodd y tro dweutha i mi weld Sara, yng nghegin tŷ Harri: roedd Sara wedi beichio crio ar ôl deud 'i bod hi wedi dŵad i fyny yma y tu ôl i gefna Mared a'i gŵr. Ond ro'n i'n ofni ella y basa Mared yn camddehongli'r cochi uffernol dwi'n neud dros y peth lleia – faswn i ddim yn para hannar munud taswn i'n trio cuddiad rhwbath oddi wrth yr heddlu – ac yn meddwl ella fod 'na fisdimanars wedi bod rhwng Sara a fi.

'Iwan,' meddai, 'ma'n rhaid i mi ofyn hyn i chdi, ma'n ddrwg gin i.'

O, *shit*…

Ond pam o'n i'n teimlo'n euog? Wna'thon ni ddim byd ond ca'l panad. Ma Mam yr un fath, yn gallu gneud i mi deimlo'n euog am ddim rheswm. Unwaith eto, dyma fi'n dechra meddwl fod mamau'n ca'l rhyw fath o hyfforddiant slei cyn gyntad ag y bo nhw'n ffeindio'u bod nhw'n disgwyl – yn enwedig os ydyn nhw'n disgwyl hogia.

'Ddeudodd Sara unrhyw beth wrthat ti ddoe ynglŷn â *pham* yn union y da'th hi yma?'

Reit – *dyna* be sy ganddi dan sylw, dwi'n cofio meddwl (ac o sbio'n ôl, pwy ddiawl o'n i'n meddwl o'n i? Brad Pitt? Dyna lle ro'n i wedi cymryd yn ganiataol fod Mared yn credu fod rympi-pympi wedi digwydd rhwng ei merch a fi. Y fi?! *Dream on.*).

'Roeddat ti'n gwbod 'i bod hi wedi dŵad yma heb i'w thad a fi wbod?'

Wel, fel dwi newydd ddeud, dwi'n tueddu i droi'n domato dwygoes pan fydda i'n deud y gwir wrth rywun, felly sgin i'm gobaith canêri o fedru ca'l get-awê efo deud clwydda.

Felly nodiais. 'O'n. Mi ddeudodd hi hynny wrtha i.'

'Ond ddeudodd hi pam?'

Meddyliais yn ôl at y sgwrs fisâr honno ges i a Sara ddoe. Os o'n i'n cofio'n iawn, doedd hi'i hun ddim yn gwbod pam ei bod hi wedi dŵad yma.

'Naddo, 'chos doedd hi ddim i'w gweld fel tasa hi'n gwbod pam ei hun.'

Ochneidiodd Mared a sbio i ffwrdd, fel tasa f'atab wedi ei siomi.

'Dyna be ddeudodd hi. A rhwbath…'

Edrychodd i fyny'n ei hôl.

'Be?'

'Dwi'm yn siŵr…'

'Iwan – plîs. Ma Graham a fi – 'dan ni 'di bod jyst iawn â drysu dros y deuddydd dweutha 'ma.'

Wel, rŵan… y draffarth oedd, roedd yr hyn ro'n i ar fin 'i ddeud yn swnio fel tasa fo wedi dŵad o geg rhywun *oedd* wedi drysu, ac ro'n i'n ama'n gry os fasa fo o unrhyw help i Mared o gwbwl. Ofnais mai 'mond gneud petha'n waeth fasa fo. Ond roedd hi'n erfyn arna i, yn doedd? Doedd gin i ddim dewis ond deud.

'Mi ddeudodd hi rwbath am… wel, am sombis…'

'Be?' Roedd yn amlwg fod Mared yn credu iddi gamglywad. 'Be ddeudist ti? Sombis?'

'Ia.'

Cuchiodd dros y bwrdd a chododd ei llais fel tasa hi'n dechra colli mynadd efo fi, wedi tybio fy mod i'n ei chymryd hi'n ysgafn falla.

'Be – y petha *living dead*? Be sgin ryw betha felly i'w neud efo'r peth?'

'Dwi'm yn gwbod. Jyst rhwbath ddeudodd hi… wnes i'm dallt yn iawn be oedd ginni hi.'

'Be'n union ddeudodd hi, Iwan? Fedri di gofio?'

Triais fy ngora glas i glywad llais Sara yn 'y mhen.

Do'n i ddim ishe bod gartre 'da nhw, yr holl sombis 'na – rhwbath fel'na ddeudodd hi, teimlais yn siŵr.

'… a'u bod nhw ym mhob man, mi ddeudodd hi hynny wedyn. Fod 'na sombis lle bynnag roedd hi'n troi.'

Oedd raid i mi agor 'y ngheg fawr, ddwl? Ro'n i'n difaru gneud, oherwydd roedd f'atab wedi gneud petha'n waeth. A'th mam Sara'n wyn fel tasa hi ar fin llewygu. Cododd ei llaw i'w cheg ac ofnais am eiliad ei bod hi am daflu i fyny dros y bwrdd. Safodd yn sydyn a thindroi yng nghanol y gegin gan sbio o'i chwmpas yn wyllt.

'O'r arglwydd…,' meddai. 'O'r arglwydd mawr…' Sbiodd i lawr arna i. 'Be oedd hi'n feddwl, w't ti'n gwbod?'

Ysgydwais fy mhen. 'Sori. Ddeudodd hi ddim…' Yna cofiais am rwbath arall ddeudodd hi. 'Mi ddeudodd hi rwbath am Harri… sori, newydd gofio. 'I bod hi wedi dŵad yma gan feddwl y basa Harri'n dallt… ond roedd Harri allan pan gyrhaeddodd hi, ac wedi mynd i rwla ben bora ddoe, cyn i Sara godi, felly… welodd hi ddim llawar arno fo, tan i chi gyrra'dd, 'swn i'n deud.'

'Fo? Y basa *fo'n* dallt?'

262

'Dyna be ddeudodd hi, ia.' Codais fy sgwydda. 'Sori, Mrs… Mared. Sori…'

'Nefi…'

Ochneidiodd yn uchel a gwthio'i bysedd drwy'i gwallt unwaith eto. 'Ocê, Iwan – diolch i chdi eto, boi.' Roedd y goriada ar y bwrdd o'i blaen. 'Rhein ydyn nhw, dwi'n cymryd? Nid bod 'u hangan nhw arna i, mi ges i'r lleill pan o'n i yn y sbyty…'

'Ia…'

Codais inna a'i dilyn at y drws ffrynt ac estyn ei siaced oddi ar yr hangyr.

'Ymmm…. oes 'na rwbath fedra i neud?' gofynnais wrth iddi wisgo'r siaced.

Agorodd Mared y drws a throi ataf.

'Ti'n gwbod be, Iwan bach? Sgin i ddim syniad. Duw a ŵyr, yndê? O…,' cofiodd. 'Dy fam… deud diolch wrthi hi, nei di? Ond dwi ddim yn gwbod os dwi'n mynd ta'n dŵad, a deud y gwir. Felly… 'sa'n well i ni beidio â threfnu dim byd ar gyfar heno, ocê? Dwi'n siŵr o alw i'w gweld hi cyn mynd adra – unwaith y bydd gin i well syniad lle ydw i.'

Ac i ffwrdd â hi, i lawr y lôn i gyfeiriad y tŷ ger y traeth, ei dwylo wedi'u gwthio i bocedi ei siaced wlân.

Sara

Eisteddodd wrth ochr y gwely, a llaw ei thaid yn gorwedd yn llipa rhwng ei dwy law hi, y cnawd yn llac dros esgyrn y bysedd, yn oer ac yn llaith.

Fel petai hi'n dal pysgodyn marw rhwng ei dwylo, meddyliodd, ac rwy'n siŵr, pe na bawn i wedi penderfynu dod lan ddydd Sadwrn, fydde fe ddim yn gorwedd yma fel hyn heddiw.

Hon oedd ei law chwith. Roedd un o'r nyrsys wedi dweud wrthi mai'r ochr chwith o'r corff sy'n tueddu i gael ei heffeithio fwyaf gan strôc. Nid bob tro, ond yn ddigon aml i fod yn beth cyffredin, meddai'r nyrs. Ni allai Sara, felly, beidio â meddwl am geisio cael rhyw fath o ymateb oddi wrth y llaw chwith lipa hon drwy wneud rhywbeth eithafol fel gwthio pin i mewn iddi.

Roedd ei thaid yn cysgu eto. Anodd oedd cyplysu'r Harri a'i dychrynodd echnos wrth gamu'n ôl ac ymlaen yn y garafán – y dyn gwyllt o'r coed, cofiai, felly roedd hi wedi meddwl amdano ar y pryd – yn ei hen gôt laes a'i wallt yn hongian yn gudynnau gwlyb, â'r ffigwr llonydd, glân a thrwsiadus hwn yn y gwely. Oedd ei wallt o gyn wynned â hyn? Efallai mai'r strôc oedd yn gyfrifol, wedi dileu'r arian barugog gan adael gwynder pur fel eira yn ei le. Roedd rhywun wedi'i frwsio, roedd yn amlwg, yn ddigon gofalus i adael rhaniad pinc a chul ar ganol ei ben, a gorweddai'n hir dros ei ysgwyddau gan fframio'i wyneb. Edrychai'n gyfforddus, yn heddychlon hyd yn oed, gydag awgrym o wên ar ei wyneb. Falle, meddyliodd Sara – gan deimlo'n euog am feddwl y fath beth – y bydde'n well pe na byddai e'n dihuno, y bydde fe'n cael mynd yn dawel yn ei gwsg fel hyn, gyda'r wên fechan yna'n hofran fel cysgod bychan o gwmpas ei geg.

'Llithro i'r llonyddwch mawr yn ôl...' – pwy ddwedodd hynna? Cerdd roedd hi wedi ei hastudio yn yr ysgol y llynedd... T. H. Parry-Williams?

'Y llonyddwch mawr...' Roedd rhyw ofnadwyaeth yn perthyn i'r geiriau, penderfynodd. Ofnadwyaeth ac anobaith. Ond efallai y byddai'r llonyddwch mawr yn well i'w thaid na deffro â'i ymennydd wedi'i lanhau'n gyfan gwbwl, fel bwrdd gwyn ar ddiwedd gwers, fel sgrin cyfrifiadur wedi cwympo'n glatsh.

'Os y'ch chi am ddeffro, Taid, yna dewch yn ôl bob tamaid,' meddai wrtho'n dawel. 'Y Taid, yr holl Daid a dim byd ond y Taid – oreit?'

Gwasgodd ei law gan feddwl efallai fod ei jôc fach dila wedi'i gyrraedd, ond na: dim ymateb. Doedd ei wên fach rithiol ddim wedi lledaenu na chryfhau'r un mymryn.

Sylweddolodd mai dyma'r tro cyntaf iddi hi weld ei thaid yn gwenu ers pan oedd hi'n bump oed. Doedd o ddim wedi gwenu arni unwaith ers iddo'i ddarganfod yn ei garafán nos Sadwrn.

Gwyrodd drosto a chrafu'i gwefusau dros ei dalcen. Yn wahanol iawn i'w law, teimlai'i dalcen yn annaturiol o gynnes, fel petai'r ymennydd yn gweithio fel coblyn.

'Ma'n flin 'da fi, Taid,' sibrydodd yn ei glust.

Daeth y nyrs at y gwely wrth i Sara ymsythu.

'Mae o'n edrych yn gyfforddus, yn dydi? Mi gafodd o noson gyfforddus 'efyd,' meddai. 'Harri? Ma 'na *young lady* yma sy'n torri'i bol isio siarad efo chi.'

Dim ymateb.

'Mi ddaw o, del,' meddai wrth Sara. Aeth i ffwrdd ar ôl sicrhau fod y tiwb a redai i mewn i fraich Harri'n gweithio'n iawn.

Roedd hanner dwsin o welyau llawn yn y ward – dynion o bob oed, tri ohonyn nhw'n hŷn o gryn dipyn na Harri a'r ddau arall ychydig yn iau. Yn gynharach heddiw roedd y dyn yn y gwely gyferbyn, dyn yn ei wythdegau gyda phen moel fel wy ond clamp o locsyn gwyn ganddo, wedi cychwyn sgwrs efo Sara.

'Un lwcus ydi o,' meddai. 'Dy daid ydi o, ia?'

'Lwcus?'

'Wel, ia. Drycha braf fydd hi arno fo pan ddeffrith o, a dy weld di'n ista yma efo fo.'

'Fi?'

Blob fel fi? meddyliodd.

Eliffant surbwch?

Hipo di-serch?

'Ia,' meddai'r dyn, 'chdi. Dyna be dwi'n 'i alw'n lwcus. Sgin i neb, yli. 'Mond pobol ddiarth sy'n dŵad i edrych amdana i. A rhyw dacla sy 'mond ar ôl 'y mhres i, hynny sy gin i.' Gwenodd gan ddangos nad dweud hyn oherwydd hunandosturi roedd o. 'Trefor Ifas ydi'r enw. Be ydi'i enw fo, dy daid? Harri, ia?'

'Ie. Harri Jones.'

'Wel, ma Harri Jones yn ddyn lwcus ar y naw, 'mach i. Deudwch wrtho fo fod Trefor Ifas yn deud.'

Lwcus...

Tybed beth fuasai ymateb Trefor Ifas petai hi'n dweud: 'O, ydy – lwcus dros ben o'm cael i yma. Fydde fe ddim yma'n y lle cynta heblaw amdana i.'

Trodd yn ôl at ei thaid. Roedd ei wên fach rithiol wedi diflannu a gwelodd ddeigryn yn ymlusgo'n araf i lawr hyd ochr ei wyneb.

'O, Taid,' sibrydodd wrth sychu'r deigryn gyda blaen ei bys. 'Ble y'ch chi nawr?'

Harri

Roedd Mai'n aros amdano ar y bont yng Nghwm Pennant, yn sefyll rhyngddo fo a'r haul unwaith eto.

'Mai? Chdi sy 'na?'

Rhoddodd Harri'i law ar ei dalcen ond roedd yr haul yn rhy gryf iddo fedru craffu arni hi'n iawn.

Ond hi oedd yno, yn bendant.

'Be w't ti'n dda yma, Harri Jôs?'

'Be haru ti? Dwi wastad wedi leicio Cwm Pennant. Mi fydda i'n dal i ddŵad yma'n reit amal.' Ochneidiodd. 'O, Mai…'

Cychwynnodd amdani efo'r bwriad o'i gwasgu hi'n dynn, dynn yn ei erbyn a chladdu'i wyneb yn ei gwallt lliw'r hydref o'r diwedd, ond camodd Mai yn ei hôl.

'Mai!'

'Ma isio gras efo chdi, ddyn.'

'Pam? Be ydw i wedi'i neud rŵan eto?'

Yn hytrach na'i ateb, trodd Mai a phwyso'n erbyn y ffens wen a redai ar hyd ochr y bont. Aeth Harri a sefyll wrth ei hochr. Roedd yr haul o hyd yn ei ddallu bob tro y trôi ei ben i edrych arni, felly safai'r ddau ochr yn ochr yn syllu i lawr ar ddŵr yr afon.

'Ti'n ein cofio ni'n sefyll yn noethlymun yng nghanol y dŵr?' meddai Harri. 'A dychryn y fusutors rheiny am 'u bywyda?'

Gwyddai fod Mai yn gwenu wrth ei ochr, er na fedrai weld ei hwyneb.

'Debyg iawn,' meddai hi. 'A dwi'n rhyw gofio 'i fod o'n beth da eu bod nhw wedi'i sgidadlu hi o 'ma, o ystyriad be ddigwyddodd wedyn. Cyn i ni fynd allan o'r afon, hyd yn oed.'

'Mi fasa'r hen Eifion Wyn wedi ca'l ffit binc,' gwenodd Harri.

'Basa, y cradur.'

Roedd sŵn yr afon yn gerddorol, bron, a chwythai awel fach gynnes drwy wallt Harri.

'Roeddan ni'n ifanc, Harri,' meddai Mai yn dawel.

Nodiodd Harri. Roedd ei wddf a'i lygaid yn llawn fwyaf sydyn, a llais Mai fel murmur drwy ddail y coed yn ei glust.

'Roeddan ni'n mwynhau bod yn ifanc,' meddai Mai. 'Yn

doeddan ni, Harri? Yn wirioneddol fwynhau. Ond yna mi ddechreuodd Mared dyfu. Pan fo'r plant yn dechra tyfu, dyna pryd 'dan ni'n dechra mynd yn hen.'

'Ella…,' meddai Harri. 'Ella mai dyna be ydi'r matar efo fi – 'mod i rioed wedi derbyn hynny.'

Ochneidiodd Mai, ochenaid drom a thrist. Trodd Harri ati ond doedd hi ddim yno. Rywsut neu'i gilydd, roedd hi wedi symud i lawr at lan yr afon, lle'r eisteddai ar garreg efo'i thraed yn y dŵr ac yn dal ei hwyneb i fyny i wres yr haul. Syllodd Harri arni o'r bont gan deimlo'i du mewn yn llenwi â'r cariad mwyaf llethol iddo'i brofi erioed. Gallai weld fod ei llygaid ynghau a bod gwên fechan ar ei hwyneb, a sylweddolodd ei fod yntau hefyd yn gwenu.

'Ga i ddŵad atat ti?' galwodd arni.

Heb droi'i phen i'w gyfeiriad nac agor ei llygaid, ysgydwodd Mai ei phen.

'Ddim eto, Harri,' meddai, ac er ei bod wedi symud oddi wrtho gallai glywed bob gair yn hollol glir, dros fwrlwm yr afon hyd yn oed.

'Ond pryd, 'ta? Pryd, Mai?'

Daeth cwmwl o rywle i guddio'r haul a throdd yr awel fach gynnes yn wynt oer. Edrychodd Harri i lawr a gweld fod dŵr clir yr afon wedi troi'n hen slwj tywyll, afiach, a'r drewdod mwyaf ofnadwy'n codi ohono. Cododd ei ben a gweld fod Mai wedi mynd. Rhedodd i lawr oddi ar y bont ac at y garreg lle roedd hi'n eistedd eiliadau yn ôl.

'Mai!' gwaeddodd. 'Mai!'

Ond roedd ei lais yn wan, yn ofnadwy o wan, a chipiodd y gwynt ef i ffwrdd. Teimlodd ei lygaid yn llenwi eto â dagrau a chaeodd hwy'n dynn gan syrthio i'w liniau ac yna ar ei hyd ar y ddaear.

'Mai…,' sibrydodd. 'Mai…'

Teimlodd rywun yn cydio yn ei law.

Ei law chwith.

Breioni

Cerddodd Breioni i ben draw'r Cob, lle roedd y gwynt yn chwythu'n gryf ac yn llawn o flas yr heli. Eisteddodd ar y clawdd isel gan orffwys ei thalcen ar ei phengliniau a lapio'i breichiau'n dynn am ei phen.

Yma, weithiau, mae'n bosib clywed lleisiau ar y gwynt. Felly y credai Breioni, beth bynnag, y tro cyntaf iddi hi eu clywed a hithau'n bedair neu'n bum mlwydd oed. Ceisiodd ei mam ddweud wrthi mai carreg ateb oedd yno, dim byd ond carreg ateb.

'Helô!' gwaeddodd ei mam.

'Helô-lô-lô-hel-ô-ô-ô…,' atebodd y lleisiau, a chofiai Breioni ei bod wedi gwthio'i hwyneb yn erbyn clun ei mam – gallai deimlo defnydd garw ei jîns denim yn rhwbio'n erbyn ei boch hyd heddiw – a chrefu arni i beidio â thynnu ar y lleisiau drwy weiddi 'Helô' arnyn nhw.

'Ond does neb yno!' chwarddodd ei mam.

Ond roedd Breioni'n gwybod yn well. Roedd pwy bynnag oedd piau'r lleisiau'n sbecian arni hi a'i mam o'r cysgodion yng nghoed y Gwyllt – a doeddan nhw ddim yn fodau neis iawn chwaith. Hen bethau sbeitlyd a milain oeddan nhw, pethau hynod o fain gyda breichiau ac ewinedd hirion a fedrai sgrialu allan o'r coed ac ar hyd y tywod ac i fyny'r creigiau a thros y clawdd ymhen eiliadau, cyn iddi hi a'i mam gael y cyfle i droi a dechrau rhedeg i ffwrdd, hyd yn oed.

Aeth blynyddoedd heibio cyn iddi fedru dod yma eto, a mwy o flynyddoedd cyn iddi fedru dod yma ar ei phen ei hun. Cerdded yn ôl tua'r dref oedd y peth gwaethaf: roedd yn rhaid iddi'i gorfodi'i hun i beidio â chyflymu'i chamau, i ymwrthod â'r demtasiwn i redeg. Ofnai glywed sŵn ewinedd miniog yn clecian dros y cerrig mân y tu ôl iddi, ofnai deimlo bysedd hirion yn plwcio'r defnydd ar gefn ei chôt cyn i rywbeth anghynnes o denau neidio ar ei hysgwyddau a lapio'i freichiau meinion am ei chorff...

Cododd ei phen yn sydyn gan hanner disgwyl gweld y *rhywbeth* yn diflannu i mewn i dwll yng nghanol creigiau'r Cob fel pry cop anferth. Credai am eiliad fod sawr y gwynt wedi newid, nad oedd o bellach yn ogleuo o halen a gwymon ond yn hytrach o fwg a thân a chig yn llosgi, llosgi, llosgi...

'Na...'

Fe'i gwthiodd ei hun i'w sefyll a chroesi'r rheilffordd gan sefyll wrth y clawdd arall yn wynebu'r Traeth, y Cnicht a'r ddau Foelwyn yn y pellter a chopa'r Wyddfa o'r golwg y tu ôl i gwmwl. Yn gynharach roedd hi wedi chwythu'i thrwyn nes iddi gael gwaedlin ond roedd yr arogl llosgi'n mynnu dod yn ôl, gan lenwi'i ffroenau a throi'i stumog wag.

Dwi'n gwbod rŵan sut deimlad ydi gwbod 'ych bod chi'n drysu, meddyliodd. A'r peth gwaethaf amdano oedd ei bod wedi methu'n lân â chrio wrth feddwl am Breian. Roedd hi wedi trio – dyna un rheswm pam y daeth hi yma, er mwyn cael heddwch i grio – ond er fod yna lwmp anferth yn ei gwddf, mynnai ei llygaid aros yn sbeitlyd o sych.

'O, Brei...,' meddai wrth y Traeth Mawr. 'Sori, Brei. Dwi mor sori...'

Gwyrodd ymlaen nes ei bod yn syllu i lawr ar y briffordd brysur. Mor hawdd, meddyliodd, mor hawdd fyddai parhau i wyro ymlaen nes bod wyneb y ffordd yn rhuthro i fyny i'w chroesawu; a'r sŵn olaf a glywai fyddai'r brêcs yn sgrechian, sgrechian uchel a ddeuai'n rhy hwyr i rwystro'r tywyllwch tawel rhag ei chludo i ffwrdd am byth.

Ond gwyddai yn y bôn na fyddai hynny'n hawdd o gwbwl. Roedd angen dewrder arni i gyflawni rhywbeth fel yna, a gwyddai nad oedd y dewrder hwnnw ganddi.

Falla, un diwrnod, os fydda i'n dal i ddrysu mwy a mwy a mwy…

Camodd Breioni Jones yn ei hôl oddi wrth y clawdd a chychwyn am y dref, gan wybod, petai hi heddiw'n clywed yr ewinedd yn sgrialu dros y cerrig mân y tu ôl iddi a theimlo'r bysedd milain rheiny'n plwcio defnydd ei chôt, y byddai hi'n eu croesawu.

Iwan

Ychydig iawn o brofiad dwi wedi'i gael o ysbytai erioed, ma'n dda gin i ddeud. Erioed fel claf, a dim ond cwpwl o weithiau fel ymwelydd: un waith i edrych am Marc Morris – hwnnw, ynghyd â John Llywelyn, a achosodd i ni ga'l ein banio o'r Morfil Bach am droi'u trwyna ar jiwcbocs Jona Huws – pan dorrodd y clown 'i goes wrth ddangos 'i hun o flaen criw o genod (yn enwedig Ruth Glanrafon, oedd â dim diddordab ynddo yn y lle cynta) drw' neidio i ben clawdd a thrio dynwarad Jet Li, dim ond i lithro i lawr yr ochor arall a glanio'n gam ar glamp o garrag fawr; a'r ail dro i edrych am Yncl Elis, brawd Mam, pan gafodd o dynnu'i *gallbladder*.

Er fy mod i yno'r ddau dro am resymau digon annramatig – i mi, beth bynnag: roeddan nhw'n ddramatig iawn, ma'n siŵr, i Marc ac Yncl Elis – ro'n i'n methu â gwitshiad i ga'l mynd o'r blwming lle. Ma rhwbath amdano fo sy'n troi arna i ac yn gneud i mi deimlo'n reit benysgafn ymhen munuda o gerddad trw'r drysa. Faswn i byth yn cyfadda hyn wrth fy mêts, yndê, ond y gwir amdani ydi fy mod i'n gradur digon *squeamish* yn y bôn. Fel y soniais o'r blaen, mi alla i watshiad un ffilm arswyd ar ôl y llall ond does wiw i mi aros yn y stafall fyw os ydi Mam a Haf yn gwatshiad *Casualty* neu *Holby City*!

Do'n i ddim, felly, yn edrych ymlaen rhyw lawar at ada'l diogelwch y caffi a mynd i'r wardia i edrych am Harri. Roedd arna i ofn gneud ffŵl go iawn ohonof fy hun drw' lewygu ne' deimlo'n sâl a gorfod ca'l mwy o sylw na'r cr'aduriaid yn y gwlâu.

Ar ôl i Mared alw acw, mi ges i'r teimlad cry fod arna i isio gneud rhwbath i Harri. 'Mond rhwbath bach, ond rhwbath fasa'n ei blesio. Felly mi ges i'r syniad o drosglwyddo'r pentwr o CDs ges i eu benthyg gin Harri i'm iPod a rhoi benthyg hwnnw i'r hen foi nes iddo fo ddŵad adra. Ond erbyn i mi orffan eu trosglwyddo nhw i gyd a mynd â'r iPod draw i dŷ Harri, roedd Mared wedi mynd yn ôl i Fangor.

'Yli, mi awn ni'n dau yno rŵan,' meddai Mam. Newydd gyrra'dd adra oedd hi ac eto i newid o'i dillad gwaith.

'Lle, i'r sbyty?' gofynnais yn nerfus.

'Dyna lle ma Harri, yndê? Dwi 'di bod yn teimlo drw'r dydd y dylwn i fynd i edrych amdano fo. Mae o *yn* gymydog i ni, wedi'r cwbwl. A chan mai y chdi dda'th o hyd iddo fo…'

Pan gyrhaeddon ni'r sbyty, roedd Mared a Sara i mewn efo Harri, felly mi aethon ni am banad i'r caffi. Erbyn hynny roedd arna i jyst isio mynd, gweld Harri, a dŵad o 'no cyn gyntad â phosib ond mi wnes i fy ngora i beidio â dangos hynny. Mr Cŵl? James Bond mewn casino, yn edrych o gwmpas 'i betha o'r tu allan, ond roedd fy nhu mewn yn strancio am ga'l mynd adra. Byseddais trwy'r iPod, yn sicrhau fod bob dim ro'n i wedi'i drosglwyddo yno dan y *playlist* ro'n i wedi'i galw yn 'Harri'. Sbiais i fyny i weld Mam yn fy ngwatshiad efo gwên fach ryfadd ar 'i hwynab, fel sgin lot o rieni ifainc ar 'u hwyneba pan fyddan nhw'n gwatshiad 'u hepil yn defnyddio'r poti am y tro cynta.

'Be?' gofynnais.

Ysgydwodd Mam ei phen, ond chollodd hi mo'i gwên.

'Ga i weld?'

Rhoddais yr iPod iddi a throdd hithau 'i bawd dros yr olwyn. 'W't ti wedi gwrando ar y rhein i gyd?'

'Ddim eto. Ma nhw i gyd yn glasuron, medda Harri.'

'*Blonde on Blonde, Electric Ladyland, The Hangman's Beautiful Daughter, Forever Changes, Let It Bleed, Five Leaves Left, Astral Weeks…*,' darllenodd Mam.

'Honna,' dywedais ar ei thraws. 'Ma honna'n grêt.'

'Ydi hi?'

'Yn well nag unrhyw beth ar Classic FM.'

'Hoi! Bihafia!' Diffoddodd yr iPod a'i roi'n ôl. 'Roeddan nhw'n rhy hen i mi pan o'n i'n f'arddega,' meddai.

'Ond ma'r stwff 'dach chi a Gwyndaf yn leicio'n hŷn fyth,' dadleuais. 'Beethoven, Mozart a ballu.'

'Yndi, decini.' Roedd hi'n dal i wenu wrth syllu arna i. 'Ma 'na rwbath reit dda ynot ti, yn does? Chwara teg…'

'Ma'n siŵr fod Non wedi teimlo'r un fath â chi.'

'Non?'

'Mam Dewi Sant!'

''Swn i ddim yn mynd mor bell â hynny…' Gwelais fod rhywbeth y tu ôl i mi wedi cipio'i sylw. 'Paid â sbio rŵan, ond ma dy ffrind newydd gerddad i mewn.'

Ac wrth gwrs, be wnes i? Ia – troi a sbio. Dyna sy'n digwydd bob tro y bydd rhywun yn deud wrthach chi am *beidio* sbio, yndê? Jona Huws oedd yno, yn cerdded heibio i'r caffi ac am y wardia, efo bag plastig bychan wedi'i ddal yn ofalus yn ei bawan anferth, gan neud i mi feddwl am King Kong yn cario'r hogan honno.

Cododd Mam ei llaw arno i dynnu'i sylw.

'Be 'dach chi'n neud?' sibrydais yn ffyrnig, ond yn rhy hwyr. Roedd Jona wedi'i gweld ac yn dŵad aton ni.

'Su' 'dach chi?'

Doedd o ddim yn siŵr iawn ohonan ni, roedd yn amlwg.

'Ma Mared a'i merch efo Harri ar y fomant,' meddai Mam wrtho. '*Join the queue* ydi hi, Jona, ma arna i ofn.'

Grawnwin oedd gynno fo yn y bag, gwelais rŵan. Sylwais ar lygaid Mam yn syrthio ar y bag, a'r hen wên fach od honno'n dychwelyd i'w hwynab wrth iddi feddwl union 'run peth ag ro'n inna'n 'i feddwl: fod rhwbath yn... *touching* – dydi 'teimladwy' ddim cweit y gair iawn, rywsut – ta waeth, roedd rhwbath yn 'ych cyffwrdd chi yn y ffordd roedd y boi anfarth yn cario'r bag bach tila mor ofalus, a chitha'n gwbod mai mynd â nhw'n bresant i'w fêt yr oedd o. Mi gyffyrddodd o fi, beth bynnag. A'r ffaith mai grêps oedd yn y bag, 'efyd. Ma'n gymaint o ystrydab, yn dydi?

'Stedda am funud, Jona,' meddai Mam, ac ufuddhaodd Jona. Roedd o'n dal i fod yn ansicr ohonan ni, ro'n i'n gallu deud ar y ffordd roedd 'i lyg'id o'n neidio'n ôl ac ymlaen rhwng Mam a fi.

Gwenodd Mam, hithau hefyd wedi sylwi. 'Luned,' meddai wrtho. 'A ti'n nabod Iwan, yn dw't.'

'Ia... debyg iawn, sori.' Tarodd ochr 'i ben efo'i ddwrn. 'Ma fy meddwl i dros y lle i gyd.'

'Dwi'n siŵr. Roedd yn ddrwg gin i glywad am y tân,' meddai Mam.

Nodiodd Jona. 'Diawl o beth, diawl o beth...' Roedd o'n syllu arna i dros y bwrdd. 'Gwranda, boi,' meddai, 'dwi'n dallt mai chdi dda'th o hyd i Harri?'

'Ia...'

Gafaelodd yn fy iPod a chwarae efo fo rhwng ei fysedd tewion, heb sbio arno fo, heb hyd yn oed sylweddoli ei fod o'n gwneud hynny. Roedd o'n rhythu drwyddo fo, ar wynab y bwrdd, ac wedi cochi ychydig hefyd.

'Wel, heblaw amdanat ti – a chditha, Luned, wedyn – go brin y basa fo wedi byw. Sgin i 'mond diolch i chi, y ddau o'noch chi, felly... wel, diolch yn fawr, yndê.' Ochneidiodd, yna cofiodd am rwbath arall. 'O, ia... y... Ioan, ia?'

'Iwan.'

'Iwan! Ia... sori... aclwy, dwi'n un gwael am ryw betha fel hyn, ond, 'mond isio deud, yndê – ynglŷn â'r busnas hwnnw yn y caffi, efo dy ffrindia... wel, ma croeso i chi ddŵad yn 'ych hola os fedrwch chi ddiodda croesi'r rhiniog – ar yr amod 'ych bod chi'n gada'l 'ych hetia *music critics* adra. Iawn? Be 'di hwn...? Un o'r iPods 'na, ia?'

Cofiais fod Harri wedi deud wrtha i fod Jona'n fwy hen-ffash na fo, hyd yn oed, ynglŷn ag offer electronig. Feinyl oedd bob dim gynno fo'n dal i fod, heblaw am ryw hen, hen chwaraeydd casét oedd gynno fo yn ei fan. 'Mae o'n fwy o Luddite nag ydw i, o beth uffarn,' oedd geiria Harri ac roedd yn hawdd gin i gredu hynny wrth i mi, yn nerfa i gyd, watshiad Jona'n byseddu'r iPod fel 'sa fo'n trio'i dorri fo'n ei hannar.

'Faint o ganeuon ma rhwbath fel hyn yn 'i ddal, d'wad?' gofynnodd.

'Ma'r fersiwn yna'n gallu dal tua deng mil ar hugain,' atebais. 'Heb fideos na dim byd arall, yndê.'

'Faint?'

Roedd Mam wedi sylwi ar fy mhryder – wel, amhosib fasa peidio, gan fy mod i, ma'n siŵr, yn edrych fel taswn i'n gwylio fy mhlentyn yn cerddad ar draws y Niagara Falls ar weiran. Cymerodd yr iPod oddi wrth Jona a dangos iddo.

'Yli be ma Iwan wedi neud,' meddai. 'Wedi rhoid hoff CDs Harri arno fo – yli. Bob Dylan, Jimi Hendrix, Rolling Stones… ac mae o am roi menthyg hwn i Harri nes y bydd o'n ddigon da i fynd adra.'

Rhythodd Jona ar yr iPod, yna cododd ei ben a rhythu arna i.

'Mi wnest ti hyn…,' meddai, 'i Harri?'

'Wel, do,' atebais inna.

Pan drodd i ffwrdd, roedd llyg'id Jona Huws yn llawn dagra.

Jona

Doedd o ddim wedi cael diwrnod rhy dda, rhwng bob dim, felly doedd dim rhyfedd iddo beidio ag adnabod Luned Banc a'i mab yng nghaffi'r ysbyty. Yr unig beth a wyddai oedd fod yna ddynes go ddel yn codi llaw arno, ac ni fu Jona Huws – dim ots pa mor flinedig oedd o – erioed yn un am droi'i gefn ar rywbeth felly.

Dwi'n nabod hon o rwla, meddai wrtho'i hun wrth ei chyfarch, a'r hogyn sy efo hi, hwn efo'r gwallt cyrliog, trwchus sy jyst iawn yn Affro gynno fo, myn uffarn i: y gwallt dwi'n ei gofio o rwla, erbyn meddwl, ac nid y ddynas ddel.

Aclwy, ma'n rhaid fy mod i'n mynd yn hen.

Ond buasai noson fel neithiwr wedi dweud ar unrhyw un, chwarae teg. Yn dilyn yr alwad ffôn honno pan oedd ar ei ffordd adref o Fangor, aeth ar ei union i'r gweithdy – neu lle'r arferai'r gweithdy fod. Roedd y tân wedi cael ei ddiffodd ond dim ond muriau carreg y gweithdy oedd ar ôl, i bob pwrpas. Yna roedd un o'r dynion tân wedi rhoi bloedd o fraw, a chafodd Jona gip ar rywbeth a edrychai fel bonyn coeden wedi'i losgi yn gorwedd yng nghanol y llanast myglyd. Cip sydyn, ac roedd un o'r plismyn wedi cydio ynddo a'i droi a'i lusgo i ffwrdd.

Ond roedd y cip wedi aflonyddu'n ddidrugaredd arno, a'i gof wedi chwarae'i driciau arferol drwy gynhyrchu darlun mwy a mwy clir bob tro y meddyliai Jona amdano.

Gwaeth na hynny, roedd o wedi dechrau ofni ei fod o'n gwybod corff pwy oedd o. Roedd yr un syniad wedi taro Barbara a Medwen hefyd. Doedd dim dewis ganddo ond agor y siop bapurau, ond penderfynodd gau'r Morfil Bach, am heddiw o leiaf, a gofyn i Medwen helpu Barbara yn y siop.

Safai'r ddwy ochr yn ochr y tu ôl i'r cownter gan edrych, meddyliodd Jona, fel hysbyseb *before and after* ar gyfer rhyw ddeiet. Wrth gwrs, roedden nhw wedi clywed am y tân ymhell cyn iddyn nhw gyrraedd eu gwaith.

'Hen sioc i chdi, Jona bach,' meddai Medwen.

'Sgynnyn nhw unrhyw syniad pwy oedd o?' holodd Barbara.

Ysgydwodd Jona'i ben, yna sylwodd arnyn nhw'n sbio ar ei gilydd. 'Be?'

'Wel, ma'n rhaid i mi gyfadda,' meddai Medwen gyda'i nerfusrwydd arferol, fel tasa hi ar fin cyfaddef ei bod yn cymryd rhan yn selog mewn orjis Satanaidd, 'pan glywis i fod rhywun wedi cynna'r tân yn fwriadol, mi wnes i feddwl mai...'

'Wn i, wn i,' ochneidiodd Jona ar ei thraws. 'Breioni, ia?'

'Dyna be feddylis inna 'efyd,' meddai Barbara. 'Mi gafodd hi'i *marching orders* gin ti echdoe. Dwi'm yn deud, ella mai cyd-ddigwyddiad llwyr ydi o a'n bod ni'n gneud cam mawr â'r hogan, ond...'

'Dwi 'di bod yn hel meddylia am yr un peth ers i mi fynd adra neithiwr,' meddai Jona. 'Ers i'r plismyn ofyn i mi os o'n i wedi pechu'n erbyn rhywun yn ddiweddar.'

Taflodd Medwen olwg go siarp ar Barbara rhag ofn iddi

ddweud rhywbeth i'r perwyl fod hynny'n ddigwyddiad wythnosol, bron, ond am unwaith ymataliodd y Farbara ddiflewyn-ar-dafod rhag dweud unrhyw beth o'r fath. Yn hytrach, meddai, 'Ffonia 'i thŷ hi, Jona, dyna'r unig ffordd o ffeindio allan.'

Ond penderfynodd Jona mai gwell fyddai iddo fynd draw i'r garej lle roedd Eileen, mam Breioni, yn gweithio. Teimlai'n gyndyn o ffonio'r tŷ; os mai Breioni oedd y bonyn coeden du y cafodd Jona gip arno neithiwr ar lawr y gweithdy, yna'r peth olaf fyddai ei eisiau ar y teulu fyddai siarad efo'r dyn a roes y sac iddi echdoe. Ar y llaw arall, os oedd Eileen yn ei gwaith, byddai hynny'n dangos nad oedd unrhyw beth wedi digwydd i Breioni.

Ei fwriad, os yn bosib, oedd osgoi Eileen ei hun drwy beidio â mynd i mewn i'r dderbynfa lle roedd hi'n teyrnasu, ond yn hytrach i holi un o weithwyr y garej. Parciodd wrth yr ochr ac roedd o ar ei ffordd i mewn pan ddaeth wyneb yn wyneb ag Eileen, ar ei ffordd allan gyda bwndel o dystysgrifau MOT yn ei llaw. Arhosodd Eileen yn stond pan welodd hi Jona, yntau hefyd wedi aros yr un mor stond ond yn methu â chredu'i anlwc.

'Ma gin ti wynab!' oedd cyfarchiad Eileen.

'Be?'

'Paid ti â thrio edrych yn ddiniwad, Jona, ar ôl be wnest ti i Breioni ni echdoe.'

Ochneidiodd Jona â rhyddhad. Go brin y basa Eileen yn ei gwaith – heb sôn am fod yn siarad efo fo fel hyn – tasa'i merch hi wedi cael ei lladd neithiwr.

'Sori, Eileen, ond mi rois i sawl cyfla iddi, sti. Lot mwy na fasa amryw i un wedi neud yn fy lle i.'

Edrychai Eileen fel petai hi am ddadlau, ond yn lle hynny ochneidiodd ac edrych i ffwrdd.

'Do, decini.'

Wrth edrych i lawr arni, meddyliodd Jona am eiliad iddo synhwyro rhith bregus o arogl gwm cnoi Juicy Fruit. Dim ond am eiliad.

'Ma isio gras, Jona,' meddai Eileen. 'Ma Breioni fel... dwn 'im, fel tasa affliw o ots ginni hi am ddim byd. Fel tasa hi'n gneud ati i dynnu pobol yn 'i phen. Wyddost ti 'i bod hi wedi ca'l dros ddwsin o jobsys ers iddi ada'l rysgol? Dim un yn para'n hwy na chydig wsnosa, ar y mwya. Mi barodd hi'n hirach efo chdi na neb arall. Ac ma'r diolch am hynny'n fwy i chdi nag iddi hi, mi fentra i ddeud, er mai 'i mam hi'i hun sy'n siarad.'

'Mi setlith hi,' meddai Jona'n llipa, heb yr un syniad be arall i'w ddweud.

'Ti'n meddwl? Ti'n gwbod pwy ydi'i chariad hi, yn dw't? Y boi Malcolm 'na sy'n mynd o gwmpas y lle fath â Hell's Angel ne' rwbath. Roedd hi allan drw'r nos efo fo echnos, dda'th hi'm adra tan jyst iawn i amsar cinio ddoe...' Yna edrychodd Eileen ar Jona. 'Damia – sori, Jona, yma'n paldaruo am Breioni a chditha wedi colli dy weithdy. Ydi o'n wir 'u bod nhw wedi ca'l hyd i rywun yno, wedi llosgi?'

Nodiodd Jona. 'Duw a ŵyr pwy. Mi gawn ni wbod rhyw ben, mwn, unwaith y byddan nhw wedi'i eidentiffeio fo.'

Roedd ei feddwl ar garlam. Tybad ai cariad Breioni...? Yna sylweddolodd fod Eileen yn ei wylio.

'Wn i be sy'n mynd trw' dy feddwl di rŵan, Jona. Wel, mi gei di 'i anghofio fo, ocê?'

'Be?'

'Dwi'n gwbod fod Breioni'n gallu dal dig – roedd hi'n d'alw di'n bob enw dydd Sadwrn, mi ddeuda i gymint â hynny wrthat ti, yndê – ond doedd ginni hi gythral o ddim byd i'w neud efo'r tân, reit? Roedd hi adra efo Kevin a fi neithiwr, trw'r gyda'r nos, ac yn 'i gwely wedyn. Ac roedd Malcolm i lawr yn ne Lloegar yn rhwla, mewn rhyw rali foto-beics. Ocê?'

Cododd Jona'i ddwylo. 'Iawn, tshampion. Ddeudis i'm byd fel arall…'

'Doedd dim rhaid i chdi, roedd o wedi'i sgwennu'n blaen ar dy wep di.'

Syllodd Eileen arno am eiliad fel petai hi wedi cael ei siomi ynddo'n ddirfawr, cyn troi a mynd i mewn i'r dderbynfa.

Ymysgydwodd yn awr a sylweddoli fod Luned Banc newydd ofyn rhywbeth iddo.

'Ma'n ddrwg gin i, Luned?'

'Gofyn os fasat ti'n leicio ca'l panad o'n i. Ella y bydd hi'n dipyn cyn i ni ga'l gweld Harri.'

'Ia… ia, pam lai?' Ymlwybrodd i'w draed. 'Mi ga i nhw. Cofiwch, fydd hi'm cystal o beth uffarn â'r banad sydd i'w cha'l yn y Morfil Bach.'

Harri

Mared, meddyliodd.

Mared… a Sara.

Caeodd ei lygaid, cyfrodd i ddeg, a'u hagor eto. Roedden nhw'n dal yno.

Mared.

A Sara.

Ac roedd o'n eu hadnabod, yn gwybod i'r dim pwy oedden nhw: Mared, ei ferch, a Sara, ei wyres.

Gwenodd.

'Chi'n oreit, Taid?'

Hoffai feddwl fod siarad yn dod fymryn yn haws iddo'n awr. 'Nac 'dw, siŵr Dduw,' meddai. 'Dwi 'di ca'l strôc.'

Gwenodd eto, er ei fod wedi swnio iddo'i hun fel petai ganddo dysan fawr boeth yn ei geg, neu un o'r da-das mawr, crynion rheiny'r arferai eu prynu am ddwy niwc yn y Kandy Kitchen pan oedd o'n hogyn.

Be oedd eu henwa nhw, Harri, fedri di gofio hynny?

Debyg iawn – *gobstoppers*. Arferai ei foch edrych fel tasa gynno fo'r ddannodd fwyaf ofnadwy pan oedd un o'r *gobstoppers* ganddo yn ei geg. A lle da oedd y Kandy Kitchen am dda-da! Lucky Bag, efo llun cowboi mewn *rodeo* arno fo, mewn coch a gwyrdd. Rybish oedd y da-da'r tu mewn, a'r tegana – sothach llwyr, ddim cystal hyd yn oed â'r petha a syrthiai allan o gracyrs Dolig. Black Jacks, Mojos, Love Hearts, Refreshers, tiwb o shyrbyt efo licrish yn ymwthio allan o'r top fel ffiws deinameit. A'r gwm bybl – Anglo Bubbly, a Bazooka, yr ail efo rhyw gartŵn bychan, lliwgar y tu mewn, wedi'i lapio am y gwm pinc, ond doedd Harri ddim yn dallt y jôcs yn reit amal: cartwnau Americanaidd am ryw linyn trôns efo cap *baseball* o'r enw Bazooka Joe...

'Lle 'dach chi rŵan?' gofynnodd Mared

'Kandy Kitchen,' atebodd.

Roedd ei feddwl yn crwydro, dros y lle i gyd, yn bowndian i bob cyfeiriad fel pêl mewn bagatél. Arferai fod ganddo un o'r rheiny. Cofiai ei chwarae efo'i dad...

'Ydi fan'no'n dal i fynd?'

'Lle?'

'Kandy Kitchen,' meddai Mared.

Nodiodd. Yna ysgydwodd ei ben. Doedd o ddim yn siŵr os oeddan nhw'n dal i werthu da-da yno. Ofnai fod y da-da i gyd wedi mynd, a'u bod nhw'n gwerthu beics yno rŵan. Roedd yna siop dda-da arall wrth ymyl, siop dda-da'r pictiwrs, y Coliseum. Be oedd enw honno, hefyd? O, ia – y Chocolate Box. Pur anaml y byddai'n mynd i fan'no. Doeddan nhw ddim yn gwerthu da-da ar gyfar plant, dim ond ar gyfar pobol. Bocsus cardbord sgwâr o jiw-jiws a Fruit Gums, a bariau go fawr o siocled. Cofiai rythu'n gegrwth ar un ddynas yn mynd â bocsiad cyfan o Maltesers efo hi i mewn i'r pictiwrs.

A be oedd enw'r ddynas fach addfwyn honno a arferai weithio yn y Chocolate Box, Harri, fedri di gofio hynny?

Caeodd ei lygaid eto er mwyn canolbwyntio.

'Taid?' clywodd Sara'n dweud yn bryderus. 'Taid, chi'n oreit?'

Agorodd ei lygaid. Roedd Sara'n sefyll uwch ei ben.

'Meri,' meddai Harri.

Gwelodd ei fod o wedi dychryn Sara: roedd hi'n amlwg yn ofni ei fod o'n meddwl mai rhywun arall oedd hi. Sgrialodd am ei llaw a gwenu.

'Sara,' meddai. 'Sara. Dwi'n gwbod.' Gwasgodd ei llaw efo'i law dde: doedd ganddo fawr o nerth yn ei law chwith.

Ar y foment.

'Sara,' meddai eto. 'Meri... yn y Chocolate Box erstalwm.'

Gwenodd Sara arno, ychydig yn ansicr. Dim ots, meddyliodd, mi ga i egluro wrthi'n iawn pan fydda i wedi mendio.

Eisteddodd Sara'n ei hôl wrth ochr y gwely. 'Lwcus,' galwodd y dyn efo'r locsyn gwyn o'r gwely gyferbyn.

Ochneidiodd Sara. 'O, ma fe off 'to, gyda'i "lwcus, lwcus".' Gwasgodd law chwith Harri. 'Fel yna ro'dd e gynna fach, Taid. Trefor, Trefor Ifas. Ma'n dweud 'ych bo chi'n ddyn lwcus.'

Trodd Mared ato. 'Ma'n ddrwg gin i, Mr Ifas?'

'Harri Jôs. Dyn lwcus uffernol – ca'l dwy bishyn, dwy smashar, yn edrych amdano fo.'

'O… ia, yndê.'

'Lwcus ar y naw, os ga i ddeud.'

Ddywedodd Harri ddim byd. Roedd y dyn, damia fo a'i locsyn, yn gneud iddo feddwl am Siôn Corn. Arferai'r hen Santa godi'r ofn mwya ofnadwy arno pan oedd Harri'n fach. Rhwbath am y dillad coch, llaes rheiny, a'r locsyn trwchus, gwyn efo'r gwefusau'n symud yng nghanol y blewiach fel dwy falwan binc a thew. A'r sach frown, yn llawn… o be? Oedd o wedi cael i'w ben fod y sach yn llawn o blant drwg, a bod Siôn Corn, yn hytrach na dod ag anrhegion, yn defnyddio'r sach i gludo'r plant drwg i ffwrdd? Mae'n rhaid ei fod o, iddo deimlo'r ffasiwn ofn. A'r busnas hwnnw o ddŵad i mewn i dai pobol drwy'r simdda – oedd yna unrhyw beth yn fwy sbŵci na'r syniad yna? Cofiai fod arno ofn sbecian i fyny'r simdda rhag ofn iddo weld wynab blewog yn rhythu'n ôl arno a'r gwefusau pinc rheiny'n symud ffwl sbîd.

Un flwyddyn, yn y Church Rooms yn Port a Harri'n fawr o beth ac yn un o griw o blant mewn parti Dolig, i gyd yn gorfod sefyll ar y llwyfan yn canu 'Pwy sy'n dŵad dros y bryn yn ddistaw, ddistaw bach?', cofiai weld y drws yn agor ym mhen pella'r neuadd a'r ffigwr mawr yn camu i mewn – ac roedd hwd gan hwn yn cuddio'i wynab! Hwd, fel cwcwll mynach, reit i lawr dros ei dalcen nes ei bod yn amhosib gweld ei wyneb o, 'mond y locsyn gwyn. Ac roedd ei sach ganddo dros ei ysgwydd… ac oedd yna rywbeth yn gwingo y tu mewn i'r sach? Rhoes Harri sgrech uchel, dros y lle, sawl bloedd a dweud y gwir, a'r genod druan a safai un bob ochr iddo, y ddwy'n hŷn na fo a Harri'n fach rhyngddyn nhw yn y canol – Menna, cofiai, oedd un, a Margaret y llall: o, does 'na ddim byd yn bod ar gof Harri Hipi, diolch i'r drefn, i gofio rhywbeth fel yna – y ddwy'n teimlo fod llyg'id pawb arnyn nhw, hefyd, wrth i Harri floeddio rhyngddyn nhw, ac yn dalpiau o chwys wrth geisio'i gysuro. Ond doedd dim cysuro ar Harri Jones y diwrnod hwnnw, o nag oedd, a neidiodd i lawr oddi ar y llwyfan ac ymguddio o dan un o'r byrddau, a chofiai eistedd yno'n crynu wrth weld gwaelodion y trowsus cochion mewn welingtons duon yn dŵad yn nes ac yn nes ac yn nes...

'Deud wrtho fo am ga'l shêf, nei di, Marsipan?'

Trodd Mared oddi wrth y dyn a rhythu ar ei thad. Gwenodd Harri.

'Deud wrtho fo am ga'l shêf,' meddai eto.

Teimlai fel chwerthin dros y lle oherwydd roedd ei leferydd, credai, yn glir fel cloch ac roedd o wedi codi'i law er mwyn pwyntio ar draws y ward at Trefor Ifas a'i locsyn gwyn.

Ei law chwith.

Iwan

Da'th Sara a'i mam draw am swpar wedi'r cwbwl (dim byd mawr, rhybuddiodd Mam nhw, 'mond tships ac wy a phys a digonadd o sôs brown a choch, ond cytunai pawb ei fod o, chwedl Mared, yn 'jyst y peth'). Cafodd Jona Huws wahoddiad hefyd, ond roedd o wedi llwyr ymlâdd, meddai, gan ychwanegu na fasa fo'n gwmni difyr i'w ga'l o gwmpas unrhyw fwrdd bwyd heno. Basa angan rhywun efo dychymyg tebyg i un Tolkien ne' Stephen King i feddwl am Jona Huws fel *life and soul* unrhyw barti, ar unrhyw noson. Dwi ddim yn ama fod Mam yn reit falch 'efyd: mi ddeudodd hi wrtha i wedyn ei bod hi wedi ofni y basa rhywun fel Jona'n cymryd cryn dipyn i ga'l 'i fwydo'n ddigonol.

Roeddan ni i gyd – heblaw, falla, am Jona druan, oedd â mwy na digon ar 'i feddwl – ar dipyn o *high* erbyn i ni ada'l yr ysbyty: cyfuniad o flinder ac o ryddhad. Mi gawson ni i gyd fynd i mewn i weld Harri yn y diwadd, ac roedd hynny ynddo'i hun yn arwydd da, sylweddolais. Bethan oedd enw'r nyrs a roddodd y *go-ahead* i ni fynd i mewn i'r ward, hogan ifanc nad oedd hi fawr hŷn na fi, yn ôl ei golwg.

'Mae o'n dŵad yn ei flaen yn reit ddel,' meddai hi wrth i'r tri ohonan ni gerddad at y gwely lle roedd Sara a'i mam yn ista.

'Pwy – Harri Jôs? Fuodd hwnnw rioed yn ddel yn 'i fywyd,' meddai Jona, y cynta o sawl peth ffug-gas a ddeudodd o, nes yn y diwadd i Bethan ofyn iddo fo os oedd o a Harri'n ffrindia.

Fy hun, mi ges i dipyn o ail o weld Harri'n edrych cystal. Oni bai am y tiwb yn ei fraich, mi fasach chi'n meddwl mai newydd fynd i'w wely ac yn barod i setlo am y noson roedd o. Wrth gwrs, roedd o wedi blino'n hegar ac roedd o'n siarad yn ara deg, fel tasa fo'n profi blas bob gair cyn ei ddeud o, ond ar y cyfan roedd o'n edrych yn well nag y bydd o amball ben bora pan fydda i'n digwydd taro arno wrth i mi fynd â Sam am ei gonstitiwsional. Ond do'n i rioed o'r blaen wedi bod yn edrych am rywun oedd wedi ca'l strôc. Rywla yn fy meddwl roedd gin i ddarlun o stafall dywyll efo llond wal o beirianna yn bîp-bîpian fel ma *submarines* yn 'i neud mewn ffilm ryfal. A Harri wedyn yn edrych fel rhyw fymi'n pydru mewn pyramid yn yr Aifft, ne' fel hen werinwr o Dransylfania ar ôl i Draciwla orffan efo fo. Ond na, roedd o'n edrych yn rêl boi; roedd Mared wedi methu â cha'l hyd i byjamas iddo fo, ond roedd o'n gwisgo crys-T efo llun o Bob Dylan ar ei flaen a'r geiria 'The Never-Ending Tour' mewn hannar cylch uwchben ei het. Dwi ddim yn meddwl ei fod o rioed wedi ca'l cymaint o ymwelwyr ar yr un pryd: roedd ei lyg'id o'n dawnsio o un ohonan ni i'r llall fel tasa fo'n meddwl ei fod o'n gweld petha.

Dwi'n falch hefyd o fedru deud fod yr iPod yn llwyddiant mawr. Ar ôl i mi ddangos i Harri sut roedd o'n gweithio, gwyliais ei wynab o wrth i mi ddangos iddo fo sut i sgrolio drwy'r caneuon i gyd: roedd o fel plentyn bach ar fora Dolig.

'Ma gynno fo dipyn o ffordd i fynd eto, cofia,' meddai Mam wrtha i ar ein ffordd adra. 'Ma hen strôcs... ma'n anodd deud efo nhw. Dwn 'im be wnawn nhw efo fo, be ydi'u plania nhw,' meddai am Mared a Sara. 'Go brin y basa Harri'n ffansïo'r syniad o fynd i Gaerdydd i fyw.'

Na. Fedrwn inna ddim gweld hynny chwaith, rywsut.

'Mared druan,' ychwanegodd Mam. 'Dydi'r graduras ddim wedi ca'l cyfla i feddwl yn iawn eto, mwn. Ma 'na lwyth wedi landio ar 'i phlât hi mwya sydyn.'

Mwy nag oedd Mam yn ei sylweddoli: doedd hi ddim yn gwbod eto fod Sara wedi dŵad yma y tu ôl i gefna'i rhieni, a doeddan ni ond newydd orffan byta ac yn ca'l panad pan ollyngodd Sara fomshel arall. Roedd Mared wrthi'n dweud nad oedd ganddi'r un syniad ynglŷn â be i'w neud nesa – fod cymaint o betha'n dibynnu ar gymaint o betha erill – ac nad oedd hi'n siŵr iawn lle i gychwyn...

'... efo'r holl fusutors 'ma, decini. Roedd o'n deud 'i fod o'n llawn o'r Pasg ymlaen, reit drw'r ha'.'

'Mae o bob blwyddyn,' meddai Haf. 'Yn llawn dop.'

'Felly ma hi wedi bod arno fo ers sbelan,' meddai Mam. 'Mi fydd o'n treulio'r gaea wedyn yn peintio a ballu.'

'Gora po gynta i mi ffonio'r rheiny i gyd, felly,' ochneidiodd Mared. 'Am gythral o hen job, deud wrthyn nhw fod 'u gwylia nhw wedi mynd yn ffliwt. Ac ma'n siŵr fod y rhan fwya ohonyn nhw, os nad bob un, wedi talu blaendal o ryw fath iddo fo. Bydd angan talu'n ôl iddyn nhw, rhag ofn i ni landio'n y cwrt.'

Awgrymodd Mam eu bod nhw'n ffeindio allan pwy oedd twrna Harri. 'Dwi'n rhyw feddwl ella mai Medwin Evans ydi o, ond tsiecia efo Harri, rhag ofn. Ella 'sa fo'n gallu gneud peth felly – arbad i chdi ga'l dy biwsio dros y ffôn gin bobol sy 'di ca'l 'u siomi.'

Roedd Sara wedi bod yn reit dawedog drw' gydol y sgwrs yma, yn gwrando'n astud ac yn rhwbio'i braich chwith bob hyn a hyn, fel tasa'r fraich yn ei chosi. Ond rŵan meddai, 'Falle na fydd angen iddyn nhw ganslo.'

Edrychodd Mared arni. 'Sara, ma hi bron iawn yn Basg arnon ni rŵan.'

'Wy'n gwbod. Ond ma'r tŷ'n barod, on'd yw e?'

'Yndi, ond mi fydd angan rhywun yno pan ddaw'r bobol 'ma. Ac ella fod dy daid yn edrych yn o lew heno 'ma, ond mae o'n bell o fod yn ddigon iach i fedru bod o gwmpas y lle yn delio efo pobol ddiarth o un wsnos i'r llall. A fedrith o ddim bod ar 'i ben 'i hun...'

Tawodd yn sydyn. Roedd Sara'n nodio ac yn gwenu arni dros y bwrdd. Deallodd Mared a rhoes ochenaid hir, uchal gan edrych wedi blino'n lân unwaith eto, fel roedd hi'n gynharach heddiw pan dda'th hi i mewn yma am banad.

'O, Sara... na...'

'Pam?'

Ysgydwodd Mared ei phen. 'Ddim rŵan, Sara, plîs...'

'Ond gryndwch... ma'n gneud lot o synnwyr...'

'Sara! Ddim rŵan. Plîs!'

Cododd Sara'i hysgwyddau, yn hollol cŵl.

'Oreit,' meddai.

Roedd Mared yn dal ochr ei llaw yn erbyn ei thalcen fel

tasa ginni homar o gur pen. Edrychodd Haf a Mam a finna ar
ein gilydd cyn sbio i lawr ar ein platia gweigion, seimllyd.

Mared

Eisteddai ar sil lydan ffenestr ei hen ystafell wely. Yn
ddiarwybod iddi, syllai allan ar yr un olygfa a swynodd ei
merch ddeuddydd ynghynt: y môr yn pendwmpian yng
ngolau'r lleuad, y traeth yn wyn ac yn wag a'r Greigddu'n
gysgod anifail tywyll yn cysgu'n sownd.
Cw-wch bach yn no-o-fio, heb ddŵr odano,
Ma-a-mi yn ca-a-nu, wrth ddal i rwyfo...
Hon oedd hoff hwiangerdd ei mam, yr unig un y cofiai
Mared hi'n ei chanu iddi. Roedd y geiriau a'r dôn, yn hytrach
na'i chysuro, am ryw reswm wastad wedi gwneud iddi
deimlo rhyw anesmwythdod rhyfedd; rhyw deimlad aneglur
ac amhendant fod pethau ddim cweit fel y dylen nhw fod.
Diystyrodd y geiriau 'heb ddŵr odano': yn ei meddwl hi, bob
tro y clywai hi'r gân, bob tro'r meddyliai amdani, roedd ei
mam a hi mewn cwch ar y môr, ei mam yn rhwyfo, rhwyfo,
rhwyfo yng ngolau'r lleuad lawn.
Un fam a'i phlentyn mewn cwch, yn mynd i Duw a ŵyr
lle.
A'r môr yn anferth ac yn ddu o'u cwmpas.
Roedd ei ffôn ganddi yn ei llaw. Edrychodd arno am
funud, cyn gwasgu'r botymau a'i godi i'w chlust.
'Mared...'
'Ti'n dal ar dy draed, felly?'
'Ydw. Gad i mi dy alw di'n ôl...'
'Na, ma'n ocê, 'mond galw i ddeud nos da ydw i. Ar fin
mynd i 'ngwely.'
'Sara'n oreit?'

'Wedi hen noswylio. Ma'r ddwy ohonan ni wedi blino'n lân.'

'Wy ddim yn synnu. Shwt… shwt ma pethe?'

Teimlai fel chwerthin yn hysteraidd, fel dynes o'i cho'. Yn gyffredinol, Graham bach, ma petha'n hollol wallgof, yn boncyrs ac yn bananas, yn honco blonc.

Neithiwr cefais freuddwyd mawr,
Gweld y byd â'i ben i lawr.

Hen rigwm arall o'i phlentyndod. Ac eto lais ei mam yn ei ganu…

'Dwi ddim wedi clywad dim mwy gin yr ysbyty, yndê,' meddai hi'n hytrach. 'Mi ddeudon nhw y basan nhw'n ffonio'n syth tasa 'na rwbath.'

Tasa fo'n ca'l strôc arall, dyna be roedden nhw'n ei olygu wrth gwrs.

'Ond ma nhw'n reit ffyddiog, meddan nhw.'

'O, da iawn.'

Roedd rhyddhad yn llenwi'i lais. Gwyddai fod y creadur wedi bod yn ei boeni'i hun yn swp sâl. 'Doedd dim bai arnat ti, Graham,' dywedodd wrtho'n gynharach heddiw. 'Mi fasa hyn yn dal wedi digwydd iddo fo tasan ni ddim wedi bod ar gyfyl y lle o gwbwl.'

'Ond all rhywun ddim peidio â meddwl…,' meddai Graham.

Gorfu iddi fod yn reit siarp efo fo. 'Wel, ma'n rhaid i chdi ddysgu peidio!' meddai wrtho. 'Does neb yn dy feio di.'

Yn awr gofynnodd Graham, 'Wy'n gwbod ei bod hi'n rhy gynnar, ond o's unrhyw syniad 'da ti pryd fyddwch chi'n dod gartre?'

'Ddim ar hyn o bryd. Gawn ni weld sut fydd petha'n edrych fory.' Efallai, tasa hi ddim wedi blino cymaint, na fyddai hi wedi gofyn y cwestiwn nesaf. Ond allan â fo heb iddi fwriadu'i ofyn. 'W't ti wirioneddol isio i mi ddŵad adra, Graham?'

'Beth?'

'O ddifri rŵan. W't ti?'

'Mared! Pam ti'n gofyn shwt beth? Debyg iawn bo fi.'

Sylweddolodd ei bod hi'n eistedd yno â'i llygaid ynghau. Roedd ei gruddiau'n wlyb hefyd.

'Ocê.'

'Pam ofynnest ti 'na?' gofynnodd Graham eto.

'O, dwn 'im. Wedi blino ydw i, paid â chymryd unrhyw sylw ohona i.'

Roedden nhw wedi siarad mwy efo'i gilydd heddiw nag ers hydoedd lawer, meddyliodd ar ôl diffodd y ffôn. Rhoddai'r byd am ei gael o yno efo hi rŵan: roedd angen rhywun arni i'w gwasgu'n dynn, dynn.

Cododd oddi ar sil y ffenestr a chau'r llenni. Roedd hi wedi meddwl cael bath cyn mynd i'w gwely, ond teimlai'n rhy flinedig. Llithrodd o dan y dwfe yn ei dillad isaf, ei hen ystafell wely'n teimlo'n fwy cyfarwydd iddi o lawer rŵan fod y golau wedi'i ddiffodd. Meddyliodd am Sara, wedi mynnu cysgu heno yn y garafán. Doedd gan Mared mo'r egni heno i ddweud wrth Graham am benderfyniad Sara. Penderfyniad oedd o hefyd: nid awgrym, nid syniad, ond penderfyniad. Nid gofyn caniatâd oedd hi chwaith, ond dweud fel roedd pethau am fod.

Doedd dim rhaid i neb ffonio neb arall, meddai. Byddai hi yma, efo'i thaid: doedd dim angen ffonio na chanslo na dim byd.

'Gawn ni drafod hyn fory, Sara? Ei drafod o'n iawn?'

Y ddwy ohonyn nhw yn eu cotiau, goleuni'r gegin yn gryf, a'r ddwy prin yn gallu siarad, wedi ymlâdd yn llwyr.

'Wy angen gneud hyn, Mam,' meddai Sara. 'Ma'n rhaid i chi a Dad ddeall hynny. Wy angen neud e, oreit?'

Nac 'dw, meddyliodd Mared wrth lithro i gwsg, dwi *ddim* yn dallt.

Breuddwydiodd, rywbryd yn ystod oriau mân y bore, fod goleuni'r lleuad wedi llifo drwy'r ffenestr a'i deffro. Ond roedd hynny'n amhosib a hithau wedi cau'r llenni. Ond roedden nhw'n llydan agored yn y freuddwyd, ac roedd rhywun yn eistedd ar sil y ffenestr yn syllu allan dros y traeth tua'r Greigddu a'r môr.

Si bei, si-bei si-lwli,
Si bei, si-bei, si-lwli...

'Mam?' sibrydodd Mared.

Gwenodd a mynd yn ôl i gysgu.

Y BORE OLAF

Harri

Heddiw, heddiw…

Ma 'na rwbath ynglŷn â heddiw, dwi'n siŵr, ceisiodd Harri feddwl.

Ond be? Be gythgam ydi o? Rhwbath pwysig, rhwbath uffernol o bwysig…

Trystio chdi i anghofio, Harri Jôs.

Ond dwi ddim wedi anghofio, naddo? Dwi *yn* cofio. Dwi jyst ddim yn gallu meddwl be ydi o ar y foment. Mi ddaw o, dwi ddim yn ama – un o'r petha 'ma sy'n dŵad yn ôl i rywun wrth iddyn nhw feddwl am rwbath arall.

Mi roddwn i'r byd am smôc. Mi fasa smôc yn fy helpu i gofio, saff i chi. Ond ma'r rhain wedi hefru arna i – na, wedi arthio arna i – am beidio smocio, yn enwedig y doctor, y *consultant*. Rhyw gybun bach ifanc sy'n edrych fel na fasa fo wedi gorffan cachu'n felyn eto. 'A stroke waiting to happen' – dyna be ddeudodd o amdana i wrth y nyrs, wrth y dynion yn y gwlâu erill, wrth 'y nheulu i hyd yn oed. Wrth bawb oedd yn fodlon gwrando ar y brych.

Aclwy, dwi'n rhy ifanc i ga'l strôc, siŵr Dduw. Dydi petha fel strôcs ddim yn digwydd i ddynion ifainc fel y fi.

Dydi o ddim yn saith deg eto, 'ychi, ddim tan fis Mai…

Pwy ddeudodd hynna rŵan? Mi fasa'n dda gin i taswn i'n gallu symud rhywfaint. Dwi'n clywad lleisia ond ma'n amhosib gweld pwy sy'n siarad… helô?

Pwy sy 'na?

Mi fasa'n dda gin i taswn i ond yn gallu symud. Ond sgin i mo'r egni ar y fomant – od ar y diawl, a minna wedi ca'l noson dda o gwsg. Ond mi ddaw, mi ddaw. Dwi'n dŵad ataf fy hun yn reit ddel, dyna be ddeudodd y nyrs fach ifanc 'na ddoe.

Ifanc, ifanc…

Ma nhw i gyd mor blydi ifanc yn y lle 'ma. Wn i ddim be fasa... fasa... be gythral ydi'i enw fo? Ty'd, Harri, wir Dduw. Y boi mawr hwnnw – ty'd! Ti'n nabod o'n iawn, be haru ti... Blydi hel!

Mi ddaw, mi ddaw. Hwnnw sy'n casáu pobol ifainc. *He don't like the young folks, I know, he told me one night on his radio show...* Wn i ddim be fasa fo'n ddeud, efo'r holl bobol ifainc o gwmpas y lle.

Ella 'mod i ddim yn gallu codi fy mhen er mwyn sbio o gwmpas, 'mond gorwadd yma, ond ma 'na bobol erill yma, dwi'n gallu'u clywad nhw, go damia nhw, yn siarad jyst allan o'r golwg. Fel tasan nhw'n cuddiad oddi wrtha i, ac yn meddwl 'mod i ddim yn gallu clywad.

Y tacla.

Dydi o ddim yn saith deg eto...

Dwi'n nabod y llais, dwi'n siŵr 'mod i'n nabod y llais. Llais dynas. Ond am bwy ma hi'n siarad? Nid amdana i, ma gin i flynyddoedd i fynd tan dwi'n saith deg...

How terribly strange to be seventy – Simon and Garfunkel, 'Old Friends', ar ochor gynta'r LP *Bookends*. 'Dach chi'n gweld? Dwi'n cofio, dwi'n gallu cofio'n dda – felly, dwi *yn* dŵad ataf fy hun yn reit ddel, diolch yn fawr...

... a'i thad mewn cadair o flaen blydi *Doctor Who* efo llinyn arian o boer ar ei siwmper a'i lyg'id o'n llonydd ac yn wag nes iddo fo droi'i ben a sbio arna i.

Ia... ia, siŵr.

Dwygyfylchi.

Y ddynas o Ddwygyfylchi. Ond be ma hi'n dda yma?

Helô?

Na – ma hi 'di mynd. *She's gone with the man in the long black coat* – Bob Dylan. Ia, go brin y baswn i'n 'i anghofio *fo*, yndê?

Be gythgam oedd 'i henw hi? Ond dyna pwy ydi hi ac mi ddaw o'n ôl i mi cyn bo hir, saff i chi. Ac mi es i'n ôl yno, yn do?

Do, deudwch?

Diawl, gwitshiwch am funud, i ddyn ga'l meddwl...

Do! Do, mi es i'n ôl yno, a gneud ffŵl ohonof fy hun, ond be wnes i, dwi ddim cweit yn gallu cofio. Na pham es i'n ôl yno, chwaith. Rhyw ysfa i weld y dyn bach druan hwnnw eto, falla, fel pan fyddwch chi'n cerddad heibio i barlwr ffrynt rhywun efo'r golau ymlaen gynnyn nhw'r tu mewn. Ma'n rhaid i chi sbio i mewn, yn does?

Ia, damia! Ia, dyna be sy, dwi newydd gofio, ella fy mod i wedi meddwl mynd yn ôl yno eto heddiw, i Ddwygyfylchi.

Ond eto, dwn 'im chwaith.

Ond dwi i fod yn rhwla heddiw, saff i chi.

Taswn i ond yn gallu cofio ble...

Mi ddaw, mi ddaw.

Aclwy, dwi 'di blino! Ma'n straen meddwl, trio cofio'r holl betha 'ma...

Ella fydda i'n cofio ar ôl deffro.

Mi ddaw, mi ddaw...

Jona

Roedd ei sbelan efo Barbara y tu ôl i gownter y siop bapurau newydd wedi gwneud byd o les i Medwen Puw. Dychwelodd i'r Morfil Bach fore Mawrth – roedd Jona wedi penderfynu ailagor – yn benderfynol o'i daclo ynglŷn â chael rhywun arall yno i weithio.

Ond fel sy'n digwydd yn aml gyda Medwen, dechreuodd simsanu ar ei ffordd i'w gwaith.

'Falla mai heddiw fydd y cyfla gora gei di am sbelan,' meddai

Barbara pan fynegodd Medwen ei phryder wrth feddwl am godi'r mater efo Jona: roedd ganddo gryn dipyn ar ei feddwl, wedi'r cwbwl. 'A fedri di ddim côpio yno dy hun, siŵr, ma rheswm yn deud. Mi ddangosodd dydd Sadwrn hynny i chdi. Roeddat ti wedi ymlâdd erbyn diwadd y pnawn. A lle oedd o? I ffwrdd yn rhwla'n poitshio efo rhyw blwming jiwcbocsys. A hyd yn oed pan fydd o o gwmpas, mae o'n gneud mwy o ddrwg na lles i dy nerfa di.'

Mor wir. Ar y dyddiau pan oedd Breioni Jones i ffwrdd (neu ddim wedi trafferthu dod i'w gwaith o gwbwl), roedd bod yn y Morfil yng nghwmni Jona...

'... yn 'y ngneud i'n *nervous wreck*,' cwynodd Medwen droeon wrth Barbara. 'Os nad ydi o i mewn ac allan, mae o'n hofran uwchben y byrdda fel rhyw dderyn corff, a phobol yn trio byta. Dydi o ddim yn hawdd mwynhau dy fwyd efo hwnna'n gwgu arnat ti, fel 'sa fo'n dy herio di i gwyno am rwbath. A Duw a helpo unrhyw un dan ddeg ar hugain ddaw i mewn.'

Ia, dyna beth arall. Roedd Jona, yn enwedig yn dilyn ei brofiad efo Breioni, yn bendant nad oedd o am gyflogi 'un o'r ffernols bach ifanc 'ma'. Rhywun dros eu deugain oedd ganddo mewn golwg: hyna'n byd, gora'n byd oedd moto Jona Huws o hyn ymlaen.

Be oedd yn bod ar y dyn? Pam yr holl gasineb tuag at yr ifainc? Roedd Barbara a Medwen wedi trafod hyn gryn dipyn ymysg ei gilydd, ac wedi casglu mai problem fawr Jona, yn y bôn, oedd cenfigen. Onid oedd o wedi dweud droeon fod ieuenctid yn cael ei wastraffu ar bobol ifanc? Doedd o'i hun erioed wedi aeddfedu 'fel pawb call', yn ôl Barbara. Y fo a'r hen Harri Hipi budur hwnnw – y ddau'n dal i fod mor blentynnaidd â'i gilydd, ac yn dal i fyw yn y chwedegau a'r saithdegau cynnar. Ac roedd Jona fel tasa fo wedi deffro un bore, wedi codi ac edrych yn y drych am y tro cyntaf ers blynyddoedd, a sylweddoli gyda braw nad oedd o'n ifanc erbyn hyn, a bod y byd – fel y dywedai ei hun hyd syrffed – wedi 'newid lot, ond altro dim'.

'Jona,' ceisiodd Barbara resymu efo fo, 'ma'r rhan fwya o bobol ifanc yn tshampion, siŵr.'

'Aclwy, nac 'dyn!'

Dyfalbarhaodd Barbara. 'Mi fasa'n werth i chdi alw'n y capal acw pan fo Gwasanaeth yr Ifainc ymlaen, mi fasa'n agoriad llygad i chdi.'

'Y peth dweutha dwi 'i isio yma ydi un o'r petha *happy-clappy* 'na.'

'Dydyn nhw ddim yn "happy-clappy", siŵr,' meddai. 'Dydi'r ffaith eu bod nhw'n mynychu'r capal ddim yn golygu 'u bod nhw'n efengylwyr rhonc...'

'Synnwn i ddim tasa nhw'n dechra snogio nadroedd,' meddai Jona. 'A cha'l ffitia – rhowlio ar y llawr yn rhwygo'u dillad, a ballu.'

'Pobol ifanc hollol gyffredin ydyn nhw!' chwyrnodd Barbara. 'A dwi'n siŵr y basa sawl un o'nyn nhw'n falch o ga'l cynnig job. Ac ma nhw'n hollol onast...'

'Barbara,' meddai Jona, 'dim ots gin tasan nhw'n gyfuniad o'r Angal Gabrial a... a... damia, pwy oedd hi, 'efyd?'

'Pwy?'

'Y fodan oedd yn methu fforddio pâr o sgidia.'

'Y?'

Fel y digwyddai'n aml yn ystod sgyrsiau efo Jona Huws, roedd pen Barbara wedi dechrau troi.

'Dowch, chi ydi'r ddynas capal fawr. Yr hogan o'r Bala. Mi a'th i sgrownjio Beibl gin ryw foi.'

Duw a'n helpo, meddyliodd Barbara.

'Meri Jones,' meddai. 'A'r Parchedig Thomas Charles.'

''Na chi – honno. Nytar. Mi fasa'n well tasa hi 'di sgrownjio pâr o sgidia oddi ar rywun.'

Roedd yn eitha peth fod dau aelod o'r heddlu – dyn a dynes, a'r ddau a'u hwynebau fel dwy ffidil – wedi dewis y foment honno i ddod i mewn a thorri ar eu traws, neu mae'n bur debyg y buasai Barbara wedi anghofio'r ffaith ei bod yn gapelwraig ac yn Gristion. Er hynny, mentrodd ddweud 'Damia!' pan aeth Jona â'r heddlu i fyny i'r fflat yn hytrach na gadael iddyn nhw ddweud eu dweud yn ei gŵydd hi a Medwen.

Mared

Cafodd Mared ei deffro gan Sara'n tynnu'r hŵfyr o'r cwpwrdd dan y grisiau.

Y sugnwr llwch, fe'i cywirodd ei hun. Yna meddyliodd: Na, dwi adra rŵan – adra, nid gartra – a hŵfyr ydi o wedi bod yma erioed, dim ots pa gwmni a'i cynhyrchodd. Ma'n od, yn dydi – does neb yn deud, 'Rho dy ddillad budron yn yr Hotpoint' neu 'Estyn y menyn o'r Zanussi', ond mae bron pawb yn cyfeirio at y sugnwr llwch fel yr Hoover. Mae'r enw'n cael ei ddefnyddio fel berf hefyd, hyd yn oed: hŵfro'r carped, hŵfro'r grisiau...

Yna clywodd y drws ffrynt yn agor a chau, a sŵn olwynion yr hŵfyr yn crensian dros y cerrig mân ac yna'n byrlymu'n fetalaidd dros wyneb llwybr yr ardd gefn. Cododd a chyrraedd y ffenestr mewn pryd i weld Sara'n ei lusgo i gyfeiriad y garafán. Doedd o ddim yn un rhad chwaith, sylwodd. Dyson, fel yr un oedd ganddi hi yng Nghaerdydd. Ei thad – yn berchennog sugnwr llwch wedi'i wneud gan Mr Dyson!

Ond roedd ganddo gyfrifiadur hefyd, a ffôn symudol:

daeth Mared o hyd i'r ddau ohonyn nhw ddoe yn y garafán, wrth chwilio am bâr o byjamas. Roeddynt yn hanfodol, mae'n siŵr, ac yntau'n rhedeg busnes. Mor hanfodol â'r hŵfyr, meddyliodd. Ac roedd y tŷ'n hollol lân, sylwodd hi ar hynny echdoe; roedd hyd yn oed yr ardd gefn yn dwt, gyda'r glaswellt wedi'i dorri a'r borderi pridd yn llawn cennin Pedr.

Yna suddodd calon Mared wrth iddi sylweddoli beth oedd arwyddocâd y sugnwr llwch: roedd Sara o ddifrif. Un peth ar ôl y llall... oedd yr hogan yn gwneud ati i dynnu'n groes? 'Wy angen gneud hyn...' – dyna be ddeudodd hi neithiwr, pan oedd Mared yn rhy flinedig i drafod y peth ymhellach.

A beth oedd yr holl nonsens hwnnw am sombis?

'O'r argol fawr, Graham, be ddeudi di pan glywi di am hyn?' ochneidiodd. Dylen ni fod wedi gneud mwy o ymdrech i siarad efo hi ymhell cyn hyn, ond...

Rhuthrodd rhan go helaeth o flinder neithiwr yn ôl gan lapio'i hun amdani fel hen gôt drom, ac eisteddodd Mared ar erchwyn ei gwely. Rhoddai'r byd am fedru dringo'n ôl i mewn iddo a thynnu'r dwfe dros ei phen.

Sara

Roedd Sara wedi codi gyda'r wybodaeth fod angen mwy o boen arni. Mwy o gosb. Ei bod yn amser i'r gath filain honno sgrapo Sara fach unwaith eto.

Neithiwr, yn nhŷ Iwan, roedd ei braich chwith wedi cosi drwy'r amser a gwyddai fod Iwan wedi sylwi arni hi'n ei chrafu'n slei bach fwy nag unwaith. Roedd y cosi'n beth da, meddyliodd ar y pryd. Astudiodd ei braich ar ôl dringo i wely'i thaid yn y garafán a gweld fod ei chnawd yn prysur wella. Diffoddodd y golau a mynd i gysgu dan ochneidio'n braf dros y darlun a greodd ei meddwl wrth iddi deithio'n ôl o'r ysbyty.

Darlun ffocws-meddal, Hollywoodaidd – rhamantus, hyd yn oed – o ddau ffigwr yn sefyll ochr yn ochr gyda gwynt y môr yn eu gwalltiau. Ei thaid a hi ar greigiau Ynys Enlli, Harri'n pwyso ar ffon gerdded a'r morloi wrth eu traed yn syllu i fyny arnynt â'u llygaid melfedaidd, mawrion.

Clir iawn oedd y darlun hwn neithiwr. Clir a chysurus a chlyd. Ond ar ôl iddi ddeffro fore heddiw, sylweddolodd mai dim ond rhywun oedd wedi blino'n lân, yn benysgafn a bron yn feddw â blinder a fedrai greu'r fath ddarlun annhebygol yn y lle cyntaf. Roedd o'n ddarlun Disney-aidd, dyna'r unig air amdano. Petai hyn i gyd yn ffilm, meddyliodd Sara, mae'n siŵr y byddai Harri'n cael ei bortreadu fel hen gonyn hoffus â chalon o aur, gyda phob un o'i sylwadau cynhennus yn ddoniol ac yn hesb o unrhyw wenwyn go iawn.

Yn lle'r darlun hwn heddiw, yno'n ei meddwl roedd delweddau llawer iawn mwy ych-a-fi ac felly'n llawer iawn mwy gonest a real. Delweddau o doiledau a phapur sychu pen-ôl a dillad gwlyb-gynnes wedi'u baeddu'n ddrewllyd. Ac ohoni hi'n dioddef o rwystredigaeth a chynddaredd, o flinder di-ben-draw a llid ac – yn hwyr neu'n hwyrach, ofnai – atgasedd.

Byddai angen gofal proffesiynol ar ei thaid, cydnabu Sara Dafydd. Gofal gwell o lawer nag unrhyw beth y medrai hi'i gynnig. Roedd y syniad o orfod helpu Harri i ymolchi, i newid ei ddillad ac i wneud ei fusnes yn troi arni, yn ei llenwi â braw.

'Alla i ddim gneud hynny, alla i fyth…'

A beth ddywedodd hi neithiwr? O ie – *wy angen gneud hyn, Mam*. Ha! Pwy uffern oedd hi'n meddwl oedd hi – y fenyw

Dorcas honno o'r Hen Destament? Blob fel y hi, na chododd erioed oddi ar ei thin meddal i helpu rhywun arall.

Doedd y syniad na fuasai Harri'n fodlon iddi ei nyrsio yn y lle cyntaf ('Fedra i ddim gneud efo chdi yma, Sara,' meddai wrthi echdoe) ddim yn gwneud iddi deimlo'r un gronyn yn well. Teimlai na fyddai ar Harri eisiau taro llygad arni: byddai ef, o bawb, yn gwybod i'r dim mai o'i herwydd hi y cafodd o'r strôc, dim ots beth a ddywedai'r meddyg. Roedd hi'n gwybod, ac roedd Harri'n sicr o wybod hefyd.

Wy angen gneud hyn, Mam...

Pam, Sara fach?

Er mwyn teimlo rhyw fymryn yn well? Rhwbio blaen bys o eli ar dy gydwybod?

Teimlai'n sydyn fod ochrau'r garafán yn cau amdani a'i gwasgu, yn ei dal y tu mewn i gonsertina anferth. Rhuthrodd am y drws ac allan i yfed yr awyr iach nes i'w chalon arafu. Ar ei ffordd allan roedd hi wedi baglu dros bentwr o CDs a thapiau, yr union rai y bu hi'n camu mor ofalus drostynt neithiwr a nos Sadwrn fel gafr ansicr ar lethr briwsionllyd, brau.

Oreit, penderfynodd, wy am lanhau a thacluso'r garafán. Ie, ie, wy'n gwbod – *big deal*. Ond ma'n rhywbeth, on'd yw e?

Ac yn rhywbeth i mi'i wneud.

Yn lle llefen.

A sgrechian.

A drysu.

Breioni

Ni fedrai Breioni gael gwared ar y teimlad fod pawb yn sbio arni'n slei ac yna'n sibrwd amdani y tu ôl i'w chefn. Amhosib oedd iddi beidio â theimlo hynny wrth gerdded o gwmpas Tesco a thalu wrth y til. Sibrydion, sibrydion, sibrydion, yn llifo i'w gilydd nes eu bod nhw'n llenwi'i phen fel sŵn y môr y tu mewn i gragen fawr.

Roedd yn rhaid iddi'i hatgoffa'i hun yn gyson nad oedd neb yn gwybod, neb ond y hi. Gweddïai nad oedd hi'n edrych fel rhywun euog, nac ychwaith fel rhywun a fu'n effro drwy'r nos. Bob tro y caeai ei llygaid, gallai glywed y cysgodion yng nghorneli'i hystafell yn ymlusgo'n nes ac yn nes at ei gwely.

Yn ei chadw'n effro hefyd oedd y ffaith fod Mal i fod wedi dychwelyd adref rywbryd neithiwr. Sut ydw i'n mynd i'w wynebu o? meddyliodd drosodd a throsodd, yn enwedig ar ôl i'r bobol fforensics wneud eu gwaith a darganfod gweddillion pwy'n union oedd y plisgyn annynol, di-siâp a fygai ar lawr gweithdy Jona Huws…

'Fuost ti ddim yn smocio yn dy lofft neithiwr, gobeithio?' meddai ei mam wrthi fore heddiw. Hon oedd un o reolau mwyaf cadarn Eileen – nad oedd yn ysmygu, wedi iddi lwyddo i roi'r gorau iddi rai blynyddoedd yn ôl.

'Naddo.'

'Ti'n siŵr, Breioni?'

'Wel yndw! God, ddylwn i wbod… Pam, eniwê?'

'Roedd y landin yn drewi o ogla llosgi pan godis i bora 'ma, dyna i chdi pam.'

Teimlai Breioni fel petai hi am lewygu: diolch byth ei bod hi'n eistedd wrth y bwrdd ar y pryd. Llwyddodd i grawcian, 'Not guilty.'

Ond roedd gwaeth i ddod.

'Dwi wedi deud a deud, taswn i rywfaint yn haws, wrthat ti a dy dad – os 'dach chi'n mynnu smocio yn y gegin, i gau'r drws canol ne' ma'r ogla'n mynd drw'r tŷ i gyd.'

'Wn i. Mi fydda i'n gneud, bob tro.'

'Wnest ti ddim neithiwr, madam.'

'Pryd?'

'Roedd hi'n berfeddion – ymhell ar ôl i ni fynd i'n gwlâu. Oria mân y bora... Be oedd? Methu cysgu oeddat ti?'

'Be? Wnes i'm codi.'

'Breioni, mi glywis i chdi. Ar y landin, ar y grisia... yn parêdio'n ôl ac ymlaen. Mi ddois i o fewn dim i godi i weld be oedd y matar efo chdi.'

O, blydi hel! Wnes i ddim codi, wnes i ddim, dwi'n gwbod na wnes i!

'O... y... do, dwi'n cofio rŵan. Mi wnes i godi... sori, ro'n i 'di anghofio.'

'Ma isio gras efo chdi. Mi ddylat ti feddwl o ddifri ynglŷn â rhoi'r gora iddi, a chditha'n ddi-waith rŵan. Jyst paid â disgwyl ca'l sybs gin i i dalu am ffags.'

'Wna i ddim, ocê?'

Y gwir amdani oedd na fedrai Breioni feddwl am roddi'r un sigarét yn agos at ei cheg. Roedd ei ffroenau a'i cheg a'i gwddf yn llawn o flas ac arogl mwg, a phob tro y ceisiai danio leitar, roedd fflach sydyn y fflam o flaen ei llygaid yn creu'r darluniau mwyaf ofnadwy yn ei meddwl, pob un yn dangos Breian yn brysio tuag ati, ei wyneb yn ddu a di-gnawd a'i wallt wedi'i losgi i ffwrdd, a chymylau bychain o fwg yn codi oddi ar ei gorff. Ac efallai, meddyliodd ar ôl i'w mam fynd o'r ystafell, mai dyna beth oedd yn crwydro'r landin a'r grisiau yn ystod oriau mân y bore...

Rhoes ddigonedd o golur ymlaen cyn mynd allan i siopa: wedi'r cwbwl, mynd allan i actio roedd hi, yndê? A'r dref oedd ei llwyfan. Gofalodd beidio â gwenu'n ormodol ond fu hi erioed yn enwog am ei gwên siriol, a doedd arni hi ddim eisiau goractio.

Duw a ŵyr, bydd angan pob mymryn o'r gallu i actio

arna i pan ddo' i wynab yn wynab efo Mal, meddyliodd wrth ddychwelyd adref – dim ond i sylweddoli, pan welodd hi'r car heddlu wedi'i barcio'r tu allan i'r tŷ, fod angen y gallu hwnnw arni rŵan hyn.

Teimlodd ei thu mewn yn troi'n ddŵr a daeth yn agos iawn at ollwng ei nwyddau ar y pafin, troi a rhedeg i ffwrdd fel y cythral gan sgrechian nerth ei phen. Ond mynnai ei choesau bradwrus ei chludo'n anochel i'r tŷ.

Sut fyddai rhywun dieuog, diniwed yn ymddwyn o weld car heddlu'r tu allan i'w chartref?

Ty'd, yr Actoras Fawr, ty'd!

Brysiodd i mewn ac yn syth i'r ystafell fyw, lle roedd yr heddlu – y ddau a fu'n gynharach yn ymweld â'r Morfil Bach – yn eistedd efo'i thad.

'Be sy?' gofynnodd Breioni, gyda digon o fraw yn ei llais a chan edrych o un i'r llall ac yn ôl wedyn. 'Be sy wedi digwydd?' Rhoes y bag Tesco i lawr i bwyso'n erbyn y mur.

Cododd ei thad a'i thywys i'r gadair freichiau lle roedd o'n eistedd cyn i Breioni ddod i mewn.

'Well i chdi ista i lawr, pwtan,' meddai.

'Pam? Be sy?' Gadawodd i'w thad ei gwthio'n ysgafn i lawr ar flaen y gadair. 'Mam? Does 'na'm byd wedi digwydd i Mam?'

'Nag oes, nag oes, ma dy fam yn tshampion,' meddai'i thad. 'Ond... wel, newyddion drwg...'

Cliriodd y dyn ei wddf cyn siarad. 'Rydan ni'n gwbod rŵan pwy gafodd ei ladd yn y tân hwnnw yng ngweithdy Mr Jonathan Huws,' meddai. 'Ac ma gynnon ni le i gredu dy fod ti'n ei nabod o, Breioni.'

Er gwaetha'i eiriau ffurfiol, roedd o wedi siarad efo hi'n ddigon clên; doedd y blismonas, fodd bynnag, ddim wedi dweud gair o'i phen, a doedd Breioni ddim yn hoffi'r ffordd roedd honno'n sbio arni efo'i llyg'id bychain fel llyg'id mochyn, yn llawn drwgdybiaeth.

Ond sut fasa rhywun diniwed yn ymateb i eiriau'r heddwas? Yn sicr nid drwy fod yn coci a dweud rhywbeth fel, 'Dwi'n nabod *lot* o bobol.' Na, gwell fyddai dweud dim byd o gwbwl, felly edrychodd Breioni'n ôl ac ymlaen rhwng y ddau swyddog – yn berson diniwed yn disgwyl i un ohonyn nhw ymhelaethu.

O'r diwedd, meddai'r dyn, 'Breian Evans.'

Gallai Breioni deimlo llyg'id y blismonas yn craffu arni, yn amlwg yn disgwyl i Breioni fradychu'i heuogrwydd mewn rhyw ffordd neu'i gilydd. Rŵan amdani, meddyliodd yr Actores Fawr, gan ofalu cadw'i llygaid ar wyneb yr heddwas, a'i hwyneb mor ddifynegiant â phosib.

Yna, 'Breian?' meddai, ac wedyn: 'Brei?' Edrychodd eto o un i'r llall, a gadael i wên fach ansicr wibio dros ei hwyneb. 'O, cym off it…' – ac yna troi at ei thad, a dweud, 'Dad?'

Roedd ei thad yn nodio o ddifrif.

'Felly ma nhw'n deud, pwtan.'

Go for it, Breioni, meddyliodd. 'Na… na, *no way*! Breian?' Cododd i'w sefyll a gwgu ar y ddau heddwas gan adael i'w llais godi a chrynu ychydig gyda braw. 'Pidiwch â siarad crap… 'sa Breian ddim yn… Dad, deudwch wrthyn nhw…'

Trodd eto at ei thad gan wneud ei gorau i edrych fel tasa hi'n erfyn arno fo i ddeud mai jôc oedd y cyfan, jôc greulon, ond dim byd mwy na jôc.

'Pam Breian? Be oedd o'n neud? Dwi'm yn dallt…'

'Ty'd, Breioni, stedda, del,' meddai ei thad, gan gydio ynddi'n dyner gerfydd ei braich a'i helpu i eistedd eto yn y gadair freichiau.

'Rydan ni isio cadarnhau un ne' ddau o betha,' meddai'r blismonas, oedd wedi tynnu llyfr nodiadau o'i phoced.

Ond doedd Breioni ddim am adael i hon gael ei phig – neu, yn hytrach, ei thrwyn smwt – i mewn. Ddim eto.

"Dach chi 'di tsiecio'n iawn?' meddai, gan swnio, gobeithiai, fel rhywun oedd yn trio'i gorau i gipio pob gwelltyn posib o obaith. 'Yn y fflat… ne' yn y clwb golff!' ychwanegodd fel petai hi ond newydd gofio. 'Dyna lle mae o, siŵr Dduw…'

Edrychodd y ddau swyddog ar ei gilydd.

'Clwb golff?' meddai'r dyn.

'Ma gynno fo gyfweliad, rwbryd wsnos yma, dwi'n 'i gofio fo'n sôn. Gofynnwch i Mal, mi ddeudith o wrthoch chi lle mae o. O na, dydi Mal ddim adra, mae o'n Kent ne' rwla, rali beics…'

"Dan ni eisoes wedi siarad efo Malcolm Evans,' torrodd y blismonas ar ei thraws, ychydig yn ddiamynedd yn nhyb Breioni. Bitsh, meddyliodd. Bitsh dew… 'Mi gyrhaeddodd o adra'n hwyr neithiwr. Fasan ni ddim yn siarad efo chdi heb roi gwybodaeth i'r teulu'n gynta. Rŵan…'

Torrodd Breioni ar ei thraws. 'Ma Mal yn gwbod, felly? Lle mae o?'

'Efo'i fam, yn Llan Ffestiniog.'

Oedd, roedd hi'n ddiamynedd, meddyliodd Breioni, a thybad oedd hynny oherwydd ei bod wedi sylweddoli mai perfformio'r oedd Breioni? Penderfynodd dewi rhywfaint: efallai ei bod hi mewn perygl o oractio.

'Pryd oedd y tro dweutha i ti weld Breian Evans?' gofynnodd y blismonas.

'Ymmm… dydd Sadwrn, bora dydd Sadwrn.'

'Siŵr?'

Nodiodd Breioni, ei llygaid ar ei phengliniau, cyn edrych i fyny a nodio eto.

'Yndw. Yn hollol siŵr…'

Yna trodd i ffwrdd gan frathu'i gwefus isaf.

'O… *shit*… na…'

'Be?'

Roedd y blismonas wedi gwyro ymlaen tuag ati.

'Ddeudis i wrtho fo am beidio…,' meddai Breioni, bron fel tasa hi'n siarad efo hi'i hun. 'Ddeudis i wrtho fo… am beidio â bod mor blydi stiwpud…'

'Be?' meddai'r blismonas eilwaith.

'Be sy, Breioni?' gofynnodd ei thad.

'*Shit*… o, *shit*, na…'

Clywodd y blismonas yn ochneidio'n uchel a llais ei thad yn ei cheryddu. 'Dal dy ddŵr, nei di? Ma'r hogan yn trio'i gora.' Yna roedd ei law ar ei hysgwydd. 'Be sy, pwtan?'

'Pam es i yno? Pam?'

'Lle?' gofynnodd yr heddwas.

Edrychodd Breioni i fyny o'r diwedd, ei gwefus isaf yn crynu'r mymryn lleiaf.

''Y mai i ydi o,' meddai.

Sgrialodd ym mhoced ei chôt am hances bapur a gallai deimlo'r distawrwydd a lenwai'r ystafell yn anadlu, bron. Oedd, roedd hi'n dal yn ei chôt, yn fwriadol felly, oherwydd gwyddai ei bod yn ffigwr truenus yn eistedd yno reit ar flaen ei chadair gyda botymau ei chôt i gyd ynghau, ac yn chwythu'i thrwyn a sychu'i dagrau gyda hances bapur oedd bron iawn yn siwrwd.

'Be'n union w't ti'n 'i feddwl, Breioni?' clywodd lais yr heddwas yn gofyn.

'Es i yno dydd Sadwrn…,' meddai dan sniffian a hanner-igian crio. 'Ro'n i mor ypsét…' Edrychodd ar yr heddlu. 'Ro'n i newydd ga'l y sac, ocê? Gin… gynno *fo*… Jona Huws.'

Nodiodd y ddau, yn amlwg yn gwybod hyn.

'Isio gweld Mal o'n i, ond… ro'n i 'di anghofio 'i fod o i ffwrdd yn y rali. Ond roedd Brei yno…'

Chwythodd ei thrwyn eto.

'A be ddigwyddodd, Breioni?' gofynnodd yr heddwas.

'Dim byd... dim lot. Ond roedd o'n reit *pissed off* pan ddeudis i 'mod i wedi ca'l y sac... o, blydi hel! Mi fasa'n well 'swn i 'di dŵad yn syth adra...'

'Ocê, del, ocê...,' meddai ei thad.

'Na, dydi o ddim yn ocê! Wnes i'm gwrando arno fo, wnes i mo'i gymryd o o ddifri, naddo!'

'Breioni, be'n union ddeudodd o?' gofynnodd yr heddwas, yntau hefyd yn dechrau colli amynedd erbyn hyn.

''I fod o am sortio Jona Huws allan! Wnes i mo'i goelio fo! Peth bach, tena ydi o, yndê? A 'dach chi 'di gweld y seis sy ar Jona Huws...'

'Breioni − ddeudodd o'n union be roedd o'n pasa neud i Mr Huws?' gofynnodd yr heddwas.

'Do... naddo... do! Ond... dim byd fel'na, dim byd fel llosgi'r lle. Rhoid bricsan drw' ffenast y caffi, dyna be ddeudodd o.'

'A be ddeudist ti i hynny?' Y blismonas, wrth gwrs, efo golwg go siomedig ar 'i hwynab. Oedd hynny'n golygu fod perfformiad Breioni wedi llwyddo? Mentrodd Breioni fod ychydig yn fwy powld.

'Be ti'n ddisgwl? Deud wrtho fo am beidio â bod mor blydi stiwpud, yndê!'

'Pam?'

'Wel, 'sa pawb yn meddwl mai *fi* ddaru! A finna newydd ga'l y sac...'

'Ond be oedd gynno fo i'w neud efo Breian Evans?'

'Be?'

'Doeddat ti ddim yn mynd allan efo *fo*, yn nag oeddat? Efo'i frawd o, Malcolm, rw't ti'n mynd, yndê? Pam oedd Breian mor "pissed off", chwedl chdi, efo Mr Huws?'

''Cos mae o wastad wedi ffansïo fi, ocê? Wastad wedi leicio fi – mwy na leicio fi, yn ôl be ddeudodd Mal.'

Edrychodd y blismones arni fel tasa hi'n ei chael hi'n anodd iawn credu y basa unrhyw greadur dan haul, dim ots pa mor desbret, yn ffansïo rhyw sbesimen fel Breioni.

'Gofyn i Mal os nad w't ti'n 'y nghoelio fi, ocê?' meddai Breioni wrthi. 'Gofyn di i Mal. Roeddan ni wastad wedi ca'l laff am y peth, Mal a fi, rioed wedi cymryd y boi o ddifri… Roeddan ni'n meddwl 'i fod o'n dipyn o jôc!'

A chladdodd Breioni'i hwyneb yng ngwlân garw siwmper ei thad dan feichio crio.

Fe'i synnodd ei hun, hefyd, oherwydd roedd hi'n crio go iawn.

O'r diwedd.

Mared a Sara

Gwnaeth Mared goffi iddi'i hun a Sara a mynd â nhw i'r ardd gefn. Teimlai'r awel yn gynnes heddiw ac roedd yr awyr yn glir a'r aer yn ogleuo o dywod a halen.

Ogla adra, meddyliodd.

Arafodd ei chamau pan welodd hi'r garafán. Roedd pentyrrau o stwff ei thad wedi eu rhoi ar y glaswellt, ond yr hyn a barodd iddi ddal ei gwynt oedd gweld Sara'n eistedd ar ris uchaf y garafán. Gorffwysai gyda'i chefn yn erbyn ochr y drws a'i hwyneb wedi'i ddal i fyny i'r haul, ac am eiliad daeth Mared yn agos at gredu mai ei mam oedd yno. Wedi'r cwbwl, fel hyn roedd Mai yn hoffi eistedd, yn ei hôl â'i hwyneb i fyny a'i llygaid ynghau.

Yna rhaid fod Sara wedi agor ei llygaid a'i gweld. Ymsythodd yn gyflym, bron yn euog, gan dynnu llewys ei siwmper dyllog, flêr i lawr dros ei breichiau wrth i Mared gerdded tuag ati.

'Sleeping Beauty 'di deffro o'r diwedd. Ynda...' Rhoes Mared ei choffi iddi.

'Cŵl. Diolch.'

Roedd golwg ddi-ffrwt iawn arni, meddyliodd Mared wrth ei gwylio'n sipian ei choffi.

'Gysgist ti'n iawn yma neithiwr?'

'Do. Fel twrch. Chithe?'

Meddyliodd Mared am ei breuddwyd ryfedd, fod yna rywun – ei mam eto? – yn eistedd ar sil ffenestr ei llofft. Ac yn canu, cofiai rŵan, yn canu hwiangerddi.

'Do, tshampion, diolch. Dwi'n cymryd fod 'na'm gormod o chwain yng ngwely dy daid, felly?'

Ochneidiodd Sara. 'Allwch chi ddim peidio, na 'llwch?'

'Sori?'

'Gwneud y digs bach pathetig 'ma bob cyfle. Ro'dd y gwely'n lân, oreit? A'r dillad yn lân ac yn ffres. Fel ma pob stafell yn y tŷ. Chi'n benderfynol o feddwl y gwaetha o'no fe, on'd y'ch chi?'

'Hei! Jôc oedd hi, Sara – be s'arnat ti?'

Yfodd y ddwy eu coffi mewn distawrwydd pwdlyd. Am y tro cyntaf, wrth edrych ar y tŷ o'r ongl yma, sylwodd Mared fod ei thad wedi gosod dysgl loeren ar y wal gefn. Ar gyfer yr ymwelwyr, meddyliodd, ac ar ei gyfer ef ei hun yn ystod y gaeaf: doedd bosib ei fod o'n treulio'r gaeaf hefyd yn y garafán uffernol yma? Yna cofiodd fod Harri, ddydd Sul, wedi dweud ei fod o'n cysgu yn y garafán drwy'r flwyddyn. Pam, ac yntau â thŷ mawr cyffordus yn sefyll yn wag am fisoedd?

Rhyw reswm hurt, mae'n siŵr, dechreuodd feddwl cyn ei dal ei hun. 'Chi'n benderfynol o feddwl y gwaetha o'no fe...,' meddai Sara, ac roedd o'n gyhuddiad dilys, cyfaddefodd Mared wrthi'i hun: onid oedd hi wedi treulio deuddeng mlynedd yn gwneud hynny?

Tan ddoe.

Ddoe yn yr ysbyty, pan gerddodd hi i'r ward a'i weld o yno yn y gwely... faint o amser gymerodd hynny, y camu i mewn a'r gweld? Llond dwrn o eiliadau, dyna'r cyfan. Ond daeth y llond dwrn pitw hwnnw o fewn dim i ddileu dirmyg ac – ia, waeth i ti 'i ddeud o ddim, Mared fach: *atgasedd*, dyna be – y deuddeng mlynedd diwethaf, a daeth Mared yn agos at faglu dan rym annisgwyl ei theimladau tuag at ei thad. Bu'n rhaid iddi edrych i ffwrdd a'i hatal ei hun rhag rhuthro ato a'i gofleidio. Damia fo, ond roedd o'n edrych mor druenus, mor fychan, mor eiddil ac mor uffernol o hen, ac yn flaenllaw yn ei meddwl roedd y geiriau, *Dad – Dad ydi o, a dydi Dad ddim i fod fel hyn, mewn lle fel hwn.*

Ac wrth iddi yrru yma wedyn i chwilio am bâr o byjamas nad oedd yn bodoli – dyn o'i oed o, heb byjamas! Ma'n amsar iddo fo dyfu i fyny, wir Dduw – roedd yr euogrwydd fel cyfog sur yn llosgi'i gwddf, euogrwydd am dreulio'r pedair awr o yrru o Gaerdydd yn melltithio Harri am iddo fod mor ddifeddwl â chael strôc: roedd o'n ofnadwy o anghyfleus, meddyliodd ei unig blentyn drosodd a throsodd.

A Duw a'i helpo, ond roedd mwy na rhan fechan ohoni wedi gobeithio y byddai ei thad, erbyn iddyn nhw gyrraedd Bangor, wedi cael ail strôc angheuol.

Ni fyddai unrhyw anghyfleuster wedyn.

Ond rŵan, wrth edrych ar furiau claerwyn y tŷ, yr ardd daclus a'r pentyrrau bach truenus o eiddo'i thad ar y glaswellt o'i blaen, rhuthrai'r dagrau i'w llygaid.

O, Mared – Mar, Mars, Marsipan, Marsi-pŵ – be ar y ddaear sy wedi digwydd i chdi?

Yn rhyfedd iawn, cwestiwn go debyg oedd ar feddwl Sara hefyd. Heblaw am ambell gip yn ystod ei blynyddoedd cynnar, doedd Sara erioed wedi cael y cyfle i weld ei mam a'i nain a'i thaid efo'i gilydd – i weld Mared y fam fel Mared y ferch. Ond ers echdoe, roedd hi wedi dechrau edrych ar Mared – a meddwl am ei nain – mewn golau gwahanol.

Ar ôl yr hyn a ddywedodd Mared wrthi am ei mam, Mai, gadawyd Sara â'r argraff fod ei nain bron iawn gymaint o hipi â'i thaid, yn ei ffordd hi'i hun – yn crwydro'r wlad ar fympwy, a bodio o un lle i'r llall gyda'i phlentyn yn hongian oddi arni mewn papŵs, y ffrogiau blodeuog, llaes i lawr at ei thraed... a beth a wisgai am ei thraed? Sandalau, fwy na thebyg, os unrhyw beth.

Roedd yn syndod i Sara nad oedd Mared y ferch, felly, yn fwy hipïaidd nag yr oedd hi. Efallai ei bod hi pan oedd yn ei harddegau, o'i chymharu â'i ffrindiau ar y pryd. Ond roedd Mared y fam wastad wedi bod mor *straight*, mor gyffredin. Mor barchus, hyd yn oed. Meddyliodd Sara am fam Beca Rheidol – roedd Beca yn yr un flwyddyn ysgol â hi – oedd yn gwneud ati i fod yn ffrîci ac yn hipïaidd; yn dipyn o jôc ymhlith ffrindiau Beca, a bod yn onest, oherwydd eu bod yn medru gweld mai act fawr oedd y cyfan, ffordd dynes wirion o ddenu sylw ati'i hun heb sylweddoli ei bod fel actores wael yn dynwared cymeriad Joanna Lumley yn *Absolutely Fabulous*.

Diolch byth, doedd Mared ddim fel mam Beca, ond buasai rhywun, efallai, wedi disgwyl iddi fod ychydig yn fwy *laid back* nag yr oedd hi, meddyliodd Sara'n awr. Roedd Mared fel petai hi wedi bwrw iddi i fod mor wahanol i'w rhieni ag y medrai – gan gynnwys priodi dyn a fuasai'n ennill cystadleuaeth Mr Sefydliad. Beth ddywedodd ei mam am agwedd Graham tuag at ei fam yng nghyfraith, hefyd? O, ie – fod Mai yn codi ofn arno.

Dim rhyfedd.

Roedd yn drueni na chafodd ei nain fyw ac na chafodd

Sara'r cyfle i'w hadnabod yn well. Credai y buasai hi wedi mwynhau dod yma bob haf. Chafodd hi ddim dod yma ar ôl i'w nain farw. Oherwydd rhyw ddynes a oedd yn 'neb'.

Wee Sara, wee Sara...

Tybed? Tybed os mai'r silwét amwys yn erbyn yr haul, ddeuddeng mlynedd yn ôl, oedd y ddynes? Y neb? Ac os mai hi oedd hi, yna roedd hi'n dal i fod yn rhan o fywyd ei thaid. Edrychodd Sara ar ei mam, oedd â'i llygaid yn sgleinio'n wlyb. Na, penderfynodd, nid dyma'r adeg i grybwyll yr alwad ffôn, y llais meddw, dagreuol, a'r ymateb pan sylweddolodd y ddynes ei bod hi'n siarad â 'wee Sara'.

Meddai hi'n hytrach, 'Aeth Taid â chi i wrando ar y morloi'n canu erio'd?'

Ymysgydwodd Mared. 'Be, sori?'

'Ar Ynys Enlli.'

'Do. Droeon. Pam w't ti'n gofyn hynna?'

'Rhwbeth ddwedodd e, nos Sadwrn – y bydde fe'n mynd â fi draw yno i glywed y morloi.'

'Reit...'

'So nhw *yn* canu go iawn, y'n nhw?'

Gwenodd Mared wrth gofio. 'Dwn 'im am ganu, yndê. Roeddan nhw'n cadw digon o sŵn, beth bynnag. Dy daid oedd wastad yn deud mai canu oeddan nhw. Hen, hen faledi trist, medda fo. Pryd oedd o'n pasa mynd â chdi yno, felly?'

Cododd Sara'i hysgwyddau. 'Dydd Sul, falle. Llun... Chi erio'd wedi sôn am hynny wrtha i.'

'Enlli ydi un o'i hoff lefydd o. Fan'no a Chwm Pennant. Roeddan ni'n mynd yn amlach i Gwm Pennant. Roedd hynny'n rhatach o beth wmbradd na chroesi drosodd i Ynys Enlli.' Llyncodd weddillion oer ei choffi. 'Gwranda, Sara. Ynglŷn â'r hyn ddeudist ti neithiwr, am nyrsio dy daid pan ddaw o allan o'r sbyty...'

Ond roedd Sara'n ysgwyd ei phen. 'Alla i ddim, na allaf? Alla i ddim gneud shwt beth.'

Ymdrechodd Mared i guddio'i rhyddhad. 'Wel… na fedri, 'swn i'm yn meddwl.'

'Ond falle na fydd angen gofal fel yna arno fe. Falle y bydd e'n oreit.'

'Gawn ni weld, ia?'

Edrychodd y ddwy ar ei gilydd. Yna nodiodd Sara a throi i ffwrdd. Roedd ei choffi hithau wedi oeri a thaflodd y gweddillion dros y glaswellt.

'Diolch.'

Rhoes ei mŷg i Mared cyn codi a dychwelyd i'r garafán.

'Ti isio help efo rwbath?'

'Na, wy'n oreit.'

Aeth Mared yn ei hôl i'r tŷ gyda sŵn yr hŵfyr yn ei dilyn. Roedd hi wrthi'n golchi'r mygiau yn sinc y gegin pan ganodd ei ffôn symudol.

Doedd dim rhaid iddi edrych ar y sgrin fechan. Roedd yr oerni ofnadwy a lenwai'i chorff fwyaf sydyn yn sgrechian arni mai'r ysbyty oedd yn galw.

Harri

Hwn, meddyliodd Harri wrth gerdded dros y tywod, hwn ydi fy hoff dywydd. Dim glaw, gwynt sych, haul cyfforddus yn mynd a dŵad, a chymylau'n rasio dros yr awyr. A'r môr yn aflonydd ac yn grwgnach.

Teimlai ei draed yn rhyfeddol o sionc wrth iddo droi'i gefn ar y Greigddu a chychwyn am adref. Bron fel tasa fo'n gallu rhedeg yno bob cam, ac efallai'n wir ei fod o wedi rhedeg oherwydd yno roedd o rŵan, yn mynd drwy'r giât ac am y drws ffrynt lle roedd Mai'n eistedd ar y stepen gyda chlustog o dan ei phen-ôl a'i chefn yn gorffwys yn erbyn y drws.

Yn ei ffrog flodau a'i hwyneb wedi'i ddal i fyny i wres yr haul, ei llygaid ynghau.

'Mi fuost ti'n ddigon hir, Harri Jôs,' meddai.

'Do, dywad?'

'Hidia befo, ti yma rŵan.'

Gorffwysodd Harri'i law ar foned cynnes yr hen hers. CFF 590 – roedd o'n iawn: dim byd yn bod ar gof Harri Hipi, bobol.

'Dwi wastad wedi leicio'r ffrog yna,' meddai.

Agorodd Mai ei llygaid a gwenu. 'Wn i.'

Cododd i'w sefyll, yn hollol ystwyth, a'r clustog dan ei chesail. Rhoes bwniad i'r drws ffrynt â'i phenelin. O'r tu mewn i'r tŷ deuai llais Bob Dylan yn canu.

Gwenodd Harri fel giât.

'Wel?' meddai Mai. 'W't ti am sefyll yn fan'na fel llo, 'ta be?'

Diflannodd i mewn i'r tŷ.

Edrychodd Harri o'i gwmpas, yn wên o glust i glust, ar y cennin Pedr yn pendwmpian yn y borderi bach, ar baent a chrôm yr hen hers yn sgleinio yn yr haul, ar yr awyr las a'r cymylau bach gwynion.

Yna trodd a dilyn ei wraig i mewn i'r tŷ ger y traeth, a chau'r drws.

Epilog

Ma hi'n ddiwadd mis Mai rŵan a ben bora heddiw mi a'th Sara a finna draw i Aberdaron – wel, i Borth Meudwy, a bod yn hollol fanwl – a mynd ar y cwch drosodd i Ynys Enlli.

Wedi i ni gyrra'dd, dangosais iddi lle roedd y morloi'n gorweddian ar y creigia.

Nodiodd Sara. 'Gwranda,' meddai. 'Un ffafr fach arall. Fydde ots 'da ti 'tawn i'n ca'l chydig o amser…?'

'Na, iawn – tshampion. Dallt yn iawn. Mi a' i am dro i fyny at yr abaty ac yn ôl.'

Gwenodd arna i. 'Diolch, Iwan…'

Troais a sbio'n ôl ar ôl cerddad chydig. Roedd hi'n ista'n wynebu'r môr, wedi mynd mor agos at y morloi ag y medrai. Es inna ymlaen at ochor bella'r ynys.

Roedd hi wedi gofyn i mi droeon, dros y deufis dweutha, os faswn i'n dŵad yma efo hi. Harri oedd wedi crybwyll dŵad â hi yma, meddai, er mwyn iddi ga'l clywad y morloi'n canu. Yr unig beth oedd, rhaid oedd dŵad yma yn ystod yr wsnos: roedd Sara'n rhy brysur ar benwsnosa, efo un llwyth o ymwelwyr yn mynd ar y dydd Sadwrn a'r rhei newydd yn cyrra'dd yn eu lle nhw ar y Sul.

Ia, y hi, rŵan, sy'n byw yn y garafân ac yn edrych ar ôl y tŷ. Duw a ŵyr faint o drafod a dadla a ffraeo a fu rhyngthi hi a'i mam a'i thad: gryn dipyn, 'swn i'n meddwl. Ond mi ildion nhw yn y diwadd, nid fod ganddyn nhw fawr o ddewis. Roedd Sara'n benderfynol nad oedd hi am fynd yn ôl i'r ysgol – a dwi ddim yn ama fod ei mam, yn ddistaw bach, yn reit falch na fyddai'n rhaid iddi ffonio'r holl bobol ddiarth yma a deud wrthyn nhw fod eu gwylia nhw wedi ca'l eu canslo.

Ma Haf a Sara wedi dŵad yn dipyn o ffrindia, a rhaid i mi ddeud, dwi'n cytuno efo Mam pan ma hi'n deud fod ei bywyd newydd wedi gneud byd o les i Sara. Ma hi wedi colli lot o bwysa, a dydi hi ddim yn cerddad efo'i phen i lawr, yn sbio ar 'i thraed dim mwy. A hei, gesiwch be? Ma Sam a hi'n ffrindia mawr – cymint felly nes bod Sara wedi cytuno i aros yn ein tŷ ni tra fyddan ni yn Florida fis Gorffennaf, *house-sitter* a *dog-sitter*. Ma hi hyd yn oed wedi ca'l job – pedwar diwrnod yr wsnos yng nghaffi Jona Huws, ar ôl i hwnnw orfod newid 'i diwn ynglŷn â chyflogi pobol ifainc pan fethodd o ga'l hyd i ddynas hŷn fasa'n fodlon gweithio iddo fo. Ac wrth gwrs, ma Sara'n wyras i Harri druan…

Sgin i ddim c'wilydd deud, ond mi wnes i feichio crio pan gyrhaeddis i adra'r dydd Mawrth hwnnw a chlywad gin Mam fod Harri wedi mynd. Strôc arall, un fawr, yn ystod oria mân y bora, meddan nhw. Er 'i fod o'n gallu bod yn foi digon od, ac er nad o'n i wedi ca'l 'i nabod o'n dda iawn, roedd y ffaith mai fi dda'th o hyd iddo fo'r noson honno, yn gorwadd ar lawr y gegin, wedi gneud i mi deimlo'n nes ato fo, rywsut.

Roedd hi'n dal i ista ar y creigia pan ddychwelais.

'Sshh,' meddai, a tharo'r ddaear wrth 'i hochor i mi ista efo hi. 'Gwranda…'

'Dydyn nhw ddim yn canu go iawn, ydyn nhw?'

'Cau dy geg a dy lygaid, ac agor dy glustie.'

Mi wnes i hynny, gan deimlo, ma'n rhaid i mi gyfadda, braidd yn wirion.

Ond yna dalltais.

Oeddan, *roedd* y morloi'n canu, a wyddoch chi be? Galwch fi'n *wimp* os leiciwch chi, ond doedd gin i mo'r help, mi ruthrodd y dagra i'm llyg'id wrth i mi wrando ar eu sŵn. Agorais fy llyg'id i weld Sara'n sbio arna i. Roedd dagra'n powlio i lawr 'i gruddia hitha hefyd – ond roedd hi hefyd yn gwenu.

'Ma'n wir, on'd yw e?' meddai. 'Maen nhw *yn* canu.'

Nodiais. Fedrwn i ddim siarad, wir i chi. Mi steddon ni yno am sbelan, ochr yn ochr, braich chwith Sara'n gynnas yn erbyn fy mraich dde i. Roedd hi'n ddiwrnod poeth a'r ddau ohonon ni mewn crysa-T, ac wrth ddisgwyl i'r dagra fynd craffais ar y ddwy graith fach binc sy ganddi ar ei braich chwith, y cwbwl sy ar ôl erbyn hyn.

Pan gychwynnon ni'n ôl am y cwch, troais ac edrych yn ôl at y lle fuon ni'n ista. Meddyliais am eiliad fod cwpwl arall yno yn ein gwylio ni'n cerddad i ffwrdd, y ddynas mewn ffrog laes a gwalltia hirion y ddau'n chwythu yng ngwynt y môr, a'r ddau'n sefyll law yn llaw yn gwenu ar ein hola ni.

Am restr gyflawn o lyfrau'r Lolfa, mynnwch
gopi am ddim o'n catalog
neu hwyliwch i mewn i'n gwefan

www.ylolfa.com

lle gallwch archebu llyfrau ar-lein.

TALYBONT CEREDIGION CYMRU SY24 5HE
ebost ylolfa@ylolfa.com
gwefan www.ylolfa.com
ffôn 01970 832 304
ffacs 832 782